SARAH BESTGEN

Safe Space

Weiterer Titel der Autorin:

Happy End

SARAH
BESTGEN

SAFE
SPACE

DER SICHERSTE ORT
EINE TÖDLICHE FALLE

THRILLER

Lübbe

NACHHALTIG PRODUZIERT

Die Bastei Lübbe AG verfolgt eine nachhaltige Buchproduktion. Wir verwenden Papiere aus nachhaltiger Forstwirtschaft und verzichten darauf, Bücher einzeln in Folie zu verpacken. Wir stellen unsere Bücher in Deutschland und Europa (EU) her und arbeiten mit den Druckereien kontinuierlich an einer positiven Ökobilanz.

FSC www.fsc.org MIX Papier | Fördert gute Waldnutzung FSC® C014496

Originalausgabe

Dieses Werk wurde vermittelt durch die
AVA international GmbH Autoren- und Verlagsagentur, München.
www.ava-international.de

Bei Fragen zur Produktsicherheit wenden Sie sich bitte an:
produktsicherheit@bastei-luebbe.de

Textredaktion: Christiane Branscheid, Bremervörde
Umschlaggestaltung: Kristin Pang, München
Einband-/Umschlagmotiv: © Jaroslaw Blaminsky/Trevillion Images
Satz: hanseatenSatz-bremen, Bremen
Gesetzt aus der Adobe Garamond Pro
Druck und Verarbeitung: GGP Media GmbH, Pößneck

Printed in Germany
ISBN 978-3-7577-0156-7

5 4 3 2 1

Sie finden uns im Internet unter luebbe.de
Bitte beachten Sie auch: lesejury.de

Drei Leben, für immer fest verwoben mit meinem –
in Kindheit, Chaos, Liebe und Zeit.
Für meine Schwestern Saskia, Hanna und Maria.
Ich liebe euch.

PROLOG

Jeder von uns wird sterben.

Die Frage, wann, wo und wie wir sterben, ist eine der wichtigsten Fragen unseres Lebens, und doch stellen wir sie uns nicht. Zumindest nicht, wenn wir nicht müssen, denn obwohl wir als Menschen um die Unausweichlichkeit unseres Endes wissen, verdrängen die meisten von uns die sicherste Tatsache unseres Lebens, solange wir können.

Bis zu dem Moment, in dem der Tod Teil unseres Lebens wird.

Bis zu dem Moment, in dem wir nicht mehr verdrängen können.

Der natürliche Sterbeprozess eines Menschen, der an Altersschwäche stirbt, verläuft über mehrere Phasen.

Wochen bis Tage vor ihrem Tod, in der frühen Sterbephase, essen und trinken viele Sterbende hohen Alters kaum noch. Sie schlafen viel, weil ihr Stoffwechsel herunterfährt und die Energie nachlässt. Sie verabschieden sich auf diese Weise langsam auch von ihrem sozialen Umfeld, indem sie weniger sprechen und sich zunehmend zurückziehen.

Tage bis Stunden vor ihrem Tod, in der Terminalphase, tritt häufig eine unregelmäßige Atmung auf. Die Extremitäten werden kalt, Hände und Füße verfärben sich möglicherweise sogar, weil es zu Zirkulationsproblemen des Blutes kommt. Manche dieser Menschen wirken verwirrt oder leiden unter Halluzinationen.

In der unmittelbaren Phase vor dem Tod, Stunden bis Minuten vorher, wird häufig eine Rasselatmung beobachtet, weil die Sterbenden nicht mehr in der Lage sind, zu husten oder zu schlucken, und sich auf diese Weise Flüssigkeit in den Atemwegen ansammelt. Das Herz schlägt langsamer, und der Blutdruck sinkt stark ab. Auch das allgemeine sensorische Empfinden hat in den meisten Fällen inzwischen nachgelassen und damit auch die Schmerzempfindlichkeit.

Der natürliche Sterbeprozess bei Menschen in hohem Alter verläuft folglich in der Regel schmerzlos. Die meisten sterben bewusstlos, ihnen begegnet der Tod also sachte, langsam, wie ein alter Freund. Vielleicht ist man sogar erleichtert – erleichtert, dass die Antwort auf die quälende Frage nach dem Wann, Wo und Wie des Sterbens eine sanfte ist. Wie das liebevolle Zuklappen eines Buches, das man gern gelesen hat, das ein gutes und friedvolles Ende mit sich brachte.

Andere von uns reißt der Tod mitten aus dem Leben. Die Geschichte ist nur halb erzählt, und doch endet sie schlagartig – ohne Ausblick, wie sie weitergegangen wäre. Möglicherweise kommt der Tod sogar so schnell, dass die Frage nach dem Wie des Sterbens nicht mehr bewusst beantwortet werden kann. Manche von uns bekommen vielleicht gar nichts davon mit, weder vorher noch währenddessen, weil der Tod uns überfällt, hinterrücks. So schnell, dass das Gehirn keine Chance hat zu begreifen, was passiert. Vielleicht, weil wir bei einem Unfall oder durch eine Kugel sterben, die mit über vierhundert Metern pro Sekunde in unseren Körper einschlägt.

Vielleicht kriecht der Tod aber auch in Form einer Krankheit an uns heran, über Wochen oder Monate, vielleicht auch Jahre, während wir noch längst nicht bereit dafür sind. Dann bringt die Antwort auf die Frage nach dem Ende unseres Lebens vermutlich Angst, Trauer, Schock, Wut – und nicht selten auch Schmerz und Qual.

Und dann gibt es die, die nicht bereit sind, die Antwort auf die Frage nach dem Wann, Wo und Wie abzuwarten. Diejenigen, die den Wunsch verspüren, den elementarsten Bestandteil ihres Lebens in die eigene Hand zu nehmen. Diejenigen, die es mehr in den Tod als in das Leben zieht, denen die Bürde des Lebens schwerer als die des Todes erscheint. Diejenigen, die eine frühzeitige Entscheidung treffen – und die folgenschwerste, die es überhaupt für das eigene Leben geben kann.

Was aber, wenn deine Geschichte deshalb zu früh endet, weil ein *anderer* Mensch über deine Antworten auf die Fragen nach dem Wie und Wann deines Todes entscheidet? Was, wenn dir ein anderer Mensch die Chance nimmt, deine wahren Antworten auf dein Lebensende zu finden, indem er es selbst herbeiführt? Wenn du Glück hast, trifft dich seine Antwort auf deine Fragen mit jener Pistolenkugel, die deiner Lebenszeit binnen Sekunden ein Ende setzt, ohne dass du begreifst, was passiert. Diese Variante des Verrats hätte aufgrund des schnellen Endes noch irgendetwas Tröstliches oder Gnädiges. Womöglich bleibst du aber nicht unwissend – womöglich begreifst du im schlimmsten Fall, dass dieser Hochverrat an dir und deiner gesamten Existenz von einem Menschen begangen wird, dem du vertrautest. Erkennst einen Verrat, der so unglaublich und unbarmherzig ist, dass du ihn eigentlich nicht erkennen willst, nicht einmal in dem Moment, in dem er dich tötet.

Was also, wenn deine ganze Welt mit allem, was du geglaubt und gefühlt hast, in Schutt und Asche gelegt wird, bevor sie in Schwärze untergeht?

Ich bin einer dieser Menschen, die einen solchen Verrat erfahren haben.

Ich bin einer dieser Menschen, die doppelt sterben.

Denn der Tod frisst nicht nur meine Zukunft, wie Tode es nun einmal tun, sondern auch meine Vergangenheit. Er frisst mein Leben rückwirkend und jede Wahrheit, die je darin bestanden hat.

ANNA

KAPITEL 1

Ich heiße Anna Salomon und bin hier genau am richtigen Ort, denke ich und atme tief durch, während ich auf das Schild mit der Aufschrift »Justizvollzugsanstalt Weyer« starre. Meine Augen wandern über die schmutzig graue Gefängnisfassade und die nummerierten feinvergitterten Fenster, die eher kastigen Löchern als tatsächlichen Fenstern gleichen. Über allem ragen rundumverglaste Wachtürme mit Videokameras und bewaffneten Beamten auf. Die ersten meterhohen Betonmauern mit NATO-Drahtrollen habe ich bereits hinter mir gelassen, doch ich weiß, es werden noch weitere Sicherheitsvorkehrungen folgen.

Als dürfte niemand hineinkommen.

Ein spontaner Gedanke, den ich auch bei meinem ersten Besuch in diesem südlich von Köln gelegenen Gefängnis hatte, dabei ist mir natürlich klar, dass die zahlreichen Vorkehrungen einer Justizvollzugsanstalt mit höchster Sicherheitsstufe in Wahrheit dem Zweck dienen, niemanden hinauszulassen. Zumindest keinen der zweihundertdreiunddreißig männlichen Intensivstraftäter, die hier wegen schwerer Gewaltdelikte, Sexualstraftaten oder Organisierter Kriminalität einsitzen.

Ich recke mein Kinn und wende mich in Richtung Eingang. Als ich mich der Schleuse nähere, werden meine Hände schwitzig. *Wann ich mich wohl daran gewöhnt haben werde?*, frage ich mich, als ich durch die erste Tür trete, die sich mit einem elektrischen Surren öffnet. Ich konzentriere mich auf den Beamten hinter dem Sicherheitsglas und lächle freundlich, obwohl mein Puls in meiner Kehle pocht.

»Name und Anliegen?«, fragt er geschäftsmäßig.

»Anna Salomon. Ich bin die neue Anstaltspsychologin der sozialtherapeutischen Abteilung«, antworte ich und hoffe, dass meine Stimme fest genug klingt. In dieser Welt ist Nervosität keine gute Idee.

Ich bemerke, wie mich der Beamte mustert. Ich weiß ganz genau, was er nun denkt. Er wird nicht der Letzte sein, der sich fragt, wieso zur Hölle sich ausgerechnet eine junge, zierliche Frau Mitte zwanzig freiwillig unter Schwerverbrecher begibt. Schwerverbrecher, die die abscheulichsten Taten begangen haben und als kaum resozialisierbar gelten.

Auf die Antwort wird er niemals kommen. Denn hier, mitten unter ihnen, mitten unter Serienmördern, Vergewaltigern, Sadisten und Psychopathen, bin ich genau richtig.

»Ich rufe beim psychologischen Dienst an, Ihr Fachvorgesetzter holt Sie ab«, erwidert der Mann hinter dem Sicherheitsglas und greift zum Hörer.

Ich nicke und ziehe meinen blonden Pferdeschwanz fest.

Ich bin hier genau am richtigen Ort, denke ich auch noch, als ich etwa fünfzehn Minuten später im Austausch für mein Handy, das weggeschlossen wird, mein persönliches Notsignalgerät entgegennehme.

ANNA
KAPITEL 2

Die Luft in dem zweckmäßig eingerichteten Besprechungsraum ist stickig, auch die Polster der blauen Stühle strömen einen abgestandenen Geruch aus. Zwölf Personen sitzen oder stehen um den großen, mit glänzendem Buchenfurnier beklebten Tisch herum, Akten liegen neben Kaffeetassen, Gemurmel ist zu hören. An den Wänden stehen typische Büro-Sideboards, darüber hängen Kalender mit bunten Markierungen und Postkarten aus dem Urlaub, von außerhalb der Mauern, weit, weit weg. *Irgendwie grotesk*, denke ich und versuche die Tatsache, dass wir uns in einem Hochsicherheitsgefängnis befinden, mit fröhlichen Urlaubsgrüßen aus malerischen Küstenstädten zu verbinden.

Immer wieder werde ich gemustert, ebenso verstohlen, wie ich die anderen mustere. Ich lausche verschiedenen Gesprächen, während ich versuche, tiefe, langsame Atemzüge zu nehmen und auf diese Weise meine Nervosität zu senken.

Bestimmt werde ich mich gleich vor versammelter Mannschaft vorstellen müssen. *Es ist doch verrückt*, denke ich, *dass mich Situationen wie diese immer wieder nervös machen. Wieso ist es so schwer, kurz über mich selbst zu sprechen? Ich weiß doch, wer ich bin.*

Obwohl ich mir selbst erklären kann, weshalb ich trotzdem nervös bin, und obwohl ich weiß, dass das Adrenalin in meinen Adern meine Konzentration schärft, ärgere ich mich über mich selbst. In diesem Umfeld will ich nicht nervös wirken. Nicht nervös sein. Ich darf nicht. So vieles hängt davon ab. Und doch gehe ich wieder einmal und schon seit Minuten im Kopf die Sätze durch, die ich gleich sagen werde.

»Hallo, Sie sind neu hier, oder?« Jemand lässt sich auf den Stuhl rechts neben mir fallen.

Ich schaue auf. Braune Augen mit erstaunlich langen Wimpern begutachten mich durch eine randlose eckige Brille. Eine Brille, wie ich sie meist an Menschen ab fünfzig sehe, doch das Gesicht dahinter sieht jünger aus. Vielleicht Ende dreißig oder Anfang vierzig, schwer zu sagen, so ohne Bart.

»Ich bin Yves Vandenfeld«, sagt der große, dünne Mann und lächelt höflich. Er trägt ein zugeknöpftes hellblau gestreiftes Hemd, wie man es sich eher an Menschen in Bürojobs vorstellt, und hält sich kerzengerade auf seinem Stuhl. In den Händen hält er eine Kladde mit Registerkarten, die sauber beschriftet sind. Er nutzt keine Schreibschrift, sondern eine Druckschrift, die ihrem Namen alle Ehre macht.

Unwillkürlich richte auch ich mich auf. »Hallo, ich bin Anna Salomon, freut mich«, antworte ich schnell und trotzdem ein wenig zu spät und lächle ebenfalls. »Ja, ich bin neu hier. Ich bin Psychologin. Und Sie?«

»Mir war nicht klar, dass unsere neue Psychologin so jung ist.« Yves hebt die Augenbrauen. »Ich bin Sozialarbeiter.« Ich versuche, nicht so überrascht auszusehen wie er, obwohl der Mann eher wie ein Verwaltungsmitarbeiter als wie ein Sozialarbeiter wirkt. »Ich übernehme Gruppenangebote und helfe den Häftlingen bei den typischen Themen, bei Finanzfragen und so. Ach ja, Mentor bin ich natürlich auch. Solche Dinge. Sie wissen schon.« Yves winkt ab, doch der Stolz in seiner Stimme ist unüberhörbar. »Haben Sie schon mal in einem Gefängnis gearbeitet? Oder ist das Ihre erste Stelle?« Seine Augen verengen sich.

»Meine erste.« Ich räuspere mich. »Aber ich habe schon hospitiert, Praktika gemacht und neben dem Studium in einer forensischen Psychiatrie gearbeitet. Ganz unerfahren bin ich also nicht.« Ich hebe mein Kinn und halte den Blickkontakt zu dem jungen Mann mit dem konservativen Äußeren ganz bewusst und so lange, bis er derjenige ist, der wegschaut.

»Oh, da bin ich sicher, sonst hätte Herr Kirchfeld Sie nicht eingestellt.« Yves legt seine Mappe vor sich auf den Tisch und rückt mit seinem Stuhl nahe an die Tischkante heran. »Hier kann nicht jeder arbeiten.«

Noch bevor ich fragen kann, was genau er damit meint, schallt eine dunkle Stimme durch den Raum. »Ruhe bitte, es geht los!« Gunther Kirchfeld wirft die Tür hinter sich zu und bewegt sich schnell, aber schwerfällig zum Kopfende des Konferenztisches.

Ich kenne ihn von meinem Bewerbungsgespräch und habe ihn als ernsten, aber freundlichen Mann erlebt, und doch schnellt meine Nervosität augenblicklich in die Höhe. Scheinbar habe nicht nur ich als Neuling Respekt vor dem großen, massigen Mann, denn das Gemurmel verebbt fast sofort. Noch bevor sich der Anstaltsleiter und zugleich Leiter der sozialtherapeutischen Abteilung der JVA Weyer auf seinem Stuhl niedergelassen hat, haben sich auch die letzten noch stehenden Kollegen der ›SothA‹, wie sie im Team genannt wird, an den Konferenztisch gesetzt. Yves legt seine Hände in musterschülerartiger Manier vor sich auf den Tisch.

Stille breitet sich aus, während Gunther Kirchfeld ernst in die Runde blickt. Seine kleinen, aber schlauen Augen wandern über sämtliche Gesichter. Er lässt sich Zeit damit, bis er meines entdeckt.

»Ah, Frau Salomon«, sagt er ruhig und nickt genau einmal. »Heute ist also Ihr erster Tag.« Es ist keine Frage, sondern eine Feststellung.

Die Augen aller Anwesenden richten sich auf mich, nun ganz offiziell.

»Richtig. Ich freue mich, hier zu sein.« *Erstaunlich, wie sicher ich klinge*, denke ich, während ich meinen Puls in meinen Ohren hämmern höre.

»Wir freuen uns über Ihre Verstärkung«, antwortet der kräftige Mann und erhebt seine Stimme, als er fortfährt: »Frau Salomon unterstützt ab sofort den psychologischen Dienst der Abteilung. Sie hat ihr Psychologiestudium mit Schwerpunkt Recht und Forensik als Jahrgangsbeste abgeschlossen und verfügt über ausgezeichnete Qualifikationen.« Einige der Kollegen betrachten mich sichtbar skeptisch, ein paar lächeln mir wohlwollend zu. »Sie ist offensichtlich jung und hat sich ohne Zweifel eine herausfordernde Tätigkeit ausgesucht«, ergänzt der Anstaltsleiter, seine Augen bohren sich in meine. Von rechts höre ich Gekicher. Mein Gesicht bleibt ernst, genau wie das von Gunther Kirchfeld. »Ich erwarte von Ihnen allen«, schließt der Direktor an, ohne seinen Blick von mir zu lösen, »dass Sie Frau Salomon dabei unterstützen, möglichst schnell in ihre Rolle hineinzufinden. In unser aller Interesse.«

Ich halte seinem Blick stand, genau wie zuvor dem von Yves, und schlucke die Spucke, die sich unter meiner Zunge ansammelt, so unauffällig wie möglich hinunter. *In unser aller Interesse?* Ich kann mir denken, was er meint, und doch klingt dieser simple Satz seltsam unheilvoll. Ein paar Sekunden verstreichen.

»Nun denn – wir fangen an. Die Behandlungs- und Vollzugsplanüberprüfung steht vor der Tür. Herr Hilser, Sie haben das Wort«, übergibt Gunther Kirchfeld an den hageren Juristen, der neben ihm als stellvertretender Abteilungsleiter die Hauptverantwortung für die fünfunddreißig Häftlinge der sozialtherapeutischen Abteilung des Gefängnisses trägt. Die Rollenverteilung ist eher ungewöhnlich, normalerweise haben Juristen die höheren Funktionen in Justizvollzugsanstalten in Nordrhein-Westfalen. Wenn ich mir die beiden Männer jedoch so ansehe, verstehe ich, warum Kirchfeld und nicht Hilser der Direktor ist.

Bewegung kommt in die Runde, um mich herum werden Akten aufgeschlagen und Kugelschreiber gezückt.

Doch keine Selbstvorstellung. Ich versuche durchzuatmen, während meine neuen Kollegen unter Hilsers Moderation über ihre Bezugshäftlinge, deren abscheuliche Taten, zwischenzeitliche Suizidgedanken und günstige oder weniger günstige Behandlungsverläufe zu berichten beginnen.

LEON

Er beobachtet sie schon eine ganze Weile durch die Glaswände des abgetrennten Großraumbüros hindurch. Ohne dass sie es merkt, denn im Beobachten ist er geübt.

Irgendwann hat Leon aufgehört, das Leben zu leben. Manchmal kommt es ihm so vor, als stünde er nur noch an der Seitenlinie und schaue allen anderen beim Leben zu. Wie ein Spieler auf der Ersatzbank, der weiß, dass er nicht eingewechselt wird.

Er beobachtet auch ihn, den hässlichen bulligen Typen, der neben ihr im Foyer an der Information der Kölner Versicherungsgesellschaft steht und Löcher in die Luft starrt. *Was will sie mit so einem?*, denkt er und betrachtet erneut die hübsche junge Frau mit den kupferfarbenen Haaren, die mit den Fersen auf und ab wippt. Er wirft einen Blick auf die Uhrzeit auf dem Monitor seines Rechners. Sie warten nun seit zehn Minuten. Dann öffnet er den Kalender, studiert die Einträge und dreht sich zu seinem Arbeitskollegen Jeff um.

»Frau Giebach lässt die Kunden mal wieder warten.«

Jeff murmelt etwas Unbestimmtes, während er ungerührt mit seinem wurstigen Finger über das Display seines Smartphones streicht.

Auch Leon widmet sich nun wieder der Exceltabelle auf seinem Bildschirm. Vertieft sich in die endlosen Zahlenreihen, die sauber strukturiert und logisch sind. Er hat nie verstanden, weshalb Menschen Mathematik ablehnen. Mathematik ist logisch. Logik bedeutet Sicherheit. Eine Weile nehmen ihn die Ziffern gefangen, bis ihn ein Hämmern aus seinem Fokus reißt, das einen kurzen Adrenalinstoß in ihm auslöst.

Der bullige Typ steht jetzt direkt vor der Glasfront des Großraumbüros und stiert ihn an.

»Hallo!«, dringt es dumpf durch die Scheibe. Dumpf und gereizt. Die Faust donnert ein weiteres Mal gegen das Glas.

»Samu, lass das doch«, erklingt nun die Stimme der Frau, die noch immer am Empfangstresen steht. Ihre Wangen sind gerötet, das kann Leon selbst auf die Entfernung sehen, vermutlich schämt sie sich.

»Die sehen uns, Babe! Ich lass mich doch nicht verarschen!« Der kantige Mann mit der Statur eines Boxers stapft in Richtung Bürotür.

»Sieht nicht gut für uns aus«, witzelt Jeff mit dünner Stimme und schiebt sich mit seinem Drehstuhl ans hintere Ende seines Schreibtisches.

Noch bevor Leon etwas erwidern kann, fliegt die Tür auf und schlägt mit der Klinke gegen die Wand.

»Wir warten seit zwanzig Minuten!« ›Samu‹ schiebt sich in den Raum, sein Glatzkopf ist hochrot. »Seid ihr alle in der Kaffeepause? Geld kassieren, aber nicht arbeiten, oder wie?«

»Samu, bitte …«

»Halt den Mund, Babe!«, unterbricht er seine Freundin rüde und ballt die Hände zu Fäusten. Leon spürt, wie ihm Hitze in den Kopf schießt. »Babe« verstummt wie ihr befohlen und richtet ihren Blick zu Boden. »Diese Sesselfurzer halten sich vielleicht für was Besseres, aber unsere Zeit ist auch was wert, verdammt nochmal!«

Leon nimmt einen tiefen Atemzug gegen die plötzliche Beklemmung in seiner Brust. Dann macht er eine kurze Bestandsaufnahme: *Stämmiger Körperbau, viel Testosteron, wenig Impulskontrolle. Absehbares Szenario mit einer nicht geringen Wahrscheinlichkeit für aggressive Übergriffe.* Als er sich aus seinem Stuhl erhebt, stellt er fest, dass er den Typen namens Samu um mindestens einen Kopf überragt. *Immerhin.* Ein nicht irrelevanter Faktor, obwohl seine vergleichsweise schmächtige Statur wenig beeindruckend auf jemanden wirken dürfte, der der Optik nach den Großteil seiner Lebenszeit in Kraftsport investiert.

»Herr …?«, beginnt er so selbstsicher er kann. Dass es keineswegs in seiner Zuständigkeit liegt, sich um den Herrn zu kümmern, lässt er sicherheitshalber unerwähnt.

»Tut das was zur Sache?«

»Wenn ich Sie im System finden soll, ja.«

»Ihre Kollegin hat uns schon im System gefunden und ist dann auf Nimmerwiedersehen verschwunden!«

»Vermutlich konnte sie Ihre zuständige Ansprechpartnerin telefonisch nicht erreichen und ist sie holen gegangen.«

»Und hat sich auf dem Weg dorthin in der Kaffeeküche verlaufen?«

Möglich, denkt Leon, und würde jetzt schmunzeln, wenn die Situation nicht so aufgeheizt wäre. »Ich kann es gerne erneut telefonisch bei meiner Kollegin versuchen, in Ordnung? Setzen Sie sich doch in der Zwischenzeit. Kann ich Ihnen etwas zu trinken anbieten?« Er deutet auf eine kleine Couch neben der Glastür und sucht den Blick der jungen Frau, die die Szene beobachtet und nun näher kommt.

»Das ist sehr nett von Ihnen, vielen Dank. Tut uns leid, Sie haben sicher alle sehr viel zu tun«, sagt sie und klingt dabei schüchtern.

»Wir bleiben stehen, wo wir sind, Babe!«, keift ihr Freund und hebt eine Hand.

Bilder aus längst vergangenen Zeiten jagen Leon durch den Kopf.

Seine Augen sind böse. Ihre Augen sind leer.

»Neun! Du bist neun!«, zischt sein Vater und fuchtelt mit dem Laken vor seinem Gesicht herum. Es ist durchnässt. Es riecht eklig.

Leon senkt den Blick auf die Holzdielen. Kratzer und Furchen. Er weiß doch selbst, wie alt er ist.

»Das ist ekelhaft! Was ist dein verdammtes Problem, Junge? Du bist eine Enttäuschung! Eine absolute Enttäuschung! Geben wir dir nicht alles? Geben wir dir etwa nicht genug? Was willst du denn noch?« Er ragt vor ihm auf, beugt sich über ihn, seine Stimme schraubt sich in die Höhe.

Leon stellt sich vor, er selbst schraube sich in den Boden. Hinein in die Kratzer und Furchen. Seine Augen brennen, er blinzelt schnell. Weinen mag Vater gar nicht. Genauso wenig wie sein Pipi auf der Bettwäsche. Er weiß doch auch nicht, was mit ihm nicht stimmt.

»Hat deine Mutter nicht schon genug mit dir zu tun? Was willst du ihr noch alles aufbürden? Sieh mich an, wenn ich mit dir spreche!« Spucke fliegt in sein Gesicht.

Leon hebt den Kopf. Die Augen seines Vaters bohren sich in seine. Das Straßengrau darin ist stechend. Das ist nicht gut. Gar nicht gut. Er möchte den Kopf wieder senken, doch das darf er nicht. Auch Schwäche mag Vater gar nicht. Und er ist viel zu oft zu schwach.

Er sieht zu seiner Mutter hinüber. Bitte hilf mir, denkt er. Der Druck hinter seinen Augen wird stärker. Er beißt seine Zähne so fest zusammen, wie er kann. Das tut ein bisschen weh, weil er einen Wackelzahn hat. Seine Mutter steht hinter seinem Vater, schaut nicht zu ihm rüber, schaut auf den Boden. Auf die Kratzer und Furchen. Auch Leon möchte sich wieder in die Kratzer und Furchen flüchten.

Etwas fliegt durch die Luft. Es klatscht. Leon schreit auf, würgt den Laut jedoch sofort hinunter. Seine Wange brennt, er spürt jeden einzelnen Finger der Hand seines Vaters auf seiner Haut.

»Junge, sieh mich an!«, brüllt dieser.

Bitte hilf mir, Mama, betet Leon stumm. Beginnt zu weinen. Doch nur in seinem Kopf, nicht in echt. Schon länger nicht mehr in echt, zumindest nicht vor seinem Vater. Seine Mama wendet sich ab und verlässt den Raum. Leon dreht seinen Kopf wieder in Vaters Richtung. Seine Brust hebt und senkt sich zu stark und zu schnell. Er versucht, tiefer zu atmen, doch es funktioniert nicht. Er ist zu schwach. Schon wieder ist er zu schwach. Er weiß doch auch nicht, was mit ihm nicht stimmt.

»Du widerst mich an!«, grollt sein Vater, grollen seine Augen, und Leon weiß, was nun kommen wird.

»Ich nehme an, dass es nun schnell gehen wird?« Die Stimme des Boxers reißt Leon aus seinen Erinnerungen.

Der Mann namens Samu wirft ihm einen drohenden Blick zu. Leon braucht einen kurzen Moment, um sich zu sammeln, dann nickt er und zwingt sich zu einem dienstleistungsorientierten Lächeln, das ihm alles abverlangt. »Sicher. Ich kümmere mich persönlich darum.«

»Richtig so«, antwortet der Mann und verschränkt die Arme.

»Danke«, murmelt die junge Frau und wirft Leon einen erleichterten Blick zu.

»Gern«, antwortet Leon. Und würde am liebsten hinzufügen, dass er das nur für sie tut, nicht für den widerlichen Scheißkerl neben ihr.

Fünf Minuten später kommt Leon nicht nur mit Frau Giebach, sondern auch mit der zuständigen Ansprechpartnerin der jungen Frau zurück, die er beide tatsächlich in der Mitarbeiterküche gefunden hat. Kurz denkt er darüber nach, ›Samu‹ zuzustecken, dass er mit seiner höhnischen Bemerkung in Bezug auf die Kaffeeküche recht hatte. *Auch ein blindes Huhn findet mal ein Korn.* Der Typ würde mit einer nicht unbedeutenden Wahrscheinlichkeit wütend reagieren. Während Leon noch überlegt, ob diese erneute Demonstration seiner mangelnden Impulskontrolle genug negative Wirkung bei der jungen Frau erzielen könnte, um sie dazu zu bringen, ihre Partnerwahl zu hinterfragen, entfernt sich das ungleiche Paar bereits mit seiner Kollegin.

Die hübsche junge Frau, die so verletzlich wirkt, schaut noch einmal über die Schulter und streicht sich eine kupferrote Haarsträhne aus der Stirn. Ihr Blick trifft Leon tief ins Herz.

26. März 2019

Liebes Tagebuch,
Samu und ich hatten gestern einen tollen Tag zusammen, er hat mich zum Essen ausgeführt und gesagt, dass ich nur das Beste verdient habe. Er gibt sich große Mühe, ich bin froh, dass wir uns wieder vertragen haben. Wir hatten letzte Woche einen weiteren Streit, und ich weiß wieder einmal nicht genau, wie wir hineingeraten sind. Man sagt ja, es gehören immer zwei dazu. Natürlich ist Samu aufbrausend und sagt manchmal gemeine Dinge. Aber er entschuldigt sich immer dafür, und das weiß ich sehr an ihm zu schätzen. Fehler sind menschlich. Wichtig ist, dass man sie erkennt, und er will an sich arbeiten, das hat er mir versprochen. Und ich weiß, dass ich auch nicht unschuldig bin. Ich glaube, ich klammere zu viel. Er ist mir einfach so wichtig, und ich will ihn nicht verlieren. Ich habe schon so viel falsch gemacht in meinem Leben, diesmal soll es anders laufen. Und Samu hat so vieles, was ich an ihm liebe. Er ist lustig und attraktiv, er verwöhnt mich, wo er kann, und er hat diese Haltung, dass er sich von nichts und niemandem etwas vorschreiben lässt, die ich bewundere. Auch wenn es nicht immer leicht ist, damit umzugehen.

Gerade ist er mit Sonny in der Kölner Innenstadt unterwegs, sie wollen in eine Bar an der Zülpicher Straße gehen und etwas trinken. Wenn die beiden unterwegs sind, höre ich immer erst am nächsten Tag etwas von Samu. Er rückt auch nie so recht mit der Sprache raus, was die zwei genau gemacht haben. Ich habe ein komisches Gefühl dabei. Aber Samu hat natürlich auch recht damit, dass er seine Freiheiten braucht. Vielleicht ist es auch meine eigene Unsicherheit, die mir da einen Streich spielt. Was ist schon dabei, wenn zwei Freunde abends ausgehen? Also habe ich ihm diesmal einfach nur viel Spaß gewünscht, ohne »Drama« zu machen, wie er es nennt. Als seine Freundin sollte ich mich darüber freuen, wenn er eine gute Zeit hat. Er kann schließlich nichts dafür, dass ich keine habe. Das ist auch nicht gesund, das weiß ich. Aber es ist alles so schwer seit Mamas Tod.

Dabei habe ich es wirklich versucht, seitdem ich wieder in Köln bin. Ich habe mich bei Ronja und Nadine gemeldet und gefragt, ob wir uns treffen wollen. Sie klangen nicht gerade begeistert, sind einem Treffen ausgewichen. Und ich kann das sogar verstehen, ich bin damals schließlich einfach ins Ausland abgehauen, ohne mich vernünftig zu verabschieden. Bin einfach abgetaucht, für viele Monate. Ich habe mich fehl am Platz gefühlt, wollte raus. Raus in die Welt, ja. Aber das ist nur die eine Seite der Medaille. Heute ist mir klar, dass ich die Menschen, die mein Leben ausgemacht haben, im Stich gelassen habe, in Zeiten, in denen sie mich gebraucht hätten. Dass ich egoistisch gehandelt habe, indem ich mich nicht wenigstens ab und zu gemeldet habe. Und dass ich zu jung war, um das zu begreifen.

Viel schlimmer ist aber, dass ich nicht nur meine Freunde mit ihren Alltagssorgen im Stich gelassen habe, sondern meine Mama. Nicht mit Alltagssorgen, sondern mit ihrem Krebs. Auf die Ferne war es für mich leichter, damit umzugehen. Zu verdrängen. Dass sie sterben könnte, sterben würde, das wollte ich nicht wahrhaben. Und jetzt ist es zu spät.

Mama ist tot.

Ich werde sie niemals wiedersehen. Das tut noch immer unendlich weh. Die Zeit heilt nicht alle Wunden, diese wird nie verheilen, und ich kann nie wiedergutmachen, dass ich nicht da gewesen bin. Ich fühle mich traurig und einsam, aber ich weiß, ich habe es nicht anders verdient.

Ich versuche jetzt, mich abzulenken. Ich merke, wie die düsteren Gedanken wieder Oberhand nehmen. Vielleicht male ich mein Bild weiter und höre dabei meine neue Playlist, die ich mir zusammengestellt habe, das hat in letzter Zeit wenigstens ein bisschen geholfen. Ich habe sie »Leben fühlen« genannt. Musik ist so etwas Besonderes. Es gibt Lieder, die einen direkten Zugang zu meiner Seele finden, als würden sie das zum Schwingen bringen, was mein Herz nicht auszudrücken vermag. Deshalb »Leben fühlen«, auch wenn es schrecklich schwer ist.

XOXO an meine Mama im Himmel und alle, die ich enttäuscht habe.

ANNA

KAPITEL 3

»Obwohl Herr Kirchfeld als forensischer Psychiater die sozialtherapeutische Abteilung leitet – übrigens als einziger Psychiater in der Region, andere Gefängnisse müssen ihre Psychiater extern hinzuziehen –, hat er als Anstaltsleiter naturgemäß einen so vollen Terminkalender, dass ich hier vor Ort für ihn nach dem Rechten sehe«, führt Hilser aus.

Während der Jurist spricht, starrt er entweder auf einen imaginären Punkt knapp an meinem Gesicht vorbei oder vor sich auf den Boden. Sein Atem riecht nach Kaffee, was der Übelkeit, die ich schon den ganzen Morgen verspüre, nicht gerade zuträglich ist.

Kontaktstärke ist nicht so sein Ding, denke ich nicht zum ersten Mal während unseres Rundganges durch die sozialtherapeutische Abteilung des Gefängnisses, während dem mein neuer Vorgesetzter hauptsächlich Themen referiert, über die ich schon längst Bescheid weiß. Ich habe mich bis ins Detail vorbereitet und nichts dem Zufall überlassen.

»Wie Sie sicher wissen«, setzt er an – *korrekt*, denke ich, sage aber nichts –, »beherbergt die JVA Weyer 233 Insassen insgesamt, 156 davon in Strafhaft, 32 in Untersuchungshaft, 10 in Sicherungsverwahrung und 35 hier bei uns in der sozialtherapeutischen Abteilung. Da wir eine Einrichtung des geschlossenen Vollzugs mit höchsten Sicherheitsstandards sind«, doziert er weiter, »sind unsere Insassen hauptsächlich aufgrund von schweren Gewalttaten und Sexualdelikten verurteilt worden, oft mehrfach. Auch wenn das Ziel einer JVA mit höchster Sicherheitsstufe vor allem auch in der Sicherung der Allgemeinheit liegt, haben wir hier in der sozialtherapeutischen Abteilung natürlich den Anspruch, ausgewählten Inhaftierten zielgerichtete Behandlungen im Sinne der Resozialisierung anzubieten.«

Ich nicke und nehme meinen Mut zusammen. »Allerdings ist das ja eine spezielle Konstellation, oder? Sozialtherapeutische Abteilungen arbeiten doch normalerweise auch mit Vollzugslockerungen, damit die Insassen das Erlernte auch draußen anwenden können. Das ist hier aufgrund der Sicherheitsstufe nicht möglich, richtig?«

Hilser wirft mir einen Blick zu, den ich nicht ganz deuten kann. »Das ist nicht ganz korrekt, Frau Salomon. Vollzugsöffnende Maßnahmen kategorisch auszuschließen wäre rechtswidrig, weil der Vollzug rechtlich auf Resozialisierung ausgerichtet sein sollte.«

»Aber sie unterliegen zumindest sehr strengen Voraussetzungen«, ergänze ich meine Aussage von eben auf eine Weise, die nicht offenbart, dass ich mich falsch ausgedrückt habe, und ärgere mich über mich selbst. Es hängt so vieles davon ab, dass sie mich hier ernst nehmen und mich möglichst schnell mit den Gefangenen allein lassen. Auch wenn sich mir allein bei dem Gedanken daran der Magen herumdreht.

»Richtig. Wir prüfen Lockerungen sehr genau auf ihre Vertretbarkeit. Sie kommen nur für Gefangene mit sehr niedrigem Flucht- und Rückfallrisiko in Frage.« Ich nicke, und Hilser fährt fort. »Es ist ein Spannungsfeld. Wir haben die höchste Sicherheitsstufe und arbeiten mit Schwerstkalibern; aber auch oder gerade diese Kandidaten brauchen Behandlungsangebote, da stimmen Sie mir sicher zu.«

»Ja, auf jeden Fall«, werfe ich ein und folge Hilser, der sich bereits wieder in Bewegung gesetzt hat, über den breiten, mit dunkelgrauem Teppichboden ausgelegten Flur, von dem links und rechts die Hafträume der Insassen und die Gemeinschaftsräume abgehen. Der Jurist deutet auf die offenen Türen.

»Eine weitere Besonderheit unserer Abteilung ist der Aufschluss der Hafträume und der freie Zugang zu gemeinsamen Wohnräumen und Küche. Um in der SothA unterzukommen, muss der entsprechende Inhaftierte über eine ausreichend hohe Behandlungsmotivation verfügen und darf nicht akut fremdgefährdend sein. Sobald hier jemand gewalttätig reagiert, muss er gehen. Das kommt glücklicherweise aber eher selten vor. Die meisten unserer Häftlinge wissen schon, was sie an uns haben.« Der Jurist versucht sich an einem humorvollen Zwinkern, das sein Gesicht für einen kurzen Moment etwas verunglückt aussehen lässt. Ich lächle höflich.

Wir bleiben vor einem großen Glaskasten stehen.

»Hier haben wir einen der Behandlungsräume. Die Kollegen führen die psychologischen Einzelgespräche teilweise auch in ihren Büros durch, grundsätzlich sind aber die verglasten Räume dafür vorgesehen. Damit die Beamten des AVD, die hier für die Sicherheit zuständig sind, einen Blick auf alles haben.«

Er nickt einem der Männer vom Allgemeinen Vollzugsdienst zu, der ein paar Häftlinge im Gemeinschaftsraum beobachtet.

Ich sehe zu dem anderen großen Raum mit Glasfront am anderen Ende des Flurs, in dem sich drei weitere Beamte aufhalten – auch sie sind für die Sicherung, Überwachung und Betreuung der Gefangenen zuständig und gestalten teilweise auch die Behandlung der Inhaftierten mit. Sie wirken hochkonzentriert, als würde ihnen nichts entgehen. Ich weiß nicht, ob ich mich deshalb sicher oder beklommen fühlen soll.

»Aus demselben Grund führen wir die Gruppentherapieangebote immer zu zweit durch. Üblicherweise eine Kollegin oder ein Kollege des psychologischen Dienstes im Tandem mit einer Person des Sozialdienstes oder des AVD.« Auch das hat mir der Direktor bereits bei meinem Bewerbungsgespräch erklärt.

»Herr Kirchfeld sagte, dass ich demnächst eine Therapiegruppe mit Männern übernehmen soll, die für ähnliche Delikte verurteilt wurden?«

»Richtig, aber bitte immer der Reihe nach, Frau Salomon. Dazu komme ich gleich noch«, verhindert Hilser gekonnt meinen Versuch, ihm in seinem Referieren vorauszueilen, und schließt eine unscheinbare Tür zu unserer Linken auf.

»Hier haben wir Ihr Büro.«

Ich folge ihm, doch ich komme nicht weit. Das »Büro« gleicht eher einer Besenkammer, in die sie alte Möbel hineingestellt haben, die der Optik nach auch als Sperrmüll am Straßenrand hätten stehen können. Während ich überlege, ob ich den Raum wohl bereits mit zwei Schritten durchschreiten kann oder ob es doch ein bis zwei mehr braucht, mustere ich den abgenutzten Schreibtisch, auf dem ein offensichtlich altersschwacher Computer steht, und die traurige Topfpflanze daneben, die ihrem Leben mangels Sonnenlicht keinen Sinn mehr zuzusprechen scheint. Durch das kleine Fenster dringt aufgrund der davor verbauten massiven Gitterstäbe kaum Licht. Gleich hinter der Tür befindet sich ein kleiner Tisch mit zwei Stühlen.

»Setzen wir uns doch einen Moment in die Besprechungsecke«, sagt Hilser, nachdem er die Tür geschlossen hat. Ich begreife erst, was er mit ›Besprechungsecke‹ meint, als er sich einen der Stühle heranzieht.

Ich folge seinem Beispiel und bin augenblicklich dankbar dafür, Einzelgespräche mit Inhaftierten nicht hier in diesem kleinen, düsteren Raum führen zu müssen. Auch wenn der Gedanke daran, in dem Glaskasten auf dem Flur durchgängig bei meiner Arbeit beobachtet zu werden, Unwohlsein in mir erzeugt, ist die Vorstellung von Gesprächen mit Schwerverbrechern in diesem Loch, das sie mein Büro nennen, weitaus weniger attraktiv. Ich versuche mich so zu platzieren, dass mein Knie nicht das meines neuen Vorgesetzten berührt.

»So, Frau Salomon, gibt es irgendwelche Fragen zu den Räumlichkeiten?«

»Nein, ich glaube nicht«, antworte ich. Meine Zunge fühlt sich seltsam schwer an.

»Bestens. Hier haben wir dann die Fachdienst-Richtlinien.« Hilser greift nach einem Ordner, der hinter ihm auf einem kleinen Regal bereitliegt, und platziert ihn ungelenk auf dem Tisch vor mir.

Ich öffne die obere Klappe. Es ist so viel Papier abgeheftet, dass die Metallbügel des Ordners nicht mehr bündig aufeinanderliegen, sondern einen kleinen gezackten Spalt lassen.

»Ich weiß, das sieht nach einer ganzen Menge aus. Es *ist* auch eine ganze Menge.« Der Mann kichert ein wenig in sich hinein. Ich fange an, seine schrullige Art trotz meiner Anspannung irgendwie sympathisch zu finden. »Bitte lesen Sie die Richtlinien gründlich, Frau Salomon. Dort haben wir alles festgehalten: was Sie zu beachten haben, wie Ihre Aufgaben konkret definiert sind, wie Stellungnahmen und Gutachten zu formulieren sind, was unsere Standards in der Diagnostik und in der Behandlung sind.« Er unterbricht sich und mustert mich. Der erneute plötzliche Blickkontakt bringt mich aus dem Konzept. »Sie kennen ja sicher einen der wichtigsten Standards zum Thema Diagnostik und Behandlung?«

Ich bin nicht sicher, welchen der vielen wichtigen Standards er meint, die mir in diesem Augenblick durch den Kopf schießen, und merke, wie sich mein Puls wieder beschleunigt. Er verengt die Augen.

»Natürlich«, beginne ich langsam und versuche dabei selbstsicher zu klingen. »Wenn ich die Behandlung eines Häftlings übernehme, bin ich nicht für die Diagnostik zuständig und andersherum.«

Der Jurist nickt. Meine Erleichterung darüber, dass ich die richtige Antwort gewählt habe, verfliegt jedoch einen Wimpernschlag später wieder, denn seine Augen bohren sich weiter in meine. »Und wieso ist das so?«

»Damit …« Ich hole möglichst geräuschlos Luft. »Damit möchte man Rollenkonflikte vermeiden. Wenn ich für die Diagnostik verantwortlich bin, bewerte ich zum Beispiel so etwas wie das Rückfallrisiko oder die psychische Verfassung des Insassen. Oder bereite beispielsweise Entscheidungen in Richtung Lockerungen vor.« Hilser hört mir konzentriert zu, seine Miene bleibt regungslos. »Wenn ich einen Häftling behandle, also psychologische Gespräche mit ihm führe, dann geht es darum, eine Vertrauensebene aufzubauen und an tiefer greifenden Themen zu arbeiten.«

»Aber auch da müssten Sie objektiv bleiben, oder nicht? Inwiefern schließt das eine das andere aus?«

Gute Frage. Hilser verfügt offensichtlich über einen scharfen Verstand. Ich schaue zur Seite und denke nach. »Auch als Behandlerin bleibe ich selbstverständlich objektiv. Aber trotzdem muss eine gewisse Nähe zum Häftling entstehen. Ich muss mit ihm in einen vertrauensvollen Kontakt kommen. Eine Verbindung herstellen, wertschätzend und vorurteilsfrei. Trotz der Taten, die er begangen hat. Der Gedanke, dass ich dabei gleichzeitig bewerten könnte, wie unsere Gespräche sich auf seine Zukunft auswirken, könnte zu einer ungewollten Befangenheit seitens des Häftlings führen.« Ein blutroter See blitzt durch meine Gedanken. Ich stocke kurz, weil mir schlagartig der Schweiß ausbricht. Als ich weiterspreche, zittert meine Stimme ein wenig. »Selbst wenn ich also immer um professionelle Distanz bemüht bin, hat ein Kollege oder eine Kollegin, denen das intensive Gespräch und der persönliche Austausch mit dem Insassen fehlen, trotzdem immer einen größeren Abstand. Einen noch objektiveren und unvoreingenommeneren Blick. Außerdem ist es schon allein aufgrund des Vieraugenprinzips wichtig, dass es mehr als einen Zuständigen für den Insassen gibt. Diagnostik und Behandlung zu trennen, ist also in jeglicher Hinsicht sinnvoll.«

Hilser nickt anerkennend. »Korrekt, gut.« Nun wirklich erleichtert, streiche ich mir eine Haarsträhne hinter die Ohren und unauffällig die Feuchtigkeit von meiner Stirn. Dann deutet mein neuer Vorgesetzter auf den Ordner. »Also, damit sind Sie sicher eine Weile beschäftigt. Ich würde vorschlagen, dass Sie sich zunächst damit befassen und dann um elf Uhr zu unserer Teambesprechung kommen. Eine solche Teambesprechung führen wir täglich durch, um Spaltungsversuche im Team zu verhindern.«

»Spaltungsversuche?«

»Ja. Leider passiert es immer wieder, dass unsere Häftlinge versuchen, uns untereinander auszuspielen, oder Sachverhalte anders äußern, als sie besprochen wurden. Wir haben es teilweise mit hochmanipulativen Persönlichkeiten zu tun. Aus diesem Grund bringen wir uns im Team täglich auf den aktuellen Stand.« Er hebt seinen Zeigefinger, während er redet. »Es ist das A und O, dass wir als geschlossene Einheit auftreten und uns über jede Erkenntnis vollumfänglich austauschen. Im Anschluss an unsere Besprechung gehe ich mit Ihnen die Häftlinge durch, für die Sie zuständig sein werden. Da haben Sie nochmal einiges an Aktenstudium vor sich, um sich vernünftig auf die ersten Einzelgespräche diese Woche vorzubereiten.«

»Noch diese Woche?«

»Ja, natürlich«, erwidert der hagere Jurist und beobachtet mich wortlos lange drei Sekunden. »Ist das ein Problem?«

»Nein, überhaupt nicht«, antworte ich, stolpere dabei aber über meine eigenen Worte. Ich versuche, ruhiger weiterzusprechen. »Ich freue mich darauf, loszulegen. Ich hatte nur nicht damit gerechnet, dass ich so schnell starten kann, aber … aber umso besser.« Meine Stimme schnellt am Satzende in die Höhe, was ihr unglücklicherweise einen fragenden Ton verleiht.

»Ja, nun – uns ist eine gründliche Vorbereitung wichtig«, der Jurist deutet auf den großen Ordner vor mir auf dem Tisch. »Und ebenso eine gründliche Einarbeitung in die Akten jedes einzelnen Ihnen zugeteilten Häftlings.« Ich nicke. »Aber wir sind zugleich der Auffassung, dass zögerliche Haltungen hier nicht auf der Tagesordnung stehen sollten. Sie haben sich für diesen Job entschieden, also geht es mitten hinein, oder haben Sie Bedenken?«

Hilser wirkt schlagartig viel weniger vergeistigt und theoretisch. Seine Augen ruhen nun durchgängig auf mir, kein ausweichendes Verhalten mehr. *Eigentlich beruhigend, wo er doch in einer JVA mit höchster Sicherheitsstufe arbeitet*, denke ich.

»Nein, alles in Ordnung. Ich habe keine Bedenken.« Ich hole tiefer Luft und spreche erneut bewusst langsam. »Es wäre gelogen, wenn ich behaupten würde, dass ich kein bisschen aufgeregt bin. Ich finde es aber gut, dass ich so schnell Verantwortung übernehmen und Ihnen beweisen kann, dass ich hier richtig bin. Wie … wie steht es um die deliktspezifische Therapiegruppe, die ich laut Kirchfeld übernehmen soll?«

Hilser nickt. »Kirchfeld hat Ihnen das so genannte BPS, das Behandlungsprogramm für Sexualstraftäter, zugewiesen. Das führen Sie zusammen mit Herrn Vandenfeld durch, unserem Sozialarbeiter. Ich kann Sie nachher bekannt machen.«

»Das ist nett, aber wir haben uns heute Morgen schon in der Konferenz kennengelernt«, antworte ich und denke an den bartlosen und im sozialen Kontakt etwas ungelenken Yves. Und daran, wie das wohl sein wird, als Frau Mitte zwanzig ausgerechnet für die Sexualstraftäter dieses Gefängnisses zuständig zu sein. *Gemeinsam mit einem Mann, der dem Prototypen eines gemobbten Schülers entspricht*, hallt eine für mich untypisch zynische Stimme durch meinen Kopf, und ich möchte lachen, obwohl mir überhaupt nicht nach Lachen zumute ist.

»Bestens. Ich werde Herrn Vandenfeld bitten, Ihnen entsprechendes Material zur Vorbereitung zur Verfügung zu stellen.«

»Das wäre toll. Ich habe in der Vergangenheit auch Achtsamkeitstrainings geleitet. Ist so etwas für die SothA auch relevant?«, frage ich und wähle bewusst die Abkürzung, die teamintern verwendet wird.

»Ja, sicher. Finden Sie sich aber erstmal ein, und dann schauen wir weiter, ob Sie noch Ressourcen haben. Es wird auf jeden Fall genug zu tun geben.«

Ich lächle und stelle gleichzeitig fest, dass meine Handflächen feucht sind. Hoffentlich verabschiedet sich Hilser gleich nicht mit einem Händeschütteln. »Da bin ich mir sicher«, antworte ich und versuche, meine Hände unauffällig an meiner Jeans zu trocknen.

»Gut, Frau Salomon. Das reicht fürs Erste. Oder haben Sie aktuell noch irgendwelche Fragen?«

»Nur eine«, antworte ich nach kurzem Zögern. »Wie findet die Zuteilung der Häftlinge zu den Kollegen statt? Wer entscheidet, welcher Psychologe wen behandelt oder diagnostisch überprüft?«

»Das ist eine interessante Frage. Ist das für Sie von Belang?«

Mehr als alles andere, denke ich. »Nein«, antworte ich. »Ich bin für alles offen. Ich bin nur daran interessiert, alle Abläufe und Prozesse zu verstehen.«

»Ihre Genauigkeit weiß ich zu schätzen. Die ist in Ihrem Job und in unserem Umfeld in der Tat sehr wichtig. Überlebenswichtig, könnte man sagen«, antwortet Hilser. »Tatsächlich ist es so, dass Herr Kirchfeld und ich die Zuteilung vornehmen. In vielen anderen Justizvollzugsanstalten teilen die Kollegen die Häftlinge untereinander auf, je nach Kapazität, wir fahren da aber eine etwas andere Strategie. Wir werden uns in den kommenden Wochen und Monaten ein Bild von Ihnen und Ihren Methoden machen und auf dieser Basis, genau wie bei Ihren Kollegen auch, entscheiden, welche Häftlinge Ihnen zum jeweiligen Zeitpunkt zugeteilt werden. Wir starten mit ein paar wenigen und steigern die Anzahl der Ihnen zugeteilten Häftlinge Schritt für Schritt.«

Mein Herz trommelt in meiner Brust. Kurz schaue ich an mir herunter in dem irrwitzigen Gedanken, man könnte es von außen sehen.

Dann verabschiedet sich Hilser. Ohne Händeschütteln.

Ich blinzle gegen das Brennen in meinen Augen an, das plötzlich einsetzt, als die Tür hinter dem Juristen ins Schloss fällt. Das erste Mal an diesem Tag bin ich für einen Moment allein. Die plötzliche Stille drückt auf meine Ohren. Eine Stille, die nur durch leises, dumpfes Gemurmel vom Flur draußen unterbrochen wird. Zitternd atme ich ein. *Nicht jetzt*, denke ich und taste nach der feinen goldenen Kette um meinen Hals.

Du bist hier genau am richtigen Ort, hämmert es in meinem Kopf. »Du bist hier genau am richtigen Ort«, flüstere ich den Satz aus meinen Gedanken auch in die Realität hinein und halte mich an ihm fest. »Du bist hier genau am richtigen Ort.« Dreimal. Viermal. »Du bist hier genau am richtigen Ort!«

Zumindest hoffe ich das.

Unwirsch wische ich die Tränen, die ich nicht aufhalten kann, von meinen Wangen und ziehe Hilsers Ordner zu mir heran.

LEON

Mit Geschirr beladen kehrt sie in das Wohnzimmer der Einliegerwohnung zurück, die sich im Erdgeschoss der alten Müngersdorfer Stadtvilla befindet, in der sie wohnt. Er duckt sich und geht ein paar Schritte weiter an der mannshohen Hecke entlang, die das Grundstück umrahmt. Es ist ein kühler Frühlingsabend, was ihm zugutekommt, denn kaum einer treibt sich draußen herum. Als er das hell erleuchtete, erfreulich große Rechteck ihres Wohnzimmerfensters gut im Blick hat, bleibt Leon stehen und richtet sich vorsichtig auf.

Sina heißt sie. Das hat er zusammen mit ihrer Kölner Wohnadresse dem Kundensystem der Versicherung entnommen. Seitdem er sie im Foyer der Versicherungsgesellschaft entdeckt hat, kann er an kaum etwas anderes denken. Er musste sie einfach wiedersehen.

Leon stellt sich auf die Zehenspitzen, um einen besseren Blick darauf zu haben, wie sie den Tisch deckt. Für zwei Personen. Für sich und den Kerl, der alles an Grobheit in sich vereint, was sie an Sanftheit in sich trägt. Er zieht die Augenbrauen zusammen. Kurz verliert er sich in der Vorstellung, wie es wohl wäre, wenn nicht der minderbemittelte Boxertyp in diesem Moment auf der Couch sitzen und auf das gemeinsame Abendessen warten würde, sondern er selbst. Mit ihm hätte sie es besser. Um Längen.

Leon ist nicht besonders partnerschaftserprobt. Für gewöhnlich meidet er soziale Kontakte, fühlt sich allzu oft unsicher. Dennoch hat er das Konzept einer Beziehung gut verstanden. Weiß, worauf es ankommt. Weiß nur allzu gut, wie es *nicht* laufen sollte. *Eine Frau wie Sina gehört beschützt. Beschützt und geehrt*, denkt er bei sich und stellt sich ein weiteres Mal vor, wie er und nicht dieser Boxer, der ihren Wert so gar nicht verstanden hat, an dem gedeckten Tisch Platz nimmt. Wie sie *ihm* statt Samu über die Schultern streicht. *Wer heißt überhaupt Samu?*

Sie beginnen zu essen. Leon kann von seiner Position aus nicht genau erkennen, was. *Fleisch. Irgendein Gemüse*, schätzt er. Sie scheinen nicht miteinander zu reden. Zumindest halten beide die Köpfe gesenkt. Dann scheint der Boxer irgendetwas zu sagen, denn Sina hebt den Kopf. Legt nach ein paar Sekunden ihr Besteck weg. Der Boxer wirkt aufgebracht. Denn auch er legt sein Besteck weg, allerdings anders als zuvor Sina. Schneller. Schärfer. *Wut?*, schlussfolgert Leon und schluckt. Sinas kantiger Freund schiebt seinen Teller weg. *Stößt ihn weg*, korrigiert sich Leon stumm und runzelt die Stirn. Das Rauschen der nahegelegenen Aachener Straße ist zu laut oder die Fenster zu dicht, er kann auf jeden Fall nichts von dem verstehen, was der Boxer von sich gibt. Immerhin ist er so laut, dass ein dumpfes Schimpfen durch das geschlossene Fenster dringt. *Wieso wehrt sie sich nicht?*, denkt er, als der Boxer so heftig aufspringt, dass sein Stuhl nach hinten fliegt.

Beide Männer ballen zeitgleich die Fäuste. Der eine draußen, unerkannt in der Dunkelheit, der andere drinnen, hell erleuchtet, im Zentrum des Geschehens. Ein mächtiger Arm fegt über den Esstisch.

Leons Atem gleicht einem Staccato.

Er hört das Klirren und Scheppern des zerbrechenden Porzellans so deutlich, als wäre er in diesem Moment mit im

Raum, obwohl nur ein schwaches Echo des eskalierenden Streits nach außen dringt. Und wieder sind sie da, die Bilder von früher.

Es hat weh getan. Und Angst gemacht. Er weiß nie, wann Vater aufhören wird.

Seine Mama trägt Salbe auf die blauen Flecken auf seiner Haut auf. Es schmerzt noch immer, aber er hält ganz still, damit sie bloß nicht damit aufhört. Es fühlt sich ein bisschen wie streicheln an.

»Du musst besser auf ihn hören«, sagt sie nach einer Weile, tritt zurück und schraubt die Tube zu.

Leon bleibt stumm, weil er nicht weiß, was er sagen soll. Und weil er traurig ist, dass sie die Tube zugeschraubt hat. Er will ja auf Vater hören. Er weiß auch nicht, was mit ihm nicht stimmt.

»Ich wollte kein Pipi machen«, sagt er dann doch und senkt den Kopf, weil seine Augen wieder anfangen zu brennen.

Seine Mama erwidert nichts. Als Leon aufschaut, räumt sie gerade die letzten Teile des Verbandszeuges in die hellgraue Blechkiste, in der sie alles aufbewahrt, was sie zur Verarztung seiner Wunden braucht. Und ihrer eigenen. Allerdings hat sie schon länger keine Wunde mehr gehabt. Seit sie aufgehört hat, ihn zu beschützen, lässt Vater sie größtenteils in Ruhe. Das ist gut. Er will nicht, dass seine Mama weint. Das macht ihm mehr Angst als alles andere.

Der Fußboden knarzt leise, als sie sich auf die Zehenspitzen stellt, um die Kiste im oberen Fach des Küchenschranks zu verstauen. Gleich vor den großen Flaschen Alkohol, die Vater nicht sehen darf. Sie schließt den Schrank, streicht sich die Haare aus dem Gesicht und dreht sich zu ihm um. Ihr Gesichtsausdruck ist hart wie ein Stein. Leons Augen füllen sich mit Tränen. Er blinzelt schnell.

»Hast du deine Hausaufgaben gemacht?«

Er nickt.

»Gut. Das ist wichtig. Geh raus in den Garten, während ich das Essen mache. Ich habe Kopfschmerzen.«

Er nickt erneut. Wartet, ob noch etwas kommt. Doch seine Mama hat ihm bereits wieder den Rücken zugedreht und hantiert mit Töpfen und Pfannen. Langsam rutscht Leon von seinem Stuhl. Er bewegt sich ganz langsam, lässt sich extra viel Zeit. Bleibt hinter seiner Mutter stehen. Hebt seine Hand in Richtung ihres Rückens. So gerne würde er sie berühren.

»Bist du immer noch hier?«, zischt sie, ohne sich umzudrehen, wirft ein paar Kartoffeln auf ein Schneidebrett und massiert sich die Schläfen. »Ich möchte doch einfach nur meine Ruhe. Ist das einmal möglich?«

Leon starrt ihren Rücken an, der irgendwie fest aussieht. Schwere drückt ihn zu Boden, als würden Gewichte an seinen Schultern hängen. Vielleicht auch Anker. Das hat er in einem Piratenbuch gelesen. Dass Piraten ihre Feinde mit Ankern im Meer versenken. Oder waren es Steine, die an die Füße gebunden werden? Im Meer ist es kalt, und man bekommt keine Luft. Das fühlt sich bestimmt ganz ähnlich an wie das, was er gerade fühlt.

Da er seine Mama nicht erneut enttäuschen will, zieht er die Schultern hoch, so gut er kann, obwohl Anker an ihnen hängen, und geht aus dem Raum.

ANNA

KAPITEL 4

»Anna? Anna, wach auf!«

Alles ist rot. Ich kriege keine Luft. *Das kann nicht sein. Das kann einfach nicht sein. Bitte nicht. Bitte, bitte nicht.*

»Anna!«

Ich kann nichts sehen. Nur rostroten Nebel, der mich zu ersticken droht. Der über mich drüberwalzt und mir jegliche Luft aus den Lungen presst, in mich eindringt, in jede meiner Poren strömt. *Hilfe. Bitte.* Verzweifelt strecke ich die Hände aus, ziehe mich über den Boden, der sich seltsam warm und weich anfühlt, doch ich komme kaum vorwärts, alles an meinem Körper ist schwer. Etwas rüttelt an meiner Schulter, ich drehe mich um, versuche, es abzuschütteln.

»Schatz, wach auf, das ist nur ein Traum!«

Ich höre eine Stimme, dumpf nur, irgendwie hallend, sie dringt kaum durch den Nebel, zieht ein gruseliges Echo nach sich. Mit letzter Kraft ziehe ich mich erneut nach vorne, irgendwo muss der feuchte Nebel ein Ende haben, und blinzle, als meine Hände in eine klebrige, warme Flüssigkeit eintauchen. Blutrot. Ein Ufer. Ein See. Ein See voller Blut. In der Mitte des Sees eine Zimmertür, groß, aufragend, unheilvoll.

Sie öffnet sich, ganz langsam nur, drängt die Massen aus Blut beiseite, Wellen schwappen über meine Hände. Ich reiße den Mund auf, höre mich schreien, gellend. Der Nebel wabert, pulsiert, vor mir, über mir, in mir, neben mir. Alles schmeckt nach Blei.

»Anna!«

Ein Ruck geht durch meinen Körper, ich schieße hoch, keuchend, plötzlich von jedem Gewicht befreit. Tränen laufen mir über die Wangen. Ich höre ein Rumpeln, dann dringt ein sanfter Lichtschein durch die Dunkelheit. Rot, nein, orange. Eher gelb. Weniger rot als eben. Eine warme Hand befühlt mein Gesicht.

»Schatz, Anna, es ist alles gut, du hast geträumt!« Wie paralysiert drehe ich meinen Kopf. »Es ist alles gut. Schau mich an, ich bin da«, wispert Jonathan, mein Freund, dessen Gesicht ich nur schemenhaft durch den Tränenschleier in meinen Augen erkennen kann. Katzenartig geformte grüne Augen betrachten mich besorgt. Ich wische mir über meine eigenen Augen, überall diese Feuchtigkeit, wie Blut. »Anna, es ist alles gut. Du bist in Sicherheit.« Ich nicke, bebend, während Jonathan mich an sich zieht und fest in seine Arme nimmt.

»Ich hatte wieder diesen Traum«, schluchze ich los. »Von dem … von dem …«

»Von dem Blutsee?«, beendet Jonathan meinen Satz und streicht mir über den Kopf. »Das tut mir leid, mein Schatz. Du bist in Sicherheit. Alles ist gut.«

Doch ich höre an seiner Stimme, dass gar nichts gut ist. Und ich weiß es ja selbst.

Die Albträume nehmen wieder zu.

Eine Stunde später sitzen wir am Küchentisch, früher als üblich, weil wir beide nicht mehr schlafen konnten. Der Wecker meines Handys geht erst jetzt los, müde und ausgelaugt greife ich danach und brauche mehrere Anläufe, um die schrille Melodie auszustellen.

Jonathan kommt mit zwei dampfenden Tassen Kaffee zurück zum Tisch, reicht mir meine und lässt sich neben mich auf seinen Stuhl sinken. Ich umschließe den Becher mit beiden Händen und genieße die Wärme, die er ausstrahlt, bevor ich einen großen Schluck nehme.

»Tut mir leid, dass ich dich schon wieder geweckt habe«, sage ich leise und beobachte Jonathan dabei, wie er erst nach der Müslipackung greift und dann nach der Milch. Sein Blick streift meinen. Auch er sieht müde aus, sein dunkelblondes Haar steht wirr in alle Richtungen ab.

»Du musst dich nicht entschuldigen, Anna, das weißt du«, erwidert er und streicht mir liebevoll über die Hand, bevor er seinen Löffel in seine Schüssel taucht, die nun randvoll gefüllt ist.

»Ja, aber es tut mir trotzdem leid«, setze ich nach und ziehe die Schultern nach oben. »Ich weiß selbst nicht, wieso ich in letzter Zeit wieder häufiger träume. Geht … geht aber bestimmt bald wieder vorbei.«

Nun bin ich diejenige, die nach dem Müsli greift, obwohl ich überhaupt keinen Hunger habe. Ich weiß ganz genau, wieso die Träume wieder häufiger kommen. Vor allem dieser eine, der mich seit sechs Jahren heimsucht. Nebel, ein See aus Blut und die Tür, durch die ich manchmal hindurchgehe und manchmal nicht.

Ich wünschte, ich wäre nie hindurchgegangen.

»Das dritte Mal in dieser Woche«, stellt Jonathan fest, und ich kann seinen Gesichtsausdruck nicht richtig deuten. »Vielleicht bist du etwas zu sehr gestresst? Wie läuft es denn in Weyer?« Er schiebt sich einen weiteren Löffel Müsli in den Mund.

Ich rühre in meiner Milch herum. »Ziemlich gut«, antworte ich und hoffe, locker genug zu klingen. »Natürlich ist alles aufregend und neu, aber es macht Spaß.«

In Wahrheit ist es viel schwieriger, als ich erwartet habe. Natürlich ist mir klar gewesen, dass es herausfordernd werden wird. Aber dass ich mich so angespannt fühlen würde, so beobachtet, hätte ich nicht gedacht. In der JVA Weyer zu sein, fühlt sich gleichzeitig so richtig und so falsch an. Ich suche Heilung an einem Ort, dem die Gefahr aus jeder Pore strömt, und weiß am Ende doch nicht sicher, ob mein Plan überhaupt aufgehen wird.

»Das freut mich.« Jonathan hebt einen Mundwinkel und nickt. Dann fährt er mit ernsterer Stimme fort: »Aber gib trotzdem auf dich acht, okay? Du bist bisher jeden Abend später als geplant nach Hause gekommen. Und … ich weiß nicht, ob es ein Zufall ist, dass die Albträume ausgerechnet mit deinem Stellenantritt im Gefängnis wiederkommen. Ich meine, auch unabhängig vom Stress, den jeder neue Job mit sich bringt.« Seine Augen bleiben an meinen hängen. Weil sich mein Brustkorb zusammenzieht, wende ich mein Gesicht ab. »Du hattest die schlechten Nächte gerade erst einigermaßen hinter dir gelassen.«

»Na ja, so richtig weg waren die Träume ja nie«, antworte ich defensiv, füge ein »Brauchst du die Milch noch?« hinzu und deute auf die Packung, während ich aufstehe. Jonathan schüttelt seinen Kopf, feine Linien sind auf seiner Stirn zu sehen. »Das mit den Träumen wird wohl einfach am Stress liegen«, fahre ich fort, während ich zum Kühlschrank gehe. Ich gebe vor, ein paar Sachen umräumen zu müssen, so dass mich die Kühlschranktür noch etwas länger verbirgt. »Aber ich mag die Herausforderung. Ich denke, das wird sich alles einrenken, wenn ich mich an das neue Pensum und die Umgebung gewöhnt habe. Ich hoffe, auch die Nächte werden wieder besser, und falls nicht, gehe ich ins Wohnzimmer zum Schlafen. Ich möchte dich nicht wach halten.«

»Darum geht es mir nicht, das weißt du«, erwidert Jonathan

sanft. »Ich möchte nur, dass es dir gut geht. Zum Beispiel solltest du vernünftig frühstücken.« Er deutet auf meine noch fast volle Schüssel, als ich zurückkehre. »Du hast dein Müsli kaum angerührt.«

»Ist mir doch noch etwas zu früh, ich esse später in Ruhe. Danke für deine Sorge. Aber das wird schon alles.« Ich hebe die Mundwinkel zu einem Lächeln, dann werfe ich einen Blick zu der kleinen blauen Wanduhr über der Küchentür. »Ich muss heute etwas früher in Weyer sein, das hatte ich ganz vergessen, ich gehe mich mal umziehen, ja?«

Ich kann sein »Genau wie ich sagte – zu viel Stress« schon förmlich hören, doch Jonathan verkneift es sich. »Okay«, sagt er stattdessen nur und zieht dann meine Schüssel zu sich heran. »Des einen Leid ist des anderen Freud, oder wie war das?«, ergänzt er und lächelt mir zu.

»So ist es«, antworte ich schmunzelnd. Dann drücke ich ihm im Vorbeigehen einen Kuss auf die Wange.

An der Tür halte ich inne. »Ich … Ich liebe dich.«

»Ich dich auch«, erwidert Jonathan. »Hab einen schönen Tag. Gönn dir zwischendurch aber bitte etwas Ruhe, hörst du?«

»Ich gebe mir Mühe«, antworte ich in einem lockeren Ton, obwohl sich mein Herz mit einem Mal wieder furchtbar schwer anfühlt.

Jonathan ist mein engster Vertrauter. Mein Fels in der Brandung. Seit unserem Kennenlernen vor ein paar Jahren hat uns nichts auseinanderbringen können, länger als zwei Tage waren wir nie voneinander getrennt. Wir sind eines dieser Bonnie-und-Clyde-Paare – wir zwei gegen den Rest der Welt. Das war immer unser Ding. Nichts hat je zwischen uns gepasst, bis ich für Risse im Fundament gesorgt habe. Bis ich etwas zwischen uns gebracht habe.

Jonathan darf nicht wissen, was ich vorhabe. Er darf es nicht wissen, denn er würde mich davon abbringen wollen, er könnte es niemals verstehen. Niemand kann das. Ausnahmslos jeder würde mich für völlig verrückt erklären. Selbst ich erkläre mich für verrückt. Weil es völlig verrückt ist. Und doch die einzige Chance, die mir noch bleibt.

Eine Chance, von der vielleicht, womöglich, hoffentlich sogar, zwei Leben abhängen. Auch wenn diese Chance noch so klein ist.

ANNA

KAPITEL 5

Antaios Tsakiris wirkt anders, als ich ihn mir vorgestellt habe.

Vielleicht liegt das daran, dass ich nicht viel Zeit für seine doch sehr umfassende Akte hatte – Hilser hat mich erst vor einer Stunde über das Gespräch mit dem verurteilten Mörder informiert und darüber, dass ich es begleiten soll. Vielleicht wollen sie mich bewusst unter Druck setzen, um meine Belastbarkeit zu testen. Ich fühle mich, als wäre ich noch mitten im Bewerbungsprozess. Tsakiris soll einer meiner Bezugshäftlinge werden, so viel wusste ich schon gestern. Dass ich ihm heute Morgen bereits in dem Glaskasten auf dem Flur gegenübersitzen werde, allerdings nicht.

Nervös werfe ich einen Blick über die Schulter. Einer der AVD-Beamten nickt mir durch das Glas hindurch zu. Meine Augen wandern instinktiv zu seinem Gürtel, obwohl ich weiß, dass dort keine Waffe zu finden ist. Das Risiko, dass Inhaftierte die Waffen des Sicherheitspersonals in ihren Besitz bringen, wäre viel zu hoch, daher sind nur die Außenmauern des Gefängnisses mit Waffen gesichert. Die Beamten sind allerdings immerhin im Nahkampftraining ausgebildet, und das sieht man der Statur des Mannes, der mich in diesem Moment genau beäugt, auch an.

Beklommen drehe ich meinen Kopf wieder zurück und richte meine Augen diesmal auf meinen Kollegen Herrn Schumann, den undurchdringlichsten Psychologen, den ich je kennengelernt habe. Mit völlig regungsloser Miene informiert er Tsakiris gerade darüber, dass ich seine neue Bezugsbehandlerin sein werde. Würde ich seine Sprache nicht verstehen, wüsste ich nicht, ob er gerade einen Witz erzählt, eine Todesnachricht übermittelt oder über die neuesten Aktienkurse referiert. Vermutlich Letzteres; wenn man es genau betrachtet, würde schließlich keiner, der einen Witz oder vom Tod eines Menschen erzählt, derart neutral bleiben.

Der kleine, gedrungene fünfundvierzigjährige Grieche, der wegen einer brutalen Übertötung eines Freundes und Geschäftspartners zu einer lebenslangen Haftstrafe verurteilt worden ist, wirkt hingegen irritierend vertrauenswürdig und freundlich, wie er in seiner schwarzen Trainingshose und seinem grauen Kapuzenpullover auf seinem Plastikstuhl sitzt und mir höflich zunickt. Ein sauberer Allerwelts-Männerdeo-Geruch strömt mir entgegen, als er sich anders ausrichtet und die Stirn in Falten legt. Doch es ist weniger das unauffällige Äußere, das mich irritiert. Es ist seine ruhige, fast depressive Ausstrahlung. Die abgewogenen Antworten. Seine Schüchternheit und Demut. Er wirkt alles andere als gefährlich. Er tut mir intuitiv eher leid. Er, der sechsunddreißigmal mit einem Hammer auf den Kopf seines Geschäftspartners eingeschlagen hat.

Meine spontane Sympathie für den Mörder, der mir so unscheinbar gegenübersitzt, ist auf eine beunruhigende Weise fehl am Platz, und doch ist diese Widersprüchlichkeit eine Erfahrung, die ich nicht zum ersten Mal mache. Auch während meiner Zeit in der forensischen Psychiatrie ging es mir manchmal ähnlich. Und ich weiß, dass auch Kolleginnen und Kollegen, insbesondere die unerfahreneren, dieses verstörende Gefühl von Sympathie gegenüber einem Menschen, der nicht sympathisch sein *dürfte*, kennen.

Wir haben es mit Schwerverbrechern zu tun. Schwerverbrecher, die Abscheuliches getan haben. Doch auch Schwerverbrecher sind Menschen. Menschen mit zweifellos tiefdunklen Seiten, in den meisten Fällen aber auch mit guten. Menschen mit facettenreichen Persönlichkeiten und Biografien. Menschen, die Störungen haben. Menschen, die von der Allgemeinheit aufgrund ihrer Taten als Monster angesehen werden und doch oft nicht wie Monster aussehen, oftmals nicht einmal wie Monster wirken. Das Böse ist selten sichtbar, zumindest nicht auf den ersten Blick. Und die Welt ist nicht so schwarz-weiß, wie wir sie manchmal gerne hätten. Nicht einmal für mich, die seit sechs Jahren von Blut träumt. Nicht einmal für mich als forensische Psychologin.

Es gibt Psychopathen, die ihren Außeneindruck bewusst verfälschen. Die sich so geschickt anpassen, dass nicht einmal engste Vertraute oder Familienmitglieder ahnen, was sich hinter der glänzenden Fassade verbirgt. Aber es gibt auch Verbrecher wie Antaios Tsakiris, die von ihrer Tat womöglich selbst überrascht wurden. Die als Geschäftsführer eines erfolgreichen mittelständischen Unternehmens, ja sogar als Ehemänner und Familienväter, vollkommen unbescholten waren oder zumindest wirkten. Die erschreckenderweise wohl selbst nichts von dem Monster ahnten, das tief unten in ihnen schlummerte – oder seine Existenz verdrängten.

Tsakiris beginnt zu weinen, als er uns zu erklären versucht – sicher nicht zum ersten Mal während der Zeit seiner Haftstrafe –, dass er doch selbst nicht versteht, wieso er seinem Geschäftspartner mit sechsunddreißig Schlägen den Kopf zertrümmert hat.

»Ich träume fast jede Nacht davon. Von diesem Gewaltexzess. Ich konnte nicht aufhören. Ich habe erst gestoppt, als es nichts mehr zum Draufschlagen gab. Mikes Gesicht – sein Gesicht –, es war gar nicht mehr erkennbar«, stottert er und sinkt in sich zusammen. »Einfach alles war dunkelrot. Und dann habe ich mich gefragt: ›Was hast du da getan?‹ Und gedacht: ›Ich muss aufwachen. Das ist ein Albtraum.‹«

Er wirkt traumatisiert. Traumatisiert durch seine eigene Tat. Kurz verliere ich mich in der psychologischen Frage, ob er wohl die Diagnosekriterien für eine posttraumatische Belastungsstörung erfüllt, weil er *selbst* einen Mord begangen hat.

Ich werfe Schumann einen Blick zu, der nach wie vor gänzlich unberührt wirkt und nichts weiter tut, als den Häftling zu betrachten. Zu gerne wüsste ich, was ihm gerade durch den Kopf geht. Ich versuche, an meiner eigenen Mimik zu arbeiten. Versuche, mehr rationale Distanz in diese verstörende Situation zu bringen. Distanz ist elementar. Rationalität ist elementar. Tsakiris hat seinen Freund und Geschäftspartner auf brutale Weise ermordet. Und ich weiß angesichts seiner Verzweiflung nicht, was ich fühlen soll. Vermutlich sollte ich gar nichts fühlen, wenn ich mir Schumann zum Vorbild nehme. Ob es ihm am Anfang seiner beruflichen Karriere ähnlich ging wie mir jetzt? Ob auch er diese innere Zerrissenheit irgendwann einmal gespürt hat? Diese Zerrissenheit zwischen Sympathie und Mitgefühl einerseits und der Brutalität der Taten und dem Ausmaß der Schuld, das diese Straftäter auf sich geladen haben, andererseits? Schumann wirkt, als wäre er eine Maschine. Als würden Tsakiris' Tränen völlig an ihm abprallen, seinen Blick auf den Häftling und die Situation in keiner Form verwässern. Irgendwie habe ich meine Zweifel, dass das in seinem Fall jemals anders war – und andererseits weiß ich sehr genau, dass man nie mit hundertprozentiger Wahrscheinlichkeit vorhersagen kann, was in einem Menschen vorgeht.

Ich werfe einen Blick auf Tsakiris' Akte, die auf meinen Oberschenkeln liegt, und streiche über die ockergelbe Papphülle. Ich weiß, was darin enthalten ist. Der Bundeszentralregisterauszug zu seinen Vorstrafen – in seinem Fall keine. Das Urteil für seine jetzige Haftstrafe für die Ermordung seines Geschäftspartners Mike Altwicker. Psychiatrische Gutachten, die ihn als schuldfähig einordnen. Viele weitere Dokumente, Anträge und Berichte, die nur einen einzigen, unumstößlichen Schluss zulassen: *Er ist ein Mörder.*

Es ist nicht untypisch, dass Häftlinge mit einem grundsätzlich funktionierenden Moralsystem, anders als beispielsweise Psychopathen, ihre Taten im Nachgang abspalten. Als unerklärlich kategorisieren. Auch zum Tatzeitpunkt müssen kognitive Verzerrungen angewendet worden sein, um die Hemmschwelle zur Tatausübung zu senken. So oder so – es wird weder Tsakiris noch der Gesellschaft helfen, wenn er nicht lernt, seine Tat in ihrer gesamten knallharten Realität anzuerkennen, seine Handlung einzuordnen als etwas, das er selbst getan hat, zu dem er selbst ganz offensichtlich imstande war, für das er selbst, und nur er selbst, die Verantwortung trägt. Das »Warum«, das er just in diesem Augenblick formuliert – »Warum habe ich das getan?« –, muss er beantworten lernen. Dass sein Geschäftspartner zur gemeinsamen Steuerhinterziehung aussagen wollte, ist nur ein Teil dieses »Warum«. Ein Auslöser. Aber nicht der Grund, weshalb dieser kleine, augenscheinlich freundliche Mann vor mir ein solches Gewaltpotenzial in sich trug.

Ich blättere in seiner Akte, während Schumann den Griechen fragt, wie es ihm derzeit geht, ob es Risikosituationen für impulsive Ausbrüche gab, ob ihn in der letzten Woche etwas geärgert oder belastet hat. Tsakiris verneint das alles. Er ist ein unauffälliger Häftling, angepasst und umgänglich. Zeigt sich behandlungsmotiviert. Schumann und er arbeiten nach wie vor an der Förderung seiner Introspektionsfähigkeit, also an der Beantwortung seines »Warum«, obwohl Tsakiris schon ein paar Jahre seiner Haftstrafe abgesessen hat. In der SothA ist er allerdings noch nicht so lange. Und er scheint alles dafür zu tun, hierbleiben zu dürfen.

Erleichtert merke ich, dass mein Blick auf den Häftling und seine Situation langsam wieder nüchterner wird. Auch wenn emotionale Verwirrungen in meinem Berufsfeld unter Neueinsteigern nicht ungewöhnlich sind, kann ich mir den Luxus der Zögerlichkeit und der Unsicherheit, die eine langsame Eingewöhnung in meinen Job normalerweise mit sich bringen würde oder vielleicht sogar dürfte, nicht erlauben. Will sie mir nicht erlauben. Ich muss diese Phase überspringen, ich muss meine Kollegen und die Insassen vergessen lassen, dass ich Anfängerin bin. Ich muss alles dafür tun, dass sie mich hier ernst nehmen, mir schnellstmöglich etwas zutrauen. Mich meine Arbeit machen lassen, ohne allzu genau hinzuschauen. Der Erfolg meines Plans hängt davon ab.

Mein Hals schnürt sich augenblicklich zu, so dass ich gegen die Enge darin anatmen muss. Um meinen Emotionen etwas entgegenzusetzen, beschleunige ich meine Gedanken und gehe meine nächsten Schritte durch. Ich nehme mir vor, Tsakiris als Allererstes nach seinem sozialen Netzwerk in der Zeit vor der Tat zu fragen, sobald ich mit ihm allein bin. Und nach seinem sozialen Netzwerk hier innerhalb der Mauern. Ich brauche mehr Details. Ich sage mir, dass es ihm schließlich ebenfalls zugutekommt, wenn ich ihn möglichst gut kennenlerne.

LEON

Er soll ihr nicht weh tun. Leon geht auf und ab, ohne die Szene, die sich hinter dem Fenster zur Straße abspielt, aus den Augen zu lassen. Ohne das kantige Arschloch aus den Augen zu lassen, das sich in diesem Augenblick vor der zarten jungen Frau aufbaut und eine Faust hebt.

Es ist ungewohnt impulsiv und unklug, das wird ihm eine Millisekunde später bewusst, doch zu spät. Seine eigene Faust hat sich bereits gehoben und donnert gegen das Fenster. Einmal, zweimal. Dann lässt er sich mit jagendem Puls unter den Fenstersims fallen und kriecht so schnell er kann über das feuchte Gras zurück zur Hecke. Wenige Sekunden später hört er die Haustür aufgehen.

»Da ist jemand!«, poltert eine raue, männliche Stimme. Der Boxer.

Die Äste zerkratzen Leons Arme, als er sich in die Hecke hineinwindet, um nicht entdeckt zu werden. Alles in ihm hämmert. Schlagartig bricht ihm der Schweiß aus. Es kommt selten vor, dass er überhaupt irgendetwas anderes fühlt als Leere. Und auch wenn es genau diese Leere ist, die ihn oft so sehr erdrückt, wünscht er sie sich nun sehnlichst wieder herbei, denn sein keuchender Atem will sich einfach nicht beruhigen. *Das war riskant. Dumm war das. So dumm.* Er versucht ruhiger zu atmen, hält sogar die Luft an, denn entdeckt zu werden wäre ein eindeutiges Worst-Case-Szenario mit schlechten Prognosen für seine Gesundheit. In diesem ganzen generellen Worst-Case-Szenario.

»Scheiße, Mann, komm doch allein klar, du blöde Bitch!«, flucht der Boxer nur wenige Meter von ihm entfernt in Richtung Haustür, nachdem er sich mit wütenden, abgehackten Bewegungen im Garten umgesehen hat.

Leon beobachtet ihn angestrengt durch die Äste und Zweige der Hecke hindurch und lobt sich für seine dunkle Kleidung, die er an diesem Abend angezogen hat.

»Samu, bitte, lass uns drinnen darüber sprechen«, wimmert Sina, die im Türrahmen steht und sich, das meint Leon zumindest zu erkennen, über die Oberarme streicht. Der Frühlingswind ist noch sehr kühl. »Du kannst mich doch jetzt nicht allein lassen. Du weißt, dass es mir momentan nicht so gut geht.« Ihre Stimme klingt dünn und zerbrechlich. »Bitte, ich … ich brauche dich!«

Leon schluckt.

Der Typ namens Samu lacht auf. »Und ob ich das kann. Vielleicht weißt du mich dann mal mehr zu schätzen!« Er winkt seiner Freundin, die er überhaupt nicht wie seine Freundin behandelt, auf eine verächtliche Weise, dann trabt er zum Bürgersteig. Sina verharrt wie erstarrt. Kurz darauf röhrt ein Motorrad auf.

»Nein, Samu, bitte«, schluchzt die junge Frau plötzlich, scheint sich aus ihrer Starre zu lösen und läuft nun ebenfalls zur Straße, raus aus Leons Sichtfeld. »Bleib bitte!«, dringt es kläglich von der anderen Seite durch das Geäst.

Leon, dessen Kehle immer enger wird, versucht sich umzudrehen, zur Straßenseite hinauszuspähen, doch vergeblich. Die Äste kratzen ihm über die Arme, verfangen sich in seinen Haaren. Dann hört er das Motorrad vorbeijagen.

Er fasst einen Entschluss. So leise wie möglich dreht er sich zurück und arbeitet sich aus der Hecke. Auf dem Rasen hält er sich nach rechts und schleicht auf den Spalt zwischen Hauswand und Hecke zu, den er früher am Abend ausgekundschaftet hat. Als er auf die rechts an das Grundstück angrenzende Einfahrt tritt, knirscht der Schotter unter seinen Schuhen. Er hofft, Sina hört ihn nicht. Es sind nur wenige Meter.

Gut, denkt er erleichtert, als er auf dem schwach beleuchteten Bürgersteig angekommen ist, und wendet seinen Kopf nach rechts. Dort hinten sitzt sie. Leise weinend auf der Bürgersteigkante, den Kopf in den Armen vergraben. So verletzlich. So verletzt. Er beißt die Zähne aufeinander.

Er weiß, es muss wie ein Zufall wirken, dass er gleich neben ihr auftauchen wird. Also lässt er so gut es geht seine Anspannung aus seiner Mimik verschwinden und geht los, geradewegs auf sie zu. In einem Tempo, das dem eines Mannes entspricht, der schon eine Weile länger zu Fuß unterwegs ist. Kickt wenige Meter vor ihr, nach außen hin völlig unbescholten, ein paar kleine Steine zur Seite, denn bisher hat sie ihn nicht kommen hören. Verlangsamt ein wenig, nur so viel, dass es in die normale Schwankung seiner Gehgeschwindigkeit passt. Sie hebt ihren Kopf.

Ihr Gesicht sieht verquollen aus, rotfleckig, das erkennt er selbst im düsteren Licht der Straßenlaternen. Das orangefarbene Licht lässt ihr kupferrotes Haar leuchten, ein merkwürdiger Kontrast zu ihrer weißen Haut. Hastig wischt sie sich über die Wangen.

»Hallo. Kennen …« Leon muss sich räuspern. »Kennen wir uns nicht irgendwoher?«, fragt er, als hätte er ihr Beziehungsdrama nicht eben hautnah miterlebt, und bleibt vor ihr stehen.

»Ähm, ich …« Ihre Stimme klingt rau, ungelenk steht sie auf und zieht ihre Kleidung zurecht. »Ich weiß nicht.«

So gerne würde er sie trösten. Jetzt in diesem Moment. Aber

ihm ist klar, dass das mehr als unpassend wäre. Also zieht er nur die Schultern hoch. »Ich dachte, ich hätte Sie schon einmal irgendwo gesehen. Aber vielleicht täusche ich mich auch.« Das Ende seines Satzes bleibt hilflos in der Luft hängen.

Sina fährt sich durch die Haare und lächelt unsicher.

Leon wird ein wenig wärmer. Dann fasst er sich ein Herz. »Ah, doch, jetzt weiß ich es wieder! Sie waren in der Versicherung, für die ich arbeite. Mit Ihrem … mit Ihrem Freund?«, fragt er und versucht so zu klingen, als wäre das ein spontaner Einfall gewesen.

Sina runzelt die Stirn. *Bitte erinnere dich an mich*, denkt Leon. Kurz darauf huscht ein Schatten über ihre schönen blauen Augen. Sie öffnet den Mund. »Ja, stimmt. Sie haben recht«, antwortet sie und wirkt dabei nachdenklich. »Sie haben uns geholfen, richtig? Das war … das war wirklich freundlich von Ihnen.«

»Ach, nicht der Rede wert«, winkt Leon ab. Sein Herz hüpft vor Freude. Er dreht sich zu ihrem Haus und der weit offen stehenden Haustür um. »Ist … alles in Ordnung? Ich meine, weil Sie sich hier so allein im Dunkeln aufhalten.«

Sinas Mundwinkel ziehen sich eine Spur nach unten. Sie schlägt die Augen nieder, während sie antwortet. Ein eindeutiges Zeichen für die Lüge, die nun folgen wird. »Ja, ich habe nur kurz frische Luft geschnappt.« Unschlüssig dreht sie sich nun ebenfalls in Richtung Grundstück. »Ich glaube, ich gehe auch besser wieder rein.«

Leon spürt einen Stich der Enttäuschung, versucht sich das aber nicht anmerken zu lassen. »Klar. Ich muss auch weiter. Vielleicht sieht man sich ja noch einmal.«

»Ja. Danke auf jeden Fall, dass Sie die Wartezeit verkürzt haben, als wir da waren. Also dann … einen schönen Abend!« Sie hebt ihre Hand zum Gruß. Leon kann sehen, dass ihre Mundwinkel zittern, während sie lächelt.

Das haben sie bei seiner Mutter auch immer. Als sie noch versucht hat, ihren Kummer vor ihm zu verstecken.

Der Kinderarzt mustert ihn. Sein Gesicht sieht witzig aus, ungefähr so, wie er sich den Weihnachtsmann vorstellt. Mit dicken Wangen, einer knolligen Nase und weißen, ganz strohigen Haaren. Auch seine Augenbrauen sind weiß und stehen in alle Richtungen ab. Ein paar weiße Büschel ragen ihm sogar aus den Ohren. Leon möchte lachen, aber er kann nicht. Er hat Angst. Angst vor dem, was der Weihnachtsmann gleich sagen wird.

Seine Mama hat dem Arzt alles erzählt. Na ja, nicht alles. Aber dass er ständig Pipi macht. Nachts. Er merkt das gar nicht. Er weiß doch auch nicht, was mit ihm nicht stimmt.

»Mein Mann und ich machen uns Sorgen«, sagt sie mit trauriger Stimme. Sie lächelt, und ihre Mundwinkel zittern dabei ganz fürchterlich. »Wir wollen ihn untersuchen lassen.«

Im Auto auf der Fahrt hierher hat sie ihm gesagt, dass der Besuch beim Arzt ein Geheimnis ist. Ein Geheimnis, das er niemandem verraten darf. Er weiß, wen sie eigentlich damit meint. Wem er das nicht verraten darf. Vater wäre bestimmt sehr wütend darüber. Obwohl es ja gut wäre, wenn er nachts kein Pipi mehr machen würde. Jetzt tut seine Mama so, als wüsste Vater von ihrem Besuch. Seine Mama lügt. Man darf nicht lügen. Leons Wangen werden ganz heiß, kurz darauf sein ganzer Kopf. Er weicht dem Blick des Kinderarztes aus.

»Mhm«, murmelt der Kinderarzt, der aussieht wie der Weihnachtsmann. »Und Sie sagen, er macht das schon länger? Wie lange genau?«

Leon starrt auf den Boden, sucht Kratzer und Furchen.

»Ja«, antwortet seine Mutter, und ihre Stimme wackelt merkwürdig. Leon wirft ihr einen kurzen Blick zu, bemerkt den Glanz in ihren Augen. Sie wird gleich anfangen zu weinen.

Ich weiß doch auch nicht, was mit mir nicht stimmt, denkt er und wischt sich mit dem Ärmel über die Nase. Vielleicht weiß der Arzt, was mit ihm nicht stimmt. Das wäre eigentlich gar nicht so schlecht. Leon schaut ihn nochmal an. Und schnell wieder weg.

»Ich weiß nicht genau, seit wann«, fährt seine Mama fort. »Zwischendurch passiert das auch mal wochenlang nicht mehr. Aber spätestens nach … nach ein paar Wochen fängt er wieder damit an.«

Der Arzt nickt. »Grundsätzlich kann das mal vorkommen. Kinder nässen in jungen Jahren immer wieder mal ein. In der Frequenz ist es aber doch eher ungewöhnlich.« Die Stimme des Weihnachtsmann-Arztes ist freundlich.

Aber ungewöhnlich heißt unnormal, und unnormal heißt nicht normal, das weiß Leon schon. Seine Lehrer sagen, dass er sehr schlau ist. Aber normal scheint er nicht zu sein. Seine Schultern werden schwer. Er muss wieder an die Piraten und ihre Feinde im Meer denken, mit den Steinen an den Füßen, oder den Ankern.

»Erkennen Sie bestimmte Auslöser?«, fragt der Arzt.

Seine Mama bleibt still, so still, dass das Ticken der großen silbernen Uhr an der Wand zu hören ist. Sie macht allerdings nicht ticktack, sondern ticktick. Tick … Tick … Tick … Tick. So wie die Uhr seines Vaters in seinem Arbeitszimmer. Dann öffnet seine Mutter langsam die Lippen. »Ich … nein, ich weiß nicht. Nicht, dass ich wüsste.«

Der Arzt schaut zu ihm rüber. Die weißen borstigen Augenbrauen ziehen sich zusammen. Leon wird wieder ganz warm. Und irgendwie unwohl.

»Er schafft es vielleicht einfach nicht rechtzeitig zur Toilette. Wenn ich recht drüber nachdenke. Er trinkt immer so furchtbar viel. Ich habe ihm schon oft gesagt, er muss das lassen«, sagt seine Mutter nun noch, sie spricht schneller als vorher.

Eigentlich trinkt er abends überhaupt nichts mehr. Das haben sie ihm schon lange verboten. Man darf nicht lügen. Leon zupft an seinem Daumen.

»Hast du abends so viel Durst?«, fragt der Arzt-Weihnachtsmann und beobachtet ihn weiter.

Leon sieht wieder zu seiner Mama hinüber. Sie starrt ihn an, hebt die Augenbrauen. Irgendwie wirkt sie jetzt sehr nervös.

»Ich«, setzt er an und weiß nicht, was er sagen soll. Er will keinen Fehler machen. Sie soll nicht mehr traurig sein. Er macht sie so oft traurig. Er würde den Arzt gerne fragen, wieso.

»Oder hast du Albträume? Oder Angst?«, fragt der Weihnachtsmann. Er klingt ganz sanft.

Leon muss dolle schlucken. Ja, er glaubt schon. Zumindest fühlt er sich abends immer schrecklich aufgeregt. Aber er glaubt nicht, dass er das sagen sollte. Zumindest nicht, wenn er seine Mutter anschaut, die nun hinter dem Rücken des Weihnachtsmannes heftig ihren Kopf schüttelt. Also schüttelt auch er seinen.

»Nein, ich habe keine Angst«, antwortet Leon langsam und sieht an ihrem Gesichtsausdruck, dass er die richtige Antwort gegeben hat. Seine Augen beginnen zu brennen.

Der Weihnachtsmann schaut ihn ernst an. Man soll Erwachsene nicht anlügen. Und bestimmt vor allem keine Weihnachtsmänner.

»Ich würde ihn gern untersuchen«, sagt der Arzt dann und rollt näher heran.

»Er ist fit. Ich glaube, das brauchen Sie nicht«, sagt seine Mutter hastig, noch hastiger als eben. »Ich glaube, es hat wirklich etwas mit dem vielen Trinken zu tun. Das war mir vorher nicht so bewusst. Eigentlich wollte ich auch nur fragen, ob es … ob es irgendein Medikament gibt. Damit er nicht mehr so oft einnässt. Das macht ja doch … das macht ja auch viel Wäsche, wissen Sie?« Seine Mama verstummt.

Selbst für Leon hören sich ihre Worte verwirrend an. Der Arzt hält inne. »Die Untersuchung gehört zur Routine. Wo Sie schon einmal hier sind. Das letzte Mal waren Sie mit ihm zur U-Untersuchung hier, das ist Jahre her. Ich schaue kurz, wie es dem jungen Mann geht, in Ordnung?«

Seine Mutter nickt lächelnd, aber mit komisch großen Augen.

Leon soll sein T-Shirt ausziehen. Der Arzt nimmt sein Stethoskop, das um seinen Hals baumelt, herunter und steckt sich zwei Enden davon in die Ohren. Leon hat auch so eins. Zum Spielen. Vater hätte gerne, dass er Arzt wird. Oder Anwalt. Das schafft er aber nur, wenn er nicht mehr so jammerig ist. Irgendwie so war das Wort, das Vater genutzt hat. Leon weiß nicht, was es heißt.

Der Arzt drückt ihm nun das runde silberne Ende vorne auf die Brust, danach auf den Rücken. Es fühlt sich kalt an. Leon muss einatmen und ausatmen. Gänsehaut überzieht seine Arme. Danach leuchtet der Weihnachtsmann-Arzt ihm mit einer Lampe in den Hals und in die Augen. Schaut sogar seine Ohren an. Und bittet ihn noch einmal, sich zu drehen. Streicht über seinen Rücken. Leon zieht die Luft ein, als der Arzt die Haut berührt, die weh tut. Obwohl es schon länger her ist, dass Vater zu Hause war. Er muss viel arbeiten, sagt Mama.

»Das sieht mir nach einem halb verheilten Bluterguss aus«, sagt der Weihnachtsmann ernst. »Woher hat er den?«

»Er ist von einem Baum gefallen«, antwortet seine Mama und lacht komisch. »Typisch wilder Junge. Stimmt's, Schatz?«

Sie nennt ihn nie Schatz.

»Ja«, antwortet er. Er muss schon wieder lügen. Das gefällt ihm nicht. Aber er will auch keinen Fehler mehr machen. Sie soll nicht mehr böse auf ihn sein. Oder traurig. Nun wird er ganz traurig.

»Soso«, sagt der Weihnachtsmann-Arzt. Dann bittet er Leon, die Hose auszuziehen.

Einige Minuten später darf er sich wieder anziehen.

»Du wirkst insgesamt gesund, junger Mann«, sagt der Weih-

nachtsmann und schaut ihn an. »Vielleicht ein bisschen mager. Hast du öfter blaue Flecken?«

Er schüttelt den Kopf. »Nur, wenn ich irgendwo runterfalle.« Er zieht die Schultern hoch.

Der Arzt nickt langsam, rutscht dann mit seinem Hocker zu einem kleinen Schrank, zieht eine blaue Mappe und einen Stift heraus und schreibt etwas auf.

»Ein Medikament gibt es nicht«, sagt er schließlich, legt den Stift beiseite, hängt die Mappe zurück in den Schrank und mustert seine Mutter eine Zeit lang. »Wichtig ist, herauszufinden, weshalb Ihr Sohn so häufig einnässt. Ich würde gerne weitere Untersuchungen machen.«

Seine Mama nestelt an ihrer Tasche, ihre Augen sind erneut ganz groß.

Der Arzt kramt eine Visitenkarte aus einer Ablage auf seinem Schreibtisch hervor. »Machen Sie dort bitte einen Termin, ja? Das ist ein Urologe, der sich auf Kinder spezialisiert hat. Lassen Sie die Ergebnisse direkt zu mir schicken, dann sehen wir weiter. Wenn es keine organische Auffälligkeit gibt, müssen wir ausschließen, dass Ihr Sohn anderweitig … belastet ist.«

»Das … das glaube ich nicht«, sagt seine Mama mit heller Stimme und lächelt komisch. »Ich wüsste nicht, wodurch. Vermutlich muss er einfach weniger trinken. Wahrscheinlich müssen wir uns da doch keine großen Sorgen machen. Wahrscheinlich war es übertrieben, Sie deshalb zu behelligen.«

»Wir schauen mal«, antwortet der Arzt ernst, viel zu ernst für einen Weihnachtsmann, und verabschiedet sie.

Im Auto fängt seine Mama an zu weinen.

Leon sitzt auf der Rückbank und weiß nicht, was er sagen soll.

»Wieso bist du traurig, Mama?«, fragt er dann doch und fühlt sich ganz schwer und kalt, weil er seine Mama einfach nicht glücklich machen kann.

»Ich bin nicht traurig. Ich muss mich auf die Straße konzentrieren«, antwortet sie und dreht das Radio so laut, dass Leon nichts mehr sagen kann, nicht einmal dann, wenn er wollte.

Nach dem Abendessen, als Leon längst schlafen soll und doch noch einmal zur Toilette schleicht, um heute Nacht bloß nicht ins Bett zu machen, hört er sie wieder weinen.

Sie sitzt auf der Couch und trinkt aus einer der großen Flaschen, die Vater nicht sehen soll.

ANNA

KAPITEL 6

Ich studiere die Tabelle, die mit ›Einheiten des Behandlungsprogramms für Sexualstraftäter (BPS) nach Wischka (2001)‹ überschrieben ist, und komme nicht umhin, meinen Kollegen Yves für seine Sorgfalt zu bewundern. Neben jeder Einheit hat er in sauberer Druckschrift genauestens vermerkt, ob und in welcher Form diese in der Gruppentherapie bereits durchgeführt wurde.

Der Ordner, den er mir gestern zur Vorbereitung auf die erste gemeinsame Sitzung überreicht hat, enthält nicht nur grundsätzliche Informationen zum BPS, sondern auch Auszüge aus Forschungsarbeiten, Protokolle aus den vergangenen Sitzungen und einen genauestens ausgearbeiteten Behandlungsplan, individuell auf jeden der vier teilnehmenden Häftlinge zugeschnitten. Trotz gruppentherapeutischem Ansatz. Der Mann ist ein Genie. Zumindest in der Theorie. Denn ich kann mir immer weniger vorstellen, dass jemand so Detailorientiertes und Durchgeplantes im direkten Kontakt mit impulsiven oder manipulativen Straftätern flexibel genug kommuniziert.

Ich fahre mit dem Finger über die Zeilen. Er scheint deliktunspezifische mit deliktspezifischen Themen abzuwechseln. Aus dem deliktunspezifischen Teil des Behandlungsprogramms hat Yves bereits ›Stressmanagement‹, ›Menschliches Sexualverhalten‹ und ›Selbst- und Fremdwahrnehmung‹ durchgenommen. In der anderen Spalte, die den deliktspezifischen Part enthält, entdecke ich Haken mit Therapiesitzungsdaten hinter den

Inhalten ›Kognitive Verzerrungen‹, ›Risikosituationen‹ und ›Kontrolle sexueller Fantasien‹.

Ich blättere weiter, bis ich auf das Verlaufsprotokoll und die Behandlungsplanung stoße. Es wird ab heute um die ausschlaggebenden Punkte gehen, das hat mir Yves bereits gesagt, denn Teil des BPS ist, dass jeder Teilnehmer die Ausgangssituation, den Entscheidungsprozess und den Ablauf seiner Tat inklusive der begleitenden Gedanken und Gefühle in der Gruppe bespricht. Heute werden wir damit anfangen, über die persönlichen Lebensgeschichten der Häftlinge und den möglichen Zusammenhang mit ihren Straftaten zu reden.

Ich bin nun in der zweiten Woche in meinem neuen Job als Anstaltspsychologin der JVA Weyer. Ich habe mein Ziel vor Augen. Und ich weiß, dass ich gut bin in dem, was ich tue. Auch wenn ich mit meinen 1,65 Metern Körpergröße, meiner schlanken Statur und den hellblonden Haaren nicht so aussehe, als könnte ich mich mit Häftlingen dieses Kalibers auseinandersetzen. Die Zeit in der forensischen Psychiatrie hat mich ebenso sehr auf das hier vorbereitet wie meine jahrelange und sehr gezielte Auseinandersetzung mit der Psyche von Straftätern, zumindest fachlich.

Emotional sieht das aber leider anders aus. Und das ist ein Problem. Alles an diesem Gefängnis ängstigt mich mehr, als ich es erwartet hätte. Jede Mauer, jeder bewaffnete Beamte, jeder perfide oder anzügliche Spruch, den ein Häftling aus seinem vergitterten Fenster ruft, wenn ich über den Innenhof gehe. Doch es sind eigentlich nicht die Mauern, die Sicherheitsvorkehrungen oder die Häftlinge, die mich ängstigen. Es ist meine Vergangenheit, der ich hier nicht mehr entfliehen kann. Mit der ich mich hier bewusst und absichtlich konfrontiere.

Dennoch oder gerade deshalb darf ich nicht auffallen. Sie müssen mir die ehrgeizige Psychologin abkaufen, in die ich so viele Jahre harter Arbeit gesteckt habe, die diesen Job augenscheinlich aus reiner beruflicher Leidenschaft gewählt hat. Sie müssen mir die Rolle glauben, für die ich so lange trainiert habe. Von der ich überzeugt war, ich hätte sie mir bis zur Perfektion einverleibt. Umgelegt wie eine Rüstung. Doch einmal in den Mauern dieses Gefängnisses angekommen, ist es, als hätte man sie mir entrissen. Als würde ich nackt und geschunden zwischen all diesen Schwerverbrechern stehen. Schlimmer noch: nicht nur zwischen Schwerverbrechern, sondern auch zwischen Psychiatern, Psychologen und Justizvollzugsbeamten. All diese Menschen sind bis zum Exzess darauf gedrillt, Fassaden zu durchschauen und jede kleinste Abweichung in Stimmung und Verhalten zu erkennen. Ihr Leben hängt davon ab. Und meines von meiner Rüstung. Wer den Kampf wohl gewinnen wird?

Ich stehe auf und laufe hin und her, um mich zu sammeln. Ein, zwei, drei Schritte in die eine Richtung, ein, zwei, drei Schritte in die andere Richtung. Und wieder zurück. Eins, zwei, drei. Eins, zwei, drei. Ich wiederhole das monotone Bewegungsmuster körperlich und auch geistig so lange, bis ich nicht mehr das Gefühl habe, jeden Moment weinen zu müssen. Irgendwann bleibe ich stehen und starre auf die ausgedörrte Pflanze, die ich eigentlich wegschmeißen wollte, aber nicht konnte, weil ich mich irgendwie mit ihr verbunden fühle.

Letzte Nacht habe ich wieder von dem See aus Blut geträumt. Ich bin durch ihn hindurchgewatet, er reichte mir diesmal nur bis zu den Knien. Ich wollte zur Tür, sie öffnen, durch sie hindurchgehen und erleben, dass alles gut ausgeht. Dass alles gut wird. Dass diesmal nicht das hinter der Tür verborgen ist, was mein Leben für immer verändert. Doch ich konnte die Tür nicht öffnen, sosehr ich mich auch angestrengt habe. Ich habe nach der Klinke gegriffen, aber ich bin immer wieder abgerutscht, das Blut hat sich wie ein Ölfilm über alles gelegt. Irgendwann bin ich aufgewacht, leise diesmal, stumm weinend. Immerhin habe ich Jonathan nicht geweckt. Es ist so schwer, ihm gegenüber so zu tun, als wäre diese Anspannung, die mich niederdrückt, auch nur ansatzweise normal für einen ganz gewöhnlichen Einstieg in den ersten Job. Ich versuche es, aber er kauft es mir nicht wirklich ab. Zumindest fragt er immer wieder nach, wie es mir gehe und ob irgendetwas sei. Er sagt, ich wirke erschöpft und bedrückt. Und ob ich sicher bin, den für mich richtigen Job ausgewählt zu haben. Ich bin sicher. Mehr, als er sich vorstellen kann. Sicherer, als es irgendjemand sonst je war.

Es klopft an der Tür, dreimal, und ich zucke zusammen. Ohne dass ich Zeit gehabt hätte, etwas zu sagen, steckt Yves den Kopf in mein Büro.

»Bist du bereit?«

Nein, denke ich. »Ja«, antworte ich.

ANNA

KAPITEL 7

Sven Andersen. Verurteilt wegen der Vergewaltigung und Ermordung von drei Frauen.

Thomas Rehfeld. Verurteilt wegen der Produktion und Verbreitung von kinderpornografischem Material.

Furkan Selte. Verurteilt wegen einer Vergewaltigung und mehrfacher sexueller Nötigung.

Miro Wedel, verurteilt wegen des mehrjährigen und wiederholten Missbrauchs seiner inzwischen vierzehnjährigen Stieftochter ab ihrem sechsten Lebensjahr, bis die ersten sichtbaren Zeichen der Pubertät erschienen. Dann verlor er das Interesse an ihr. Ich starre auf ihren Namen, der in römischer Monumentalschrift an der Seite seines Halses prangt. ›Emily‹.

Wir sitzen in einem der gläsernen Räume, unsere Stühle sind zu einem Sitzkreis angeordnet. Die Insassen wirken mehr oder weniger motiviert.

Während sich Sven Andersen, als Serienvergewaltiger und Serienmörder zweifellos ein Schwergewicht unter den Straftätern, rege beteiligt, und auch Furkan Selte auf jede Frage und jedes Diskussionsthema eine erstaunlich reflektierte Antwort weiß, halten sich die beiden Männer mit pädophilen Neigungen zurück. Thomas Rehfeld, der mit seiner hageren Statur, der Halbglatze und der Nickelbrille eine erstaunliche Ähnlichkeit zu unserem Abteilungsleiter Hilser aufweist, sitzt zurückgelehnt und mit verschränkten Armen auf seinem Stuhl, während Miro

Wedel, der Vergewaltiger seiner Stieftochter, immer wieder abfällig grinst, aber kein Wort sagt.

Während Yves und die Häftlinge sprechen, muss ich mich immer wieder dazu zwingen, auch gedanklich in der Rolle der Anstaltspsychologin zu bleiben und nicht in blutrote Gedanken abzudriften. Es ist wie ein Training. Eines mit Medizinbällen statt Schaumstoffbällen, mit Hundert-Kilo-Hanteln statt leichten Gewichten.

»Herr Andersen, Sie hatten sich bereiterklärt, mit Ihrer Biografiearbeit zu starten«, sagt Yves geschäftsmäßig. Sein Kugelschreiber schwebt einsatzbereit über dem Verlaufsprotokoll auf seinem Klemmbrett.

In der Theorie macht er seinen Job gut. Aber wirklich ernst nehmen ihn die Insassen nicht. Ich sehe das Augenrollen und die belustigten Blicke, die sie sich zwischenzeitlich zuwerfen, und ich kann es ihnen nicht verübeln. Mein neuer Kollege wirkt wie die Parodie eines Musterschülers. Heute trägt er ein rot kariertes Hemd, das er, wie alle anderen Hemden zuvor, bis zum obersten Knopf zugeknöpft hat.

Allerdings sehe ich ebenfalls, wie sie mich und meinen Körper begutachten. Allen voran Miro Wedel, obwohl ich das von ihm aufgrund seiner Pädophilie in dieser Runde an Männern am wenigsten erwartet hätte. Und mir ist mehr als klar, dass sie auch mich nicht ernst nehmen. Das muss sich ändern. Ich nehme ein paar tiefe Atemzüge.

»Ja. Sie haben mir ja diese Blätter hier mitgegeben. Hab mich bemüht, die auszufüllen«, antwortet Sven Andersen, der große und stämmige Serienmörder, freundlich. Er hat ein jungenhaftes Gesicht und sieht eher aus wie Mitte zwanzig als sechsunddreißig. Meine Augen bleiben an seinen riesigen Händen hängen, die weiß und teigig und prankenartig aussehen. Die Fingernägel sind abgekaut. Abrupt schießt mir durch den Kopf, was er mit diesen Händen getan hat. Bevor ich mich in den dazugehörigen Tatortfotos verlieren kann, die ich in seiner Akte gesehen habe, denke ich darüber nach, wie seltsam es ist, dass ausgerechnet er als Kriminellster dieser Runde der Einzige ist, der mir bisher nicht respektlos begegnet ist. Erstaunlich angesichts seiner Taten. In diesen Mauern ist tatsächlich nichts, wie es auf den ersten Blick scheint.

Ich lehne mich nach vorne und gebe meinem Gehirn erneut den Befehl, sich auf die Situation zu konzentrieren.

»Ich sitze seit neun Jahren ein, mit Unterbrechungen«, beginnt er. »Ich hab mich natürlich schon öfter damit befasst. Hatte ja genug Zeit.« Er schmunzelt schüchtern und streicht sich durch das wollartige rotblonde Haar. »Aber ich find gut, dass wir nochmal zusammen draufschauen. Wieso das alles passiert ist. Es kommt mir vor, als wäre das ein anderer Mensch gewesen, der diese Frauen getötet hat. Noch immer.« Seine Stimme flacht ab. Der Häftling, der nur etwa zehn Jahre älter ist als ich, starrt auf die Papierbögen auf seinem Schoß hinunter.

Furkan Selte, der Vergewaltiger mit den schulterlangen dunklen Locken und der schwarz umrandeten Brille, nickt bestätigend und macht ebenfalls eine betroffene Miene.

Ich habe bisher nur eine beobachtende Rolle und bin deshalb erleichtert, dass Yves fachlich gut reagiert und korrigierend eingreift: »Wir haben bereits darüber gesprochen, dass es wichtig ist, dass Sie Ihre Taten als etwas akzeptieren, das Sie selbst verübt haben. Als etwas, zu dem Sie selbst in der Lage waren. Es von sich wegzuhalten, hilft nicht weiter.«

Ich nicke. Auch Sven Andersen nickt und zieht die Mundwinkel nach unten. »Ich weiß. Aber das ist gar nicht so einfach, Mann. Das fühlt sich alles so weit weg an. Es ist ja auch Jahre her.«

»Deshalb machen wir es greifbarer. Ich möchte an dieser

Stelle«, Yves spricht nun lauter, »auch die Gruppe nochmal bitten aufzupassen. Geben Sie sich bitte gegenseitig Rückmeldung, wenn Sie feststellen, dass sich einer von Ihnen in kognitiven Dissonanzreduktionen verliert.«

Zwei der Insassen runzeln die Stirn.

»Kognitive Disso-was?«, äfft Miro Wedel meinen Kollegen nach und lacht gackernd.

»Kognitive Verzerrungen, im weiteren Sinne zumindest«, erklärt Yves eine Spur zu hastig. Er hält den Kopf oben und lässt seine Stimme unberührt klingen, doch ich bin sicher, dass nicht nur mir auffällt, wie er dem Blick des Insassen ausweicht. Am oberen Rand seines Hemdkragens zeichnet sich eine fleckige Röte ab.

Nicht gut, denke ich. Mein Herzschlag beschleunigt sich, und auch meine Nervosität, die ich gerade erst zurückgedrängt hatte, kriecht wieder an mich heran. Wedel gehört eindeutig zu den Straftätern, die ihre Bösartigkeit unverhüllt ausstrahlen. Das sehe ich an dem Grinsen, das er seinen Mitinsassen zuwirft, als hätte er nur auf einen solchen Moment gewartet. In diesen Mauern wird jede kleinste Schwäche sofort zum Angriffspunkt.

»Kognitive Verzerrungen?«, äfft Wedel meinen Kollegen ein weiteres Mal nach und streicht sich über den Hals. Als würde er den dort tätowierten Namen seiner Stieftochter liebkosen. »Ich hoffe, Sie reden mit Ihrer Freundin anders, falls Sie eine haben.« Der Häftling nimmt seine Hand vom Hals hinunter und macht eine anzügliche Handbewegung.

»Kann ich mir nicht vorstellen, so wie der drauf ist«, lacht Selte, bindet sich seine Krauselocken zu einem neuen, unordentlichen Zopf zusammen und lehnt sich nach vorne. Auch er starrt Yves nun herausfordernd an. So wie alle in der Runde, inklusive mir.

Yves ist der Einzige, der seinen Blick nach unten, auf sein

Klemmbrett, gerichtet hält. Er rührt sich nicht mehr, aber ich sehe, dass er die Hand, die den Stift hält, zusammenballt wie eine Faust. Und ich sehe die Röte, die sich immer weiter ausbreitet.

Mein Blick kreuzt sich mit dem von Wedel, der die Augenbrauen hebt. Ich werfe einen schnellen Blick hinaus auf den Flur. Der AVD-Beamte lehnt mit dem Rücken zu uns im Türrahmen der Gemeinschaftsküche und unterhält sich mit der Küchenhilfe.

Das ist nicht gut, denke ich erneut. Jetzt aber aufzustehen und den Mann vom AVD auf uns aufmerksam zu machen, würde meine und Yves' Autorität sofort untergraben. Aus demselben Grund unterdrücke ich meinen Impuls, nach meinem PNG, meinem persönlichen Notsignalgerät, zu greifen, das ich an meinem Gürtel befestigt habe. Es fällt mir schwer, die Situation einzuschätzen. *Bleib ruhig*, ermahne ich mich deshalb selbst.

»Was ist eigentlich mit Ihnen, Püppchen?«, spricht Wedel mich jetzt direkt an. »Was führt so ein junges zartes Ding wie Sie hier in unsere Mauern? Nicht, dass mich das stören würde.« Sein Blick wandert demonstrativ an meinem Körper hinunter. Die übrigen Häftlinge kichern. Nun wird mir klar, warum ihn seine pädophile Neigung nicht davon abhält, Interesse an mir zu haben. Ich sehe mit meiner zarten Statur scheinbar kindlich genug aus.

Obwohl mir heiß wird, zwinge ich mich, den Mann direkt anzusehen. »Um Menschen wie Sie darin zu unterstützen, wieder Verantwortung für sich und andere zu übernehmen«, erwidere ich klar und deutlich. Blutrote Farbe mischt sich in meine Gedanken, doch ich setze mich aufrechter hin.

Rücken gerade. Schultern senken. Kinn heben.

Erneut schaue ich zu Yves, doch er rührt sich weiterhin nicht.

Wie hat er diese Therapiestunden bisher durchgezogen, wenn er nach wenigen Minuten bereits zu kapitulieren scheint? Ich kann mir das nicht erlauben, auf keinen Fall. Ich beginne zu ahnen, dass sich hier eine Feuerprobe abzeichnet – und dass von Yves, der stocksteif auf seinem Stuhl sitzt, keine Unterstützung zu erwarten ist. All meine Sinne sind scharf gestellt.

»Wenn Sie sich mit uns gut stellen wollen, Frau Psychodoc«, fährt Wedel mit geifernder Stimme fort, »sollten Sie nicht denselben Fehler wie Ihr Kollege hier machen. Auf überhebliche Psychoscheiße haben wir nämlich alle so gar keinen Bock.«

»Ne, dieses Psychogelaber geht uns echt auf den Sack. Vom echten Leben habt ihr doch keine Ahnung«, kommt es überraschend zornig von Selte. Mit einer schnellen Handbewegung schiebt er seine Brille die Nase hoch.

Aus seinen Akten weiß ich, dass der Vierunddreißigjährige seit seiner Jugend als Intensivtäter geführt wird und seit seinem siebzehnten Lebensjahr nur zwei Jahre in Freiheit verbracht hat. Außerdem ist er im Regelvollzug mehrfach handgreiflich geworden – einmal, weil er seiner Ansicht nach ein paar Minuten zu lang auf eine Kopfschmerztablette hatte warten müssen.

Möglichst unauffällig schiebe ich meine Hand nun doch in Richtung meines Notsignalgerätes und atme langsam durch die Nase. Auf den Flur zu dem Justizvollzugsbeamten hinauszuschauen, traue ich mich nicht mehr. Zu auffällig angesichts der Tatsache, dass ich mich unter den Blicken von drei Straftätern wiederfinde. Nur Rehfeld betrachtet gelangweilt den Fußboden.

»Kognitionsdisso-Scheiß. Ist das das Einzige, das man euch beigebracht hat? Klug daherzureden? Ihr habt doch noch nie was durchmachen müssen«, fährt Wedel fort.

Wenn du wüsstest, denke ich und bemerke, wie sich ein neues Gefühl in meine Anspannung mischt.

»Habt keine Ahnung von dem Müll, den ihr da redet. Habt vom Leben alles in den Arsch geschoben bekommen. Und kommt nun hierher und redet gequirlte Scheiße.« Selte.

»Genau. Redet von euren hohen Rössern herunter. Ihr habt doch mit Gewalt keine Erfahrung gemacht. Vor allem Sie nicht, Püppchen«, schaltet Wedel sich wieder ein und grinst eklig. Nun beginnt mein Brustkorb zu brennen. Ich muss erneut an den See denken, es ist, als würden seine Farben intensiver werden, mit jeder Minute in dieser Situation. »Andererseits – im Bett kann so ein bisschen Gewalt ja vielleicht ganz nett sein, oder? Ich meine, so einem hübschen jungen Ding wie Ihnen würde ich es gerne so richtig ...« Er unterbricht sich und stiert mich lüstern an. »Sie wissen schon ...«

»Sie überschreiten eine Grenze, Herr Wedel«, platzt es aus mir heraus. Ich bin eine ganze Spur zu laut, blutrote Farbe flirrt am Rande meines Sichtfelds. Ich nehme zwei tiefe Atemzüge gegen den Hass, der sich jäh in mein Bewusstsein sprengt und mit einem Mal jegliche Angst verdrängt. *Halte deine Fassade, Anna*, zische ich mir selbst erschreckt zu. Ich blähe meine Nasenflügel in dem Versuch, unauffällig durchzuatmen, und versuche, die forensische Psychologin in mir nach vorne zu zwängen, vorbei an den ungefilterten Gefühlen. *Souveränität bedeutet, ich darf den Provokationen des Häftlings keinen Raum geben, mich davon nicht berühren lassen!* Ich beiße die Zähne fest aufeinander, dann fahre ich fort – so ruhig und so langsam wie möglich. Es kostet mich meine ganze Kraft. »Ich bin sicher, mein Kollege hat Ihnen das Konzept der kognitiven Dissonanzreduktion bereits erklärt. Zuhören wäre nicht nur angebracht, sondern auch eine nicht verhandelbare Voraussetzung dafür, dass Ihnen der Luxus der sozialtherapeutischen Abteilung weiterhin zukommt.«

Der Mann mit den obszönen Halstattoos starrt mich an. Sein Grinsen hängt wie eingefroren auf seinen Lippen.

Ich lasse ein paar weitere Sekunden verstreichen, weil in meinem Inneren noch immer ein Kampf gegen erschreckend rohe Gefühle tobt. »Wir sitzen hier nicht zum Spaß«, ergänze ich schließlich und bin froh, dass es mir gelingt, noch leiser zu sprechen. Wedel neigt seinen Kopf in meine Richtung, eine unbewusste und kleine Geste, um mich besser hören zu können. *Sehr gut. Das verschiebt das Machtverhältnis.* Unauffällig schlucke ich den Speichel, der sich in meinem Mund sammelt, hinunter. »Wenn Sie keine ausreichende Motivation für das Behandlungskonzept mitbringen, werden wir Konsequenzen ziehen müssen. Das wollen weder wir noch Sie. Nehmen Sie dieses Programm ernst, oder lassen Sie es bleiben. Ihre Entscheidung.« Ich ziehe die Augenbrauen nach oben, zwinge mich zu einem Lächeln und hebe meine Arme, als wäre es mir völlig egal, ob Wedel in der SothA verbleibt oder nicht, als würde mich die gesamte Situation in keiner Weise tangieren, als läge die Verantwortung einzig und allein bei ihm. Es ist so still im Raum, dass ich meinen eigenen trommelnden Herzschlag hören kann.

Wedel kneift die Augen zusammen, öffnet seinen Mund und schließt ihn wieder. Ich rühre keinen Muskel, als seine Augen langsam über mein Gesicht wandern. Ich weiß, was er tut – er sucht meine Mimik nach kleinsten Zeichen von Anspannung oder Nervosität ab. Nach neuen Angriffspunkten. *Doch die wird er nicht finden.* Dass mir das einigermaßen gelingt, zeigt sich daran, dass der Häftling als Nächstes zu seinen Haftkumpanen hinüberschaut, die allesamt schweigen. *Er weiß nicht mehr, wie er reagieren soll.*

Schließlich räuspert sich Yves und beginnt zu sprechen. »So ist es. Sie kennen das Konzept.« Mein Kollege hebt seinen Kopf. »Kognitive Dissonanzreduktion meint in dem Zusammenhang Schönrederei. Sich Dinge so zurechtzureden, dass sie sich besser anfühlen. Wie zum Beispiel Ihre Taten. Wir hatten das Thema bereits. Diese Therapie soll Ihnen helfen, Verantwortung zu übernehmen. Und zwar vollständig.« Seine Stirn glänzt feucht, doch er klingt wieder sicherer.

Gott sei Dank, denke ich und merke an meinen plötzlich zitternden Mundwinkeln, wie viel Selbstbeherrschung mich die Situation soeben gekostet hat. Auch spüre ich erst jetzt den dumpfen Druckschmerz in meinem Rücken – das Metallgestänge der Rückenlehne meines Stuhls hat sich in meine Haut gegraben, so fest habe ich mich dagegen gelehnt.

»Dann soll er sich halt klarer ausdrücken«, zischt Wedel seinem Nebenmann zu. »Kein Grund, sich so aufzuregen, meine Güte«, sagt er in meine Richtung und hebt provokant seine Augenbrauen, doch es wirkt nicht ansatzweise so aufgestachelt wie noch vor ein paar Minuten. Im Knast geht es am Ende immer um Privilegien. Privilegien sind die Währung des Lebens innerhalb der Mauern. Und die SothA ist ein Riesenprivileg. Das wissen die Insassen – und ich.

In den folgenden zehn Minuten, in denen Sven Andersen nach Yves' erneuter Aufforderung beschreibt, wie er aufgewachsen ist, gelingt es mir nur langsam, mein Nervensystem auf ein halbwegs normales Level herunterzufahren. Die Stimmung in einem Hochsicherheitsgefängnis ist fragil – kleinste Schwingungen können eine Situation zum Kippen bringen, und ich weiß, es hat nicht mehr viel gefehlt. Ich sehe an den Blicken der Häftlinge, die mich jetzt immer mal wieder inspizieren, dass sich das Klima verändert hat – dass ich mich für den Moment gut behauptet habe. Ich weiß, wie wichtig diese erste Feuerprobe war. *Und du hast sie gut gemeistert*, sage ich mir, um mich zu beruhigen. Aus dem Alarmmodus herauszukommen. Doch das Rot in meinen Gedanken hält sich hartnäckig, wabert und pulsiert.

Sven Andersen, der sich die ganze Zeit über erstaunlich ruhig verhalten hat, umreißt nun stockend und langsam häusliche Gewalterfahrungen als Kind, einen autoritären Vater, Armut, schlechte Bildungschancen und eine sich anschließende Arbeitslosigkeit. Eine nicht untypische Biografie für einen Inhaftierten.

Die Fachfrau in mir versucht sich auf die psychologische Analyse zu konzentrieren, sucht nach Verbindungsstellen zu Andersens grausamen Taten, die später folgten, denn eine schlechte Herkunft erklärt noch nicht, wie man zum Vergewaltiger und Mörder wird. Der traumatisierte Teil in mir sucht nach ganz persönlichen Antworten in den Erzählungen des Mörders.

Am Ende der Gruppensitzung, ich bin schließlich bis zum Schluss stumm geblieben, hat weder die Fachfrau noch der traumatisierte Part in mir Antworten auf seine Fragen gefunden.

LEON

In den letzten Wochen ist er ihr zweimal in ihrer Wohngegend in Köln-Müngersdorf über den Weg gelaufen. Er hatte jedoch keine Ahnung gehabt, wie er sich ihr noch einmal hätte annähern können, ohne seltsam zu erscheinen oder aufdringlich zu sein, schließlich will er nicht wie ein Stalker wirken. Andere junge Männer in seinem Alter hätten sicher bereits formvollendete Strategien angewendet, um das Mädchen ihrer Träume für sich zu gewinnen – Leon scheitert schon allein bei dem Gedanken daran.

Als er sie vor wenigen Sekunden am Empfangsschalter der Versicherung entdeckt hat, konnte er es deshalb zuerst gar nicht glauben. Auch jetzt noch befindet sich sein Körper in einer Art Starre. Seine Augen suchen den Kalender ab, springen hastig hin und her. Ein Mausklick, noch ein weiteres, schnelles Scrollen. Nichts. Sie ist nicht eingetragen. Was macht sie hier? Irritiert hebt er den Kopf.

In diesem Moment dreht sich die Empfangsdame zu Leon um, in Richtung des gläsernen Großraumbüros, in dem er vierzig Stunden in der Woche sitzt und seiner Zahlenliebe nachgeht. Er kann nicht verstehen, was seine Kollegin zu Sina sagt, doch ihr Fingerzeig in seine Richtung, auf ihn, Leon, ist eindeutig. Sina lächelt, dann kommt sie auf die Glaswand zu. Sie hält den Kopf gesenkt, geht um die Ecke und nähert sich der Tür zum Büroraum.

Leon dreht sich zu seinen Kollegen um, die allesamt auf ihre Bildschirme starren, und weiß nicht, was er tun soll.

Ein zaghaftes Klopfen ertönt.

Einer seiner Kollegen schaut auf und erhebt sich seufzend aus seinem Bürostuhl, doch Leon kommt ihm zuvor.

»Nein, schon gut, ich kümmere mich um sie. Ich kenne sie«, sagt er hastig und springt nun seinerseits auf.

Der Kollege hebt die Augenbrauen, zuckt dann aber mit den Schultern, lässt sich schwerfällig zurück in seinen Stuhl fallen und zieht sich wieder an seinen Schreibtisch. Die Rollen seines Drehstuhls machen ein schabendes Geräusch.

Genauso wie die Tür, die Leon kurze Zeit später öffnet. Hinter der Sina steht, mit roten Wangen und einem schüchternen Lächeln.

»Hi«, beginnt Leon und verstummt, weil er nicht weiß, was er sagen soll.

»Hi«, antwortet sie nun ebenfalls und streicht sich eine Haarsträhne hinter ihr Ohr. »Ich hoffe, ich störe nicht. Ich wollte mich nur für den netten Gruß bedanken, den Sie der letzten Post beigelegt haben. Und dass Sie sich so zügig um die Angelegenheit meiner Mutter gekümmert haben.« Sie schiebt ihre Hände in die Taschen ihrer schwarzen Jacke, die feucht vom Regen ist.

»Das war kein Problem«, erwidert Leon erfreut, obwohl er der für Sina zuständigen Kollegin durchaus mühevoll hatte erklären müssen, weshalb er ihre Angelegenheit kurzerhand selbst in die Hand genommen hat.

»Na ja, normalerweise muss ich viel länger auf Antworten warten. Nichts gegen Ihre Kollegen, aber …« Sina lacht auf. Es ist ein schönes Lachen. Heute wirkt sie nicht ganz so schwermütig. »Ich hatte mich schon gewundert, weil das Schreiben mit dem Namen meiner normalen Ansprechpartnerin unterschrieben war, die normalerweise echt lange für alles braucht. Daher danke für die Karte, da ist mir dann ein Licht aufgegangen.« Ihre Mundwinkel heben sich ein Stück höher.

Leon muss mitlächeln. Er freut sich, dass er sie wenigstens in dieser Hinsicht hatte unterstützen können, als praktisch Fremder. Aus ihren Daten weiß er inzwischen, dass ihre Mutter vor ein paar Monaten verstorben ist und dass es Probleme mit der Kündigung ihrer privaten Haftpflichtversicherung gab. »Das war kein großer Aufwand. Tut mir leid, dass es überhaupt so lange gedauert hat. Meine Kollegin steht kurz vor ihrem Renteneintritt, und es geht ihr gesundheitlich nicht so gut.«

»Ah, okay. Ist ja auch nicht schlimm«, antwortet Sina schnell. »Ich wollte nur kurz danke sagen, dass Sie sich darum gekümmert haben.«

»Gern.« Leon nickt.

Sina schaut verlegen an ihm vorbei. Eine peinliche Stille entsteht.

»Möchten Sie … möchten Sie etwas trinken? Ein Wasser? Oder vielleicht etwas Warmes? Draußen ist es sehr ungemütlich.« Leon deutet auf die Regentropfen auf Sinas Jacke.

»Das ist lieb, danke, aber ich will Sie nicht stören. Sie haben sicher zu tun. Ich muss eh gleich zum Neumarkt und den Bus zurück nehmen. Die Stadtbahnstrecke ist aus irgendwelchen Gründen gesperrt.«

Leon wirft einen Blick auf seine Uhr. Er kennt sowohl den Bahn- als auch den Busplan auswendig. »Na, dann haben Sie ja noch achtundzwanzig Minuten, bis der kommt. Die wollen Sie doch sicher lieber im Trockenen verbringen?«, fragt er und ist selbst von seinem forschen Tonfall überrascht, der so gar nichts mit dem Gefühl der Unsicherheit zu tun hat, das in Wahrheit in ihm herrscht. »Natürlich nur, wenn Sie wollen«, schiebt er vorsichtshalber hinterher.

Sina dreht sich zu den Fenstern am Ende des Ganges, hinter denen Bindfäden aus Regen niedergehen. »Das ist natürlich ein Argument«, sagt sie und verzieht ihre schön geschwungenen Lippen zu einem weiteren kleinen Lächeln. »Wieso eigentlich nicht. Wenn es wirklich keine Umstände macht?«

»Nein, das ist wirklich kein Problem«, antwortet Leon, der alles dafür tun würde, noch ein wenig Zeit mit der hübschen jungen Frau verbringen zu können. Er tritt zu Sina auf den Flur und schließt die Glastür hinter sich. »Ich kann jetzt auch einen heißen Kaffee gebrauchen.«

»Danke. Aber wenn Sie mich schon auf einen Kaffee einladen, nennen Sie mich bitte Sina, so mit ›Du‹. Sonst fühle ich mich schrecklich alt.« Sina grinst. Ihre Schneidezähne sind etwas länger als ihre übrigen Zähne, was ein wenig frech aussieht.

»Gerne, ich bin Leon«, erwidert Leon und fragt sich, wann er sich zuletzt so glücklich gefühlt hat.

29. April 2019

Liebes Tagebuch,
Sonny war eben da. Ich hoffe, das gibt keinen Ärger mit Samu. Aber ich habe es einfach nicht mehr ausgehalten. Samu und ich hatten schon wieder Krach, und wieder einmal ist er einfach verschwunden. Raus aus der Situation, raus aus meinem Leben. Das stürzt mich jedes Mal in eine absolute Panik, weil wir unseren Streit auf diese Weise nicht klären können und weil ich nie weiß, wann er wiederkommt. Deshalb habe ich Sonny angerufen und gefragt, ob er weiß, wo Samu ist. Er wollte sich daraufhin mit mir treffen. Hat sich für seinen Freund entschuldigt. Und gesagt, dass Samu hitzköpfig sei und er nur allzu gut wisse, wie schwierig es manchmal mit ihm ist. Dass er schon versucht habe, mit ihm zu reden. Und ihm gesagt habe, er soll's nicht versauen mit mir. »So eine wie sie kriegst du nie wieder«, hat er ihm gesagt. Ist das nicht lieb von ihm?
Ich würde mir so sehr wünschen, dass auch Samu das erkennt. Dass ich ihn von ganzem Herzen liebe und doch nur ihn will. Irgendwie kann er mir das nicht glauben. Vielleicht muss ich es deutlicher zeigen, ich weiß es nicht.
Der Auslöser unseres Streits war Leon, ein Typ, den ich vor ein paar Wochen kennengelernt habe. Wir haben zwischendurch zusammen einen Kaffee getrunken und uns zweimal verabredet. Man kann echt gut mit ihm reden, er hat so etwas Sanftes und Ruhiges an sich, das tut mir einfach gut. Er ist wie ein großer Bruder für mich, das habe ich Samu auch gesagt. Und dass es doch auch in seinem Sinne ist, wenn ich mir langsam wieder einen eigenen Freundeskreis aufbaue. Er hat behauptet, es gibt keine Freundschaft zwischen Männern und Frauen, mindestens einer von beiden habe immer einen Hin-

tergedanken. Das habe ich abgestritten, denn ich bin mir sicher, dass das zwischen Leon und mir rein freundschaftlich ist. Ich lasse schließlich keinen Zweifel daran, dass mein Herz Samu gehört.
Was Sonny angeht, bin ich mir aber ehrlich gesagt nicht ganz so sicher. Ich durchschaue ihn nicht. Ich fand seinen Besuch nach Samus Abgang nett, und es wirkte auch aufrichtig, aber als er mich zum Abschied umarmt hat, das war komisch. Ganz kurz habe ich gedacht, er will mich küssen. Aber wahrscheinlich ist das totaler Blödsinn, immerhin ist er Samus Kumpel.
Ich habe Samu letztens gefragt, was Sonny eigentlich beruflich macht. Er fährt immer mit teuren Autos rum, trägt Hemden und teure Schuhe. Und das in unserem Alter. Wobei ich eigentlich gar nicht weiß, wie alt er ist. Er wirkt so reif und erwachsen, als hätte er mehr Lebenszeit als Samu und ich zusammen hinter sich. Samu hat auf meine Frage nur gelacht und gesagt, das braucht mich nicht zu interessieren. Ich soll mir meinen hübschen Kopf nicht zerbrechen.
Ich mag es nicht, wenn er mich wie ein kleines Mädchen behandelt; andererseits gibt mir sein Selbstbewusstsein Sicherheit. Und er war schon so verdammt oft für mich da, vor allem, wenn es mir wegen Mamas Tod schlecht ging.

Ach Mann, ich wünschte, er wäre jetzt bei mir. Ich fühle mich einsam. Wann hat sich mein Leben so reduziert? Ich will nicht sagen, dass ich mein Leben immer im Griff hatte, ganz im Gegenteil. Aber ich habe mich nie allein gefühlt, nicht mal im Ausland. Seit Mamas Tod ist nichts mehr, wie es war. Ich fühl mich so abgeschottet. Außer, wenn Samu da ist. Ich habe das Gefühl, ich kann allein gar nicht mehr richtig existieren. Ich brauche ihn an meiner Seite. Auch wenn es nicht immer ein-

fach zwischen uns ist, so ist er doch immer mein Fels in der Brandung. Ich vermisse ihn. Ich hoffe, er kommt bald wieder. Bisher haben wir noch jeden Streit geklärt gekriegt. Darauf muss ich auch diesmal vertrauen.

XOXO an mich selbst.

ANNA
KAPITEL 8

»Warte mal, Yves«, rufe ich meinem Kollegen nach Feierabend auf dem Mitarbeiterparkplatz hinterher und gehe zu seinem Auto, in dessen Kofferraum er gerade seine Aktentasche legt.

Der Sozialarbeiter hält inne, dann schließt er den Kofferraumdeckel mit einer ungewöhnlich langsamen Bewegung. Seine Hand löst sich erst von seinem Auto, als das sanfte Klicken des Schließmechanismus erklingt. *Wir könnten unterschiedlicher nicht sein*, denke ich, während ich mich auf Yves zubewege und daran denken muss, dass der Kofferraumdeckel meines in die Jahre gekommenen VW Polo manchmal sogar wieder aufspringt, weil ich ihn mit zu viel Wucht zugeworfen habe.

»Du warst nach der BPS-Sitzung so schnell weg«, beginne ich, als ich neben Yves' makellos gepflegtem Auto zum Stehen komme. Ich zögere, denn mein Kollege geht mit hölzernen Bewegungen an mir vorbei und öffnet die Fahrertür. »Ich wollte fragen, ob alles … ob alles in Ordnung ist?«

»Ob alles in Ordnung ist?«, wiederholt Yves und dreht sich nun doch zu mir um. »Ich weiß nicht, sag du es mir!«

Obwohl ich mir schon gedacht habe, dass die Situation während der Gruppeneinheit nicht spurlos an ihm vorbeigegangen sein kann, bin ich doch überrascht über den zynischen Unterton in seiner Stimme, immerhin wirkt er sonst so förmlich und kontrolliert wie kaum jemand sonst, den ich kenne. Während ich noch überlege, was ich antworten soll, spricht Yves weiter.

»Ich hatte alles im Griff! Du bist nicht einmal einen Monat dabei und meinst schon, dich in meine Arbeit einmischen zu müssen?«

»Nein, ich …«, setze ich irritiert an und merke, wie mir heiß wird, doch ich werde unterbrochen.

»Du untergräbst damit meine Autorität bei den Häftlingen, ist dir das eigentlich klar?«

»Das war nicht meine Absicht, ich …«

»Es ist unprofessionell, sich gegenseitig in die Parade zu fahren, Anna! Das solltest du eigentlich gelernt haben!«

Ich ziehe angesichts des Angriffs auf meine Kompetenz die Brauen zusammen. Es bleibt ein paar Sekunden still. »Yves, das war nicht meine Absicht«, antworte ich dann so ruhig wie möglich. »Ich wollte mich nicht einmischen.« Ich schlucke, denn es stimmt. »Tut mir leid. Ich hatte nur das Gefühl, du könntest etwas Unterstützung gebrauchen. Wedel und Selte haben es dir nicht leicht gemacht, also habe ich mich eingebracht.« Das wiederum stimmt zwar, aber nur teilweise. Ich kann schlecht auf den See aus Blut in meinem Inneren zu sprechen kommen, der sich in eine Flut aus Hass verwandelt hat, und genauso wenig darauf, dass ich darauf angewiesen bin, mich als fähige Anstaltspsychologin zu zeigen, der man möglichst schnell möglichst viel zutraut. »Ich wollte die Situation nicht eskalieren lassen und hatte das Gefühl … Ich hatte das Gefühl, sie war auf dem besten Weg dahin.«

»Ich hatte das im Griff, Anna! Ich kenne die Häftlinge. Im Gegensatz zu dir. Ich weiß schon, was ich tue!«

»Okay«, antworte ich, obwohl ich sein Schweigen und die roten Flecken über seinem Kragen, die vor Unsicherheit nur so geschrien haben, noch sehr genau vor Augen habe, und nicke. »Entschuldigung. Dann war ich wohl etwas vorschnell. Ich habe deine Aufzeichnungen zum BPS gelesen, ich weiß, dass du einen super Job machst. Ich wollte dir wie gesagt keine Schwierigkeiten bereiten.«

Mir fällt auf, wie Yves bei meinem bewussten Lob seinen Rücken strafft. Ich finde ihn trotz seiner verschrobenen Art nicht unsympathisch und bin auch generell niemand, der anderen gerne vor den Kopf stößt. Vor allem aber will ich es mir nicht mit ihm verscherzen.

»Dann weißt du jetzt für die Zukunft, wie du solche Situationen einzuordnen hast«, antwortet Yves belehrend. »Man muss nicht auf jede Provokation reagieren. Da steh ich drüber. Das solltest du auch. Aber vielleicht … vielleicht musst du das wirklich erst lernen. Wir haben schließlich alle mal angefangen«, ergänzt er nun beinahe väterlich und dreht sich zu seinem Auto. Es wurmt mich, dass er mich nun doch in die Kategorie »Anfängerin« einsortiert, obwohl ich die Situation im Gegensatz zu ihm offensichtlich recht souverän gehändelt habe, doch ich beiße mir auf die Zunge. »Ich muss leider los.« Er macht eine seltsame Pause, und ich spüre, er will noch etwas sagen. Die folgenden Worte murmelt er so schnell in sich hinein, dass ich sie kaum verstehen kann. »Aber vielleicht wollen wir morgen mal zusammen Mittag essen? Ich weiß, die Anfangszeit hier kann krass sein. Und ich habe mir noch gar nicht richtig Zeit für dich genommen.« Sein Gesicht wird rot. Es ist eine dieser Situationen, in denen die Schüchternheit eines anderen Menschen zu einem herüberkriecht und einen selbst ganz verlegen macht.

»Ja, klar, wieso nicht«, antworte ich nach kurzem Zögern, irritiert über den Wechsel, den das Gespräch genommen hat.

»Gut. Dann machen wir das«, antwortet mein Kollege sachlich und lässt sich ungelenk hinter das Lenkrad fallen. »Ach, Anna – denk dran, dass wir morgen auch unsere Fachvorträge zu den psychischen Auswirkungen von Langzeitinhaftierung vor dem Team halten. Wir haben uns gar nicht mehr dazu ausgetauscht, du wirst deinen Part ja sicher schon vorbereitet haben. Sollen wir beim Mittagessen kurz darüber sprechen, um uns nochmal abzustimmen?«

Mir wird heiß. *Fachvortrag? Langzeitinhaftierung?* Den hatte ich vollkommen vergessen. *Scheiße.* »Ja, klar, gute Idee. So machen wir das«, antworte ich locker. »Du hattest ja den Part zu …«, setze ich an und halte auf eine Weise inne, die nachdenklich klingt, aber hoffentlich nicht offenbart, dass ich keine Ahnung mehr habe, wie wir uns das aufgeteilt hatten.

Yves' Augen verharren einen Moment auf meinem Gesicht, dann greift er nach seinem Anschnallgurt. Ein surrendes Geräusch ertönt, als er diesen zu sich heranzieht. »Ich kümmere mich um die psychischen Veränderungen und kognitiven Folgen durch Langzeitinhaftierung.« Es erklingt ein leises Klicken, als das Metallteil des Anschnallgurtes in der Halterung einrastet, dann hebt er seine Hände zum Lenkrad und schaut wieder zu mir hoch. »Ich brauche dafür etwa zehn Minuten, ich bin das durchgegangen. Du hast also fünfzehn Minuten für deinen Teil zur sozialen Isolation und ihren Folgen und für die Resilienzfaktoren und Interventionsmöglichkeiten seitens des Teams. Das dürfte ja passen.«

»Ja, das kommt etwa hin«, erwidere ich, als hätte ich meinen Part ebenfalls schon geübt, und lächle erneut, hoffentlich nicht allzu verkrampft.

»Prima. Wir reden morgen drüber, ja? Ich muss jetzt wirklich los.«

»Machen wir. Schönen Feierabend!« Ich trete einen Schritt zurück.

»Danke, dir auch«, verabschiedet sich Yves und zieht die Fahrertür zu.

Während Yves vom Parkplatz rollt, gehe ich über den vom Regen dunkelgrau gefärbten Asphalt in Richtung meines Autos, bis der Wagen meines Kollegen auf die Schnellstraße abbiegt, die zur A1 in Richtung Köln führt. Als er aus meinem Sichtfeld verschwindet, drehe ich schlagartig um und gehe zurück zur JVA, die bleich und düster vor mir aufragt. Ich muss die Literatur aus meinem Büro holen, die Yves mir vor ein paar Tagen gegeben hat. *Das wird eine lange Nacht*, denke ich, mit einem Mal völlig erschöpft.

Eigentlich hätte ich dringend eine Pause gebraucht. Ein leckeres Essen mit Jonathan und einen unspektakulären Abend auf der Couch bei einer unserer Lieblingsserien. Was so simpel klingt, war mein Anker, an dem ich mich die letzten Stunden dieses aufwühlenden Tages festgehalten habe.

Aber das wird wohl nichts. Ich stoße eine kleine weiße Atemwolke in die kalte Luft.

ANNA

KAPITEL 9

In den Gängen des Gefängnisses ist nicht mehr viel los, worüber ich mehr als froh bin. Ich habe das Gefühl, man sieht mir meine Erschöpfung auf fünf Meter Entfernung an. Ich gehe über die Flure, bis ich bei der gläsernen Doppeltür zur sozialtherapeutischen Abteilung ankomme.

Ich schließe sie auf und betrete den mit dunkelgrauem Teppich ausgelegten Flur. Es ist düsterer als sonst. Zwar werden die Räumlichkeiten der SothA auch tagsüber hauptsächlich mit künstlichem Licht erhellt, weil es kaum Fenster gibt, die Tageslicht hineinlassen könnten – abends jedoch werden die Lampen gedimmt. Ausgeschaltet werden sie nie ganz, aus Gründen der Sicherheit.

Aus dem Gemeinschaftsraum dringt bläulich flackerndes Licht. Als ich vorbeigehe, hebt kaum einer der schätzungsweise acht Insassen den Kopf, lediglich die beiden diensthabenden Beamten vom AVD schauen auf und nicken mir zu. Die Häftlinge sehen sich bis zum nächtlichen Haftverschluss irgendeine Sitcom im Fernsehen an. Ich erkenne Andersen, wie er mit verschränkten Armen direkt vor dem Fernseher sitzt, und Tsakiris, den kräftigen kleinen Griechen, der in der letzten Reihe kauert, typischerweise abseits von den anderen. Wedel und Selte entdecke ich nicht; seit ihrem Ausbruch während der Gruppensitzung wird im Team darüber diskutiert, ob sie überhaupt noch in der SothA bleiben dürfen. Das künstliche Publikumsgelächter, das zur Serie gehört, dröhnt leise über den Flur, als ich meine Bürotür erreiche.

Die Leuchtstoffröhre erwacht klackernd und surrend zum Leben, während ich zu meinem Schreibtisch gehe. Eine Weile wandern meine Augen über die Papier- und Bücherberge unter dem kaltweißen Licht, die jeden Zentimeter der Tischplatte bedecken. Unter dem Druck und Stress des Alltags meines neuen Jobs, der so viel mehr als bloß ein Job ist, habe ich bereits nach kurzer Zeit aufgegeben, Ordnung zu halten. Ich stütze mich auf dem Rand des Schreibtisches ab und nehme mir einen Moment, um durchzuatmen.

Nachdem ich die beiden Bücher gefunden habe, die ich suche, gehe ich wieder in Richtung Tür. Meine Hand schwebt bereits über dem Lichtschalter, als ich im Augenwinkel etwas Rotes bemerke.

Ich drehe den Kopf.

Ein leuchtend roter Umschlag liegt auf dem Sideboard neben der Tür.

Wie kommt der denn dahin?

Irritiert lege ich die Bücher beiseite und greife nach dem Brief. Eigentlich verschaffen sich nur die Reinigungskräfte regelmäßig Zugang zu meinem Büro. *Vielleicht ist das von einem Kollegen, der mich nicht mehr angetroffen hat?*

Ich wende den Umschlag, dessen Farbe so ungewöhnlich ist. Ich kann mich nicht erinnern, jemals einen so feuerroten Umschlag gesehen zu haben. Die Lasche liegt nur locker auf und ist weder eingesteckt noch zugeklebt. Ich klappe sie auf und entdecke einen zusammengefalteten, blass linierten, etwa DIN A5 großen Notizzettel, durch den sich blaue Kugelschreiberschrift hindurchdrückt. Ich runzle die Stirn, ziehe ihn heraus und falte ihn auf.

Meine Augen wandern über die Zeilen, doch ich begreife

nichts. Dann werden meine Fingerspitzen taub und mein Körper eiskalt.

»Das kann nicht sein«, flüstere ich in die Stille meines Büros hinein und bemerke gerade noch rechtzeitig, wie meine Beine unter mir nachgeben, bevor ich auf einen der beiden Stühle sinke.

LEON

Leon zählt stumm bis drei, dann presst er seinen Zeigefinger auf den Klingelknopf neben ihrem Namensschild.

Es dauert nur wenige Sekunden, dann hört er ein Rascheln hinter der Tür. Kurz darauf das schabende und klackende Geräusch, wenn sich ein Schlüssel im Schloss einer alten Tür dreht. *Gut, dass sie vorsichtig ist*, denkt er und tritt einen Schritt zurück. *Sie umgibt sich mit seltsamen Männern.*

Sina hat ihre roten Haare zu einem unordentlichen Knoten aufgetürmt und mit einem Pinsel fixiert. Sie trägt Jeans und ein weißes T-Shirt, das voll mit Farbflecken ist.

»Hi, Leon, schön, dich zu sehen.« Ihre Wangen röten sich. »Mist! Ich habe unser Treffen vergessen, stimmt's?«

»Das macht nichts«, antwortet Leon schnell, obwohl er doch ein wenig enttäuscht gewesen war, als Sina nicht zur verabredeten Zeit in dem kleinen Café in der Kölner Innenstadt aufgetaucht war. Zwanzig Minuten hatte er mit dem Auto bis zu ihrer Wohngegend im westlichen Teil Kölns gebraucht, nachdem er zuvor lange nach einem geeigneten Parkplatz in der Innenstadt gesucht und das Auto dann notgedrungen im Parkhaus am Kölner Hauptbahnhof abgestellt hatte. Zwanzig Minuten plus der Fußweg vom Café zurück zu seinem Wagen, in denen sie sich nicht gemeldet hatte. »Ich dachte, ich komme vorbei und schaue mal nach, ob alles in Ordnung ist.«

»Das ist total lieb. Ja, es ist alles okay. Mann, sorry, ich wollte dich nicht versetzen. Ich habe einfach völlig die Zeit aus den Augen verloren. Wenn ich male, bin ich so vertieft. Wie in einer anderen Welt. Aber egal. Tut … tut mir wirklich leid. Magst du reinkommen? Wir können stattdessen bei mir einen Kaffee trinken.« Sie lächelt, obwohl sie ansonsten ziemlich erschöpft aussieht.

Leon nickt. »Wenn ich nicht störe, gerne. Aber ich wollte dich auch nicht unterbrechen.« Er mustert die Farbe auf ihrem Shirt und die feinen hellblauen Sprenkel auf ihren Wangen, die gut zu ihren Augen passen.

»Nein, schon gut, ich brauche eh eine Pause. Und wir waren ja verabredet. Komm rein!« Sie macht eine einladende Handbewegung und verschwindet im Hausflur.

Leon folgt ihr und schließt die Tür vorsichtig hinter sich.

Ihre Wohnung ist ordentlich und riecht angenehm, das stellt er gleich fest, als er ihr in ihr Wohnzimmer folgt. Das Mobiliar scheint eher günstig und einfach zu sein. Vermutlich hat sie nicht allzu viel Geld, was bei einer Zweiundzwanzigjährigen nicht verwunderlich ist. Er hatte sich eh schon gefragt, wie sie sich ihre Wohnung angesichts der recht hohen Mietpreise in Köln-Müngersdorf überhaupt leisten kann – einen festen Job hat sie nie erwähnt, vermutlich geht sie typischen studentischen Aushilfsjobs nach. Er nimmt sich vor, sie bei Gelegenheit danach zu fragen.

Sina deutet auf ein Sofa, das mit einem cremefarbigen gerippten IKEA-Laken bedeckt ist, und verschwindet in der Küche, die sich gleich an das Wohnzimmer anschließt.

»Mit Milch oder Zucker?«, ruft sie zu ihm rüber, während sie sich an einer offensichtlich in die Jahre gekommenen Kaffeemaschine zu schaffen macht. Eine, die noch ohne Kapseln oder Pads funktioniert und ganze Kannen brüht.

Theoretisch effizient, aber nicht in einem Ein-Personen-Haushalt, denkt Leon und lässt sich auf das harte Sofapolster sinken.

»Schwarz, bitte«, ruft er und steht dann doch wieder auf, um sich ihre Fotowand näher anzusehen.

Sie scheint viel herumgekommen zu sein. Leon entdeckt Aufnahmen aus aller Welt, mal von ihr allein, mal mit wechselnden Personen, meistens mit einem großen Rucksack auf dem Rücken, wie ihn Backpacker tragen.

Sein Blick fällt auf ein Sideboard, auf dem ein gerahmtes Schwarz-Weiß-Foto und ein kleines Kerzenglas stehen. Das Foto zeigt eine Frau, schätzungsweise in den Fünfzigern, und Sina in jüngeren Jahren, die Ähnlichkeit zwischen den beiden ist unübersehbar. Aufgrund des Arrangements geht er davon aus, dass es sich bei der älteren Frau um Sinas verstorbene Mutter handelt. Zu seiner eigenen, inzwischen ebenfalls verstorbenen Mutter hat Leon ab dem Moment keinen richtigen Kontakt mehr gehabt, als ihn seine Eltern in ein Internat steckten.

»LEON!«, schallt es aus dem Wohnzimmer.

Leon, der gerade eben erst nach Hause gekommen ist, stellt seinen Schulrucksack in die Ecke und schlüpft aus seinen Schuhen. Sein Herz klopft ihm hart gegen die Rippen. Vater klingt sauer.

»LEON! Komm sofort her! Wir haben was zu klären!«

Leon starrt die Haustür an. So gerne würde er einfach wieder hinausgehen. Aber er weiß, das ist keine Option. Das würde alles nur noch schlimmer machen. Er hat es schon ausprobiert.

Während er einen Fuß vor den anderen setzt und über den Flur auf die dunkelbraune Holztür zum Wohnzimmer zugeht, zermartert er sich das Hirn, was er falsch gemacht haben könnte. Was diesmal der Grund für Vaters Zorn ist.

Vater hat immer einen Grund. Der ist Leon nicht immer sofort klar, aber es gibt ihn immer. Und er hat ausnahmslos immer damit zu tun, dass er seine Eltern enttäuscht. Als er die Gymnasialemp-

fehlung bekam, war eine Zeit lang Ruhe. Er tat alles dafür, nur Einsen mit nach Hause zu bringen und ein exzellenter Schüler zu sein, weil er wusste, dass das Vater besänftigte. Und weil er ebenfalls wusste, was ihn zu Hause erwartete, wenn es einmal keine Eins war. In letzter Zeit aber scheint Vater wieder unzufriedener. Angespannter. Und Leon gelingt es einfach nicht, das zu ändern. Egal, wie sehr er sich auch anstrengt.

»Ich bin am Ende mit meinem Latein. Der Junge spurt einfach nicht. Das ist doch nicht zu fassen«, hört er seinen Vater zischen.

Vorsichtig stößt Leon die Tür auf, die nur angelehnt ist. Seine Mutter sitzt auf der Couch und schaut ihn mit leerem Gesichtsausdruck an. Er kann sich nicht erinnern, wann er zuletzt ein Gefühl darin gesehen hat.

»Wir haben eben einen Anruf von deiner Klassenlehrerin erhalten«, poltert Vater los.

Leon weiß nicht, was er sagen soll. Aber er ahnt Böses. Ein Anruf aus der Schule ist nie gut. Und ihm fällt nur ein einziger Grund ein, weshalb Frau Strauter seinen Vater angerufen haben könnte. Der Vorfall liegt eigentlich schon ein paar Wochen zurück, er hatte gehofft, dass er nicht mehr zur Sprache kommen würde. Hitze schießt Leon in die Wangen.

»Weißt du eigentlich, wie sehr es deine Mutter und mich beschämt, dass unser Sohn keine andere Lösung weiß, als auf einen Klassenkameraden einzuprügeln?« Vaters Stimme ist laut.

»Ich … ich«, beginnt er, doch Vater unterbricht ihn.

»Ich … ich«, äfft er ihn nach. »Hat es dir die Sprache verschlagen, oder was?«

Seine Mutter schlägt die Augen nieder und starrt auf ihren Schoß hinunter. Leon weiß, sie hat gestern Abend wieder getrunken. Wie so oft. Und genau das war der Grund dafür, dass er Philipp eins auf die Nase gegeben hat. Der hatte nämlich seine Mutter beleidigt, sie eine Alkoholikerin genannt. Er hätte sie gesehen, *sie hätte geschwankt und nach Alkohol gestunken. Aber das kann Leon nicht erzählen, ohne seine Mutter vor Vater bloßzustellen.*

»Sag was, Junge!«, keift sein Vater und erhebt sich vom Esstisch.

Leon macht unwillkürlich einen Schritt zurück. »Tut ... tut mir leid, ich ... Philipp hat wirklich gemeine Dinge gesagt, und ich ... ich wusste mir nicht mehr anders zu helfen ...«

»Du wusstest dir nicht mehr anders zu helfen? Nur weil jemand ›gemeine‹ Dinge sagt? Davon lässt sich mein Sohn aus der Ruhe bringen?«

Einen kurzen zynischen Gedanken lang möchte Leon seinen Vater auf sein eigenes Verhalten aufmerksam machen, es ist nur ein kurzes heißes Aufblitzen von Wut, das aber genauso schnell wieder verschwindet. Er senkt den Kopf. »Ich weiß, dass das nicht richtig war. Tut mir leid, ich ... Das kommt nicht wieder vor, versprochen.« Seine letzten Worte klingen flehentlich.

»Junge, wir haben genug. Wir haben wirklich genug. Du verlangst uns alles ab, aber nie reicht es. Du entehrst deine Mutter und mich mit so einem Verhalten. Unglaublich, dass du uns derart beschämst, dass deine Lehrerin zum Hörer greifen muss!« Leon hebt den Kopf, sein Vater stiert ihn an.

Das Trommeln in seiner Brust nimmt zu.

Vater macht zwei drohende Schritte auf ihn zu. Leon hebt reflexhaft die Arme. Er hat zwar Vaters Körpergröße fast erreicht, sein jungenhafter Körper ist jedoch noch derart mager, dass er niemals gegen Vaters Kraft ankäme, selbst wenn er wollte.

»Bitte, Vater, es tut mir wirklich leid«, stammelt er, doch sein Vater hebt die Hand und bohrt seinen ausgestreckten Zeigefinger schmerzhaft fest in Leons Brustkorb.

»Hier ist eine Grenze erreicht, hörst du?«, presst er zwischen seinen Zähnen hervor und fletscht sie dabei. »Es ist alles in die Wege geleitet! Du wirst auf ein Internat gehen, auf ein Internat extra für Jungen! Ob du uns an den Wochenenden und in den Ferien besu-

chen darfst, wird von deinem Verhalten und deinen Noten abhängen! Wer nicht hören will, muss fühlen! Wieso bist du nur so eine Enttäuschung?« Dann stapft er an ihm vorbei und zur Tür hinaus.

Leons Mutter steht schweigend auf und verschwindet in der Küche.

Und Leon, der zunächst von Erleichterung überflutet wird, weil die körperliche Züchtigung diesmal ausbleibt, braucht mehrere Sekunden, bis langsam zu ihm durchdringt, was Vater da eigentlich gesagt hat.

»Internat? Eine … eine Schule, in der man wohnt? Wo … wo denn?«, ruft er seiner Mutter hinterher und wird mit einem Mal von einem Gefühl der Ohnmacht überrollt.

»Weit weg«, kommt eine kraftlose Stimme aus der Küche, bevor sich die Küchentür schließt.

Während Leon mit hängenden Armen und Ankern an den Schultern im Wohnzimmer zurückbleibt. Er gibt keinen Laut von sich. Die einzelne Träne, die sich aus seinen Wimpern löst und über das noch kindliche Gesicht rollt, ist laut genug.

»Bin gleich so weit«, ruft Sina aus der Küche.

Leon schüttelt den Kopf, als könnte er auf diese Weise die Beklemmung vertreiben, die ihn wieder einmal befallen hat. Langsam geht er zurück zum Sofa.

Etwa eine Minute später kehrt auch Sina mit zwei dampfenden Bechern ins Wohnzimmer zurück und reicht ihm den mit dem pinken Werbeaufdruck eines Mobilfunkanbieters.

»Tut mir leid, ich habe leider kein hübscheres Geschirr«, fügt sie hinzu. »Wenn das mal der Fall ist, bin ich wohl wirklich in der Erwachsenenwelt angekommen.« Sie lächelt.

Leon lächelt zurück. »Das wird auch völlig überbewertet. Danke, dass du dir überhaupt die Mühe gemacht hast, mich mit einem Kaffee zu bewirten.«

»Ach Quatsch. So war es ja vereinbart. Also zumindest der Part mit dem Kaffeetrinken.« Sina lacht, doch es erreicht ihre Augen nicht. Sie wirkt wieder schwermütig, das ist Leon schon an der Haustür aufgefallen.

Beide nehmen einen Schluck aus ihren Tassen, sie deutlich beherzter als er, der schon damit rechnet, dass die dampfende Flüssigkeit das Potenzial hat, ihm Zunge und Gaumen zu verbrennen.

»Heiß«, entfährt es der jungen Frau prompt, hastig lässt sie ihre Tasse wieder sinken und wedelt sich Luft in den Mund. »O Mann, wie dumm von mir.«

»Passiert mir auch regelmäßig«, sagt Leon. Das stimmt zwar nicht, aber er hat das Gefühl, sie trösten zu müssen.

»Ich bin echt oft so ungeschickt.« Sina schüttelt den Kopf. Dann folgen ein paar Sekunden der Stille, in denen sie plötzlich ziemlich betrübt aussieht.

»Ich …«, setzt Leon unsicher an. »Ich habe die Fotos an der Wand gesehen, verreist du gern?«

Sina folgt seinem Blick. »Ja, ich war tatsächlich bis vor kurzem im Ausland. Ich bin noch gar nicht so lange wieder in der Heimat.«

Sie hebt ihre Tasse wieder an ihren Mund. Leon will sie schon warnen, doch zu spät. Erneut nimmt die junge Frau einen tiefen Schluck von dem noch viel zu heißen Gebräu.

»Ach fuck«, flucht sie und hustet. Mit einem Mal schimmern ihre Augen feucht. »Wie kann ein Mensch nur so dumm sein?«

»Warte, ich helfe dir.« Leon springt auf. »Ich hole dir ein Glas kaltes Wasser.«

»Nicht nötig, alles gut.« Sina hebt ihre freie Hand. »Ich weiß ja, wo meine Küche ist. Mach dir keine Umstände, wirklich. Ich bin ja selbst schuld.« Vorsichtig stellt sie ihre Tasse auf dem Couchtisch ab.

Leon bleibt unschlüssig an Ort und Stelle stehen, während Sina in die Küche geht. Er kann sehen, wie sie sich über ihr Gesicht wischt.

»Also, wo war ich stehen geblieben«, fährt sie fort, als sie wieder bei ihm ist. »Ich war zuletzt in Kanada. Habe dort als Au-pair gearbeitet.« Dann nimmt sie ihre Tasse und pustet hinein. »Setzen wir uns wieder? Diesmal passe ich besser auf. Zweimal ist zweimal zu viel«, scherzt sie.

Leon folgt ihrer Aufforderung, sich zu setzen. »Und hat es dir dort gut gefallen?«, nimmt auch er nun den eigentlichen Gesprächsfaden wieder auf, als hätte er nicht mitbekommen, dass sie in dem kurzen Moment in der Küche geweint hat.

»Ja, sehr.«

»Gab es einen besonderen Anlass, dass du zurückgekommen bist?«, fragt Leon vorsichtig, denn ihr Blick auf das Foto von ihr und ihrer Mutter ist ihm nicht entgangen.

Sina presst die Lippen zu einem schmalen Strich zusammen. Dann öffnet sie sie wieder. »Ja, ich … Meine Mutter ist gestorben. Wie du ja schon weißt.« Sie schlägt die Augen nieder.

»Ja, tut mir leid. Das … das weiß ich.«

»Es ist ein paar Monate her. Sie war schwer krank. Es war damit zu rechnen.«

Ihr Blick scheint mit dem gerahmten Foto ihrer Mutter zu verschmelzen, denn sie wendet ihre Augen nicht mehr davon ab, auch nicht, als sie erneut für ein paar Sekunden verstummt. *Sie wirkt so zerbrechlich*, denkt Leon, und sein Herz wird schwer.

»Ich musste mich um ihren Nachlass kümmern. Das Thema ist nicht leicht für mich. Meine Schwester … das war zu viel für sie. Sie hat sie gepflegt, vor ihrem Tod. Während ich im Ausland war. Jetzt ist sie im Ausland. Und ich kümmere mich um alles, was erledigt werden muss. Das ist nur fair.« Der Schmerz in Sinas Stimme ist unüberhörbar.

Ein paar Sekunden schweigen sie beide. »Mein herzliches Beileid« ist schließlich alles, was Leon einfällt.

Sina löst ihren Blick von dem, was auf dem Sideboard aufgebaut ist. »Danke. Sorry, ich wollte kein schweres Thema aufmachen, so aus dem Nichts.«

»Kein Problem. Und eigentlich habe ja ich damit angefangen.«

Eine Melodie ertönt. Sina sieht zu einem Laptop hinüber, der auf einem kleinen Tisch neben dem Sofa steht.

»Entschuldige, da scheint mich jemand anzurufen.« Eilig geht sie hin, klappt den Laptop auf, der offensichtlich nur im Stand-by-Modus war, und drückt ein paar Tasten.

»Oh, hi, du bist es«, sagt sie mit merkwürdig hoher Stimme.

»Hi, Babe. Tut mir leid, dass ich mich so lange nicht gemeldet habe. Können wir reden?«, ertönt es blechern. »Wer ist das da hinter dir?«, fragt der Mann dann, der sich viel zu sehr nach Samu anhört.

»Leon. Der Typ aus der Versicherung.« Sie spricht schnell. *Der Typ aus der Versicherung?* »Ich … ich habe dir doch von ihm erzählt. Er ist vorbeigekommen. Ich war gerade am Malen.«

Von unserer Verabredung sagt sie ihm nichts, denkt Leon.

»Aha«, sagt Samu, und auch wenn Leon der Blick auf den Bildschirm versperrt bleibt, ist Samus Stimme in dieser kurzen Erwiderung bereits derart schroff, dass ihm auch so klar ist, dass er über diese Information seiner Freundin alles andere als begeistert ist.

Leon geht zögerlich auf den Laptop zu. »Schön, dich wiederzusehen«, sagt er freundlich und hebt eine Hand.

»Jo. Weiß ich nicht, Kumpel. Sina, können wir jetzt reden? Oder hat das für dich keine Priorität mehr?«

Die Spannung im Raum ist greifbar, obwohl sich Samu noch nicht einmal physisch darin befindet.

»Ja, ich …« Sina wirft Leon einen Blick zu. Ihre Wangen sind ganz rot. »Tut mir leid, ist das okay? Samu und ich haben uns eine Weile nicht gesprochen.«

Leon bemüht sich um ein lockeres Lächeln, auch wenn er sie am liebsten fragen würde, wieso sie sich das mit diesem Boxertypen eigentlich antut. Aber er beißt sich auf die Zunge. »Ja, natürlich, ich muss sowieso weiter. Hat mich sehr gefreut, Sina. Vielleicht trinken wir demnächst nochmal einen Kaffee zusammen?«

»Ja, mal sehen, wieso … wieso nicht«, antwortet Sina leise.

Er nickt, dann stellt er seine noch fast volle Tasse auf dem Couchtisch ab. Einen Moment lang bleibt er unschlüssig stehen, weil er nicht weiß, wie er sich von ihr verabschieden soll. Dann hebt er seine Hand zum Gruß. »Okay, bis … bis demnächst dann.«

»Ja. Tschüss und danke nochmal«, murmelt Sina.

»Immer gerne«, antwortet er und meint es auch so. Dann geht er hinaus.

21. Mai 2019

Liebes Tagebuch,
es ist mitten in der Nacht, aber ich kann einfach nicht schlafen. Ich bin ziemlich durch den Wind. Ich habe mich heute Vormittag mit Leon zum Spazierengehen am Aachener Weiher getroffen, das machen wir in letzter Zeit ab und an, und als ich zurückkam, war die Haustür nur angelehnt. An sich sieht alles aus wie immer, aber ich habe ein komisches Gefühl. Meine Bettwäsche war zerwühlt, dabei mache ich jeden Morgen mein Bett. Vielleicht heute Morgen nicht? Hab ich es vergessen? Ich bilde mir aber auch ein, dass das Kopfkissen anders riecht. Während ich das schreibe, frage ich mich selbst, ob ich völlig verrückt geworden bin. Ich habe Samu angerufen. Er ist sofort vorbeigekommen, mit Sonny im Schlepptau, aber da nichts fehlt, sind die Jungs der Meinung, ich hätte die Haustür nicht richtig verschlossen. Vielleicht ist sie wieder aufgesprungen. Als ich ihnen gesagt habe, dass irgendetwas in meiner Wohnung anders ist, sich anders anfühlt, hat Samu gelacht. Vielleicht hat er recht, und es ist vollkommen lächerlich. Schließlich hat er gefragt, wo ich war. Als er gehört hat, dass ich mit Leon spazieren war, hat er total verletzt reagiert. Seitdem ging es eigentlich nur noch darum. Er hat selbst Sonny gefragt, was er dazu sagen würde, dass sich seine Freundin nun wiederholt mit anderen Männern trifft. Ob sowas noch normal wäre. Und dass er sich von mir trennen würde, wenn das so weitergeht. Sonny hat mich ebenfalls gefragt, wer »dieser Leon« sei. Ich habe mich gefühlt wie im Kreuzverhör. Irgendwann habe ich angefangen zu weinen, es ging einfach nicht mehr anders. Ich suche doch nur nach Orientierung. Nach Stabilität in meinem Leben. Bin ich so auf dem Holzweg? So eine schlechte Freundin? Während Samu durch meine Tränen noch wütender geworden ist, hat

Sonny versucht, ihm ins Gewissen zu reden. Aber keine Chance. Samu ist abgehauen. Sonny hat mich dann nochmal gefragt, was das mit Leon zu bedeuten hätte, sozusagen »unter vier Augen«. Hat mehrmals nachgebohrt, ob da wirklich nichts läuft. Dann kam Samu nochmal rein und hat seinen Freund angeschrien, er solle nun mitkommen, anstatt für mich den Retter in der Not zu spielen. Sonny hat sich bei mir entschuldigt und ist Samu hinterher.

Ich bin so durcheinander und weiß nicht mehr, was ich fühlen soll. Ich liebe Samu, und ich will ihn nicht verletzen, wenn ich mich mit Leon treffe. Ist es falsch von mir, mir Freundschaften aufbauen zu wollen? Aber ich mache es doch auch, damit ich Samu nicht immer so belagere mit meinen Themen.
Jetzt ist Samu wieder einmal weg, und ich liege hier auf der Couch und habe Angst. Angst um meine Beziehung und Angst in meiner Wohnung. In meinem Bett will ich nicht liegen. Leon anzurufen, traue ich mich jetzt aber auch nicht mehr, ich will die Lage nicht verschärfen und muss erstmal darüber nachdenken, ob Samu nicht vielleicht recht damit hat, dass eine Freundschaft zu einem anderen Mann unangemessen ist, wenn man in einer Beziehung ist. Und eigentlich will ich Leon auch gar nicht anrufen, denn wenn er hört, dass Samu mich allein gelassen hat, weiß ich ganz genau, was er denkt. Er ist zurückhaltend mit seiner Meinung, ich merke, er will mir nichts ein- oder ausreden. So lange kennen wir uns ja auch noch nicht. Aber ich weiß, was er von Samu hält. Und ich kann ihm das auch nicht verübeln. Ich komme mir inzwischen schon selbst manchmal bescheuert vor und mag nichts mehr von unseren Problemen erzählen. Es wirkt wirklich ungesund. Aber er kennt Samu eben nicht so gut wie ich. Seine guten Seiten. Und wie toll die Zeiten sind, wenn es gut zwischen

uns läuft. Ich weiß es doch auch nicht. Vielleicht bin ja auch ich das Problem.
Alles fließt mir durch die Finger. Wann ist das Leben so ein Kampf geworden? Ich fühle mich einsam.

XOXO an mich selbst.

ANNA

KAPITEL 10

Ich kann im Nachhinein nicht mehr genau sagen, wann und wie ich mich aus meiner Schockstarre herausgekämpft, mein Büro und das Gefängnis verlassen, mich in mein Auto gesetzt habe und nach Hause gefahren bin. Es ist, als hätte sich ein automatisches Programm angeschaltet, das mich wie ferngesteuert zu dem einzigen Ort führt, an dem ich mich sicher fühle. Die Wohnung, in der ich mit Jonathan lebe.

Erst während der Autofahrt bin ich einigermaßen zu mir gekommen, als mich eine WhatsApp von Jonathan erreichte, in der er mir mitteilte, dass er etwas länger arbeiten müsse und Essen von unserem Lindenthaler Lieblingsitaliener mitbringen werde. In meiner Ohnmacht verspürte ich ein kurzes Gefühl der Erleichterung, weil ich ihm so nicht direkt begegnen muss, sondern stattdessen die Chance habe, mich irgendwie zu sammeln, bevor er nach Hause kommt.

Ich betrete unsere Altbauwohnung und lasse die Haustür mit einem ungewollten Krachen hinter mir zuschlagen. Dann setze ich mich, noch in Mantel, Schal und Schuhe gekleidet, im Schlafzimmer auf unser Bett, den Notizzettel und den grellroten Umschlag in der bebenden Hand. Er hat meine mühsam aufgebaute Rüstung binnen Sekunden in kleinste Fetzen gerissen, und ich weiß absolut nicht, wie ich mich überhaupt jemals wieder sammeln soll. Mein Atem geht noch immer stoßweise, seit dem Moment in meinem Büro, als ich die Zeilen auf diesem harmlos aussehenden Zettel das erste Mal gelesen habe. Ich starre auf die eng aneinandergereihten Buchstaben.

Drei Zeilen sind es nur. Drei Zeilen mit kleiner, gestochener Schrift. Drei Zeilen, die alles in mir zum Brodeln bringen, was ich die ganze Zeit über unter Kontrolle zu halten versuche.

Anna, ich beobachte dich.
Lass die Vergangenheit ruhen.
Betrachte das als eindrückliche Warnung.

Mein Mageninhalt katapultiert sich so plötzlich meinen Hals hinauf, dass ich aufspringe und es gerade so in das kleine Gäste-WC neben dem Schlafzimmer schaffe. Ich reiße den Toilettendeckel hoch und erbreche mich keuchend in die Schüssel. Irgendwann kommt nur noch Galle, und schließlich nicht einmal mehr das. Ich sinke zurück und wische mir zitternd über den Mund, während sich mein Magen noch ein paar weitere Male aufbäumt.

Ich hatte niemandem von meinem Plan erzählt, kein Sterbenswörtchen, nicht einmal Jonathan. Zu viel steht auf dem Spiel. Wer also ist mir auf die Schliche gekommen? Wer *konnte* mir auf die Schliche kommen?

Dass ich dem Ziel meines Plans auf diese Weise und nach so kurzer Zeit entgegengeschleudert werden würde, habe ich nicht erwartet. Meines Plans, der vorsieht, inmitten von Schwerverbrechern, Serienmördern und Vergewaltigern Heilung zu finden. Eine Antwort auf die Frage zu finden, die mich seit sechs Jahren quält. Eine Antwort auf meine blutroten Träume zu finden.

Erinnerungen, grell wie Lichtblitze, jagen durch meine Gedanken.

Ich stehe im Flur, starre auf die Tür aus meinen Träumen,

nur dass die Tür vor sechs Jahren Realität und kein Traum gewesen ist.

Die zuständige Kriminalpolizistin geht mir voraus und dreht sich zu mir um, sagt etwas zu mir, das nicht zu mir durchdringt. Ich höre nur das Rauschen meines Blutes und das Hämmern meines Herzens, das schmerzhaft und wild in meinem Brustkorb schlägt. Ich sehe, wie sich ihr Mund bewegt.

Wie sie mich mitfühlend ansieht.

Ich gehe auf sie zu, obwohl ich umdrehen und weglaufen möchte.

Ich fühle, wie sich mein Hals zuschnürt.

Die Polizeibeamtin hat blondes Haar und schöne blaue Augen, auch das weiß ich noch, irrationalerweise. Ich sehe ihr Gesicht so klar vor mir, als wäre es nicht nur ein Abbild aus meinen Erinnerungen, als würde ich jetzt und hier wieder in diesem Flur stehen, als hätte man mich in den schlimmsten Moment meines Lebens zurückgeworfen.

Auch sehe ich, wie ernst ihre Augen aussehen, als sie sich von mir abwenden und in den Raum hineinschauen, der sich hinter der Tür verbirgt, die sich langsam öffnet.

Meine Beine tragen mich wie ferngesteuert über die Schwelle, auch wenn alles in mir zu kreischen beginnt, umkehren möchte, weglaufen möchte, doch es ist zu spät. Während sich meine Füße in den weichen Teppichboden graben und meine Nase das Blutblei wittert, das so stark ist, dass ich beinahe schon purpurroten Nebel in der Luft zu sehen erwarte, verhaken sich meine Augen an der Stelle am Boden am anderen Ende des Raumes, an der sich ein großflächiger See aus Blut befindet. Er ist zum Teil in die Teppichfasern hineingesickert, hinterlässt merkwürdige Schattierungen in den unterschiedlichsten Rottönen. Zwei Liter etwa, wie die Polizei mir mitgeteilt hat, vielleicht auch mehr.

Zwei Liter Blut, die das Herz meiner Schwester Sina am

29. September 2019 aus ihrem Körper gepumpt hat. Zwei Liter, ohne die sie nur schwer überlebt haben kann. Ihren Körper hat man nie gefunden. Und ich keine Antwort auf die Frage, ob meine Schwester, der wichtigste Mensch in meinem Leben und die einzige Familie, die ich seit dem Tod unserer Mutter noch hatte, tot ist oder noch lebt. Keine Antwort darauf, was ihr passiert ist. Wer ihr das angetan hat. Und weshalb.

Ich stehe im Flur unserer Altbauwohnung und gleichzeitig auch im Schlafzimmer meiner Schwester, hin- und hergeworfen zwischen zwei Welten, die seit sechs Jahren nicht mehr voneinander zu trennen sind, die ineinander überfließen, grausam und rostrot.

»Oh, Sina«, wimmere ich und werde schlagartig von all dem Schmerz eingeholt, den das Verschwinden meiner Schwester mit sich brachte. Er drückt mich nieder, erstickt mich. Bebend kämpfe ich mich zurück ins Schlafzimmer, in Jonathans und mein Schlafzimmer, nicht in Sinas, in dem ich in meinen Gedanken noch immer stehe, und lasse mich auf die Bettkante sinken.

Die Bilder in meinem Kopf beschleunigen sich, wechseln sich ab, jagen kreuz und quer.

Unzählige Gespräche mit der Polizei, die monatelang herauszufinden versuchten, was mit Sina geschehen ist.

Ihre Wohnung, die ihr Schutzraum war und zu ihrer Todesfalle wurde. Ich, wie ich neben ihrem Blut am Boden zusammenbreche, wie mich die Beamten zuerst zu trösten versuchen und dann hilflos heulend aus dem Raum heraustragen müssen.

Das Gespräch mit der Opferhilfe, das Gespräch mit dem Seelsorger.

Die Kartons mit Sinas Hab und Gut, viele Wochen später, die ich aus ihrer Wohnung tragen muss. Kartons, die ihr Leben ausmachen, die alles sind, was von ihr geblieben ist.

Das Gefühl von Hochverrat, weil ich ihre Wohnung leerräume, ein Verrat an ihr, ein Verrat an ihrem Leben, denn ich kann mir einfach nicht vorstellen, dass sie tatsächlich tot sein soll.

Die Unmöglichkeit, zu akzeptieren, dass sich die Erde weiterdreht, dass das Leben weitergeht, obwohl ihr Verschwinden nicht aufgeklärt ist.

Ich denke an die zahlreichen Tage und vor allem Nächte, die mich innerlich zerrissen haben, weil ich alles dafür gegeben hätte, herauszufinden, was mit Sina passiert ist, und mich doch so ohnmächtig und hilflos fühlte.

Irgendwann, nach vielen, vielen Monaten, hatte der Schock etwas nachgelassen, doch es tat niemals weniger weh. Ich trage die Verzweiflung seit sechs Jahren mit mir herum. Ich ertrug die hilflosen Bemühungen der Polizei. Ich ertrug, wie eine um die andere Spur versandete. Ich ertrug, wie die Sonderkommission aufgelöst und der Fall zu den Akten gelegt wurde. Ich ertrug so viele Momente, die mein geschundenes Herz in weitere Trümmer legten. Doch ich gab niemals auf.

Meine Verzweiflung trieb mich dazu, Psychologie zu studieren. Alles über Forensik zu lernen, was ich in die Finger kriegen konnte. Sie trieb mich dazu, Meisterin darin zu werden, die Psyche von Straftätern zu verstehen. Mein Leben kreiste nur noch um die Frage, was mit Sina geschehen war. Während andere Studenten die wildesten Partys feierten, sich über WG-Mietpreise beschwerten und Studentenverbindungen beitraten, habe ich die Nähe zum Bösen gesucht. Habe mich mitten hineingestürzt. Es war der verzweifelte Versuch, an jenes Wissen zu gelangen, das mich das ungeklärte Schicksal meiner Schwester vielleicht doch irgendwann und irgendwie verstehen lassen würde.

Ich bücke mich nach dem Zettel, der bei meinem überstürzten Aufspringen auf den Boden gefallen ist, dann lese ich die Zeilen ein weiteres Mal, verzweifelt und in dem Bemühen, die Situation zu verstehen. Ich starre auf die Botschaft hinunter, die sich alles andere als harmlos liest. »Betrachte das als eindrückliche Warnung«, flüstere ich die letzte Zeile.

Ich lasse mich zu Boden sinken und angle nach der kleinen Holzkiste, die unter Jonathans und meinem Bett verborgen ist. Als ich sie öffne, lächelt mir meine Schwester entgegen. Schluchzend greife ich nach ihren Fotos, fahre über ihr kupferrotes Haar, ihre Sommersprossen und die Grübchen, die sie beim Lächeln hatte; als könnte ich sie auf diese Weise zum Leben erwecken, hier zu mir ins Schlafzimmer holen. Ich höre ihr Lachen, als würde sie direkt neben mir sitzen. Sie fehlt mir, so sehr. Allerdings nicht erst seit ihrem Verschwinden, denn Sina und ich hatten auch schon davor keinen Kontakt mehr zueinander.

Wir waren in Streit geraten. Ich hatte mich allein um unsere schwer kranke Mutter gekümmert, während Sina im Ausland geblieben war und ihre Augen vor der Realität verschlossen hatte. Nach Mamas Tod kam sie zurück, aber ich konnte das nicht ertragen. Hatte so viel Zorn in mir. Zorn auf Sina und ihr Fernbleiben, Zorn darüber, dass sie nicht nur Mama, sondern auch mich im Stich gelassen hatte. Zorn. So viel Zorn auf meine Schwester. Zumindest war es das, was ich damals gedacht habe. In Wahrheit aber, das weiß ich heute, das weiß ich jetzt, wo es zu spät ist, war es mein Zorn auf die Welt, der mich von meiner Schwester fortgetrieben hat. Es war mein Zorn auf das Schicksal, das Universum, auf den lieben Gott. Es war mein Zorn über die Ungerechtigkeit des Lebens, das für meine Mutter viel zu früh geendet hat.

Ich jedoch habe mich von meiner Schwester entfernt. Habe

ihre Entschuldigungen und Kontaktversuche abgelehnt, ohne zu ahnen, dass der Graben zwischen uns nie wieder überwunden werden würde. Ohne zu ahnen, dass uns unser Streit nicht nur vorübergehend, sondern unwiderruflich und für alle Zeiten voneinander trennen würde. Irgendjemand trägt die Schuld an ihrem Verschwinden, aber ich trage die Schuld daran, dass wir uns nie wieder angenähert haben, dass ich nicht für sie da war und dass ich sie aus meinem Leben verbannt habe, obwohl ich mir nichts sehnlicher wünsche, als dass sie heute noch ein Teil davon wäre.

Ich presse die Fotos, die mir vom wichtigsten Menschen in meinem Leben geblieben sind, gegen meine Brust, während ich nach den nächsten Aufnahmen greife und dann nach den letzten. Es sind nicht viele. Es zerreißt mir mein Herz, und ich kann nichts gegen den Schmerz und die Angst und die Schuld tun. Noch immer nicht. Auch sechs Jahre später nicht.

Denn dieser Schmerz wird nicht verschwinden. Er wird nicht aufhören, mich von innen zu zerfressen. Bis ich herausgefunden habe, was mit Sina geschehen ist. Wenigstens das bin ich ihr schuldig. Und ein winzig kleiner Teil in mir hat die Hoffnung noch nicht aufgegeben, dass sie vielleicht sogar noch lebt.

Ich greife nach dem kleinen Notizbuch, in dem noch immer die Gedanken und Gefühle meiner Schwester leben, und streiche über den cremefarbigen Einband mit dem Blumenmuster. Fahre über die blassrosa Gummikordel, die das Büchlein zusammenhält. Und denke an jenen Nachmittag zurück, an dem mir die Polizei die Gegenstände meiner Schwester, die als Beweisstücke gesichert gewesen waren, zurückgegeben hat; darunter auch das Tagebuch. Es sieht so zart und so unschuldig aus.

Ich habe es so oft gelesen, dass ich beinahe jedes der von Sina dort niedergeschriebenen Worte auswendig kenne. Und noch immer muss ich weinen, wenn ich den Schmerz in ihren Zeilen lese. Ihr Unglücklichsein. Ihre Einsamkeit. Ihr verzweifelter Versuch, das Leben zu schultern, neu zu ordnen, einen Platz darin zu finden. Nicht nur das Leben zu verstehen, sondern auch die Liebe. Ein Unterfangen, dem sich so viele junge Erwachsene stellen.

Ich muss weinen, weil ich in diesen Zeiten nicht bei ihr war. Weil uns diese Zeiten unbemerkt und unwiderruflich entronnen sind. Weil ich sie und ihre Entschuldigungsversuche abgelehnt habe, hartherzig und stolz, und damit auch die Möglichkeit, wieder zueinanderzufinden. Und weil Sina vermutlich nie die Chance erhalten hat, diese Fragen des Lebens und der Liebe, die sie so beschäftigt haben, für sich zu klären.

Vor allem aber muss ich jedes Mal weinen, wenn ich ihren letzten Eintrag lese, den sie sogar selbst mit ›Mein letzter Eintrag?‹ überschrieben hat, damals, an jenem 29. September im Jahr 2019. Sie hat die Überschrift mit einem Fragezeichen versehen, das längst kein Fragezeichen mehr ist. Ihr letzter Eintrag liest sich wie ein Auftakt zum Selbstmord, und ich weiß, ich habe dazu beigetragen. Sie hatte nicht ahnen können, dass ihr diese Entscheidung nur kurz darauf, vermutlich am selben Abend noch, aus der Hand genommen werden würde. Denn auch wenn ein Selbstmord nie ganz ausgeschlossen werden konnte, geht die Polizei eher davon aus, dass meine Schwester, deren sechsjährige Version mit Zahnlücken auf einem Einschulungsfoto abgebildet ist, das in diesem Augenblick neben meinen Beinen auf dem Boden liegt, einem Gewaltverbrechen zum Opfer gefallen ist. Nicht nur wegen ihrer Einträge, in denen sie sich in den letzten Monaten vor ihrem Verschwinden zunehmend bedroht und verfolgt gefühlt hat, sondern auch aufgrund des Umstands, dass ihr Körper spurlos verschwunden ist.

Ihr Tagebuch ist der Grund dafür, dass ich mich bei der JVA Weyer beworben habe.

Ich wollte der letzten Spur nachgehen, die mir noch bleibt; einer der Spuren, die die Polizei längst aufgegeben hatte. Ich will die eine Person finden, die mir vielleicht sagen kann, was mit meiner Schwester geschehen ist. Von der ich hoffe, sie in diesem ganz bestimmten Hochsicherheitsgefängnis zu finden.

Scheinbar hat diese Person nun mich gefunden. Meinen Plan durchschaut. Und das Spiel umgekehrt. Und ich weiß nicht, ob das gut ist oder schlecht. Nun treten mir neue Tränen in die Augen, so schnell und so heftig, dass ich kurzzeitig nichts mehr sehen kann.

Die Männer, über die Sina schreibt, die sie in den letzten Monaten ihres Lebens begleitet haben, die möglicherweise einen Hinweis geben könnten, konnten nie ausfindig gemacht werden.

Sinas Freund ›Samu‹ nicht, mit dem sie ganz offensichtlich eine sehr ungesunde Beziehung geführt hat und der auch deshalb für die Polizei als möglicher Tatverdächtiger von höchstem Interesse gewesen ist.

Auch ›Leon‹ nicht, der es gut mit ihr gemeint zu haben scheint, den Sina in ihren Einträgen aber nur nebenbei und ohne Anhaltspunkte für eine Identifizierung erwähnt. Die Polizei hat Sinas Telekommunikationsdaten ausgewertet, doch vergebens. Zu viele nicht eindeutig zuzuordnende Prepaidnummern.

Und dann ist da noch ›Sonny‹. Sonny, der Kumpel von Sinas Partner Samu. Der schillernde Sonny, der immer wieder mal Erwähnung in ihren Tagebucheinträgen findet. Den sie als dubios beschreibt, genauso wie ihren Partner Samu. Sonny kam laut Sinas letztem Eintrag ins Gefängnis. In eine Haftanstalt, in die nur »die Härtesten der Harten« kommen. In die JVA Weyer.

Die Polizei ging dieser Spur nach, auch wenn Sonny aufgrund des Zeitpunkts seiner Inhaftierung als Täter nicht in Frage kam. Doch weder Insassen noch Personal haben je von einem Mann namens Sonny gehört – zumindest war es das, was sie den Ermittlern gegenüber aussagten. Anschließend haben die Kriminalbeamten der eingerichteten Kölner Sonderkommission vorsichtshalber auch sämtliche anderen Gefängnisse der Region durchkämmt. Ohne Erfolg. Der Name Sonny blieb ein Mysterium, wie alles an dem Fall »Sina S.«. Dem Fall meiner Schwester.

Doch die Polizei konnte nur von außen ermitteln. Fragen stellen. Fahnden. Die Polizei ist eine Instanz, der Schwerverbrecher naturgemäß nicht vertrauen. Und so entstand mein Plan. Ein Plan, den so ziemlich jeder als wahnsinniges Unterfangen bezeichnen würde.

War es erst nur der Entschluss, das menschliche Böse verstehen zu wollen, reifte bald der Gedanke in mir, mich selbst mitten hineinzubegeben. Ich wollte ihr Vertrauen erlangen. Das Vertrauen von Menschen, denen selbst niemand vertrauen würde. Deshalb habe ich mich als Anstaltspsychologin in der JVA Weyer beworben. Ich wurde eingestellt – und hier bin ich nun. In einer Position, in der ich direkten Zugriff auf die Gedanken und Gefühle der Insassen habe, zumindest theoretisch. Ich will nicht nur ihre Beweggründe verstehen, ich will sie nicht nur kennenlernen, erforschen, das Böse in ihnen analysieren – ich will Hinweise auf ›Sonny‹ finden. Wer er war – wer er ist. Einen Insassen auftun, der ihn gekannt hat. Jemanden, der mir etwas zu seinem Verbleib sagen kann. Von der Möglichkeit, vielleicht sogar direkt auf ihn selbst zu stoßen, habe ich kaum zu träumen gewagt. Es war lediglich ein Versuch, das Nutzen einer verschwindend geringen Chance. Es war ein verzweifeltes Unterfangen mit ungewisser Erfolgschance. Bis gerade eben.

Bis zu dem Notizzettel in dem grellroten Umschlag in meinem Büro. In einem abgeschlossenen Büro, das sich in einem Hochsicherheitsgefängnis befindet, das eigentlich eine Armada an Barrieren und Sicherheitsvorkehrungen installiert hat, die verhindern soll, dass sich Unberechtigte Zutritt verschaffen. Ein Notizzettel, der nur von jemandem stammen kann, der etwas über Sina weiß. Und über mich.

ANNA

KAPITEL 11

»Schatz? Sorry, ich habe mal wieder echt lange nach einem Parkplatz gesucht.«

Eilig setze ich mich auf und wische mir über die Wangen. Ich höre das Klirren von Jonathans Schlüssel, als er ihn in die Schale auf der kleinen Flurkommode wirft, in der sich allerhand Krimskrams befindet, und anschließend das Rascheln seiner Jacke, die er den Geräuschen nach zu urteilen an die Garderobe hängt.

»Hier bist du«, fügt er hinzu, als er ins Wohnzimmer kommt.

Er stellt die Pizzakartons vor mir auf dem Sofatisch ab und wickelt sich seinen Schal vom Hals. Dann lässt er sich neben mich auf die Couch fallen und greift nach meiner Hand. Seine Haut ist eiskalt, genauso wie die Luft, die in seiner Kleidung hängt.

Hoffentlich sehe ich nicht allzu verheult aus, denke ich plötzlich und zwinge mich zu einem Lächeln. *Ich hätte zumindest mal den Fernseher anmachen sollen, so wirkt es total auffällig.* Seit einer Stunde sitze ich wie gelähmt auf dem Sofa und versuche, Ordnung in das Chaos meiner Gedanken zu bringen. Vergeblich. »Na? Hast du es endlich geschafft?«, frage ich und höre selbst, wie kratzig meine Stimme klingt.

»Ja. Alles gut? Du siehst niedergeschlagen aus.« Jonathans attraktives Gesicht nimmt einen ernsten Ausdruck an.

Ich kneife die Lippen zusammen. Für einen kurzen Moment

überlege ich, das abzustreiten. Gleich darauf komme ich aber zu dem Schluss, dass das keinen Sinn hätte. Er kennt mich zu gut. Ich hole Luft. »Ich habe mir nur eben Sinas Kiste angesehen. Du weißt schon«, gebe ich einen Teil der Wahrheit zu und wende mein Gesicht ab, weil meine Augen wieder überlaufen.

Jonathans Blick fällt auf das Foto meiner Schwester in meinen Händen. »Das tut mir leid«, murmelt er und nimmt es mir vorsichtig aus der Hand. Eine Weile betrachtet er es. »Ihr seht euch wirklich ähnlich. Nur du in Blond und sie in Kupfer. Ich hätte sie gerne kennengelernt.«

Ich umschließe meine Halskette und muss krampfhaft schlucken. Sina trägt die gleiche Kette. Mit einem Schmetterlingsflügel, der das Gegenstück zu meinem darstellt. Trug. *Je nachdem, was mit ihr und ihrem Körper passiert ist*, denke ich und kann den Schluchzer, der sich meinen Hals hinaufdrängt, nun doch nicht mehr zurückhalten.

»Es tut … es tut nur einfach immer noch so weh«, presse ich hervor, als Jonathan mich in seine Arme zieht.

»Ach, Liebling, das kann ich mir vorstellen«, flüstert er und streicht mir über den Rücken. Meine Tränen durchtränken die raue Struktur seines Pullovers, verzweifelt drücke ich mein Gesicht hinein und klammere mich an Jonathans Schultern. Er zieht mich fester in seine Arme.

»Ich vermisse sie«, stammle ich. »Ich … ich vermisse sie einfach so.«

Jonathan hält mich wortlos fest, wie schon hunderte Male zuvor, während ich all die Tränen hinausweine, die meiner Schwester gelten.

»Tut mir leid«, sage ich schließlich mit brüchiger Stimme, als ich mich einigermaßen beruhigt habe, zumindest in Bezug auf den Teil, den ich Jonathan zeigen kann, und mache mich vorsichtig von meinem Freund los. »Ich habe deinen Pulli total durchnässt.« Ich wende mich beschämt ab, um ein Taschentuch vom Sofatisch zu nehmen.

»Das macht doch nichts«, versichert Jonathan mir, während ich mir geräuschvoll die Nase putze und anschließend mit meinem Ärmel unter meinen Augen langfahre. Ein schwarzer Wimperntusche-Striemen entsteht. Ich lasse die Hände sinken. Der rote Umschlag schiebt sich wie ein Mahnmal in mein Bewusstsein. Ich schließe für einen Moment die Augen.

»Ich bin für dich da, das weißt du doch. So oft, wie du es brauchst.« Jonathan sucht meinen Blick und nimmt meine Hand, in der ich noch immer das zerknüllte Taschentusch halte. »Aber …« Seine klugen klargrünen Augen richten sich auf meine. »Schatz, ich mache mir Sorgen. Was hat es mit diesem Job auf sich? Du wirkst immer angespannter, seitdem du in diesem Gefängnis arbeitest.«

Ich wünschte wirklich, ich könnte es dir erklären, denke ich. »Ich«, beginne ich und halte inne, weil ich überlegen muss, wie ich meine nächsten Worte formuliere. »Ich muss mich noch dran gewöhnen. Das hat nichts mit Sina zu tun. Ich vermisse sie jeden Tag. Unabhängig von meinem Job.«

»Schon. Ich will dir damit auch nicht auf die Nerven gehen, aber ich weiß immer noch nicht, ob es eine gute Idee ist, mit Verbrechern zusammenzuarbeiten, wo du doch in der Hinsicht traumatisiert bist.« Er fährt sich durch sein dunkelblondes Haar.

Selbst in solchen Momenten, in denen ich das Gefühl habe, nie wieder etwas anderes als Trauer spüren zu können, fällt mir wieder einmal auf, wie attraktiv mein Freund ist. Innerlich wie äußerlich. *Ich habe so ein Glück mit dir. Es tut mir leid, dass ich so wesentliche Dinge vor dir geheim halten muss. Das wird unserer Beziehung nicht gerecht*, denke ich und greife nach einem weiteren Taschentuch.

»Irgendwie hilft gerade das mir. Mit Verbrechern zusammenzuarbeiten, meine ich. Der Gesellschaft etwas zurückzugeben«, schniefe ich.

»Das sagtest du schon mal. Aber, Anna, es wirkt nicht so, als würde dir das wirklich helfen«, antwortet Jonathan knapp und schüttelt den Kopf. »Schau dich an, du bist ein Häufchen Elend. Du schläfst immer noch nicht besser. Das macht mir einfach Sorgen. Ich bin dein Freund, und ich will, dass es dir gut geht.«

»Ich weiß. Du musst das nicht verstehen. Ich danke dir, dass du dich um mich sorgst, aber ich muss meinen eigenen Weg finden. Lass … lass uns einfach etwas essen, okay?« Ich greife nach den Pizzakartons. »Ich kriege mich schon wieder gesammelt. Ich brauche nur mal etwas Ruhe und Abstand von dem Ganzen. Und dich.« Ich lächle Jonathan zaghaft zu, dessen Gesichtszüge nun ebenfalls weicher werden.

»Also gut. Aber ich beobachte dich, mein Schatz! Ich bin als dein Partner für dich verantwortlich, vergiss das nicht.« Er verleiht seiner Stimme eine gewisse Strenge und zieht seine Augenbrauen nach oben.

»Schon klar. Du bist beispielsweise der beste Pizzalieferant, den ich kenne«, scherze ich, obwohl mir nicht danach zumute ist, und klappe den Karton auf. »Und du weißt genau, welche ich am liebsten esse.«

»Klar.« Jonathan lächelt. »Das zeichnet einen guten Partner aus, oder nicht?«

»Dich auf jeden Fall.« Ich wühle mich aus der Sofadecke, beuge mich zu ihm rüber und drücke ihm einen Kuss auf die Wange. »Lass uns einfach einen schönen Abend verbringen. Darauf habe ich mich den ganzen Tag gefreut.« *Und mich daran festgehalten*, schießt mir durch den Kopf. Solche Abende sind die einzige Anknüpfung an eine Welt, die sich für alle anderen Menschen ganz normal dreht. Nur nicht für mich.

Wenig später flimmert unsere derzeitige Lieblingsserie über

den Flachbildfernseher. Jonathan ist völlig auf die bildgewaltigen Szenen der düster ausgeschmückten Postapokalypse von *The Last of Us* fokussiert, während ich das Gesicht meiner Schwester, den See aus Blut und den Notizzettel in dem roten Umschlag immer und immer wieder mit Gewalt aus meinen Gedanken schieben muss. Genauso wie den Gedanken, dass ich sie am Tag ihres Verschwindens so unglücklich gemacht habe, dass es mir das Herz bricht, dass sie dieses Gefühl möglicherweise mit in den Tod genommen hat.

Meine Pizza bleibt zu drei Vierteln unangerührt, das eine Stück zwänge ich nur hinunter, um Normalität vorzugaukeln.

ANNA

KAPITEL 12

Am nächsten Morgen starre ich auf das Blatt hinunter, auf das ich mir eine Tabelle gezeichnet habe, um Klarheit in meine Gedanken zu bringen. Ich muss das ganze systematischer angehen. Zwar hat mir der Hinweisgeber klar zu verstehen gegeben, dass ich von meiner Suche ablassen soll – und ich würde lügen, wenn ich behaupten würde, dass mich die Drohung in der Botschaft nicht ängstigt –, aber ich kann nicht aufgeben. Nicht jetzt. Nicht jetzt, wo ich tatsächlich weiß, dass irgendjemand hier in der JVA Weyer Bescheid weiß. Über was auch immer.

Trotzdem trommelt mein Herz in meiner Brust, und das Adrenalin in meinem Körper versucht mich verzweifelt gegen die Gefahr zu wappnen, der ich innerhalb der Mauern dieses Hochsicherheitsgefängnisses ausgeliefert bin – an einem Ort, der zur Sicherung der Allgemeinheit gedacht ist. *Das ist so paradox*, denke ich. Schon als ich heute Morgen mit meinem Auto auf den Mitarbeiterparkplatz der Anstalt gerollt bin, ist mir kalter Schweiß ausgebrochen. Beklommen schaue ich mich in meinem Büro um, das sich nun nicht mehr wie mein persönlicher Schutzraum anfühlt.

Ich weiß nicht sicher, dass der Hinweisgeber tatsächlich Sonny ist. Aber die Wahrscheinlichkeit, dass er es nicht ist und dass sich innerhalb dieser Mauern zufällig noch eine andere Person befindet, die irgendwie in die Tat an meiner Schwester involviert ist, ist äußerst gering. Also konzentriere ich mich weiterhin auf das, was ich über Sonny weiß, und versuche diese Informationen mit denen über die Häftlinge abzugleichen, die ich bisher kennengelernt habe. Mir ist bewusst, dass Sonny nicht zwangsweise in der SothA untergebracht sein muss und eventuell auch in einer der anderen Abteilungen der JVA einsitzt, aber irgendwo muss ich schließlich anfangen. Und immerhin war der Hinweisgeber irgendwie in der Lage, die Botschaft in meinem Büro zu platzieren; zwar ist den Häftlingen der Zutritt zu den Personalbüros verwehrt, aufgrund des offenen Wohnkonzeptes in der SothA ist jedoch nicht völlig ausgeschlossen, dass es einem von ihnen trotzdem gelungen sein kann, sich Zutritt zu meinem Büro zu verschaffen. Frierend reibe ich mir über meine Arme. Dann betrachte ich meine Notizen und das, was ich bisher zusammengetragen habe.

Sonny: Bester Freund von Samu, vermutlich in einem ähnlichen Alter wie Sina, ggf. etwas älter; jetzt vermutlich 28 bis 40 Jahre alt; charmant, ist zu Geld gekommen (teure Autos und Klamotten; Drogengeschäfte? Grund für Inhaftierung?), laut Sinas Tagebucheinträgen weltmännisch, selbstsicher und charismatisch. In sie verliebt? Vor 6 Jahren zum Tatzeitpunkt verhaftet worden, vorher / nachher ebenfalls im Gefängnis? Kann aufgrund Inhaftierung damals eigentlich nicht der Täter sein, höchstens Zeuge oder Mitwisser (?) wieso klingt Botschaft drohend?

Häftlinge:
Antaios Tsakiris: 45 Jahre alt, Ermordung seines Geschäftspartners, vorher völlig unbescholten – eher nicht Sonny, könnte ihn aber aufgrund der Haftdauer kennengelernt haben.

Miro Wedel: 54 Jahre alt, Vergewaltigung seiner Stieftochter, befand sich bereits vor September 2019 in Haft (nicht in Weyer), zu alt + keine Familie von Sonny bekannt (Stieftochter oder Partnerin) – eher nein.

Sven Andersen. 36 Jahre alt, sitzt seit 9 Jahren mit Unterbrechungen ein (Serienmorde und Serienvergewaltigungen); kein Hinweis auf viel Geld oder Drogengeschäfte. Ist groß und stämmig mit schütterem Haar, wirkt eher nicht weltmännisch – trotzdem möglich? Wirkt konzentriert und intelligent, Alter könnte passen.

Thomas Rehfeld: 62 Jahre alt, Produktion und Verbreitung von kinderpornografischem Material; wirkt überhaupt nicht so wie von Sina beschrieben + zu alt und vorher in anderer Haftanstalt – weiß vermutlich nichts.

Furkan Selte: Vergewaltigung und sexuelle Nötigung, 34 Jahre alt, Intensivtäter seit seiner Jugend, saß vorher bereits wegen Raubüberfällen und Körperverletzung ein; wirkt zu impulsiv und ungeschliffen für Sinas Beschreibungen von Sonny, aber nicht auszuschließen (?). Weiß eventuell, wer Sonny ist? War 2019 nicht in SothA, aber im Regelvollzug in Weyer.

Bisher habe ich fünf der fünfunddreißig Häftlinge der SothA näher kennengelernt. Da ich mich seit meinem Start hier nicht getraut habe, mir Zugriff zu den Akten derjenigen zu verschaffen, die nicht meine Bezugshäftlinge sind, ist mein Überblick mangelhaft, wie mir auch jetzt wieder bewusst wird. Die JVA Weyer bewahrt die Informationen über ihre Häftlinge noch immer hauptsächlich in Papierform in der Verwaltung auf, elektronisch sind kaum Daten hinterlegt.

Ein paar der Insassen sind mir jedoch noch aufgrund der Teamkonferenzen und Gespräche mit meinen Kolleginnen und Kollegen im Gedächtnis geblieben. Auch sie habe ich mir notiert und hoffe auf eine Gelegenheit, Näheres über sie herauszufinden.

Michael Toltenburger, passendes Alter, mehrfache schwere Körperverletzung, Drogenhintergrund? Schumann zugeteilt.

Joska Vágó, Bandenkrimineller in den Dreißigern, Raub, Drogengeschäfte und Zwangsprostitution, weitreichendes Netzwerk, Yves zugeteilt.

Norbert Wedowil, hochintelligenter Betrüger, Schumann zugeteilt.

Tobias Schulz, Ende 20, schwerer Raub und schwere Körperverletzung, attraktiv und hochmanipulativ, Kirchfeld zugeteilt.

Das ist einfach zu wenig.

Hilflosigkeit macht sich in mir breit. Seit der Botschaft in dem roten Umschlag fühlt es sich so an, als würde mir die Zeit durch die Finger rinnen. Als wäre ich einer Gefahr entgegenkatapultiert worden. Ich werde offensichtlich beobachtet, aber ich weiß nicht, von wem. Und auch nicht, was er tun wird, wenn ich meine Suche nicht einstelle. Bislang habe ich Sonny nur als jemanden betrachtet, der mir vielleicht etwas über Sinas Schicksal sagen kann – nicht als Täter, und demnach nicht unbedingt als Gefahr. Aber wie passt das dazu, dass er mir droht? Oder warnt er mich eher?

Ich weiß einfach zu wenig über ihn, denke ich, als ich abermals meine Notizen durchgehe. Unwirsch reibe ich mir über die Augen und werfe einen Blick auf meine Armbanduhr. Verdammt. Ich bin mit Yves zum Mittagessen in der Mitarbeiterkantine verabredet. Vor fünf Minuten.

Schweren Herzens sammle ich meine Sachen zusammen und mache mich auf den Weg.

ANNA

KAPITEL 13

»Du siehst ganz schön müde aus«, stellt Yves wie üblich ohne großes soziales Feingefühl fest, bevor er sich ein weiteres Stück seines Wiener Schnitzels, das eher wie eine panierte Schuhsohle aussieht, in den Mund schiebt und kraftvoll zerkaut. So kraftvoll, dass sein Kiefer knackt. An meinem Kollegen ist kein Gramm Fett, es ist, als könnte man direkt auf seine Sehnen, Muskeln und Knochen draufsehen. Zumindest dort, wo die Haut freiliegt, was angesichts des im wahrsten Sinne des Wortes zugeknöpften Äußeren nicht an vielen Stellen der Fall ist. Definitiv aber in seinem glattrasierten Gesicht, wobei ich mich nicht zum ersten Mal frage, ob es überhaupt rasiert ist oder ob ihm schlicht kein Bart wächst. Bartstoppeln habe ich noch keine an ihm gesehen.

»Ja? Kann sein. Ich komme in letzter Zeit spät ins Bett«, antworte ich, lächle so unbefangen wie möglich und rühre in meiner Kartoffelsuppe herum, um sie etwas abzukühlen.

»Wieso das?« Dunkle braune Augen richten sich auf meine.

»Die neue Serie ist wohl zu spannend«, antworte ich nach kurzem Zögern.

Yves hebt die Augenbrauen und zerdrückt eine Kartoffel mit seiner Gabel. »Und welche ist das?«

Ich erinnere mich an die Serie, die Jonathan und ich gestern gesehen haben, auch wenn ich mich nicht eine Sekunde darauf habe konzentrieren können. »*The Last of Us*,, kennst du die? Läuft schon etwas länger bei Amazon, aber unsere Favoritenliste ist so lang, dass es etwas gedauert hat, bis wir damit angefangen haben.«

»Ich schaue eigentlich nichts über irgendwelche Streamingdienste. Bin eher ein Typ für die ZDF-Mediathek. Worum geht's denn darin?« Yves hebt seine Apfelschorle zum Mund.

Ich wiederum greife nach meiner Coke, die mit Zucker und Koffein, mit irgendetwas muss ich meinen Kreislauf und mein Gehirn schließlich in Schwung halten. Aufgrund der ganzen Anspannung der letzten Wochen habe ich bereits vier Kilogramm abgenommen. »Um einen Pilz, der die Menschheit befallen hat. Ist eine Art Zombie-Apokalypse. Die Story basiert auf einem Videospiel, das bereits 2013 erschienen ist«, gebe ich wieder, was mir Jonathan erzählt hat, und trinke etwas. Ich muss Yves irgendwie dazu bewegen, über seine Häftlinge zu reden. Ich brauche Informationen. Dringend.

Mein Kollege nickt. »Klingt irgendwie schräg. Ich schaue lieber Dokus, auch wenn sich das langweilig anhört. Mein Job ist, glaube ich, auch tatsächlich mit Abstand das Spannendste, was ich über mich erzählen kann.« Sein Gesicht nimmt mit einem Mal einen komischen Ausdruck an.

»Du machst ihn wirklich gern, oder?«, frage ich und bin froh über den Themenwechsel in Richtung Arbeit. Halbherzig versuche ich, ein großes Stück der Bockwurst, das in meiner Kartoffelsuppe schwimmt, zu zerteilen. Es rutscht unter meinem Löffel weg, Suppe schwappt über den Tellerrand.

Nervös schweift mein Blick durch den großen Raum der Kantine, der mit mehreren blockförmig angeordneten Sitzgruppen bestückt ist. Zwar vermute ich Sonny unter den Häftlingen, dennoch fühle ich mich seit dem roten Umschlag in meinem Büro überall seltsam beobachtet. Beklommen rutsche ich auf meinem Stuhl herum. Ich entdecke Hilser und Schumann an einem Vierertisch am anderen Ende des Raumes. Ich sehe sie öfter zusammen beim Mittagessen, was mich nicht wundert – die beiden fühlen sich in ihrer staubtrockenen Ernsthaftigkeit garantiert sehr wohl miteinander.

»Ja, auf jeden Fall. Ich mache ihn gern.« Yves nickt.

»Hast du schon immer als Sozialarbeiter gearbeitet?«

»Nein, tatsächlich nicht.« Yves rückt seine randlose Brille zurecht. »Im Gegensatz zu dir, die sich schon immer auf ihren Job hier vorbereitet zu haben scheint …« Er macht eine kurze Pause und nickt mir zu, ganz ohne ein Lächeln. »… habe ich erstmal mit etwas anderem gestartet. Ich habe ursprünglich Betriebswirtschaftslehre studiert.«

Meine Augen wandern über die marineblauen Karos auf seinem Hemd. »Ach tatsächlich?« Ich schaue überrascht, obwohl ich das bei näherer Betrachtung eigentlich gar nicht bin. BWL passt gut zu seiner Strukturliebe. »Wie bist du denn dann bei sozialer Arbeit gelandet?«

Yves lächelt verlegen. »Das ist eine gute Frage. Wie viel Zeit hast du?«

Ich senke meinen Löffel, als mir klar wird, dass er seine Frage nicht scherzhaft oder rhetorisch meint, sondern tatsächlich auf eine Antwort zu warten scheint.

»Ähm … genug?« Ich ziehe meine Mundwinkel hoch. »Zumindest bis zum Ende der Mittagspause. Wenn die Antwort länger ausfällt, müssen wir morgen weitermachen«, versuche ich mich an einem humorvollen Tonfall.

»Okay«, antwortet Yves ernst, ohne meinen Humor aufzugreifen. »Also ich liebe wirtschaftliche Themen. Keine Frage. Und ich wäre durchaus auch langfristig damit zufrieden gewesen.« Er macht eine Pause und scheint nachzudenken. »Ich wollte aber etwas Sinnstiftenderes machen.« Seine Wangen färben sich rot. »Also … na ja, die *ganze* Geschichte wäre zu viel für die Mittagspause«, ergänzt er holprig und lacht unpassend laut. Ich runzle die Stirn. »Belassen wir es dabei.« Yves greift nach seiner Serviette und beginnt, den Rand seines Tellers von Panadekrümeln zu befreien.

Eine Weile bleibt es still. »Okay, ähm ... klar. Aber wie kamst du dann ausgerechnet auf die Straftätertherapie?«, frage ich freundlich, um das Gespräch wieder in Gang zu bringen, und lege meinen Löffel beiseite. Ich bringe einfach nichts hinunter.

»Das hat sich mehr oder minder durch Zufall ergeben. Ich habe die Häftlinge ursprünglich mal in Finanzfragen beraten. So kam eines zum anderen, und es hat sich angeboten, noch ein Studium der sozialen Arbeit aufzusatteln. Das habe ich in kurzer Zeit mit Bestnoten abgeschlossen.« Yves richtet seinen Hemdkragen.

»Da hast du ja einen spannenden Weg hingelegt«, erwidere ich anerkennend. »Du wirkst auf mich wie jemand, der gern Strukturen folgt, der einen Plan hat und gerne weiß, was ihn erwartet. Das ist ja mit den Häftlingen nicht immer ganz so einfach, stimmt's?«

»Stimmt.« Yves weicht meinem Blick aus. »Sie denken und reden manchmal nicht so logisch, wie ich das gerne hätte, aber das Problem habe ich generell mit Menschen und nicht nur bei der Arbeit.« Unsere Blicke kreuzen sich. Yves lächelt schüchtern. Ich lächle aufrichtig zurück, das erste Mal an diesem Tag. Ich mochte es schon immer, wenn Menschen um ihre Besonderheiten wissen.

Bevor dieser offene Moment zwischen uns erlischt, beschließe ich, einen weiteren Vorstoß zu wagen. »Ich finde, du machst einen sehr guten Job. Sehr verantwortungsvoll. Ich kann viel von dir lernen«, beginne ich und beobachte, wie Yves Wangen erneut rot werden. »Du hast keine allzu leichten Kaliber unter deinen Bezugshäftlingen, stimmt's?«

Wie beiläufig lehne ich mich zurück und nippe an meiner Coke.

»Ich bin mir nicht sicher, ob es hier überhaupt leichte Kaliber gibt. Aber ja, der ein oder andere fordert schon heraus.«

»Viele sind sehr selbstbewusst. Zumindest tun sie so. Joska Vágó zum Beispiel, ist der nicht sogar so etwas wie ein Clanboss? Und Kirchfeld erzählt ja auch immer mal von Tobias Schulz, der scheint extrem manipulativ zu sein und ist vermutlich deshalb direkt beim Direktor?«, werfe ich zwei der Namen ein, über die ich mehr herausfinden möchte.

Yves neigt seinen Kopf. »Das kann man so nicht sagen. Ich glaube, er hat einfach eine interessante Geschichte«, beginnt er und beschränkt sich damit auf Schulz. »Kirchfeld hat kaum Zeit für eigene Bezugshäftlinge, daher pickt er sich nur immer mal einen heraus, den er besonders spannend findet. Tobias Schulz gehört definitiv dazu.«

»Er ist verurteilt wegen schweren Raubes und Körperverletzung, richtig?«

Mein Kollege nickt und faltet seine Hände im Schoß. »Ja. Schulz ist allerdings wirklich das perfekte Raubtier im Schafspelz, würde ich sagen.« In Yves' Stimme schwingt eine gewisse Anerkennung mit. »Er hat eine perfekte äußere Hülle, weiß sich anzupassen, hat eine diagnostizierte Psychopathie. Ich denke, damit ist er bei Kirchfeld als Psychiater genau richtig. Auch wenn wir normalerweise keine Insassen mit stark ausgeprägter Psychopathie in die SothA aufnehmen. Aber wenn der Direktor einen Blick auf ihn hat …«

Ich nicke. Nachdenklich fege ich ein paar imaginäre Krümel von der Tischplatte. Ich denke an Sonny und an das, was ich über ihn weiß. »Seit wann sitzt er genau ein?«

»Puh, das weiß ich nicht.« Yves scheint zu überlegen. »Er ist noch nicht so lange bei uns. Vorher war er in einer anderen JVA.«

»Und seit wann ist er jetzt bei uns?«

Mein Kollege zieht die Brauen zusammen. »Auch das kann ich dir nicht genau sagen, so intensiv habe ich mich noch nicht mit ihm beschäftigt.« Seine Augen bleiben an meinen hängen. Ich wende meinen Blick ab. »Man hat ja genug mit seinen eigenen Häftlingen zu tun. Wie hast du dich denn eingelebt?«, wechselt er dann das Thema.

»Gut«, lüge ich und lächle so ungezwungen ich kann. »Es ist natürlich viel, und ja – es ist schon schwer genug, sämtliche Details über die eigenen Bezugshäftlinge im Kopf zu behalten. Auch wenn ich ja noch nicht so viele habe wie ihr«, füge ich hinzu. »Aber so langsam habe ich einen Überblick. Und die Arbeit ist … spannend.«

»Du wolltest immer in die forensische Richtung, oder?«

»Ja«, sage ich, und diesmal ist es die Wahrheit. Während ich noch überlege, wie ich unser Gespräch zurück auf die Häftlinge lenken kann, erklingt schräg hinter mir eine dunkle Stimme. Ich schaue auf.

Hilser und Schumann nähern sich unserem Tisch.

»Hallo, liebe Kollegen«, grüßt uns unser Vorgesetzter und lächelt auf seine typisch schiefe Art. »Wir freuen uns schon sehr auf Ihre Vorträge heute Nachmittag. Sie sind sicher gut vorbereitet, wie ich Sie zwei kenne?«

»Ja, wir sind gut vorbereitet«, antwortet Yves, während ich stumm bleibe und mein Lächeln wie festgetackert auf meinem Gesicht haftet. *Scheiße! Das habe ich vollkommen vergessen. Erneut.*

Dann wirft Yves einen Blick auf seine Uhr. »Die Mittagspause ist ja auch schon gleich vorbei, wie ich sehe.« Er schaut zu mir herüber. »Sprechen wir noch kurz über unsere Aufteilung?«

»Gern«, antworte ich möglichst souverän und nehme einen tiefen Atemzug gegen die plötzlich aufkeimende Übelkeit. Ich muss dringend zurück in mein Büro und die Präsentation vorbereiten.

»Alles klar, dann wollen wir Sie mal nicht länger aufhalten«, wirft Hilser ein und wendet sich gemeinsam mit Schumann zum Gehen.

15. Juni 2019

Liebes Tagebuch,
irgendetwas stimmt nicht. Entweder mit meiner Wohnung oder mit mir. Ich achte jetzt schon immer darauf, die Haustür wirklich abzuschließen, wenn ich gehe. Und trotzdem habe ich manchmal das Gefühl, dass sich irgendetwas verändert hat, wenn ich nach Hause komme. Als wäre eine andere Aura im Raum. Eine andere Energie.
Leider steht die Wohnung über mir leer, mit Nachbarn im Haus würde ich mich wohler fühlen. Die Leute aus den angrenzenden Häusern kenne ich nicht gut genug. Irgendwann fällt es einem wohl auf die Füße, wenn man anderen immer aus dem Weg geht. Jetzt würde es komisch wirken, den Kontakt zu suchen. Was soll ich auch sagen? Ich habe das Gefühl, jemand dringt ab und zu in meine Wohnung ein, wenn ich nicht da bin? Könnten Sie bitte mal darauf achten? Die Leute würden wissen wollen, weshalb ich das denke, und ich könnte es nicht beantworten. Da ist nur dieses komische Gefühl. Gestern Abend hat es wieder geklingelt. Als ich aufgemacht habe, war aber niemand da. Samu meint, da haben mir bestimmt nur ein paar Kinder einen Klingelstreich gespielt. Erneut?

Ich fühle mich in letzter Zeit immer niedergedrückter. Vielleicht drehe ich jetzt auch einfach so langsam durch. Ich habe das Gefühl, dass meine Tage unter grauen Schlieren verschwinden, einer ist wie der nächste, und in mir ist auch nur noch ein grauer Einheitsbrei an Gefühlen. Mein einziger Lichtblick ist Samu, gerade läuft es besser. Wenn ich mit ihm zusammen bin, kann ich auch mal lachen. Er muntert mich auf und ist für mich da. Als ich ihn gestern angerufen habe, weil niemand vor der Haustür war, obwohl es geklingelt hat, ist er sofort hergekommen. Er ist die halbe

Nacht mit mir wach geblieben und hat mir zugehört. So rau er manchmal wirkt, so liebevoll kann er auch sein. Vor ihm muss ich mich nicht verstecken, kann mich verletzlich und ängstlich zeigen, das schreckt ihn nicht ab. Abgesehen von ihm weiß ich zurzeit nicht so wirklich, wohin mit mir und meinem Leben. Mit dem Erbe von Mama komme ich vorerst noch über die Runden, meinen Kellnerjob habe ich wieder an den Nagel gehängt. Samu fand es nicht gut, dass ich dort arbeite, und mich haben die Arbeitszeiten nachts ja auch gestört. Vielleicht sollte ich doch mal darüber nachdenken, ein Studium zu starten.

Dass es mir nicht besonders gut geht, ist sogar Sonny aufgefallen. Ich fand es sehr aufmerksam, als er mich letztens, als wir nochmal was zu dritt gemacht haben, gefragt hat, wie es mir geht, weil ich nicht so »sonnig« wirke wie sonst. Da ich die Frage nicht mal vor mir selbst beantworten kann, bin ich ausgewichen, und wir haben ein wenig über den Wortwitz Sonny/sonnig gelacht. Als ich gefragt habe, ob Sonny eigentlich ein Spitzname ist, ist die Stimmung allerdings direkt wieder komisch geworden. Wie jedes Mal, wenn ich irgendeine Frage stelle oder etwas wissen will. Samu und er haben sich nur einen kurzen Blick zugeworfen, und dann hat Sonny irgendwelche Witze gemacht. Er hat von meiner Frage weggelenkt wie ich zuvor von seiner, daher kann ich ihm das wohl auch nicht zum Vorwurf machen.

Ich überlege, ob ich mich nochmal mit Leon treffen soll. Er hat gefragt, aber ich wollte erst einmal Ruhe zwischen Samu und mir einkehren lassen. Gleichzeitig könnte ich aber gerade wirklich einen guten Freund brauchen. Und einen anderen habe ich ja nicht. Vielleicht gehe ich doch nochmal mit Leon spazieren. Ich fühle mich schon immer ganz schlecht dabei, bei dem tollen Wetter so viel zu Hause zu sitzen. Gefühlt nimmt die ganze Welt am Leben teil, nur ich nicht. Ich hänge in einem komischen Loch. Ich kann nicht erwarten, dass allein Samu mich da rausrettet, das muss ich schon irgendwie selbst hinkriegen.

Und ich vermisse meine Schwester schrecklich. Ich habe Anna letztens eine E-Mail geschickt und sie gefragt, wie es ihr geht. Habe ihr geschrieben, dass ich unsere Kette trage, jeden Tag und jede Nacht, und viel an sie denken muss. Auch an Mama. Und daran, wie sie uns die Ketten geschenkt hat, nachdem Papa sich endgültig nicht mehr hat blicken lassen. Sie hat gesagt, wir halten immer zusammen. Sie und ihre »zwei unzertrennlichen Schmetterlinge«. Ja, wir waren einmal unzertrennlich. Wo ist diese Zeit geblieben? Es tut mir so unendlich leid, dass ich all das nicht zu schätzen gewusst habe. Die Zeit mit Mama. Die Zeit mit Anna. Dass ich einfach abgehauen bin, mich nur auf mich fokussiert habe, nichts von dem, was zu Hause passiert ist, wissen wollte. Ich war so im Unreinen mit mir und meinem Leben, dass es mich blind gemacht hat.
Anna hat mir bisher nicht geantwortet. Ihre aktuelle Handynummer habe ich nicht, und ich weiß auch nicht, wo genau sie sich im Ausland befindet. Das macht mich so unglaublich traurig. Ich weiß, ich habe kein Recht darauf, Ansprüche zu stellen oder verletzt zu sein, ich habe es ja während Mamas Erkrankung ähnlich gemacht, obwohl unsere Mutter im Sterben lag. Aber verdammt, gerade jetzt könnte ich meine kleine Schwester wirklich brauchen. Sie hat mich immer am besten von allen verstanden, bei ihr konnte ich immer ich selbst sein. Ich vermisse sie schrecklich. Ich hoffe, es geht ihr gut und dass wir uns irgendwann wiedersehen.

XOXO an sie, wo auch immer sie gerade ist,
und an mich selbst.

ANNA

KAPITEL 14

Antaios Tsakiris hält den Kopf tief gesenkt.

Es ist unser drittes Einzelgespräch, und wir führen es diesmal im ›BgH‹, dem ›Besonders gesicherten Haftraum‹. Die Häftlinge nennen den Raum ›Bunker‹. Ich verstehe, weshalb. Ich bin erst seit zwanzig Minuten hier drin und fühle mich trotzdem schon fast ebenfalls suizidal, obwohl ›der Bunker‹ genau davor schützen soll: vor Selbsttötungen.

Mein Blick löst sich von dem unglücklichen Mann vor mir und wandert über das stumpfe Grau der Wände und des Bodens. In diesem Haftraum gibt es keine Kanten, keine Möbel, und generell überhaupt gar nichts, woran man sich auch nur irgendwie verletzen könnte.

Oder orientieren.

Die Stühle, auf denen wir sitzen, sind nur für unser Gespräch hereingebracht worden. Die Toilette ist ein Loch im Boden, das Bett eine bloße Matratze. Die beiden Türen der Zelle sind so weit voneinander entfernt in die Wand eingelassen, dass man sie nicht gleichzeitig blockieren kann, und dazwischen hängt eine Videokamera zur ständigen Beobachtung. Weit oben, fest installiert. Das war's. Wenn Gefangene hier einsitzen, sollen sie vor weiteren Suizidversuchen geschützt werden, zumindest körperlich. Seelisch ist dieser Haftraum ein Brandbeschleuniger.

Es raschelt, als Tsakiris sich über den Nacken streicht. Er trägt Papierkleidung, die reißt, wenn er versuchen sollte, daraus einen Strick zum Strangulieren zu basteln. Mit seinem Kapuzenpullover hat das bereits funktioniert. Es war pures Glück, dass die AVD-Beamten ihn rechtzeitig in seinem Haftraum gefunden haben.

Meine Aufregung wegen des Fachvortrags ein paar Tage zuvor und meine Sorge, aufgrund meiner mangelnden Vorbereitung einen schlechten Eindruck vor dem Kollegium erzeugt zu haben, erscheint mir angesichts dieser neuen Entwicklung nun vollkommen lächerlich.

In unseren ersten beiden Einzelgesprächen wirkte der Mittvierziger zwar ernst und bedrückt, aber nicht suizidal. Zumindest dachte ich das. Seitdem ich gehört habe, wie knapp er dem Tod entkommen ist, quälen mich massive Gewissensbisse. Denn ohne dass ich den Gedanken eigentlich zulassen möchte, nicht einmal vor mir selbst, kann ich ihn doch nicht ignorieren: Tsakiris ist meiner Zerrissenheit zum Opfer gefallen.

Zwar bin ich schnell zu dem Schluss gekommen, dass er nicht Sonny sein kann, habe mich dann aber darauf konzentriert, herauszufinden, ob er ihn kennen könnte. Die Haftdauer passt. Ich habe mich in unseren Gesprächen hauptsächlich auf seine Biografie und sein soziales Netzwerk fokussiert. Und währenddessen zusätzlich die ganze Zeit darüber nachgedacht, ob ich Sonny wohl erkennen würde, wenn er mir direkt gegenübersitzt.

Tsakiris ist es nicht, aber irgendwer anders schon.

Die ganze Zeit kreisten meine Gedanken darum, ob es dem Verfasser der Botschaft in dem grellroten Briefumschlag gelingen würde oder vielleicht sogar bereits gelungen ist, mir gegenüberzusitzen und völlig harmlos zu wirken. Es ist so schon herausfordernd, mit Schwerstverbrechern zusammenzuarbeiten. Regelmäßig festzustellen, dass das Böse so gut getarnt sein kann, dass man es nicht einmal als forensische Psychologin erahnen würde, säße man mit dem entsprechenden Täter nicht in einem gläsernen Behandlungsraum in einem Hochsicherheitsgefängnis. Die Tarnung des Zettelschreibers aber besitzt eine ganz andere Dimension. Denn sie gilt gezielt mir.

Auch das grundsätzliche Gefühl, mehr Fragen als Antworten zu finden, macht es nicht gerade leichter. Während mir ein schwerstdepressiver Häftling gegenübersitzt, dessen suizidale Neigung unbemerkt an mir vorbeigegangen ist. So unbemerkt, dass es beinahe sein Leben gekostet hätte. Ich schlucke schwer.

»Können Sie noch einmal formulieren, welche Gedanken Sie hatten, kurz bevor Sie versucht haben, sich aufzuhängen?«, setze ich unser Gespräch fort in dem Bemühen, mich wenigstens jetzt in diesem Moment auf die Aufgabe zu konzentrieren, die mir mit meiner Anstellung übertragen wurde. Ich wähle bewusst keine Beschönigungen, sondern eine klare und direkte Sprache.

Es bleibt einige Sekunden still, dann ertönt eine monotone Stimme, die kaum zu verstehen ist. »Ich weiß es nicht.« Tsakiris hebt schwach die Schultern.

Ich warte ab, ob er noch etwas hinzufügt. Zu hören ist allerdings nur das Surren der Belüftungsanlage, die hoch über unseren Köpfen angebracht ist. »Wie fühlen Sie sich jetzt in diesem Moment?«

»Kann ich nicht sagen … leer. Einfach … leer.«

»Herr Tsakiris, haben Sie an Ihre Frau und Ihre Kinder gedacht? Vor der Entscheidung, sich das Leben zu nehmen? Oder seitdem?«, frage ich ohne jeden Vorwurf in der Stimme. Ich versuche herauszufinden, ob er noch sichernde Gedanken in sich trägt. Ressourcen, die wir wieder stärken können, um erneuten Suizidabsichten entgegenzuwirken. Ich atme tief durch. Es kostet mich alle Kraft, meinen Fokus auf meine Arbeit gerichtet zu halten, aber ich stelle fest, dass es gerade etwas besser gelingt als vorher. Der Bunker hat mich offenbar in die Realität hineinkrachen lassen – in Tsakiris' Realität, die beinahe ein Ende gefunden hätte. *Ich will nicht zur Mörderin werden.*

»Nein. Diese Gedanken habe ich verdrängt. Sonst hätte ich es nicht tun können.« Tsakiris' Stimme wackelt bedrohlich, dann versagt sie. Kurz darauf schaut er auf, das erste Mal seit zehn Minuten. Ich sehe Kummer in seinen Augen. Endlich. Eine Gefühlsregung. »Die Sache ist: Wenn du draußen bist, vergeht die Zeit. Jeder Tag geht so schnell vorbei.« Er hält inne und streicht sich über die Blutergüsse an seinem Hals, die genau abbilden, wo das Stoffstreifen-Seil eingeschnürt hat. »Aber hier drinnen? Hier nicht. Es ist, als würde die Zeit stillstehen. Oder viel langsamer laufen. Sie zieht sich wie Kaugummi. Jeden Tag. Und ich komme meiner Entlassung keinen Schritt näher.« Er blinzelt, dann schluchzt er auf und kneift sich mit Zeigefinger und Daumen in die Nasenwurzel. »Entschuldigen Sie.« Jetzt weint er und senkt hastig seinen Kopf.

Ein Stich jagt durch mein Herz. Er tut mir leid. In diesem Moment habe ich nicht vor Augen, dass sich sein toter Geschäftspartner mit dem zerschmetterten Gesicht ebenfalls wünschen würde, noch etwas Zeit zu haben. In diesem Moment habe ich nur den gebrochenen Mann vor mir, der nichts anderes als Verzweiflung ausstrahlt. »Alles in Ordnung. Es ist wichtig, dass wir darüber reden.«

»Ich habe gar nicht viel gefühlt. Nur Leere. Ich habe das nicht mehr ertragen. Ich weiß nicht, wie ich das schaffen soll.«

»Was meinen Sie genau mit ›das‹?«

»Meine Haftzeit«, schluchzt der kleine kräftige Mann in sich hinein. »Es erdrückt mich. Die Wände kommen näher. Hier …« Er deutet durch den Raum, ohne aufzusehen. »Noch viel mehr als in meiner Zelle.«

Ich nicke. »Das verstehe ich.« Ich muss an mein Büro denken. »Das ist schwer auszuhalten. Wir arbeiten gemeinsam daran, dass Sie den BgH bald wieder verlassen können, okay?«

Tsakiris schnieft. »Ja. Aber danach wird es ja auch nicht besser. Wie soll ich das aushalten? So viele Jahre noch?«

»Lassen Sie uns versuchen, nicht gleich den ganzen Berg hinaufzuschauen. Sie gehen den Weg Schritt für Schritt, Herr Tsakiris. Und wenn Sie dann irgendwann aufsehen, haben Sie die Bergspitze erreicht. Das verspreche ich Ihnen. Schritt für Schritt.« Es ist, als würde ich uns beiden Mut zusprechen. »Wie wäre es, wenn wir jetzt über diese konkreten nächsten Schritte sprechen? Und das Gleiche nehmen wir uns für jedes unserer kommenden Gespräche vor. Außerdem sollten wir gemeinsam überlegen, wie Sie Ihre Zeit hier in der JVA besser strukturieren können. Ich helfe Ihnen dabei. Wir finden eine Lösung. Sie schaffen das.« *Und ich auch.*

Noch bevor Tsakiris eine Regung zeigt, klopft es an der Zellentür hinter mir. Nach einem blechernen Schaben und Rascheln öffnet sich die schwere Tür, und ein Justizvollzugsbeamter steckt seinen Kopf herein.

»Frau Salomon? Der Anstaltsleiter will Sie sprechen.«

Ich beende das Gespräch mit Tsakiris so gut ich kann und trotzdem in dem Bewusstsein, ihm aktuell nicht aus seinem depressiven Tief heraushelfen zu können.

Zehn Minuten später mache ich mich auf den Weg zum Büro des Gefängnisdirektors, das sich in einer anderen Abteilung befindet. Während ich die Flure entlanggehe und JVA-Mitarbeitern zunicke, die ich noch nie gesehen habe, stelle ich fest, dass mein Magen brennt. *Was Kirchfeld wohl zu Tsakiris' Selbstmordversuch sagen wird?*

LEON

Leon fühlt ein wenig Traurigkeit in sich aufsteigen, als sie sich der Straße von Sinas Wohnung nähern. Er wäre gern noch länger mit ihr spazieren gegangen. Tief atmet er ein. Die Juliluft duftet nach Sommer. Und da ist noch etwas. Ein Geruch, der irgendwie *lebendig* ist. Der Geruch von Leben. Leon muss über seine eigenen Gedanken schmunzeln, die so viel pathetischer ausfallen als normalerweise.

Aber es ist wahr. Zum ersten Mal, seit er existiert, hat Leon das Gefühl, ein Teil des Ganzen zu sein. Des Ganzen, das sich Leben nennt. Daran teilzunehmen wie alle anderen auch. Und nicht nur an der Seitenlinie zu stehen und sich zu fragen, wie sich dieses Konstrukt namens Leben eigentlich anfühlt.

Sina und er sind in die Müngersdorfer Parkanlage gegangen. Sie haben sich dort unter die Menschen gemischt, die es bei sonnigen fünfundzwanzig Grad Außentemperatur ebenfalls ins Grüne gezogen hat. Sie sind in der Masse der Parkbesucher untergegangen, sie sind nur ein junger Mann und eine junge Frau gewesen, die über die sandigen Wege spazierten und sich unterhielten, über dieses und jenes. Wie viele andere Menschen auch. Irgendwie unsichtbar und irgendwie zugehörig. Zugehörig zu den Menschen mit ihren Hunden, den jungen Müttern mit den Kinderwagen, den Kindern und den Alten, den Frauen und Männern im Anzug oder Businesskostüm, die ihren Imbiss an der frischen Luft einnahmen – gehetzt, weil wie üblich schon der nächste Termin wartet, und sich einredend, dass die Sonnenstrahlen auf der Haut wenigstens einen kleinen Unterschied für die Achtsamkeitsbalance machen würden. Bis sie für den Rest des Tages wieder in Konferenzräumen und an Schreibtischen verschwinden würden.

Jetzt und hier, an der Ampel stehend und die junge hübsche Frau neben sich beobachtend, auf deren Haar kupferfarbige Reflexionen schimmern, stellt Leon fest, dass so etwas Simples wie ein Parkbesuch tatsächlich einen Unterschied macht.

Ein warmes Gefühl macht sich in ihm breit. Er fühlt sich zugehörig. Etwas, das er sich sein Leben lang gewünscht hat.

Es ist warm und drückend. Leon sitzt auf der ausgedörrten Wiese vor dem Internatsgebäude, sein Lateinbuch liegt aufgeklappt in seinem Schoß. Er hat den Vokabeltest, der gleich in der sechsten Stunde stattfinden wird, völlig vergessen, obwohl er weiß, dass er am Wochenende nur nach Hause darf, wenn er nicht versagt. Er weiß, dass sein Lehrer den Test direkt korrigieren wird. Wenn das Ergebnis schlecht ausfällt, wird Vater ihm den Besuch zu Hause verwehren. Die vierte Woche in Folge. Wie also konnte es ihm passieren, den Test zu vergessen?

Leon schluckt schwer. Er weiß doch auch nicht, was mit ihm nicht stimmt. Je mehr er sich anstrengt, desto weniger gelingt es ihm, Vaters Erwartungen zu erfüllen. Er weiß, dass er eine Enttäuschung ist, und so gerne würde er etwas daran ändern. Er versucht sich zu konzentrieren, aber sein Sichtfeld verschwimmt, als ihm Tränen in die Augen schießen. Mit dreizehn Jahren sollte man nicht mehr weinen. Eigentlich sollte man gar nicht weinen. Ein paar Sekunden starrt er auf den sumpfigen Weiher, auf dem sich ein paar braune Enten streiten, dann wendet er sich wieder seinen Vokabeln zu. Er hat nicht mehr viel Zeit. Er muss sie irgendwie in seinen Kopf bekommen und dort halten, bis der Test vorbei ist.

»Clamat: Er/sie/es ruft. Venit: Er/sie/es kommt«, murmelt er, doch seine Stimme wird dünn. Wütend über sich selbst wischt er sich über die feuchten Wangen und fährt fort: »Laborat: Er/sie/es arbeitet. Ludit: Er/sie/es spielt. Gaudet: Er/sie/es freut sich.« Gefreut hat er sich schon lange nicht mehr.

Lautes Lachen erklingt. Leon wirft einen Blick über die Schulter. Ein paar seiner Klassenkameraden gehen in Richtung Schulgebäude, das sich rot geklinkert über allem erhebt. Einer der Jungen lässt einen Basketball auf und ab springen. Dann läuft er los, tunnelt einen Freund, die Jungen kichern, und streckt sich anschließend hoch in die Luft, wo er sich formvollendet dreht und den Ball mit Wucht über eine Distanz von mehreren Metern in Richtung Spielfeld fliegen lässt. Ein lautes Scheppern weht über die Wiese zu Leon herüber, als der Ball gegen das Metallviereck über dem Basketballkorb prallt. Vibrierend, beinahe tänzelnd, gleitet er durch das Gitternetz. Die Jungen grölen.

Wie das wohl sein muss, dazuzugehören? Einer dieser Jungen zu sein, die miteinander raufen, lachen und Ball spielen? Die sich auf das Wochenende freuen, weil sie zu Hause von ihrer Mutter und ihrem Vater empfangen werden? Er kann die positive Energie, die seine Mitschüler umgibt, jedes Mal förmlich sehen, wenn sie sonntagabends zurückkehren und sich über ihre Erlebnisse in der Heimat unterhalten. Während er auf seinem Bett sitzt und unsichtbar scheint. Und nichts zu erzählen hat.

Er hat es versucht. Er hat versucht, Anschluss zu finden, so ist es nicht. Aber er ist anders als die anderen. Was nicht nur ihm, sondern auch seinen Klassenkameraden auffällt. Er weiß nicht, worüber er mit ihnen sprechen soll. Er ist nicht besonders gut in Ballsportarten. In Naturwissenschaften schon, aber das scheint die anderen nicht zu beeindrucken. Er hat keine coolen Sprüche auf Lager. Vor allem aber hat er einfach keine Ahnung davon, wie sich das Leben anfühlt, das die anderen leben. Er sitzt am Seitenrand.

Und heute auf der Wiese, mit dem verdammten Lateinbuch im Schoß.

»Ich strenge mich doch an, Vater«, flüstert er und beginnt wieder zu weinen. »Ich strenge mich doch wirklich an. Ich weiß doch auch nicht, was mit mir nicht stimmt.«

»Erde an Leon!« Sina betrachtet ihn amüsiert. Sie steht schon auf der Straße, die Fußgängerampel scheint längst auf Grün gesprungen zu sein.

Leon schüttelt seinen Kopf, um die bedrückenden Erinnerungen aus seiner Jugend zu verscheuchen, dann atmet er tief durch und macht einen Schritt auf den von der Sonne erhitzten Straßenasphalt.

Das Lächeln kehrt von ganz allein in sein Gesicht zurück, als ihm bewusst wird, dass sich das Leben für ihn vielleicht nun doch endlich verändert hat. Er schaut Sina entgegen, die ihm zulächelt, mit Grübchen in den Wangen. Die Haare hat sie zu einem zerzausten Pferdeschwanz zusammengebunden, ihr zierlicher Körper steckt in einem knallgelben Kleid, das mit Sonnenblumen bedruckt ist.

Ihre Themen sind weniger unbeschwert gewesen, Sina hat ihm während des Spaziergangs durch den Park abermals ihr Herz ausgeschüttet. Er hat ihr zugehört, und eine Weile sind sie beide ganz bedrückt gewesen. Sie, weil sie einfach nicht verstehen kann, wieso ihre Beziehung zu dem Boxertypen nicht endlich besser läuft, und er, weil er nicht nachvollziehen kann, wieso sie überhaupt so unbedingt mit Samu zusammen sein will. Wieso sie nicht erkennt, dass ihre Traurigkeit so viel mit dem falschen Mann an ihrer Seite zu tun hat. Es hat einen Moment gegeben, da wären sie fast in Streit geraten. Er hatte ihr begreiflich machen wollen, dass sie Besseres verdient hat, aber sie hatte nicht davon abgelassen, Samu in Schutz zu nehmen, obwohl der ihr so offensichtlich schadet. Aber sie haben diesen Moment schließlich überwunden. Es ist schwer gewesen, betrübt zu bleiben, angesichts dieses schönen Tages, des Lachens der Menschen um sie herum, des Geruchs von Grillwürstchen und der Sonnenwärme auf ihrer Haut. Leon muss noch immer an ihren verzückten Gesichtsausdruck denken, als sie ihre Lippen in das Zitroneneis aus dem kleinen Eiswagen eingetaucht hat. »Ich fühle mich gerade das erste Mal seit langem wieder ein wenig frei«, hat sie plötzlich mit eisverschmierten Lippen gesagt, und Leon hat genau gewusst, was sie damit meinte, denn ihm ist es ähnlich gegangen. Nur dass er den Geschmack von Walnusseis und nicht Zitroneneis auf der Zunge hatte.

Er ist fast auf der Mitte der Straße und bei Sina angekommen, als ein lautes Röhren in seine Realität hinein explodiert. Er lächelt auch dann noch, als es mit voller Wucht in seine Seite einschlägt, den Asphalt mit rasender Geschwindigkeit näher kommen lässt und ihm alle Luft aus der Lunge presst. Auch als er Sinas Schreien hört: »LEON, VORSICHT!«, sind seine Mundwinkel weiterhin zu einem Lächeln verzogen.

Es erstirbt erst in dem Moment, als er seinen Mund aufreißt, um nach Luft zu schnappen. Während Lärm, Schmerz und Licht auf ihn einschlagen und ihn dann plötzlich erbarmungslos in ein dunkles, kaltes Nichts hineinschleudern.

ANNA

KAPITEL 15

»Frau Salomon, kommen Sie rein«, sagt Kirchfeld, ohne aufzusehen.

Der massige Mann sitzt hinter seinem Schreibtisch und notiert etwas in einem Notizbuch. Ich schließe die Tür hinter mir und bleibe mit pochendem Herzen stehen. Da sich der Direktor auch mehrere Sekunden später nicht rührt und ungerührt weiterschreibt, nähere ich mich langsam seinem Schreibtisch und ziehe mir einen der beiden Stühle heran, die davorstehen. Vorsichtig setze ich mich und warte. Die Mine des Kugelschreibers kratzt über das Papier.

Gunther Kirchfeld wirkt hochkonzentriert und völlig unberührt von dem Umstand, dass ihm eine Mitarbeiterin gegenübersitzt und wartet. Ein solches Selbstbewusstsein habe ich schon immer bewundert. Der Mann beansprucht Zeit und Raum, ganz selbstverständlich. Sein rechter Unterarm ruht auf einer ledernen Schreibtischunterlage, während er mit der linken Hand den silbernen Stift in kantigen Bewegungen über die Seite jagt. Trotzdem scheint er nichts zu verschmieren. Eigentlich erstaunlich, denn genau darüber beschwert sich Jonathan immer, der ebenfalls Linkshänder ist. Meine Augen wandern über den Schreibtisch des Psychiaters, der weder besonders aufgeräumt noch unordentlich ist. Neben seinem Computer stapeln sich Akten, am Rand steht eine kleine Tischuhr, und auf der anderen Seite entdecke ich einen schweren goldenen Fotorahmen, von dem ich allerdings nur die Rückseite sehe. An den Wänden hängen Zertifikate und Auszeichnungen, die in zu dem Foto auf dem Schreibtisch passenden Rahmen gefasst sind. Ein ästhetisches Detail, das mir bei meinem Bewerbungsgespräch noch nicht aufgefallen ist. Ich blähe die Nasenflügel. Der Raum riecht allerdings genauso wie bei meinem letzten Besuch hier: nach Zedernholz und einem schweren Altherrenparfüm.

»So«, murmelt der Anstaltsleiter mit gerunzelter Stirn, liest noch einmal die soeben geschriebenen Zeilen und verschließt den Stift mit einem Schraubdeckel. Erst nachdem er diesen sorgfältig in einem schwarzen Samt-Etui, in dem sich auch ein Füller derselben Marke befindet, verstaut hat, schaut er auf. Und lächelt. »Frau Salomon.« Keine Frage, keine Ergänzung, einfach nur mein Name. Mit Punkt dahinter.

Ich nicke und setze mich auf meinem Stuhl zurecht. »Sie wollten mich sprechen?«

»In der Tat.« Gunther Kirchfeld legt seine Hände zusammen und mustert mich.

Sein Gesicht ist breit, beinahe viereckig. Ein weiteres Detail, das mir nun zum ersten Mal so richtig auffällt. Nervös spiele ich an der feinen Kette um meinen Hals, senke meine Hand jedoch wieder, als mir das auffällt. Der Psychiater hat es ebenfalls bemerkt, denn seine Augen folgen meiner Handbewegung, bevor sie sich wieder auf mein Gesicht konzentrieren. Ich schaue auf seinen Schreibtisch und versuche, meine Mimik kontrolliert zu halten.

»Wie ist es Ihnen in Ihren ersten Wochen ergangen?«, fragt er schließlich und neigt ein wenig seinen Kopf.

»Gut«, antworte ich und muss mich räuspern. »Die Kollegen haben mich sehr nett in Empfang genommen, und ich glaube, ich habe mich inzwischen ganz gut in die Prozesse und Aufgaben eingearbeitet.« Ich zwinge mich, den Anstaltsleiter wieder anzusehen, und entdecke ein freundliches Lächeln.

»Das klingt doch gut. Ich höre viel Gutes über Sie.«

»Ja? Das … das freut mich zu hören.« Ich spüre ein wenig Erleichterung.

»Herr Hilser ist sehr begeistert von Ihrer … wie nannte er es? Präzision und Gewissenhaftigkeit. Herr Vandenfeld nennt Sie kommunikationsstark und selbstbewusst. Resolut.« *Kann ich mir vorstellen, dass Yves das so einschätzt*, denke ich, bevor der Direktor weiterspricht. »Bei Ihrem Vortrag letztens wirkten Sie ebenfalls kompetent, allerdings, ich bin ehrlich, wirkten Sie nicht so gut vorbereitet. Die Inhalte waren doch etwas oberflächlich.« Kirchfeld legt seine Fingerspitzen aneinander.

Ich muss schlucken. Mit einer so direkten Konfrontation mit meiner mangelnden Leistung habe ich nicht gerechnet. »Das … das tut mir leid. Ich hatte den Vortrag etwas aus den Augen verloren. Es fällt mir noch schwer, alles unter einen Hut zu bekommen. Ich fokussiere mich derzeit stark auf meine ersten Bezugshäftlinge.«

Kirchfeld nickt. »So etwas dachte ich mir schon. Sie werden da sicher noch reinfinden. Auf jeden Fall merkt man Ihnen Ihr doch recht junges Alter nicht an. Das ist gut. Sehr gut. Ich hatte da ehrlicherweise gewisse Befürchtungen.«

»Danke. Ich gebe mir Mühe.«

»Da bin ich sicher. Frau Salomon …« Der Direktor unterbricht sich und streicht über seine tiefschwarze Schreibtischunterlage, ohne seinen Blick von mir abzuwenden. »Wie geht es Ihnen denn in Ihrer neuen Rolle? Abseits von Ihrer beruflichen Leistung, auf die Sie sich in Ihrer Antwort auf meine Frage beschränkt haben.«

»Wie es mir geht?«, wiederhole ich, obwohl ich akustisch alles verstanden habe.

»Ganz richtig. Wie es Ihnen geht.« Schlaue Augen bohren sich in meine.

»Gut. Ich fühle mich wohl. Es funktioniert so weit alles.«

Kirchfeld schaut mich nur an, ohne eine Miene zu verziehen.

Jäh fällt mir auf, wie unpassend mein letzter Satz klingt. Nicht nur, weil »funktionieren« erneut in die Leistungskerbe schlägt und von meinem Wohlbefinden weglenkt. Sondern vor allem angesichts des Häftlings, den ich mit akuten lebensmüden Gedanken im ›Bunker‹ zurückgelassen habe. Der versucht hat, sich das Leben zu nehmen. *Weil ich meinen Job offensichtlich nicht gut genug gemacht habe.*

»Ganz generell, meine ich«, füge ich schnell hinzu und zögere kurz. »Der Vorfall mit Herrn Tsakiris ist natürlich nicht so gut.«

»Das kann man wohl sagen. Wie geht es Ihnen damit?«

Ich wende meinen Blick ab. Und überlege, was die völlig unbescholtene Anstaltspsychologin Anna Salomon jetzt wohl antworten würde. Wenn sie kein verdecktes Ziel verfolgen würde. *Sie ist ambitioniert, leistungsorientiert, selbstsicher, aber trotzdem vergleichsweise unerfahren.* Ich hole Luft. »Es geht nicht spurlos an mir vorbei, das muss ich zugeben. Ich mache mir natürlich meine Gedanken«, antworte ich. »Ich würde nicht sagen, dass es mich aus der Bahn wirft, ich hatte ähnliche Situationen auch in der forensischen Psychiatrie. Leider. Aber fachlich frage ich mich natürlich schon, was ich hätte anders machen können.« Ich zwinge mich dazu, mein Kinn wieder zu heben, obwohl mein ganzer Kopf schwer wie Blei wiegt.

Kirchfeld schweigt. Dann lehnt er sich nach vorne. »Wie liefen die Vorgespräche mit Herrn Tsakiris?«

»Gut. Ich habe die Zeit genutzt, ihn besser kennenzulernen. Eine tragfähige Behandlungsbeziehung aufzubauen. Natürlich habe ich auch abgeklopft, wie es ihm aktuell geht, ob ihn etwas belastet. Er hat das verneint. Er wirkte ruhig und zurückgenommen, ganz generell. Aber nicht suizidal. Ich habe keinen Anhaltspunkt gesehen. Allerdings hatten wir vor seinem Suizidversuch auch nur zwei Einzelsitzungen.«

Der Direktor nickt. »Ich habe mir Ihre Protokolle angesehen. Die doch eher knapp sind. Sie haben sich viel auf seine sozialen Beziehungen konzentriert. Und seine Vergangenheit.«

Mir wird heiß. »Ja. Um ihn besser einordnen zu können«, antworte ich und hoffe, dabei professionell zu klingen. »Ich finde es fachlich wichtig, nicht einfach dort anzusetzen, wo er mit Herrn Schumann aufgehört hat. Ich halte mehr davon, mir einen eigenen Eindruck zu verschaffen. Wo steht der Häftling sozial? Wo kann ich anknüpfen, um auf eine gute gemeinsame Ebene zu finden?« Im Grunde genommen erschreckt es mich, wie leicht mir diese Lüge über die Lippen kommt.

Kirchfeld, der mir konzentriert zugehört hat, nickt erneut. »Das ist legitim.« Dann lehnt er sich zurück und faltet seine Hände auf seinem ausladenden Bauch, über dem ein hellblaues Hemd spannt. »Ich werde die Angelegenheit natürlich tiefergehend prüfen müssen. Allerdings, und das wissen Sie genauso gut wie ich, kann es immer wieder mal vorkommen, dass sich ein Häftling das Leben nehmen möchte. So traurig das ist.« Er kneift die Augen kaum merklich zusammen. »Ich unterstelle Ihnen keine Behandlungsfehler, Frau Salomon. Dafür sind Sie zu kurz mit ihm in Kontakt gewesen, das wäre vermessen. Allerdings prüfen wir unsere Abläufe, dazu sind wir verpflichtet. Und schauen auch auf Ihre Arbeit. Aber nicht, um Ihnen Fehlverhalten nachzuweisen. Danach sieht es derzeit nicht aus. Nicht wahr?« Er lächelt, allerdings bewegt sich um seine Augen herum kein Muskel. Kein einziger.

Ich schüttle den Kopf. »Nein. Ich habe mir viele Gedanken dazu gemacht. Ich glaube nicht, dass ich etwas Eklatantes übersehen habe. Aber ich würde mich natürlich über Supervision freuen. Wenn es die Möglichkeit dazu gibt.«

»Ja. Schön, dass Sie von sich aus danach fragen. Wir stellen all unseren Mitarbeitern Supervision zur Verfügung, aber insbesondere den neuen. Und auch regelhaft nach solchen Vorfällen. Herr Hilser kommt auf Sie zu. Es ist immer wichtig, gemeinsam mit erfahrenen Kollegen auf solche Situationen zu schauen und die richtigen Schlüsse für die eigene Arbeit zu ziehen.«

Ich nicke und habe das Gefühl, ein wenig Boden unter den Füßen zu gewinnen. Bis Gunther Kirchfeld weiterspricht.

»Da wäre noch eine Sache, Frau Salomon. Wie Sie sich sicher denken können, haben wir Sie grundlegend überprüft. Vor Ihrem Stellenantritt.«

Im ersten Moment weiß ich nicht, was ich sagen oder denken soll. Ich hatte mich schon gefragt, wann das Thema zur Sprache kommen würde. Und mich gewundert, dass es bisher nicht passiert ist. »Natürlich«, schiebe ich ein. Zu hastig. *Bleib ruhig, Anna! Du hast dir Antworten überlegt. Du musst einfach nur ruhig bleiben.*

»Ich habe das Verschwinden Ihrer Schwester bisher nicht angesprochen. Wir haben ein umfassendes Einstellungsverfahren, wie Sie wissen. Ich habe einen sauberen Eindruck von Ihnen und Ihrer Professionalität. Ich habe mir dieses Thema aufgehoben, bis wir uns ein bisschen kennengelernt haben. Und das haben wir ja jetzt. Ich denke, ich kann Sie inzwischen ganz gut einschätzen.«

Ich hoffe nicht, denke ich und versuche, meine rationale Anstaltspsychologinnen-Rüstung umzulegen und mich vor dem Vorstoß in den wundesten Bereich meines Inneren zu wappnen. »Was möchten Sie denn wissen? Es ist lange her.«

»Nun, Frau Salomon, soweit ich weiß, hat man Ihre Schwester nie gefunden.« Ich warte, atme. Dann spricht Kirchfeld weiter. »Allerdings geht man ja, wenn ich richtig informiert bin, davon aus, dass sie einem Gewaltverbrechen zum Opfer gefallen ist und angesichts der Menge an Blut, die man in ihrem Schlafzimmer in ihrer Wohnung gefunden hat, wohl eher nicht überlebt hat.« Seine letzten Worte kommen langsamer. Einfühlsamer.

Das Rauschen in meinen Ohren steigert sich, doch viel schlimmer ist die Enge in meinem Hals, die ich nur allzu gut kenne. Es fühlt sich immer ein kleines bisschen wie ersticken an. Ich kann nur hoffen, dass Kirchfeld meine Körpersprache der generellen Belastung durch den Verlust meiner Schwester zuschreibt.

»Das ist richtig. Man hat … man hat sie bisher nicht gefunden.«

»Nun, Frau Salomon, ich frage mich natürlich, ich *muss* mich als Anstaltsleiter fragen, ob Sie dieses zweifellos schlimme Ereignis von Ihrer Arbeit hier ausreichend trennen können. Es macht auf mich wie gesagt schon den Eindruck, sonst hätten wir Sie nicht eingestellt, und ich halte ohnehin jeden Neuling unter strenger Beobachtung.« Spontan flutet eine neue Welle an Hitze meinen Körper, während er das sagt. »Aber ich möchte sichergehen. Sie sind nun ein paar Wochen hier. Gelingt es Ihnen, im Umgang mit den Häftlingen objektiv zu bleiben? Und emotional stabil? Wie ist Ihr bisheriges persönliches Resümee?«

Ich spüre, dass dieser Moment, dieses Gespräch, entscheidend sein wird. Für so vieles. Viele mögliche Antworten rasen durch meinen Kopf, fast alle verwerfe ich gleich wieder. Ich fahre mir mit der Zunge über die Lippen.

»Es war die schlimmste Erfahrung meines Lebens«, gebe ich schließlich zu und entscheide mich damit nicht nur für einen Teil der Wahrheit, sondern auch für die Offensive. »Eine traumatische Erfahrung. Aber es ist lange her, wie ich schon sagte.

Es wird … immer eine Wunde bleiben. Aber ich habe gelernt, damit umzugehen. Und das merke ich nun auch tagtäglich im Kontakt zu den Häftlingen. Auch wenn ich mir selbstverständlich schon im Vorfeld viele Gedanken dazu gemacht habe. Ich bin nicht unreflektiert an meine Bewerbung herangegangen.« Meinen letzten Satz formuliere ich absichtlich etwas schärfer.

»Hm«, murmelt der kräftige Mann. »Da habe ich auch keinen Zweifel, Frau Salomon. Danke, dass Sie so offen mit mir darüber sprechen. Ich kann mir vorstellen, dass das Thema mit Schmerz besetzt ist«, ergänzt er sanft, lässt seinerseits aber offen, ob ihn meine Antwort bereits überzeugt hat.

»Und ich kann mir vorstellen, dass Sie sich Gedanken machen und gegebenenfalls Interessenkonflikte sehen«, setze ich nach einem Moment der Stille an, um einen weiteren Versuch zu unternehmen, den Anstaltsleiter von der Unbedenklichkeit meines Einsatzes zu überzeugen. »Aber … ich habe das aufgearbeitet. Ich habe mich damit arrangiert. So schwer das auch war. Ich habe mir meinen Beruf natürlich auch deshalb ausgesucht, ich denke, das ist offensichtlich. Ich möchte etwas dazu beitragen, wenigstens ein kleines bisschen, dass Schicksale wie das meiner Schwester verhindert werden. Und wo geht das besser als hier?« Ich deute durch den Raum und meine damit das Gefängnis.

»Das ist ehrenhaft. Und hört sich nach einem nachvollziehbaren Motiv an.« Der Direktor streicht nachdenklich über seine Krawatte, während ich einen kurzen Stoß von Erleichterung verspüre, weil mir die Antwort, die ich mir schon Wochen vor meinem ersten Bewerbungsgespräch zurechtgelegt habe, einigermaßen flüssig über die Lippen gekommen ist. »Ermittelt die Polizei noch? In irgendeiner Form?«, fragt Kirchfeld nun noch.

»Nein. Sie haben den Fall zu den Akten gelegt. Vor Jahren schon. Es gab keine Spuren mehr, denen sie hätten nachgehen können.«

Weil Kirchfeld nun betroffen nickend auf seine Schreibtischunterlage schaut, erlaube ich mir für einen kurzen Moment, meine Augen zu schließen. Dann öffne ich sie wieder und finde mich direkt in seinem Blick vor.

»Der Partner ihrer Schwester wurde verdächtigt, richtig? Er ist ebenfalls verschwunden?«

»Ja.«

»In Ordnung, Frau Salomon. Wir belassen es erst einmal dabei. Ich möchte auch gar nicht zu tief in Ihren Wunden stochern.«

»Schon okay. Ich verstehe ja, weshalb Sie nachfragen müssen.« Während ich lächle, atme ich ruckartig aus, was ein seltsames, ungeplantes Schnauben ergibt.

»Sie scheinen mir aufgeräumt und reflektiert zu sein. Mir war wichtig, dass Sie wissen, dass ich über Ihren Hintergrund Bescheid weiß und trotzdem hinter Ihrer Anstellung in unserer Anstalt stehe. Dementsprechend habe ich auch jederzeit ein offenes Ohr, wenn Ihre Tätigkeit doch mit Ihrer Vergangenheit kollidiert. Oder wenn Sie vielleicht bei einzelnen Häftlingen merken, dass Sie dort eher als bei anderen an ihre Grenzen stoßen. So oder so, Sie können sich jederzeit an mich wenden, in Ordnung? Ich bin froh, eine so exzellente junge Psychologin in meinem Team zu haben, vor allem angesichts des Fachkräftemangels, der auch vor unserem Metier nicht Halt macht. Es ist schwer genug, qualifiziertes Personal zu finden. Ich bin sicher, Sie werden sich noch hervorragend entwickeln. Aber nehmen Sie Hilfe an, wenn Sie sie brauchen. Es ist nachvollziehbar, dass Sie das Trauma, das durch das Verschwinden Ihrer Schwester ausgelöst wurde, noch belastet. Und ich denke, ich liege damit nicht falsch, wenn ich sage, dass das offensichtlich ist.«

Ist es das? Seine Worte klingen so sanft, dass mir schlecht wird. Da mein Mund anfängt zu zittern, nicke ich nur. Dann füge ich doch noch ein »Danke, das ist sehr freundlich von Ihnen« hinzu und erhebe mich möglichst sortiert von meinem Stuhl.

In meinen Ohren rauscht es jetzt nicht mehr. Im Gegenteil. Alles ist dumpf. Als würde ich von meiner Außenwelt abgeschnitten werden. Kein gutes Zeichen. Ich spüre nicht nur das Heranrollen einer Panikattacke, sondern auch weiterhin Kirchfelds freundlichen, aber prüfenden Blick auf mir, was alles nur noch schlimmer macht. Ich konzentriere mich darauf, den Stuhl ordentlich zurechtzurücken, und presse meine Zunge gegen den Gaumen.

»Okay. Dann mal wieder fleißig ans Werk, würde ich sagen.« Er spricht, als würde er nicht bemerken, was in mir vorgeht. Ich bin mir sicher, er tut es.

»Danke für Ihr Verständnis, Herr Kirchfeld. Und das Angebot des offenen Ohrs.«

»Das ist selbstverständlich. Wir sehen uns in der morgigen Konferenz.«

Ich nicke und gehe zur Tür.

23. Juli 2019

Liebes Tagebuch,
ich kriege die Bilder nicht aus dem Kopf. Leon wurde von einem Motorrad angefahren und ist zu Boden gestürzt. Das Vorderrad hing halb über ihm drüber, dann hat es der Fahrer heruntergerissen und ist abgehauen. Ich höre noch jetzt das Knallen und Röhren des Motors. Ein Wunder, dass Leon nur Prellungen und Abschürfungen davongetragen hat. Für einen kurzen Moment war er bewusstlos. Es war furchtbar. Ich habe für eine Sekunde gedacht, das war es jetzt mit ihm. Ich wollte schon den Krankenwagen rufen, aber da kam er wieder zu sich. Wir haben alles abgetastet, nach Blut und größeren Wunden gesucht, geschaut, ob irgendetwas gebrochen ist. Aber glücklicherweise nicht. Ich hätte ihn trotzdem zum Arzt gebracht, aber er meinte, es gehe schon wieder. Mit Prellungen kenne er sich aus, und mit Ärzten habe er keine so guten Erfahrungen gemacht. Was genau er damit meint, weiß ich nicht, ich stand zu sehr unter Schock, um nachzufragen. Ich habe auch vorgeschlagen, zur Polizei zu gehen. Immerhin hat der Unfallverursacher Fahrerflucht begangen. Aber auch das wollte Leon nicht. Er hat gemeint, er wolle kein »Tamtam« um sich machen. Es sei ja nochmal gut gegangen. Er werde ein wenig Muskelkater haben, sich in nächster Zeit etwas schonen, und gut ist. Leon denkt, dass der Fahrer uns beim Abbiegen einfach übersehen hat. Er habe keine Lust auf einen Behördenkrieg, bis die Angelegenheit geklärt sei, was vermutlich sowieso nicht passieren werde, sagt er. Ich habe es dabei belassen, es ist ja seine Sache. Ich hoffe nur, es geht ihm schnell wieder gut.

XOXO an Leon

ANNA

KAPITEL 16

Dieser Tag nimmt nie ein Ende.

Die Gespräche mit Tsakiris und Kirchfeld haben mich Kraft gekostet. Ich habe mich inzwischen einigermaßen gefasst, meine Atmung geht ruhiger, und der kalte Schweiß auf meiner Haut ist auch getrocknet. Aber ich spüre, dass dieser vorübergehende Waffenstillstand mit meinem Körper ein zerbrechlicher Frieden ist.

In wenigen Minuten muss ich in den Glaskasten. Wo ich von allen Seiten beobachtet werde, während ich ein Einzelgespräch mit Sven Andersen führe. Das erste. Mit einem Häftling, der drei Frauen vergewaltigt und ermordet hat. Der theoretisch Sonny sein könnte.

Wenn er es ist, wird er sich vermutlich nichts anmerken lassen. Und ich darf das ebenfalls nicht tun. Muss aber trotzdem irgendwie weiterkommen und Informationen gewinnen. Die mir Sonny andererseits vielleicht gar nicht geben wird, nicht einmal dann, wenn ich ihn enttarnt habe, schließlich will er mich ja von meiner Suche abbringen. Mir schießt die Analogie eines verwirrenden Katz-und-Maus-Spiels durch den Kopf, dem ich mich noch nie weniger als jetzt gewachsen gefühlt habe.

Ich habe es Sina versprochen. Ich bin es ihr schuldig. Ich atme tief durch, dann greife ich entschlossen nach Andersens Akte, die ich mir zuvor aus der Verwaltung geholt habe, und mache mich auf den Weg.

Rund zehn Minuten später sitze ich Sven Andersen gegenüber. Schumann hat bereits die Erstdiagnostik durchgeführt. Hilser hat mir nun aufgetragen, mir die nächsten Monate Zeit zum Kennenlernen zu nehmen, ein Störungsmodell zu erarbeiten und ein Basisgutachten mit Behandlungsfokus zu schreiben. Auch Angehörigengespräche werden dazugehören, Andersen scheint regelmäßig Kontakt zu seiner Mutter zu haben. Dieses Vorgehen soll mir laut Hilser die Gelegenheit geben, den Prozess mit meinem Bezugshäftling sauber von Anfang bis Ende aufzustellen und durchzuführen, auch zu Übungszwecken.

Vor allem aber gibt es mir die Gelegenheit, herauszufinden, ob Andersen Sonny ist oder ihn während der Zeit seiner Inhaftierung kennengelernt hat. Ob dieser Straftäter, der unter den anderen Häftlingen in der Gruppensitzung der kriminellste und zugleich angepassteste ist, irgendeinen Bezug zu meiner Schwester Sina hat.

Mein Körper steht unter Strom, obwohl mir Andersen harmlos gegenübersitzt und freundlich lächelt. Er wirkt wie ein unbeholfener großer Bruder, und nichts an ihm scheint in irgendeiner Weise besonders selbstbewusst oder weltmännisch zu sein, ganz im Gegensatz zu Sinas Beschreibungen von Sonny. Aber der Eindruck täuscht, so oder so – schließlich sitzt mir keinesfalls ein netter großer Bruder gegenüber. Auch wenn er mit dem jungenhaften Gesicht und seiner Statur an ein großes Baby erinnert, kenne ich seine Taten. Hinter der harmlosen, etwas behäbigen Fassade lauert ein Serienmörder. Ein echter Serienmörder. Keiner aus Film und Fernsehen oder spannenden Büchern, sondern einer aus der realen Welt. Ein Mann aus dem Kölner Umland, der unser aller Nachbar hätte gewesen sein können.

Die feinen Härchen an meinen Armen richten sich auf.

»Herr Andersen«, beginne ich zögerlich, unterbreche mich und bemühe mich um eine festere Stimme. »Wir haben heute unser erstes Einzelgespräch miteinander. Ich möchte die nächsten Monate gern zum gegenseitigen Kennenlernen nutzen.«

Andersen lächelt nach wie vor freundlich. Nichts hat sich an seiner Mimik verändert. Und trotzdem merke ich, wie ein diffuses Gefühl der Bedrohung in mir aufsteigt. *Gegenseitiges Kennenlernen? Vielleicht weiß er längst, wer ich bin und was ich hier eigentlich tue?*

»Ich werde mir einen Eindruck von Ihrer Situation verschaffen und gemeinsam mit Ihnen verschiedene Behandlungsziele erarbeiten. Wie Sie wissen, wird alles dokumentiert und auch in regelmäßigen Abständen in Form von Berichten zusammengefasst.«

Andersen nickt. »Klar. Weiß ich. Bin ja schon eine Weile Knasti.« Er grinst.

»Ja. Bevor wir da einhaken, möchte ich gerne zu Beginn, wie auch in allen weiteren Gesprächen, die wir gemeinsam führen werden, fragen, wie Ihre letzte Woche war und wie Sie sich derzeit fühlen.«

Der dickliche Mann mit dem Doppelkinn und dem Gesicht eines Vierzehnjährigen verschränkt die Arme. *Er wirkt fast schüchtern.* »Ich fühle mich gut. Glaube ich. War nichts Besonderes.« Er macht eine Pause und betrachtet mich. »Sie machen mich nervös. Das hatte ich schon länger nicht mehr.«

»Wie meinen Sie das?«

Andersen neigt den Kopf. »Sie haben so etwas an sich …«

Ich verschränke nun meinerseits meine Arme vor meinem Körper, ein instinktiver Reflex des Selbstschutzes. Prompt löse ich sie wieder, als mir das auffällt, senke sie und lege meine Hände in meinen Schoß.

Andersen lacht auf, dann weicht er meinem Blick aus. »Also, um ehrlich zu sein … jagen Sie mir sogar ein wenig Angst ein«, stolpert es aus seinem Mund.

Meine Augen springen von seinem Gesicht, das nun nach unten gerichtet ist, zu seinen Händen, von denen eine unruhig an der Nagelhaut des Daumens der anderen zupft, und zu seinen Füßen, die leicht zueinander gedreht auf dem Boden stehen.

»Inwiefern jage ich Ihnen Angst ein?«, frage ich nach einem kurzen Moment der Stille.

»Na ja … wie soll ich das jetzt sagen …« Der Häftling lacht erneut ein wenig. Dann ändert sich seine Stimmfarbe schlagartig. »Ich habe das Gefühl, Sie durchschauen einen sofort.« Andersens Augen treffen auf meine, ohne zu blinzeln. Stechend.

Ganz und gar nicht mehr unsicher, wispert eine Stimme in meinem Kopf. »Okay … Herr Andersen … ich würde gerne auf meine Frage zurückkommen«, setze ich an. »Ihre letzte Woche. Wie haben Sie sich gefühlt? Haben Sie sich über irgendetwas geärgert?«

»Ich bin nicht wie Selte und Wedel und die anderen«, erwidert Andersen und spricht dabei schnell. Er schaut mich an, dann an mir vorbei, dann auf seine Hände, dann wieder auf mich. »Also … in der Werkstatt läuft ja immer Radio. Lief. Als ich noch im Regelvollzug war, haben sich die Haftis öfter mal übel gestritten wegen des Senders.« Mir fällt auf, dass Andersen den korrekten Genitiv nutzt. »Sind ausgerastet und aufeinander losgegangen. Bis das Radio abgeschafft wurde, in der Werkstatt. Ich … ich bin nicht so.« Er hebt die Hände, die Pranken gleichen, und schüttelt den Kopf. »Ich fahre nicht mal eben so aus der Haut. Das wäre nicht mein Stil. Ich bin nicht explosiv. War ich noch nie.«

»Hm«, murmle ich und muss überlegen, was ich darauf antworten soll.

Ich habe seiner Akte entnommen, dass die Vergewaltigungen und Ermordungen der drei Frauen durchaus etwas mit

Impulskontrolle und Emotionsregulation zu tun hatten. Er ist kein alltäglich impulsiver Typ Mensch, das ist den Verhaltensbeobachtungen zu entnehmen, die in der SothA, auch zur Verlaufsdiagnostik, regelmäßig vorgenommen werden. Allerdings haben ihn die drei jungen Frauen, die zu seinen Opfern geworden sind, zuvor zurückgewiesen. In einem diagnostischen Gespräch mit Schumann hatte Andersen angegeben, sich oft einsam gefühlt zu haben. Es sei die Zurückweisung gewesen, die ihn plötzlich hätte »durchdrehen« lassen, wie er es nennt.

In der Liste der möglichen Behandlungsziele, die ich vor dem Gespräch vorbereitet habe und die in einem Klemmbrett auf meinem Schoß abgeheftet sind, unterstreiche ich »Förderung der Introspektionsfähigkeit und Selbstverantwortung« und notiere ein Fragezeichen dahinter. Ich will schon »Mangelnde Impulskontrolle« und »Passt das zu Sonny?« danebenschreiben, doch ich kann mich gerade so davon abhalten. Ich darf keine Spuren hinterlassen, meine Mitschriften werden auch von anderen gelesen.

»Das heißt, Sie haben sich in der letzten Woche nicht verärgert oder frustriert gefühlt? In keiner Situation?«

»Wüsste ich nicht, nein.« Andersen lehnt sich zurück und zuckt mit den Schultern.

»Okay. Auf einer Skala von eins bis zehn, wie traurig oder niedergeschlagen fühlen Sie sich jetzt gerade? Eins meint gar nicht traurig und zehn maximal traurig.« Mir ist bewusst, dass das eine sehr direkte Frage ist, aber neben allem anderen habe ich den ›Bunker‹ und Tsakiris darin noch sehr genau im Kopf.

»Ähm …« Andersen macht ein nachdenkliches Gesicht und starrt in die Luft. »Fünf?«

»Wieso die Fünf?«

»Weder traurig noch fröhlich.«

Ich nicke und sehe auf meine Notizen hinunter. Für einen Moment weiß ich nicht, wie ich fortfahren soll. Andersens knappe Antworten machen es mir nicht gerade leicht.

»Darf ich Sie was fragen?«

Ich schaue auf. Die wässrigen blauen Augen des Sechsunddreißigjährigen werden von hellblonden Wimpern umrahmt. Ich überlege, ob sein Blick deshalb so stechend wirkt. Seine Stimme klingt nun wieder ruhig und fest, keine Spur mehr von der Unsicherheit, die zwischendurch immer mal wieder aufflackert. *Er ist wie ein Gestaltwandler.*

»Wieso haben Sie sich für diesen Job entschieden?«, fährt er fort, ohne meine Rückmeldung abzuwarten.

Ich zwinge mich dazu, seinem Blick nicht auszuweichen. Schon wieder diese Frage. »Weil ich meine Arbeit sinnvoll finde. Herr Andersen …«, möchte ich fortsetzen, doch ich werde unterbrochen.

»Was finden Sie daran sinnvoll?«

Ich ziehe die Augenbrauen zusammen. »Ich …«

»Ist das wirklich Ihr Motiv? Etwas Sinnvolles zu tun? Oder sagen Sie das nur so? Vielleicht haben Sie ja auch ganz andere Beweggründe.« Seine Mundwinkel verziehen sich zu einem seltsamen Grinsen. Ganz langsam, Millimeter für Millimeter.

»Was meinen Sie?«

Andersen schweigt. Erneut breitet sich Stille aus. Ich höre meinen Puls in meinen Ohren klopfen.

»Nun … ich kann mir nicht vorstellen, dass man freiwillig mit Verbrechern zusammenarbeitet. Ohne irgendeinen Hintergedanken«, fährt er dann fort.

Wenn er Sonny ist, wird er in meinem Gesicht lesen können wie in einem Buch. »Ich habe keine Hintergedanken«, antworte ich nach ein paar Sekunden mit ruhiger Stimme.

»Ehrlich?«, fragt er und runzelt die Stirn. »Sie machen den

Job also fürs Allgemeinwohl?« Er hebt eine Hand und kratzt sich am Nacken. Die Geste wirkt seltsam beiläufig. Harmlos.

»Ich mache meine Arbeit aus fachlicher Überzeugung«, erwidere ich. Mir fällt auf, dass Andersen mich durch das Gespräch treibt. *Wer fragt, der führt*, schießt mir das Motto meines ehemaligen Vorgesetzten aus der forensischen Psychiatrie durch den Kopf. »Lassen Sie uns nun über Ihre Taten sprechen, Herr Andersen«, schließe ich deshalb an und versuche auf diese Weise, die Gesprächsführung wieder in die Hand zu nehmen.

Der Straftäter macht einen gelangweilten Gesichtsausdruck. »Immer das gleiche Thema. Aber na gut.« Er bläst die Wangen auf, dann lässt er die Luft mit einem leisen Knallgeräusch entweichen. »Was wollen Sie wissen?«

»Heute möchte ich nur ein paar Eckdaten erfassen. Wir werden Ihre Taten noch ganz in Ruhe analysieren. Sie sitzen seit neun Jahren ein, ist das korrekt?« Um meinen Händen etwas zu tun zu geben, schlage ich seine Akte auf.

»Ja.«

»Mit Unterbrechungen, oder? Und vorher im Regelvollzug, richtig? Vor der sozialtherapeutischen Abteilung.«

Andersen nickt. »Ja. Aber hier gefällt es mir viel besser. Ich will wirklich verstehen, wieso ich das getan habe.« Er lehnt sich nach vorne. »Wieso ich Michelle, Andrea und Sina vergewaltigt habe. Und getötet.«

Mir rutscht die Mappe aus der Hand. Ich starre ihn an. »Si … Sina?«

»Ja. So heißt mein erstes Opfer. Hieß.«

»In der Akte steht nichts von einer Sina«, stammle ich. Die Akte, die aufgeklappt zu meinen Füßen liegt. Ich bin nicht in der Lage, mich danach zu bücken.

»Nicht? Ach so, äh, ja …« Andersen kichert und kratzt sich am Oberarm. »Sorry. Da hab ich jetzt nicht nachgedacht. Simone. Der Name steht dort, ja?« Der Häftling deutet auf die Akte am Boden. »Soll ich … soll ich sie aufheben?«

»Nein!«, erwidere ich etwas zu heftig. »Nein«, wiederhole ich ruhiger und atme durch die Nase ein. Dann bücke ich mich nach der ockergelben Papphülle und den Blättern, die herausgerutscht sind, ohne Andersen aus den Augen zu lassen. »Simone. Ja. Wie kommen … Sie auf Sina?«

»So habe ich sie immer genannt. Sie mochte den Namen Simone nicht.« Plötzlich stehen Tränen in Sven Andersens Augen. »Sie wollte lieber Sina genannt werden. Habe ich gemacht. Ich habe sie … ich habe sie wirklich geliebt, wissen Sie?« Der massige Mann schluchzt auf und sackt in sich zusammen.

Ich sitze ihm gegenüber, während es in meinen Ohren dröhnt, und weiß nicht, wie ich reagieren soll. Mehrere Sekunden lang ist nur Andersens Weinen zu hören, während ich als seine Bezugsbehandlerin wie eingefroren vor ihm sitze.

Ein Klopfen an der Scheibe des Glaskastens lässt mich zusammenfahren.

Andersen nicht, er schluchzt weiter in sich hinein, ohne aufzusehen.

»Alles in Ordnung?«, fragt der Beamte vom allgemeinen Vollzugsdienst dumpf durch die Scheibe und deutet auf den Häftling.

Ich nehme einen tiefen Atemzug, weil ich vorher zu flach geatmet habe, und nicke dann. »Ja, alles in Ordnung.« Ich hebe einen Daumen und wende mich Andersen zu.

Der Beamte vom AVD beobachtet mich durch die Scheibe, das kann ich aus dem Augenwinkel sehen. Ich schließe kurz die Augen, um mich zu sammeln. *Andersens Weinen ist nicht gespielt. Der Name Sina ist unbeabsichtigt gefallen. Wäre er Sonny, würde er so nicht reagieren, oder? Oder? Simone ist nicht Sina. Das ist ja völliger Quatsch. Andererseits – er ist ein Serienmörder. Bei diesen Menschen sind die Dinge selten so, wie sie scheinen. Oder?* Ich merke, wie meine Gedanken wirr zu kreisen beginnen. Ich werfe einen Blick über die Schulter und sehe, dass der Justizvollzugsbeamte nun mit einem Kollegen spricht. Dann schaue ich auf meine Uhr. Andersen weint weiterhin. Wenn ich den Häftling emotional nicht wieder eingefangen bekomme – und ich kann nicht ausschließen, dass seine emotionale Reaktion echt ist –, begehe ich einen Kunstfehler. Einen unter Zeugen. *Das würde meine Kündigung besiegeln. Vielleicht auch Schlimmeres.*

Also atme ich tief durch und räuspere mich. »Herr Andersen, was fühlen Sie gerade?«

LEON

»Eigentlich müsste ich mich um dich kümmern!«, schmunzelt Sina, doch das angedeutete Lächeln wirkt traurig. »Immerhin bist du der mit dem Unfall.«

Leon winkt ab. »Das war nicht der Rede wert. Ist alles wieder okay.« Er schließt die Tube mit der Salbe, die er Sina auf die Hämatome auf ihrem Unterarm geschmiert hat, und runzelt die Stirn. »Woher genau hast du nochmal diese blauen Flecken?«

Sina schaut ihm nicht in die Augen, während sie spricht, das fällt ihm sofort auf. »Ich bin ausgerutscht. Das sagte ich doch schon.« Sie hebt einen Mundwinkel. »Manche brauchen kein Motorrad, um sich zu verletzen.« Sie lacht. Leon möchte schon etwas erwidern, doch die junge Frau kommt ihm zuvor. »Wie geht es denn deinen Prellungen? Du machst so ein Aufhebens um meine dämlichen blauen Flecken, ich habe ständig welche, ich bin einfach tollpatschig. Aber wenn es um dich selbst geht, wiegelst du alles ab.«

Nun ist Leon derjenige, der schmunzelt – auf eine Art, die Lockerheit vortäuschen soll, obwohl ihm nicht danach zumute ist. »Das Motorrad hat mich ja gar nicht richtig erwischt. Alles gut. Ein bisschen Muskelkater, mehr war da nicht.«

»Ich meine ja nur – kümmerst du dich um dich selbst genauso gut wie um andere?« Ihre tiefseeblauen Augen ruhen arglos auf ihm, aber Leon hat das Gefühl, dass sie direkt in sein Innerstes schauen.

Er wendet sein Gesicht ab. »Ich helfe gerne. Das ist alles.«

»Du bist bestimmt auch so ein Kind gewesen, das ständig verletzte Tiere nach Hause geschleppt hat, oder?« Sina lässt ein helles Lachen ertönen, diesmal wirkt es echt. »Das kann ich mir bei dir so richtig gut vorstellen.« Sie knufft ihm gegen den Arm. »Was war es? Ein Kaninchen? Ein Vogel mit gebrochenem Flügel? Eine verletzte kleine Katze?«

»Ein … ein Feldhase. Unter anderem«, murmelt Leon, während Erinnerungen aufflackern.

»Wusste ich es doch!«, feixt Sina.

»Es geht dir bald wieder besser!« Leon weint und streicht dem kleinen Hasen über seine langen Ohren. Sie sind ganz dünn. So dünn, dass ein feines Netz aus Adern durch die fleischfarbene Haut hindurchschimmert.

Das Tier bebt, mit aufgerissenen Augen kauert es auf den Holzbrettern des verwitterten Kindergartentisches, der einmal rot lackiert gewesen war.

Leon kann seinen Blick kaum von der klaffenden Wunde an der Flanke des hellbraunen Tieres lösen. Blut sickert heraus, immer weiter. Es mischt sich zwischen die letzten Fetzen abgeblätterten Lackes, die noch auf dem Holz haften. Das Bein des Hasen steht in einem seltsamen Winkel ab.

»Ich helfe dir. Hab keine Angst«, murmelt der Achtjährige aufgeregt und umrundet den Holztisch auf der Suche nach irgendetwas, womit er die Wunde des Tieres verbinden kann. Was er mit dem gebrochenen Bein machen soll, weiß er noch nicht. Er weiß nur, wie man mit Wunden umgeht, die er selbst schon hatte. Einen Bruch hatte er noch nicht. Vater achtet darauf, ihn nicht zu offensichtlich zu verletzen, wenn er ihn wieder einmal bestrafen muss.

Er durchsucht das Regal, das neben der Terrassentür an der Hauswand steht, findet jedoch nur alte Blumentöpfe und einen an-

gebrochenen Sack mit Erde. Der Hase gibt komische fiepsende Geräusche von sich.

»Ich beeile mich ja schon«, stammelt Leon hastig. »Tut mir so leid!« Seine Augen brennen fürchterlich, aber achtjährige Jungs weinen nicht, also wischt er sich hastig über seine Lider und setzt seine Suche fort.

In der Terrassenecke steht der Putzeimer seiner Mutter und neben ihm der Wischmopp, den sie zum Trocknen rausgestellt hat. Leon hebt ihn an und mustert das Putztuch, das darauf befestigt ist. Es ist gräulich verfärbt. Er presst die Lippen zusammen. Ob das gehen wird? Er weiß, dass seine Mutter seine Wunden immer säubert, bevor sie ein Pflaster darübermacht. Einmal war er vom Fahrrad gestürzt, sie hatte jeden einzelnen noch so kleinen Kieselstein aus den tiefen Abschürfungen an seinen Unterarmen entfernt und anschließend die Flüssigkeit aus den Flaschen, die Vater nicht sehen darf, darübergekippt. Es hatte fürchterlich gebrannt, aber sie hatte gesagt, es müsse sein. Sonst müsse er wieder zum Arzt, und das wolle er ja nicht.

Nachdenklich wirft Leon einen Blick durch die Glasscheibe der Terrassentür. Er tritt näher heran und schirmt seine Augen gegen das Sonnenlicht ab, um in das Wohnzimmer hineinschauen zu können. Keine Spur seiner Eltern. Vater hat sich für seinen Mittagsschlaf hingelegt, seine Mutter ist einkaufen gefahren. Unschlüssig dreht er sich zu dem Feldhasen um, der inzwischen die Äuglein geschlossen hält. Entschlossen streift Leon seine Schuhe ab, drückt die Terrassentür auf und tritt vorsichtig über die Schwelle.

Auf dem Weg in die Küche lauscht er immer wieder in die Stille des Hauses hinein, doch zu hören ist nur das Ticken der Wanduhr. Seine Eltern wären sicher nicht begeistert darüber, dass er das Verbandszeug für ein Wildtier verwendet, ganz zu schweigen von den geheimen Flaschen, die Vater bisher nicht entdeckt zu haben scheint. Wenn er Leon damit erwischt, wird nicht nur er, sondern auch seine Mutter Ärger bekommen. Leon kriegt ein mulmiges Gefühl im Bauch. Das darf auf keinen Fall passieren.

In der Küche angekommen, zieht er ganz leise und vorsichtig einen der Küchenstühle heran, stellt ihn so nah wie möglich an den Küchentresen und klettert auf den Stuhl. Er streckt sich, doch er kommt nicht an den oberen Schrank heran, also setzt er seinen Fuß auf den Küchentresen, greift nach den Griffen des Schranks über sich und zieht sich hoch. Seine Fußspitze berührt die Einmachgläser, die neben dem Toaster stehen. Es klirrt leise.

Leon erstarrt.

Sein Herz klopft kräftig in seiner Brust.

Nach ein paar Sekunden, in denen er die Luft angehalten hat und schon fest damit rechnet, jeden Moment das Rufen seines Vaters zu hören, nimmt er einen tiefen Atemzug. Es bleibt still. Aber er muss sich beeilen. Also streckt er sich so hoch er kann. Mit aller Kraft stemmt er die Klappe über seinem Kopf auf, die sich nach oben hin öffnet. Er verpasst ihr einen Schubs, damit sie noch weiter aufgeht und der Mechanismus greift, der die Klappe oben hält.

Geschafft.

Konzentriert angelt Leon nach den großen Flaschen, die Vater nicht sehen darf, und zieht eine davon nach vorne. Er umschließt sie so gut er kann und zieht sie an die Kante des Schrankbodens. Das Gewicht der bauchigen Glasflasche neigt sich ihm entgegen. Seine Muskeln zittern vor Anstrengung, während er die Flasche zu greifen bekommt und endgültig heraushebt. Keuchend lässt er sich wieder auf seine Fersen sinken und stellt die Flasche vorsichtig neben seine Füße auf den Tresen. Dann streckt er sich erneut, um die Klappe des Schranks zu schließen. Und stellt fest, dass er nicht mehr herankommt.

Leon schluckt. Das ist nicht gut. Gar nicht gut. Er weiß, wie es ausgeht, wenn Mutter oder Vater dahinterkommen, dass er an den Schrank gegangen ist. Verzweifelt schaut Leon zu der Flasche hinunter. Er wird sich erstmal um den Hasen kümmern, entscheidet er. Die Flasche muss sowieso zurück in den Schrank. Danach wird ihm schon etwas einfallen, wie er die Klappe wieder schließen kann.

Eilig klettert der Junge vom Tresen herunter. Dann wirft er nochmal einen Blick hinauf zu den Flaschen. Und zu dem Verbandskasten, der danebensteht. Er hat ihn vergessen. Allerdings wird Mutter es sowieso bemerken, wenn etwas darin fehlt. Leons Nervosität wächst von Sekunde zu Sekunde. Er dreht sich um die eigene Achse und entdeckt einen Stapel frisch gewaschener Geschirrhandtücher auf dem Küchentisch. Das wird auch gehen. Er schnappt sich eines davon und schleicht mit dem Alkohol in der anderen Hand auf leisen Sohlen zurück durch das Wohnzimmer. Als er auf die Terrasse hinaustritt, muss er vor Erleichterung fast weinen.

Das Hochgefühl hält nur so lange an, bis er in seine Schuhe geschlüpft und bei dem kleinen Feldhasen angelangt ist. Er rührt sich nicht mehr. Eine rote Blutspur überzieht das Mäulchen. Leon beugt sich nahe an das zarte Tier heran. Das Blut kommt eigentlich aus der Nase. Ob man das auch irgendwie säubern muss? Immerhin sieht Leon nun aus nächster Nähe, dass sich die schmalen Nasenflügel bewegen. Der Hase lebt noch.

»Ich bin bei dir«, wispert der Junge und greift nach der Flasche mit dem Alkohol. Entschieden schraubt er sie auf. Als er die klare Flüssigkeit über die große Wunde an der Seite des Tieres laufen lässt, fängt der ganze Körper des Hasen an zu zappeln.

»Ich weiß, das brennt. Aber bald wird es dir wieder besser gehen«, quetscht Leon hervor, während ihm Tränen aus den Augen treten.

»Was ist denn hier los?«

Die Stimme seines Vaters fegt so plötzlich durch die Luft, dass Leon die Flasche aus der Hand rutscht und mit einem lauten Knall auf dem Terrassenboden zerschellt.

Leon fährt herum und macht mehrere Schritte von dem Tisch weg, auf dem der Feldhase liegt.

»Leon, was tust du hier?«, zischt sein Vater und stapft auf ihn zu. Er hat Kissenabdrücke im Gesicht und sieht müde aus, aber er bewegt sich sehr schnell. Und sehr wütend.

»Ich … ich wollte ihm nur helfen«, stammelt Leon mit weinerlicher Stimme und macht abermals ein paar Schritte zurück, bis ein großer Blumentopf von hinten gegen seine Waden drückt.

»Nur helfen? Was ist das hier?«, schreit sein Vater und deutet auf das Tier, das plötzlich schrecklich eingefallen aussieht und leblos alle viere von sich streckt. Die Scherben der Glasflasche knirschen unter den Pantoffeln des großen Mannes. Er hebt den Fuß und starrt auf den Boden.

Leons Brust hebt und senkt sich heftig.

»Ist das … ist das …« Sein Vater bückt sich und greift nach einer Scherbe, auf der ein Teil des Flaschenetikettes klebt. »Wodka?«, liest er vor. Dann bleiben seine Augen an Leons hängen. Stechen in sie hinein.

»Ich … ich wollte dem Hasen nur helfen«, wiederholt Leon. Schnell wischt er sich über die Wangen, damit Vater die Tränen nicht sieht, die ihm nun heiß und bedrohlich über die Wangen rollen.

»Mit Alkohol?«

»Zum Saubermachen. Von der Wunde.«

»Woher hast du den?« Dass sein Vater derart leise spricht, ist kein gutes Zeichen.

»Ich …« Leons Stimme versagt. Er kann es ihm nicht verraten.

»Was ist los?« Seine Mutter erscheint hinter seinem Vater. Sie sieht mager aus und blass. In der Hand hält sie den Autoschlüssel und ihre Handtasche, sie scheint gerade erst wiedergekommen zu sein. Langsam kommt sie näher. Ihre Augen wandern über den Kinderholztisch mit dem hellbraunen Hasen darauf, das Geschirr-

tuch, das unachtsam danebenliegt, über Leons Gesicht und dann zu den Scherben auf dem Boden. Es sieht aus, als würde sie noch blasser werden.

»Das wirst du mir gleich erklären, da bin ich sicher«, sagt sein Vater, während seine Mutter kraftlos die Arme sinken lässt. Eine kleine Geste nur, aber Leon ist es gewöhnt, kleinste Veränderungen wahrzunehmen. Sein Herz wird schwer. »Mach das weg!«, presst sein Vater hervor und deutet auf die Scherben.

Leon nickt hastig und läuft zur Hauswand, um das Kehrblech aus Metall zu holen, das seine Mutter für draußen nutzt.

Als er sich wieder umdreht, sieht er Vater mit abgehackten Bewegungen durch den Garten zum Zaun stapfen. Der Babyhase baumelt an seinen Ohren von der rechten Hand seines Vaters hinunter und rührt sich nicht mehr. Auch nicht, als Vater ihn durch die Luft auf das Feld schmeißt.

»Aber er lebt doch vielleicht noch!«, will Leon rufen, doch er traut sich nicht.

Gedankenverloren starrt Leon ins Leere. Den Feldhasen hatte er damals nicht mehr finden können. Er hatte ihn später am Tag auf dem Feld gesucht, doch das Tierchen war verschwunden.

Dann richtet sich sein Blick auf Sinas Unterarm, an dem die bläulich roten Flecken prangen, die verdächtig nach Fingerabdrücken aussehen. Er muss an die Arme seiner Mutter denken, die noch Tage nach der Situation mit dem Feldhasen genauso ausgesehen hatten. Zuerst dunkelblau, dann lila, dann rötlich und irgendwann gelbgrün. Bis sie ganz verblasst waren. Die Flecken an ihrer Wange hatte sie mit Make-up abgedeckt.

Leon weiß, wie solche Flecken aussehen. Und er weiß, dass auch Sina sie sich nicht durch einen Sturz zugezogen hat.

»Wo bist du denn genau gestürzt?«, fragt er und lenkt das Thema damit zurück auf sie und die Gegenwart.

Ihre Augen flackern. »Draußen. Auf den Treppen vor der Haustür. Kennst du das? Wenn man so einen Schritt in die Luft macht und sich irgendwie in der Höhe verschätzt?« Sie lächelt, doch ihre Augen bleiben ernst. Ihm war schon bei seiner Ankunft aufgefallen, dass das Blau darin wieder einmal stumpf aussieht.

Wieso tust du dir das an? Ich verstehe das einfach nicht, will er sagen. Auch seine Mutter hat er nie verstanden. Auch sie hatte die Situation ertragen, jahrelang.

»Mhm«, murmelt er stattdessen. »Wie läuft es denn mit Samu?«, schließt er nach kurzem Zögern an.

Sina knetet ihre Hände. »Ach, das Übliche. Ich glaube, ich will heute nicht darüber reden. Es ist mal besser, mal schlechter. Das weißt du ja.«

»Kommt er denn heute noch vorbei?«

Sina steht auf. »Nein, ich denke nicht. Er ist mit Sonny unterwegs. Irgendwas … Berufliches.«

Sie geht hinüber zum Esstisch und holt sich eine rosafarbene Fleecedecke, die über einem Stuhl hängt. Dann lässt sie sich wieder neben Leon auf der Couch nieder und wickelt sich in die Decke ein. Trotz der siebenundzwanzig Grad, die der Sommer an diesem Tag mit sich bringt.

»Sonny?«

»Sein Kumpel. Die zwei hängen zusammen wie Pech und Schwefel.«

»Ich glaube, ich habe ihn mal aus deinem Haus gehen sehen«, erwidert Leon nachdenklich. »So ein großer Typ in teurer Kleidung?«

Er muss an den stämmigen Typen zurückdenken, der so selbstsicher gewirkt hat, als würde ihm die ganze Welt gehören. Er ist kaugummikauend zu seinem Auto gegangen, lässig und grinsend. Als er Leon entdeckt hat, der auf dem Bürgersteig innegehalten hat – eigentlich hatte er Sina besuchen wollen, war aber irritiert über den unbekannten Mann gewesen, der aus ihrem Haus gekommen war –, hat er eine Hand gehoben und ihn gegrüßt, als würden sie sich ewig kennen. Manche Menschen strahlen ihr Selbstbewusstsein allein schon über die Art und Weise aus, wie sie sich bewegen. Leon hat nie dazu gehört. Auf dem Internat hat es auch ein paar von der Sorte gegeben. Von der Sorte Jungs, die gut in Sport sind, immer einen lockeren Spruch auf den Lippen haben und vor allem bei den Mädchen gut ankommen. Obwohl sie sie in der Regel nur verarschen.

»Ja, das kann sein. Er ist meistens gut gekleidet. Und andere Männer gehen bei mir nicht ein und aus. Auch wenn Samu das immer denkt.« Sie formuliert ihren Satz wie einen Scherz und lacht, aber es wirkt gekünstelt.

»Du könntest es so viel besser haben«, rutscht es Leon heraus.

Sina wirft ihm einen schnellen Blick zu. »So schlecht ist Samu gar nicht«, erwidert sie nach einem kurzen Moment der Stille. Ihre Stimme klingt reserviert.

Leon muss an ihre blauen Flecken denken und die zahlreichen Situationen, in denen sie verheult ausgesehen hat. »Er behandelt dich nicht gut. Wir kennen uns noch nicht sehr lang, aber das ist offensichtlich.« Er will seine Stimme gar nicht so streng klingen lassen, Konfrontation ist normalerweise nicht sein Ding. Andererseits wird sein Unverständnis immer größer, mit jeder neuen Situation, in der Sina unter ihrer schlechten Partnerwahl leidet.

»Ich möchte darüber jetzt nicht reden.« Sina reckt ihr Kinn. »Ich erzähle ja auch selten von den schönen Phasen, und davon gibt es jede Menge. Es ist ja irgendwie normal, dass man eher darüber spricht, was gerade nicht so gut läuft, als über das, was gut läuft, oder?« Leon schweigt. Er weiß nicht, was er sagen soll. Als er schließlich seinen Mund öffnet, spricht Sina schon weiter.

»Themawechsel. Ich … ich wollte eine andere Sache ansprechen. Ich kann sonst mit keinem darüber reden.« Die junge Frau lacht unsicher. Dann schluckt sie, Leon kann die Bewegung an ihrem Hals sehen. »Ich habe in letzter Zeit irgendwie so ein komisches Gefühl.«

»Was meinst du?«

»Es ist, als würde … jemand in meine Wohnung einbrechen. Ab und zu. Wenn ich nicht da bin.«

Leon spürt, wie sich sein Puls beschleunigt. »Okay, das ist … beängstigend. Wie kommst du darauf?«

»Ich weiß, das klingt total verrückt.« Sina lacht. Kleine Grübchen zeichnen sich in ihre sommersprossige Haut, die ansonsten frei von Unebenheiten ist. »Ich bin wahrscheinlich einfach paranoid. Aber manchmal ist das Bett ungemacht, obwohl ich sicher bin, es morgens gemacht zu haben. Ich bilde mir auch ein, dass ein anderer Geruch in der Wohnung hängt. Einmal stand die Haustür offen.« Sie hebt ihre Hände, während Leon ein kalter Schauer über den Rücken wandert. »Samu sagt, dass ich sie wahrscheinlich einfach nicht richtig verschlossen habe. Was wahrscheinlich stimmt. Aber heute Morgen … ich war einkaufen, und als ich zurückkam, stand sie wieder offen. Obwohl ich inzwischen sehr genau darauf achte, sie zu schließen. Und mein Laptop war an. Meine Mails waren geöffnet. Ich war überhaupt nicht in meinem Mailprogramm.« Sina verstummt. Leon kann Tränen in ihren Augen schimmern sehen. »Ich fühle mich verfolgt. Obwohl ich ja weiß, dass das nicht sein kann. Du hältst mich wahrscheinlich auch für völlig verrückt, oder?« Ihre Augen suchen seine.

»Nein, gar nicht«, erwidert Leon sofort und schüttelt den Kopf. »Das klingt wirklich seltsam. Ich kann deine Verunsicherung verstehen.«

»Ehrlich?« Ihre Stimme klingt brüchig. Dann wischt sie sich

über die Wangen. »Ich meine … es ist ja eigentlich viel wahrscheinlicher, dass ich mir das einbilde.«

»Wenn jemand einbrechen würde, müsste das Schloss kaputt sein. Oder es müsste Hebelspuren an der Haustür geben.«

Eine feine Falte erscheint zwischen ihren Augenbrauen. »Die Haustür … sie sieht normal aus.«

»Und wer hat alles einen Schlüssel?«

»Nur ich und …« Sina verstummt.

»Und?«

»Nur ich.« Sina wendet sich ab.

ANNA
KAPITEL 17

»Schatz, soll ich dich heute zur Arbeit fahren?«

»Hm?« Gedankenverloren schaue ich auf.

Ich habe an das gestrige Gespräch mit Sven Andersen zurückdenken müssen. Den ganzen Morgen schon. Er hat sich beruhigt, letztendlich. Seine Traurigkeit zuvor hat echt gewirkt. Die Momente, die während der Sitzung so seltsam gewesen sind, kann ich jedoch nicht vergessen. Ich hänge an ihnen fest, frage mich in einem fort, ob sich Sonny in irgendeiner Form zu erkennen geben würde. Und wie gut ich selbst zu manipulieren bin.

»Anna?«, fragt Jonathan erneut, der gerade die Frühstücksteller von unserem kleinen runden Küchentisch abräumt.

Egal, wie voll unser jeweiliger Alltag ist oder wie früh wir zur Arbeit müssen, es hat sich zur geliebten Routine entwickelt, dass wir gemeinsam in den Tag starten. Zur Not auch um sechs Uhr morgens. Ich werfe einen Blick auf die Uhr. Momentan fühle ich mich jedoch hin- und hergerissen. Einerseits tut mir Jonathans Nähe gut, es ist ein Stück Normalität, ein Stück Sicherheit. Andererseits muss ich meine Anspannung die ganze Zeit vor ihm verstecken, was mir nicht wirklich gut gelingt.

»Entschuldige bitte, ich war in Gedanken schon bei meinem Arbeitstag. Was hast du eben gefragt?«

Jonathan räumt das Geschirr in die Spülmaschine. »Ob ich dich heute zur Arbeit bringen soll«, erwidert er, während er den

Wasserhahn in der Spüle aufdreht und einen Lappen befeuchtet. Dann kehrt er damit zum Tisch zurück und wischt ihn sauber. Ich habe seinen Ordnungssinn schon immer geliebt.

»Das wäre schön«, antworte ich. »Aber das ist für dich doch ein Umweg. Und dann müsstest du mich heute Abend auch wieder einsammeln.«

Jonathan wäscht den Lappen aus, hängt ihn zum Trocknen auf und kehrt dann zum Tisch zurück. Warme Hände sinken auf meine Schultern. »Das passt. Sonst würde ich es nicht anbieten. Ich muss heute erst später anfangen.« Seine Daumen graben sich in meinen Nacken. »Und ich weiß ja, dass du momentan sehr unter Strom stehst. So kann ich etwas mehr für dich da sein. Ich habe eh schon ein total schlechtes Gewissen, weil ich am Wochenende unterwegs bin.«

Ich seufze und beuge den Kopf nach vorne, während Jonathan meine Muskeln zu massieren beginnt. »Alles gut. Teamwochenenden sind wichtig. Wobei mir mit den Kollegen aus der JVA jetzt nicht unbedingt danach wäre.« Ich lache und bin froh, dass Jonathan mein Gesicht in diesem Augenblick nicht sehen kann.

»Große Lust habe ich jetzt auch nicht. Aber ich war beim letzten Mal schon nicht dabei. Die Chefs haben sich wohl richtig was einfallen lassen. Eine Alpaka-Wanderung. Töpfern. So ein Zeug. Genau das Richtige für einen Haufen ITler. Sie nennen es Teambuilding.« Jonathan schnaubt, aber ich höre an seiner Stimme, dass er grinst. Dann klopft er mir auf die Schultern. »Lass uns mal losfahren. Damit wir es noch vor der Rushhour schaffen.«

Als ich wenige Stunden später in dem Glaskasten in der sozialtherapeutischen Abteilung des Hochsicherheitsgefängnisses sitze, in einem Kreis von Schwerstkriminellen, die heute in einer ganz komischen Stimmung sind, muss ich an den fast unbeschwerten Morgen mit Jonathan zurückdenken. Und wünsche mich in diesem Moment mehr als alles andere dahin zurück. In ein normales, alltägliches Leben. Stattdessen führe ich ein Behandlungsprogramm für Sexualstraftäter durch und suche einen Häftling, der mir etwas zu den zwei Litern Blut sagen kann, die vor sechs Jahren aus dem Körper meiner Schwester geflossen sind.

Wir haben noch nicht einmal richtig angefangen – ich warte noch auf Yves, der ungewöhnlich unpünktlich ist –, und doch möchte ich am liebsten wieder abbrechen. Die Häftlinge taxieren mich, das ist mir schon von den ersten Sekunden an aufgefallen, seit wir im Glaskasten sind. Sie werfen sich Blicke zu, die ich nicht einordnen kann.

Ein Beamter vom AVD steckt seinen Kopf durch die Tür, die offen geblieben ist, weil ich bisher mit den Häftlingen allein bin. »Herr Vandenfeld verspätet sich. Er steht im Stau. Normalerweise würde ich mich dazusetzen, bis er eintrifft, aber wir haben gerade eine Besprechung und demnach nicht viel Personal auf dem Flur. Brechen wir die Gruppensitzung ab?«

Beklemmung macht sich in mir breit. Ich kann weder einen der Justizvollzugsbeamten an meiner Seite gebrauchen, sosehr ich das auch wollen würde, noch kann ich mir erlauben, die Gruppensitzung ausfallen zu lassen, auch wenn das das Standardprozedere wäre. Das ist vielleicht meine Chance, mehr aus den Häftlingen herauszubekommen.

Also schüttle ich den Kopf. »Schon gut, danke. Das passt schon. Herr Vandenfeld ist bestimmt gleich da.«

Der Beamte runzelt die Stirn. »Das entspricht eigentlich nicht der Vorgehensweise.«

»Sie haben doch vom Flur aus einen Blick auf uns.« Mit klopfendem Herzen deute ich hinaus. »Wir haben heute wichtige Themen zu besprechen, und Herr Vandenfeld kommt bestimmt jeden Moment.« Ich bin selbst erstaunt darüber, wie bestimmt und selbstsicher ich klinge, obwohl ich mich überhaupt nicht so fühle.

»Also gut. Aber ich behalte Sie im Blick.« Der Beamte sieht ernst in die Runde, dann zieht er sich zurück und schließt die Tür hinter sich. Auf dem Gang bleibt er an einem Punkt stehen, von dem aus er mehrere Räume gleichzeitig im Blick hat, vor allem den Glaskasten.

Während ich mich der Runde von Männern zuwende, die ekelerregende Dinge getan haben und mich heute Vormittag anstarren, als wäre ich ein Stück Fleisch.

02. August 2019

Liebes Tagebuch,

heute nicht viele Worte. Irgendwie ist es ja doch immer dasselbe. Ein Auf und Ab mit Samu. Gerade eher wieder eine Talfahrt. Vielleicht eine schnellere als je zuvor. Außerdem fühle ich mich in meiner Wohnung nicht mehr wohl. Nicht mehr sicher. In meinem eigenen Zuhause! Weiß aber nicht, ob das an mir liegt oder ob wirklich seltsame Dinge passieren. Ich will da eigentlich gar nicht näher drüber nachdenken. Ich habe keine Kraft. Fühle mich hilflos. Ausgelaugt. Weiß nicht mehr, was ich denken soll. In Bezug auf eigentlich alle Lebensbereiche. Außerdem fühle ich mich oft einsam. Die Freundschaft zu Leon ist schön, aber gleichzeitig sorgt das für Ärger mit Samu. Also habe ich angefangen, deshalb zu lügen. Das ist auch Mist, das weiß ich. Ach, keine Ahnung. Ich bin es selbst leid, kann mich selbst nicht mehr reden hören, habe nicht einmal Lust, meine Gefühle und Gedanken in mein Tagebuch zu schreiben. Ich gehe mir damit selbst auf die Nerven. Heute ist so ein Tag – da mag ich einfach nicht mehr. Anna hat sich auch immer noch nicht gemeldet. Niemand meldet sich. Ich bin traurig. Und hoffnungslos. Ich fühle mich schlecht. Und ich vermisse meine Mama. So sehr.

XOXO. An wen auch immer.

ANNA

KAPITEL 18

Ich schaue in die Runde. Andersen. Selte. Rehfeld. Wedel. Letzterer hat, genau wie Selte, nach seinem grenzwertigen Verhalten in der vorherigen Gruppensitzung noch eine letzte Chance von Hilser erhalten, ansonsten fliegt er endgültig aus der SothA. Das wäre mir recht gewesen, immerhin kann er nicht Sonny sein und ihn ebenfalls nicht gekannt haben, ebenso wenig Rehfeld. Andersen kommt theoretisch weiterhin in Betracht, oder Selte, auch wenn ich in beiden nicht auf den ersten Blick die schillernde Figur entdecke, die meine Schwester in ihrem Tagebuch beschrieben hat.

Ich schaue auf mein Klemmbrett. Heute soll es an Andersens Beispiel weiter um die Biografie der Häftlinge gehen, mögliche Zusammenhänge zu den Straftaten und dem konkreten Tathergang inklusive Ausgangssituation, Entscheidungsprozess und Ablauf. Andersen hatte in der letzten Sitzung seine Kindheit und Jugend und seine schwierigen Startbedingungen ins Leben beschrieben. Seine drei Opfer hat er aufgrund von starken Zurückweisungsgefühlen vergewaltigt und ermordet. Auch wenn eine Vergewaltigung mit anschließendem Mord immer kaltblütig ist, so waren Andersens Taten aus für ihn hochemotionalen Situationen und aufgrund eines intrapsychischen Spannungszustandes entstanden, den er nicht in der Lage war zu kontrollieren. Ich muss an unsere Einzelsitzung und seine Tränen zurückdenken. Er hat die junge Frau geliebt. Zumindest ist es das, was der Sechsunddreißigjährige für Liebe hält. *Wir werden noch viel zu tun haben, was Andersens Innenleben angeht*, denke ich und rutsche angesichts der Verantwortung, die damit auf meinen Schultern liegt, auf meinem Stuhl herum.

Vier Augenpaare sind auf mich gerichtet. Ich drücke das Klemmbrett gegen meine Brust und versuche, einen unberührten Gesichtsausdruck aufzusetzen, während ich überlege, wie ich die Sitzung starten kann. Eigentlich wäre das Yves' Part gewesen. Ich greife nach dem Ordner mit den Übungsmaterialien, der neben meinem Stuhl auf dem Boden liegt. Ich brauche ein eher unverfängliches Thema, bis Yves eintrifft. Eines, das nicht zu viel aufwühlt. Weder bei den Häftlingen noch bei mir. Und im besten Fall eines, das mich auf meiner Suche nach Sonny weiterbringt. Unauffällig. Der Schweiß bricht mir aus.

Ich blättere eine Weile und versuche die Geräusche der Häftlinge auszublenden, die auf Ungeduld schließen lassen. Irgendjemand lacht leise. Es klingt gehässig. Meine Augen wandern über die verschiedenen Themenblöcke, die wir im Rahmen des Behandlungsprogramms für Sexualstraftäter noch vor uns haben. Eigentlich ist das Vorgehen ziemlich standardisiert. Und ich weiß, dass Yves auf die geplante Reihenfolge achtet. Es wird auffallen, wenn ich nun davon abweiche – aus Angst, die Situation nicht im Griff zu behalten. Und um mein persönliches Ziel zu verfolgen. Wie sollte ich zum Einstieg der Sitzung auf Sonny zu sprechen kommen? Oder auf mögliche Überschneidungen zu den Häftlingen? Ich kann schlecht eine Abfrage zu Inhaftierungszeiten oder Wohnorten machen. Vor allem nicht, seitdem mich irgendjemand in diesen Mauern ins Visier genommen hat. Mein Herz klopft unangenehm in meiner Brust. Ich bleibe an Yves' Notizen zur letzten Sitzung hängen.

›Andersen: Ausgangssituation und Entscheidungsprozess Tat 1‹, steht dort zuletzt. Mit dem Datum für heute. Mir bleibt eigentlich nichts anderes übrig. Ich muss schauen, ob sich aus dem Verlauf heraus irgendwelche Anknüpfungspunkte ergeben. So wie auch in den Einzelsitzungen. Und es ist immerhin eine Gelegenheit, Andersen näher kennenzulernen. Ich muss an seine seltsamen Bemerkungen während unserer Einzelsitzung zurückdenken.

»Also gut. Herr Vandenfeld verspätet sich, wie Sie mitbekommen haben, aber wir fangen schon einmal an«, sage ich, klappe den Ordner zu und lege ihn beiseite.

»Na endlich«, murmelt Rehfeld, und die Häftlinge grinsen.

»Herr Andersen, wir haben in der letzten Gruppensitzung über Ihren persönlichen Werdegang gesprochen«, beginne ich. »Das werden wir in den Einzelsitzungen natürlich noch vertiefen. Heute wollen wir uns in der Gruppe auf Ihre erste Tat konzentrieren. Wir starten mit der Ausgangssituation.«

»Schade«, wirft Furkan Selte ein. Ich drehe den Kopf zu dem Intensivstraftäter mit der umfassenden Akte. Heute trägt er seine dicken Krauselocken offen. »Der Part mit dem persönlichen Werdegang ist so spannend. Wir hatten gedacht …« Er macht eine Kunstpause, in der er sich genüsslich zurücklehnt. Die übrigen Männer kichern leise. »Wir haben uns gefragt, ob es möglich wäre, dass Sie uns etwas über IHREN Werdegang erzählen.«

»Über meinen Werdegang?«, frage ich, um Zeit zu gewinnen.

Nun lehnt sich Andersen nach vorne. Er trägt heute einen hellgrauen Pullover, dessen Kapuze unordentlich auf einer Seite seines Halses hängt. Ich muss an Sinas Beschreibungen von Sonnys hochwertiger Kleidung denken. »Verstehen Sie uns nicht falsch, Frau Salomon. Sie sind neu hier. Das macht neugierig. Wir würden einfach gern wissen, was Sie vorher gemacht haben. Das sagt uns ja sonst keiner.« Er lächelt mich an, arglos, höflich. Heute wählt er wieder eine eher förmliche Sprache. Von seiner Emotionalität gegen Ende der letzten Einzelsitzung keine Spur mehr.

Rehfeld bearbeitet seine Fingernägel und sieht mich mit einem eher gelangweilten Gesichtsausdruck an, während Selte und Wedel süffisant lächeln. Meine Augen wandern zurück zu Andersen, der weiterhin so aussieht, als hätte er mir nur eine harmlose Smalltalk-Frage bei einer zufälligen Begegnung im Supermarkt gestellt. Es ist nun das dritte Mal, dass die Häftlinge versuchen, mehr über mich und meine Motivation, in Weyer zu arbeiten, herauszufinden.

»Ich bin forensische Psychologin und nun hier in der JVA tätig. Ich denke, das ist alles, was Sie wissen müssen.«

»Tatsächlich? Was hat Sie denn zu uns geführt? Konkret hier in die JVA Weyer.« Andersens Stimme lässt erneut nichts als Höflichkeit erahnen, seine Augen verengen sich jedoch um Nuancen.

»Ja. Tatsächlich«, antworte ich einfach nur und zwinge mich dazu, unseren Blickkontakt nicht zu unterbrechen. »Ich weiß Ihr Interesse an meiner beruflichen Qualifikation zu schätzen«, sage ich dann an die Runde gewandt, als wäre die wiederholte Frage nach meinen Beweggründen in keiner Form übergriffig. »Aber ich möchte unsere Zeit hier für die wichtigen Themen nutzen.« Das aufkommende Gemurmel ignoriere ich. »Herr Andersen, können Sie uns bitte zunächst beschreiben, wie und wann Sie Ihr erstes Opfer kennengelernt haben?«

»Nun gut. Wenn Sie es für fair halten, dass Sie einen Deep-Dive in unsere Seelen machen, wir aber nichts über Sie erfahren, müssen wir das eben akzeptieren.«

»Das ist der Sinn und Zweck Ihres Aufenthaltes in der sozialtherapeutischen Abteilung«, erwidere ich ernst. Ich habe keine Lust mehr auf dieses Spielchen, das vermutlich einzig und allein meiner Verunsicherung dienen soll. Ich erinnere mich an die

Rolle der Anstaltspsychologin, die ich so lange trainiert habe, und versuche mir vor Augen zu führen, wie sie sich verhalten würde. »Also, Ihr erstes Opfer«, fordere ich Andersen deutlich auf und zücke meinen Kugelschreiber.

Andersen lehnt sich zurück. »Ja. Das war Sina. Si-na. Was für ein schöner Name. Oder was meinen Sie?«

»Sie … Sie meinen Simone«, antworte ich so beiläufig wie möglich. Ich mache einen konzentrierten Gesichtsausdruck, obwohl mir bei der erneuten Erwähnung des Namens meiner Schwester kalt wird.

»Also ich habe ihn Sina sagen hören«, wirft Selte ein.

Rehfeld schweigt, während Wedel zustimmt. »Ja, Sina. Nicht Simone.«

Mein Puls beschleunigt sich.

»Simone, Sina …«, murmelt Andersen, dessen wässrige Augen noch immer auf mein Gesicht gerichtet sind. »Was meinen Sie, Frau Psychologin? Spielt das eine Rolle?«

Fachlich keine, du Arschloch, denke ich mit plötzlicher Wut und beiße die Zähne zusammen. *Anstaltspsychologin. Sei einfach die Anstaltspsychologin.* »Ich wollte nur sichergehen, Herr Andersen, dass wir vom selben Opfer sprechen. Sie sagten mir bereits, dass Sina nur ein Spitzname gewesen ist. Also – Simone. Wo haben Sie sie kennengelernt?«

»Über einen Kumpel. Sie war seine Freundin.«

Ich starre ihn an.

»Oooh«, kichert nun Wedel. »So fangen die besten Geschichten an.« Er streicht über den tätowierten Namen seiner Stieftochter, während er spricht.

Ich brauche einen Moment, um zu reagieren. »Ich möchte Sie bitten, das Thema ernst zu nehmen, Herr Wedel. Wir sprechen hier über ein Opfer, und Sie hatten bereits eine Verwarnung. Herr Andersen, in Ihrer Akte steht … etwas anderes.«

»Tut es das?«, fragt der große stämmige Mann zurück und verzieht unschuldig den Mund. »Was habe ich denn angegeben?«

»In der Akte steht, dass Sie Simone über einen Schützenverein kennengelernt haben.« Unsere Blicke verhaken sich ineinander, als würden die anderen drei Häftlinge um uns herum nicht mehr existieren.

Dann nickt Andersen. »Ja. Und dort war sie mit einem Kumpel zusammen. Später nicht mehr. Das war ein Auf und Ab.«

So wie bei Samu und Sina. Nur dass Sina Sina heißt. Und nicht eigentlich Simone. Von einem Schützenverein weiß ich auch nichts. Andererseits hatte ich keinen Kontakt mehr zu meiner Schwester. Ich weiß genau genommen gar nichts über das Leben, das sie zuletzt geführt hat. »Wie heißt der Kumpel? Der mit Simone zusammen war?«, frage ich, noch bevor ich registriere, wie seltsam diese Frage klingen muss.

Andersen hebt die Brauen.

»Irgendwas mit S«, murmelt Rehfeld und bringt sich damit das erste Mal überhaupt in die Gruppensitzung ein.

Selte und Wedel prusten los. Das Rauschen in meinen Ohren steigert sich. Ich halte mein Gesicht regungslos.

Andersen lacht mit. »Ihr verwirrt unsere nette Psychologin hier«, sagt er dann in die Runde. »Hört auf damit, Jungs.« Dann wendet er sich wieder mir zu. »Thorsten.«

Ich suche nach irgendeinem Anhaltspunkt in seinem Gesicht. »Thorsten heißt der … Kumpel?«

»Ja.«

»Wie kommen Sie dann auf einen Namen mit ›S‹?«

»War nur so ein Einfall. Habe mich wohl vertan.« Der Straftäter mit der Kinderpornografie auf dem Rechner hebt die Schultern und grinst. Es ist ein seltsames Grinsen, schief und unansehnlich. Seine Zähne sind verfärbt und stellenweise abgefault, obwohl der Mann sonst ordentlich aussieht. Ekel erfasst mich.

Eine Weile bleibt es still im Glaskasten. Die Häftlinge starren mich an, ausnahmslos alle haben ein Grinsen auf den Lippen. Mit einer fahrigen Bewegung greife ich nach dem Ordner am Boden, nur um irgendetwas zu tun, und nehme ihn auf den Schoß.

»Sie haben Simone also über Ihren Freund Thorsten kennengelernt. In einem Schützenverein«, fasse ich zusammen, um die Stille zu durchbrechen.

Andersen nickt. »Korrekt.«

»Wie … war das genau? Wie ist Ihr Kontakt entstanden?«

»Frau Psychologin, müssen wir nun wirklich darüber sprechen, wie ein Kontakt zwischen Männlein und Weiblein entsteht?« Selte fährt sich kichernd durch seine dunklen Krauselocken.

»Es reicht jetzt!« Ich mache eine kurze Pause und hole Luft. Dann spreche ich weiter. »Ich rede gerade mit Herrn Andersen! Es wäre nicht nur hilfreich, sondern auch notwendig, dass Sie Ihre Einwürfe an dieser Stelle für sich behalten, damit wir uns zunächst in Ruhe auf den Tathergang konzentrieren können!«

»Frau Salomon?«, erklingt es hinter mir. Ich fahre zusammen und drehe mich um. Der Beamte von eben steht in der Tür. Mit gerunzelter Stirn.

»Ja?«

»Herr Vandenfeld schafft es leider nicht mehr zur Sitzung. Vollsperrung auf der Autobahn. Er hat durchgegeben, dass Sie die Gruppensitzung gemeinsam nächste Woche nachholen werden. Wir brechen jetzt ab.« Seine Augen wandern über mein Gesicht. Dann stößt er die Tür ganz auf und macht eine Handbewegung in Richtung Flur. »Bitte sehr, die Herren. Schluss für heute.«

Stühlerücken ist zu hören, während ich auf meinem Stuhl verharre und noch zu begreifen versuche, welche Richtung das Gruppengespräch genommen hat. *Sina. Ein Kumpel mit ›S‹. Das Kichern der Häftlinge. Andersens merkwürdige Blicke. Seine Fragerei bezüglich meiner Motivation für den Job. Das kann doch kein Zufall sein.* Andererseits wurde Simones Leiche gefunden. Sinas nicht. Die Parallelen können gar nicht existieren. Meine Augen folgen dem größten der Straftäter, als er in Richtung Tür geht. Der Pullover ist ihm etwas zu kurz, über dem Bund seiner schwarzen Sporthose ist ein blond behaarter Rücken zu sehen. Dann dreht er sich zu mir um.

»Eigentlich gebührt Ihnen Respekt«, sagt er leise, während sich seine Augen in meine bohren. »Dafür, dass Sie trotz allem hier sind. Aber klug ist's vielleicht nicht.« Er lächelt, diesmal freundlich, dann dreht er sich um und tritt durch die Tür.

»Was meinen Sie damit?«, will ich ihm hinterherrufen, doch die Frage bleibt in meiner Kehle stecken, weil sich der Beamte vom AVD in mein Sichtfeld schiebt.

»Alles in Ordnung, Frau Salomon? Sie sehen blass aus. Haben die Jungs es Ihnen schwer gemacht?«

»Nein, schon … schon gut.« Ich lächle. »Alles gut. Das ist mein Job.«

Der Beamte nickt, hakt seine Daumen in seinem Gürtel ein, wirft mir nochmal einen Blick zu und geht zurück auf den Flur.

Es dauert etwas, bis ich mich dazu bewegen kann, aufzustehen und meine Sachen zusammenzusammeln. Gerade rechtzeitig, denn Schumann erscheint in der Tür.

»Haben Sie hier noch zu tun? Die Sitzung wurde abgesagt, dachte ich? Ich wollte den Raum nutzen.« Er deutet auf den Häftling neben sich.

Groß, trainiert, ein für sein junges Alter erstaunlich verbrauchtes Gesicht mit lederner Haut. Braun gebrannt, obwohl wir kein Solarium in der JVA haben. Joska Vágó. Ein Bandenkrimineller in den Dreißigern mit einem weitreichenden Netzwerk in der Drogen- und Menschenhandelsszene. *Passendes Alter, vielleicht auch passender Hintergrund*, schießen mir meine Notizen in der Tabelle durch den Kopf. Vágó ist einer der Häftlinge, über die ich noch mehr herausfinden will. Und eigentlich Yves zugeteilt.

»Nein, das passt. Ich bin hier fertig«, antworte ich betont munter. Haben Sie heute einen diagnostischen Termin?« Ich muss an den Austausch mit Hilser über die Trennung von Diagnostik und Behandlung denken.

Schumann nickt.

»Ist es … ist es vielleicht möglich, dass ich dem beiwohne? Um mein Erfahrungsspektrum zu erweitern?«, frage ich einem spontanen Impuls folgend, auch wenn mein Kopf noch damit beschäftigt ist, den Verlauf der Gruppensitzung und Andersens Sätze zum Schluss zu verarbeiten.

Schumann schaut überrascht. »Klar, wenn Sie mögen.« Er wirft Vágó einen Blick zu, der nach wie vor neben ihm steht und mich betrachtet. Ruhig und selbstsicher. »Dann lassen Sie uns kurz die Stühle anders anordnen, und dann können wir starten.«

LEON

Er fährt ihm schon eine ganze Weile hinterher. Leon ist froh, dass er den richtigen Zeitpunkt abgepasst hat. Er war gerade erst ein paar Minuten auf seinem Beobachtungsposten, als Samu Sinas Wohnung verließ und zu seinem Motorrad ging. Als der Boxertyp sein Motorrad startete, drehte Leon seinerseits den Zündschlüssel seines Autos, das er weiter unten an der Straße abgestellt hatte – an einer unauffälligen Stelle und doch in Reichweite, um Sinas Haus im Blick zu halten und Samu möglichst zügig hinterherfahren zu können.

Er folgte Samu quer durch Köln die Aachener Straße hinunter bis zum Heumarkt und von dort aus über die Deutzer Rheinbrücke. Das ein oder andere Mal verlor er das Motorrad fast aus den Augen, zwei weitere Male schaffte er es gerade so mit Samu zusammen über die Ampel. Ihm unauffällig hinterherzufahren und ihn im dichten Kölner Feierabendverkehr nicht aus den Augen zu verlieren war herausfordernder, als er erwartet hatte. Dementsprechend war Leon erleichtert, dass es ihn schließlich auf eine Landstraße in Richtung Bergisches Land verschlagen hatte. Immerhin war es trotz der Uhrzeit noch taghell, so dass Leon immer wieder mehrere Fahrzeuge zwischen sich und das Motorrad lassen konnte, um ihm nicht zu dicht auf die Pelle zu rücken.

Der Plan, mehr über diesen zwielichtigen Typen herauszufinden, war entstanden, als Sina ihm irgendwann beiläufig erzählt hatte, dass Samu und Sonny sich mit Motorrädern auskennen – und weil er beide bereits schon einmal auf einem gesehen hat. Ein Zufall angesichts seines ›Unfalls‹ vor wenigen Wochen? Sina hatte angedeutet, dass Samu ein Problem mit ihrer Freundschaft zu Leon hat. Außerdem scheint der Typ keinem geregelten Beruf nachzugehen. Auch dieser ›Sonny‹, der trotz seiner Freundschaft zu Samu offensichtlich ein Auge auf Sina geworfen zu haben scheint, wirkt suspekt auf Leon. *Zeit, etwas Klarheit in die Sache zu bringen.* Das ist er Sina schuldig, die ganz offensichtlich nicht erkennt, mit welcher Art Männern sie sich umgibt.

Hastig setzt Leon den Blinker, als er bemerkt, dass Samu seine Maschine verlangsamt und auf den Parkplatz eines McDonald's in einem Industriegebiet lenkt. Doch er steuert nicht den Drive-in an, sondern fährt quer über den Parkplatz zu einer Tankstelle und dort rechts an ihr vorbei, eine Abfahrt zu Selbstwaschanlagen und Staubsaugern hinunter. Weil Leon das Motorrad gut im Blick hat und Samu von da unten nicht wegkann, ohne wieder die Abfahrt hoch- und an ihm vorbeizukommen, entscheidet sich Leon dafür, sein Auto an der Seite der Tankstelle zu parken. Sein Herz klopft stark, als er aussteigt, den Wagen abschließt und sich langsam zu Fuß der Abfahrt nähert. Eine Frau, die zum Tankstellenshop geht, kreuzt seinen Weg, so dass sie fast zusammenstoßen.

»Was zum Teufel«, murrt sie, doch Leon hebt nur entschuldigend die Hand und setzt seinen Weg fort.

Gerade noch rechtzeitig bemerkt er eine weitere Maschine, die knatternd auf die Abfahrt zuhält. Leon stoppt abrupt. Der Motorradfahrer dreht im Vorbeifahren seinen Kopf, doch Leon kann nur sein eigenes verzerrtes Abbild im verspiegelten Visier des Motorradhelmes erkennen.

Das Motorrad beschleunigt und folgt dem Weg, den Samu

eben noch genommen hat. Leon nähert sich vorsichtig der Häuserwand des Tankstellengebäudes und späht um die Ecke. Er kneift die Augen zusammen. Samu steht neben seiner Maschine und hält einen ausgebeulten Umschlag in der Hand, während der andere Fahrer, den Leon nicht erkannt hat, quietschend neben ihm zum Stehen kommt und die Abfahrt hochdeutet. Geradewegs auf Leon, der mit jagendem Herzen einen Schritt zurück macht, zurück hinter die Gebäudefassade. Das kann nicht sein, oder? Er kann nicht ihn gemeint haben.

Noch bevor er entschieden hat, was er tun soll, heult ein zweiter Motor auf. Offensichtlich hat auch Samu seine Maschine wieder gestartet. Beide scheinen stark zu beschleunigen, das Dröhnen ihrer Motoren wird lauter. Einem Impuls folgend, dreht Leon sich um, stürzt zum Eingang der Tankstelle, deren elektrische Tür sich quälend langsam öffnet, und hastet in den Shop. Das zweite Motorrad jagt vom Parkplatz, während Samus schwarz-rote Maschine an der Glasfront des Tankstellengeschäftes vorbeirollt. Leon zieht sich gerade noch rechtzeitig hinter die Auslagen der Zeitschriften zurück.

»Kann ich Ihnen helfen?«, ertönt es vom hinteren Teil des Ladens.

Leon fährt herum und entdeckt einen jungen Tankstellenmitarbeiter mit Bartflaum und Pickeln im Gesicht, der ihn aufmerksam beobachtet.

Er greift wahllos nach einer der Zeitschriften. Ein Gartenmagazin. »Danke, ich … ich wollte nur das hier kaufen«, antwortet er und hebt die Zeitung hoch.

Dann wirft er noch einen Blick über die Regale zur Glasfront. Samus Motorrad entfernt sich. *Gott sei Dank. Was war das denn?* Leon runzelt die Stirn. *Und was hat sich in dem Umschlag befunden?*

ANNA

KAPITEL 19

»Also, Herr Vágó«, beginnt Schumann, nachdem wir Platz genommen haben.

Schumann und Vágó sitzen einander gegenüber an einem Tisch, den Schumann in die Mitte des Raumes gestellt hat, ich sitze schräg hinter Schumann, so dass ich nicht direkt Teil der Interaktion bin, den Häftling jedoch gut im Blick habe.

»Sie arbeiten jetzt seit anderthalb Jahren mit Herrn Vandenfeld zusammen. Wie Sie wissen, führen wir in regelmäßigen Abständen eine Verlaufsdiagnostik durch. Beim letzten Mal«, Schumann dreht sich nach hinten und richtet seine nächsten Worte an mich, »haben wir eine psychopathologische Statusdiagnostik durchgeführt.«

Ich nicke und versuche, konzentriert auszusehen und mir die Testergebnisse ins Gedächtnis zu rufen, die in der Teamsitzung besprochen wurden, obwohl meine Gedanken immer wieder zu Andersen abschweifen. Vágó wies von Beginn an keine Symptomatik für irgendeine psychische Störung auf. Er zeigte keine Anzeichen für Persönlichkeitsstörungen, Depressionen, Angststörungen, Suchtverhalten oder andere Störungsbilder. Die psychiatrischen Gutachten gaben ebenfalls keinen Hinweis darauf. Bleiben nur seine kriminellen Machenschaften, die derart deutlich von der Norm abweichen, dass es seltsam erscheint, dass mit seinem Innenleben ansonsten alles in Ordnung sein soll. Zumindest im Vergleich zu offiziellen Diagnosekriterien.

Ich betrachte den Häftling, der Schumann selbstsicher gegenübersitzt. Er hat seine Ellenbogen auf dem Tisch abgestützt und die Hände locker verschränkt. Er hält einen stabilen Blickkontakt, wirkt konzentriert, kontrolliert und reguliert. *Als hohes Tier eines Drogen- und Menschenhändlerrings muss er diese Kompetenzen und Funktionsfähigkeit auch haben.* Zu gern würde ich mehr über seine Biografie erfahren und wie sich ein weitestgehend seelisch gesunder Mensch derart kriminalisiert haben kann. Soweit ich weiß, gab es auch in seiner Familie keine auffällige oder zumindest dokumentierte kriminelle Sozialisierung, seine Akte habe ich jedoch bisher nicht lesen können.

»Heute möchte ich mich auf die Risiko- und Interaktionsdiagnostik konzentrieren und über mögliche Therapiebarrieren sprechen«, fährt Schumann fort und dreht sich wieder zu Vágó.

»Ich bin startklar«, erwidert der Häftling, neigt den Kopf nach unten, was seinem trotzdem direkt auf meinen Kollegen gerichteten Blick einen konzentrierten Ausdruck verleiht.

»Also gut. Wie nehmen Sie die Gespräche mit Herrn Vandenfeld derzeit wahr, Herr Vágó?«

Was wohl Andersen und Tsakiris sagen werden, wenn sie über die Sitzungen mit mir sprechen müssen? Unwohlsein steigt in mir auf. Erneut wird mir bewusst, wie sehr ich hier unter Beobachtung stehe.

Vágó räuspert sich. »Die Gespräche sind in Ordnung. Vandenfeld gibt sich Mühe.« Jetzt hebt er sein Kinn, grinst und entblößt damit gepflegte weiße Zähne.

»Ob er sich Mühe gibt, obliegt nicht Ihrem Urteil«, erwidert Schumann trocken. »Haben Sie den Eindruck, Erkenntnisse für sich aus diesen Gesprächen ziehen zu können? Machen Sie Fortschritte, Ihrer eigenen Einschätzung nach?«

Vágó zieht die Schultern hoch. »Ja. Schon. Natürlich. Wir sprechen über meine Taten, weshalb ich hier bin, und über die

Auswirkungen meines Verhaltens auf andere Menschen und die Gesellschaft. Ich kann das alles inzwischen viel besser nachvollziehen.« Der Häftling macht eine arglose Miene.

Ich kneife die Augen zusammen. Seine Körpersprache ist derart lässig, dass ich mir nicht sicher bin, ob ihn die Behandlungsansätze wirklich erreichen oder ob er nur so tut, als ob. Das Gespräch beginnt mich einzunehmen, Andersen tritt in den Hintergrund, obwohl ich den kalten Schweiß, der unter meinen Armen getrocknet ist, immer noch spüren und inzwischen auch riechen kann.

»Okay. Haben Sie den Eindruck, dass Herr Vandenfeld und Sie diesbezüglich gut miteinander arbeiten können?«

Ich denke an den hochstrukturierten Yves, der sich allzu sehr an seinen Routinen orientiert.

»Ja. Herr Vandenfeld ist sehr genau. Das kommt dem Prozess zugute.«

»Den Dokumentationen entnehme ich, dass die Sitzungen bislang regelmäßig stattgefunden haben?«

Vágó nickt, sagt diesmal jedoch nichts. Er schaut zu mir rüber, mit undurchdringlichem Gesichtsausdruck.

Schumann blättert eine Weile in der Akte des Häftlings. »Wir beobachten hier in der Wohngruppe auch keine aggressiven Verhaltensweisen. Sie verhalten sich angepasst und unauffällig.«

»Ja. Gibt auch keinen Grund, das nicht zu tun. Ich wurde verurteilt, ich sitze meine Strafe ab, fertig.« Der Häftling mit den gegelten blonden Haaren hebt die Hände.

»Mhm«, murmelt Schumann konzentriert. »Allerdings zeigen Sie sich eher rückzügig. Wir beobachten kaum Interaktion mit anderen Insassen. Generell wirken Sie recht verschlossen.« Nun legt Schumann die Akte beiseite und mustert Vágó.

»Na ja.« Vágó lächelt. »Herr Schumann, betrachten Sie das

mal so: Würden Sie sich ausgerechnet in einem Hochsicherheitsgefängnis neue Freunde suchen wollen?«

Ich werfe meinem Kollegen einen Blick zu, doch Schumann schweigt, ohne den Blickkontakt zu Vágó zu unterbrechen. Die ersten Sekunden schaut der Häftling zurück, es ist wie eine Art stiller Schlagabtausch. Keiner von beiden blinzelt oder wendet den Blick ab. Dann löst Vágó den Blickkontakt und beginnt mit dem Knie zu wippen. Die erste Geste der Unsicherheit, die ich an ihm bemerke.

»Da Sie sich in einem Netzwerk aus Bandenkriminellen befunden haben oder möglicherweise noch befinden«, beginnt Schumann und betont dabei jedes einzelne Wort, »würde es mich nicht wundern, wenn Sie auch hier entsprechende Kontakte knüpfen oder auffrischen.«

Vágó betrachtet seine Hände, dann schmunzelt er. »Guter Punkt. Aber – nein. Ich ziehe aus dem Kontakt zu den anderen Häftlingen keinen Nutzen.«

»Sie hatten also nie irgendwelche nähergehenden Kontakte innerhalb der JVA?«, frage ich und bemerke, dass Schumann angesichts meiner plötzlichen Einmischung die Stirn runzelt.

Der Häftling verengt die Augen. »Nein.«

Wenn das stimmt, hat er Sonny zwar vielleicht kennengelernt, aber nichts erfahren, das mir weiterhelfen könnte. Wenn er nicht selbst Sonny ist, überlege ich. Ich werfe Schumann, der gerade wieder ein Dokument aus Vágós Akte studiert, einen schnellen Blick zu und entscheide, einen weiteren Vorstoß zu wagen.

»Wieso sind Sie hier in der SothA?«

Nun dreht Schumann sich zu mir um, zieht die Brauen hoch und wirft mir einen unmissverständlichen Blick zu. Ich bemerke, wie mir Hitze in die Wangen steigt.

»Ich möchte Frau Salomons Frage gerne noch ein wenig konkretisieren«, sagt er dann und wendet sich wieder Vágó zu.

»Ich schätze, sie würde gerne wissen, ob Sie aufrichtig therapiemotiviert sind – das macht nämlich bisher nicht den Eindruck.« Auch wenn ich meine Frage bewusst anders gestellt habe, erkenne ich, dass Schumann einen geschickten Weg wählt, meine Einmischung so umzuformulieren, dass sie in seine ursprüngliche Gesprächsführung passt. »Im Wesentlichen ist die Frage nach Ihrer Therapiemotivation das zentrale Thema dieses Gespräches. Also, wieso nicht einmal offen thematisieren, woran wir hängen.«

Der großgewachsene junge Mann, der wieder mit dem Knie wippt, schweigt zunächst. »Ich würde sagen, ich bin aufrichtig therapiemotiviert, ja.«

»Und zu welchem Zweck?«

»Zu welchem Zweck?«, fragt der Häftling zurück und kneift seine Augen erneut zusammen. »Na, zu welchem Zweck ist man wohl im Knast?«

»Uns interessiert Ihr persönlicher Zweck.«

»Ich wurde bestraft. Ich halte mich an die Strafe. That's it.«

»Therapie ist keine Strafe. Welche Ziele haben Sie denn für sich selbst? Für Ihren Aufenthalt hier in der sozialtherapeutischen Abteilung?«

»Herr Vandenfeld und ich haben gemeinsame Ziele definiert«, erwidert Vágó, nachdem er sich erneut ein paar Sekunden Zeit zum Nachdenken genommen hat, und lächelt höflich. »Meine Selbsteinschätzung verbessern beispielsweise. Mehr Verantwortung für meine Taten übernehmen. Kosten- und Nutzenabwägungen und dabei auch die Kosten anderer Personen einbeziehen. Diese Sachen.« Seine Worte klingen wie einstudiert.

Er scheint klug zu sein. Und er lässt sich nicht in die Karten schauen. Ich muss an Sinas Beschreibungen des weltmännischen und selbstsicheren Kumpels von Samu denken.

Das Gespräch geht noch eine Weile so weiter, es hält sich frustrierend hartnäckig an der Oberfläche. Schumann stellt gute Fragen, ich merke ihm seine jahrelange Erfahrung in der Straftäterbehandlung an. Doch er dringt nicht durch die glattpolierte Fassade des Bandenkriminellen. Und ich erhalte keine nennenswerten Informationen, um herauszufinden, ob Vágó Sonny ist oder ihn zumindest gekannt haben könnte. Fieberhaft überlege ich, ob ich irgendeine weitere unverfängliche Frage stellen kann, die mich meinem persönlichen Ziel näherbringt, und warte auf einen passenden Anknüpfungspunkt, denn es wird vermutlich keine weitere Gelegenheit für ein Gespräch mit Vágó geben. Aber ich finde keinen unauffälligen Zeitpunkt, das Gespräch in eine andere Richtung zu lenken, ohne Schumann mit meiner erneuten Einmischung zu verärgern. In den letzten zehn Minuten hat sich mein Kollege nicht mehr nach mir umgedreht, es ist, als würde er meine Anwesenheit ignorieren. Ich kann es mir zum jetzigen Zeitpunkt nicht erlauben, es mir mit meinen Kollegen zu verscherzen.

Weitere fünfzehn Minuten später neigt sich das Gespräch dem Ende zu, während ich an der Haut um meinen linken Daumennagel zupfe, die inzwischen wund ist. Schumann hat noch einige diagnostische Fragen zu Therapieverlauf und Therapiezielen gestellt, und Vágó hat gewohnt kontrolliert geantwortet. Schumann macht sich die letzten Notizen, dann klappt er die Akte zu.

»Also gut, Herr Vágó. Wir werden das Gespräch weiterführen, aber zu einem anderen Zeitpunkt. Wir machen einen weiteren Termin. So ganz zufrieden bin ich noch nicht.« Mit diesen Worten rückt er seinen Stuhl nach hinten und erhebt sich.

Auch Vágó steht auf und reicht Schumann mit einer flüssigen und selbstsicheren Bewegung die Hand. »Alles klar. Einen schönen Tag Ihnen beiden«, sagt er, schüttelt auch mir die

Hand und geht aus dem Glaskasten, ohne sich noch einmal umzudrehen.

Schumann sammelt seine Unterlagen zusammen.

»Danke, dass ich dabei sein durfte«, beginne ich. Ich stocke kurz, dann fasse ich mir ein Herz. »Ich hoffe, ich war nicht zu voreilig.«

»Wenn Sie hospitieren, Frau Salomon«, erwidert Schumann und dreht sich zu mir um, »weiß ich es in der Tat mehr zu schätzen, wenn Sie sich zurückhalten und die Dynamik des Gespräches nicht beeinflussen.«

»Ja, das … das kann ich verstehen. Entschuldigen Sie.«

Schumann nickt. »Alles gut. Für die Zukunft wissen Sie es.«

»Wie lange ist Vágó schon in Weyer?«, frage ich ein paar Sekunden später möglichst beiläufig.

»Seit 2019«, antwortet Schumann, ohne aufzusehen, und steckt seinen Kugelschreiber in die Brusttasche seines Hemdes.

Ein Stoß Adrenalin durchfährt mich. *Das passt genau.*

»Wo kommt er her?« Schumann wirft mir einen Blick zu. »Ich frage nur aus Interesse. Ich habe mich an die Konferenz erinnert«, ergänze ich. »Ich habe mich gefragt, inwiefern sich seine Biografie auf seine Entwicklung zum Straftäter ausgewirkt haben könnte.«

»Er kommt ursprünglich aus den Niederlanden und hat in der Nähe der deutsch-niederländischen Grenze gewohnt. Um Ihre Frage nach seiner Herkunft zu beantworten. Weshalb er sich zum Straftäter entwickelt hat, ist wohl eine zu komplexe Frage für einen kurzen Austausch zwischen Tür und Angel.« Schumann lächelt freundlich, wirft aber einen ungeduldigen Blick auf seine schwarzlederne Armbanduhr. Dann greift er nach den letzten Unterlagen. Mir bleibt nicht mehr viel Zeit.

Ich nicke und lächle zurück. »Ja, das stimmt wohl. Aber

wieso landet er hier bei uns, wenn er aus einer anderen Region kommt?«

»Kapazitätsgründe, soweit ich weiß. Und er hat ein weit verzweigtes internationales Netzwerk. Man hat deshalb eine Anstalt gesucht, die ihn örtlich etwas mehr von seinen Kontakten entfernt und die vor allem strengere Sicherheitsvorkehrungen vorhält. Das konnten wir mit Weyer bieten.«

»Also … also hat er sich vorher nicht in der Umgebung Köln aufgehalten?«, hake ich nach kurzem Zögern noch ein weiteres Mal nach und gehe Schumann hinterher, der sich inzwischen in Richtung Tür bewegt.

Schumann hält inne und dreht sich zu mir um. Ich halte meinen Gesichtsausdruck neutral.

»Das kann man ja nie ausschließen, Frau Salomon. Aber soweit ich weiß, nicht. Gefasst wurde er woanders. Und gewirkt und gewohnt hat er auch woanders. Wie gesagt.«

Ich nicke langsam, obwohl mich ein Stich der Enttäuschung durchfährt. *Dann ist er nicht Sonny.* Für einen kurzen Moment hatte ich geglaubt, ich könnte ihn gefunden haben. Die Parallelen in der Gepflegtheit von Vágó und Sonny und den Beschreibungen von Sina haben mich sogar die Gruppentherapie-Situation, die seltsame Stimmung und die Anspielungen der Häftlinge vergessen lassen. Ebenso wie Andersens Kommentar zum Schluss, der sich nun wieder in meine Gedanken schiebt.

»Ich muss los zum nächsten Termin, Frau Salomon«, verabschiedet sich Schumann nun endgültig und reißt mich damit aus meinen düsteren Gedanken. »Bis später.«

»Ja, bis später. Und danke!«, rufe ich ihm hinterher.

Schumann hebt eine Hand und geht durch die Tür.

ANNA

KAPITEL 20

Am frühen Abend sitze ich an meinem Schreibtisch und schaue die Post durch, die die Justizvollzugsbeamten regelmäßig kontrollieren und verteilen, doch ich kann mich kaum darauf konzentrieren. Eigentlich müsste ich zusätzlich noch zwei Stellungnahmen schreiben, aber auch das gelingt mir nicht, meine Gedanken schweifen ständig ab. Durch das kleine, vergitterte Fenster meines Büros dringt nur schwaches dämmriges Licht. Ich bewege meine Computermaus, um meinen Rechner aus dem Stand-by-Modus zu holen. Während der altersschwache Computer surrend zum Leben erwacht, starre ich ins Leere. *Vágó ist raus. Ist also Andersen Sonny?*

Die Eingabemaske für meinen Nutzernamen und mein Passwort erscheint, ich tippe beides ein. Dann öffne ich den Kalender. Ich muss einen früheren Gesprächstermin mit Sven Andersen finden, nicht erst den regulären Termin in einer Woche. Ich brauche mehr Informationen. Glücklicherweise entdecke ich ein freies Zeitfenster in zwei Tagen, belege dieses mit einem Einzelgespräch und frage mich, wie ich es bis dahin aushalten soll.

Es ist ein seltsames Gefühl von Zerrissenheit. Ein Teil von mir möchte Andersen gar nicht wiedersehen, hat Angst vor der nächsten Begegnung – und ein anderer Teil kann es kaum erwarten, würde am liebsten aus dem Büro und zu seinem Haftraum stürzen oder ihn direkt auf dem Flur vor allen anderen mit der

Frage konfrontieren, ob er Sonny ist, was für ein Spiel er mit mir spielt und ob er etwas über meine Schwester weiß.

Weil ich feststelle, dass mich meine düsteren Gedanken wieder einzuholen beginnen, greife ich erneut nach der Post, um mich abzulenken. Ich öffne einen Umschlag nach dem nächsten und sortiere sie auf verschiedene Stapel. Befunde, Gutachtenauszüge, Aufforderungen zu Stellungnahmen, eine Einladung zu einem Symposium über forensische Psychologie. Übrig bleibt ein schlichter weißer Umschlag ohne Beschriftung. Hinter dem transparenten Sichtfenster steckt ein blickdichtes weißes Papier. Ich ziehe die Augenbrauen zusammen und drehe den Umschlag, als mir ganz am Rand des Sichtfensters etwas auffällt, das mich sofort erstarren lässt.

Feuerrot.

Mehrere Sekunden lang halte ich den Umschlag in der Hand und bin zu keiner Reaktion fähig.

Dann öffne ich ihn so vorsichtig, als würde sich eine Briefbombe darin befinden, und drehe ihn mit der Öffnung nach unten. Ein blankes weißes Papier fällt hinaus. Und ein rotes. Wie betäubt greife ich danach und falte es auf.

Du scheinst meine Warnung nicht ernst genommen zu haben.
Steig aus, bevor es zu spät ist. Kein Wort zu irgendwem.
Oder soll es dir wie deiner Schwester ergehen?

ANNA

KAPITEL 21

Mindestens zehn Minuten lang kämpfe ich in meinem Büro gegen meine Emotionen an, bevor ich mich in der Lage sehe, es zu verlassen. An der Sicherheitsschleuse am Mitarbeiterausgang tausche ich mein persönliches Notsignalgerät und meinen JVA-Schlüsselbund gegen meine Handtasche, während die Zeilen auf dem grellroten Zettel in meinem Gehirn hämmern, als wäre es den Rest meines Lebens zu keinem anderen Gedanken mehr fähig.

»Scheiße«, fluche ich leise, als ich auf mein Handydisplay schaue und drei entgangene Anrufe von Jonathan entdecke. Ich hatte ganz vergessen, dass er mich abholen wollte. Wir haben schon 18:30 Uhr, er wartet seit bestimmt zwanzig Minuten.

»Bitte?«, fragt der Justizvollzugsbeamte hinter dem Sicherheitsglas und runzelt die Stirn.

»Entschuldigung, das war nicht an Sie gerichtet«, erkläre ich hastig, packe meine Sachen zusammen und drehe mich in Richtung Ausgang. »Ich wünsche Ihnen einen schönen Abend!«

»Ihnen auch«, murmelt der Beamte und konzentriert sich wieder auf seine flirrenden Überwachungsbildschirme, die verschiedene Perspektiven rund um das Gebäude zeigen.

Kalte Luft schlägt mir entgegen, als ich hinaustrete. Ich ziehe meine Jacke zu und laufe über den asphaltierten Eingangsbereich zum Besucherparkplatz, der deutlich stärker überwacht wird als der eher abgelegene Mitarbeiterparkplatz – die Besucher will man eher im Blick behalten. Ich fahre mir mit meiner Hand über mein Gesicht und atme tief durch, als ich Jonathans Auto entdecke.

Als ich die Beifahrertür öffne, versuche ich, die Anspannung in mir zu verschließen, so gut es geht, obwohl ich das Gefühl habe, dass meine Dämme jeden Moment endgültig brechen werden. In den letzten Minuten habe ich mich daran festgehalten, meine Fassade wenigstens für die Heimfahrt aufgeben zu können, sobald ich sicher in meinem Auto sitzen würde. Nun muss ich mich auch weiterhin und für den Rest des Abends zusammenreißen und den Gefühlssturm in meinem Inneren in Schach halten.

Oder soll es dir wie deiner Schwester gehen?, hat diesmal auf dem Zettel gestanden. Ich beiße die Zähne so fest aufeinander, dass es weh tut.

»Hi, Schatz, tut mir leid, ich bin einfach nicht aus meinem Termin rausgekommen«, sage ich mit viel zu hoher Stimme, lasse mich auf den Sitz fallen und ziehe die Autotür hinter mir zu. Weil sich mein Schal darin verklemmt, muss ich sie noch einmal öffnen.

»Hättest du mir nicht Bescheid geben können? Ich warte hier schon ziemlich lange, hab versucht, dich auf deinem Handy zu erreichen«, murrt mein Freund ohne Begrüßung.

»Das habe ich eben erst gesehen, ich gebe mein Handy doch immer ab, Schatz«, erwidere ich und gebe vor, mich auf den Anschnallgurt zu konzentrieren, um mein Gesicht abwenden zu können. »Tut mir leid. Ich habe die Zeit aus den Augen verloren.« *Was irgendwie stimmt.* Meine Stimme klingt belegt, was Jonathan hoffentlich meinem Schuldbewusstsein zuschreibt.

Er seufzt, dann startet er den Motor. »Okay. Ich habe mich nur gefragt, wie ich dich erreichen soll, weil ich befürchtet habe, dass du vergessen hast, dass ich dich abholen wollte.«

»Du kannst dich zu mir durchstellen lassen, über mein Mitarbeitertelefon. Ich gebe dir nachher mal die Nummer. Tut mir leid, dass du warten musstest.«

Jonathan kneift seine Lippen zusammen, wirft einen Blick in den Rückspiegel, dann setzt er zurück und fährt in Richtung Parkplatzausgang.

»Wie war denn dein Tag?«, frage ich möglichst munter, obwohl grellrote Farbe durch meine Gedanken sickert. Die neue Botschaft klingt noch bedrohlicher als die erste. Ich versuche, tiefer Luft zu holen.

»Ach, ganz gut. Elendig viele Konferenzen, in denen sich wieder alle wichtig genommen haben, ohne wirklich etwas beizutragen.« Als Jonathan auf der Schnellstraße angekommen ist, die um die JVA Weyer herumführt, lehnt er sich zurück und legt eine Hand auf mein Bein. Dann atmet er hörbar durch. »Bin froh, dass ich Feierabend hab. Mit dir. Sorry, falls ich eben etwas vorwurfsvoll reagiert habe. Ich bin ziemlich gestresst.« Er wirft mir einen Blick zu und lächelt versöhnlich.

Ich ziehe meine Mundwinkel ebenfalls nach oben, obwohl ich nichts außer Verzweiflung empfinde.

»Wie war dein Tag? Was hat dich so lange in einer Besprechung gehalten?«, fragt Jonathan nun und schaltet uns die Sitzheizungen an. Es ist empfindlich kalt geworden.

Spontan fallen mir Wedel und Selte ein und die Akutbesprechung, die wir wegen ihnen vor ein paar Tagen hatten. »Zwei Häftlinge mit Eskalationspotenzial. Haben sich in der Gruppensitzung danebenbenommen.«

»Inwiefern?«

»Ach, sie nehmen das Behandlungsprogramm nicht so wirklich ernst und … demoralisieren die Gruppe.« Sind all diese Anspielungen in der heutigen Sitzung Zufall gewesen? Andersens wässrige blaue Augen erscheinen in meinen Gedanken. Ich versuche erneut, mich auf meine Atmung zu konzentrieren.

»Alles okay?«, fragt Jonathan und wirft mir einen Seitenblick zu, bevor er den Blinker betätigt und die Spur wechselt.

»Ja, alles okay«, antworte ich locker und schaue aus dem Fenster. Ich blinzle ein paarmal, um die aufsteigende Feuchtigkeit zurückzudrängen, allerdings wird der Kloß in meinem Hals immer größer.

»Ich habe mir überlegt, dass wir in die Euskirchener Therme fahren könnten. Spontan. Ein bisschen was für unsere Entspannung tun. Was hältst du davon?«

»In die Therme?«, wiederhole ich und schaue nun wieder durch die Frontscheibe. Die gelben Scheinwerfer erhellen den Straßenasphalt nur bis zu einer gewissen Linie, es ist, als würden sie in die Dunkelheit hineinschneiden, die sich schwarz und fest dahinter auftut. Ein feiner Nieselregen legt sich auf das Glas, das Jonathan in diesem Moment mit einer Betätigung des Scheibenwischers entfernt. Er macht ein quietschendes Geräusch.

»Ja, und in die Sauna. Haben wir lange nicht mehr gemacht. Ich war so frei und habe unsere Sachen schon von zu Hause mitgenommen. Das sollte eine Überraschung sein. Deshalb war ich eben auch etwas ungehalten. Ich habe den Eintritt bereits gebucht, wir müssen uns ein wenig beeilen.« Er deutet auf die Rückbank, auf der seine große dunkelblaue Sporttasche liegt. Meine Badelatschen ragen heraus. Mir wird schlecht.

Allein der Gedanke daran, mich nackt und verletzlich in eine Sauna zwischen andere nackte Menschen zu begeben, fühlt sich grundverkehrt an. *Nein*, denke ich und schüttle unwillkürlich den Kopf. Ich fühle mich ohnehin schon maximal angreifbar, habe das Gefühl, wie ein Reh im Scheinwerferlicht auf meinen herannahenden Tod zu warten. Ich möchte nicht nackt sein. Ich möchte am liebsten hunderte Rüstungen übereinanderlegen.

»Schatz?«, fragt Jonathan erneut, seine vollen Lippen nehmen einen ernsten Zug an. »Du siehst blass aus. Ist wirklich alles okay?«

Weil mein Kinn anfängt zu zittern, nicke ich nur. Ich kann den Mund nicht öffnen, um zu antworten.

»Sauna ist keine gute Idee?«

»Nein, ich …«, würge ich. *Grellrot. Oder soll es dir wie deiner Schwester ergehen? Zwei Liter Blut.* Die Stimme in meinem Kopf schraubt sich in die Höhe. *Andersens stechende Augen. Vágó. Wedels fieses Lachen. Wachtürme und Überwachungskameras. Bedrohliche Botschaften in meinem Büro, zu dem eigentlich niemand Zugang hat.* Mein Herz trommelt in meiner Brust. *Die tote Simone. Vergewaltigungen. Morde.* Ich schnappe nach Luft, greife nach meiner Halskette. *Halstattoos von Stieftöchtern, die von ihren Stiefvätern vergewaltigt werden. Sina. Sinas Grübchen. Sinas Lachen. Ihr fröhliches Grinsen. Ihr Blut. Ihr verdammtes Blut.* Ein Schluchzer bricht sich Bahn.

»Anna, was ist …?«, fragt Jonathan besorgt und fährt den Wagen rumpelnd an den Fahrbahnrand. »Was ist los?«

Doch ich kann nicht antworten. Weinend sacke ich in mich zusammen und verberge gerade noch so mein Gesicht in meinen Händen, um Jonathan die nackte Angst nicht sehen zu lassen, die mich in diesem Moment endgültig überfällt.

»Was ist denn?«, fragt er alarmiert und berührt mich am Arm.

»Es ist … es ist wegen Sina«, japse ich, weil das wie immer ein Teil der Wahrheit ist. Tränen rinnen über meine Wangen, doch ich habe das Gefühl, der Druck in mir baut sich noch immer weiter auf. *Panik.* Verzweifelt ziehe ich Luft durch meine Nase, stoße sie prustend durch den Mund wieder aus, doch ich bekomme trotzdem keinen Sauerstoff in meine Lunge. *Oder soll es dir wie deiner Schwester ergehen? Ich stehe in einer riesigen*

Lache aus Blut. Zitternd greife ich nach der Autotür und öffne sie. »Ich … ich brauche nur etwas … frische Luft«, keuche ich und drehe mein Gesicht nach rechts. Schneidende Winterluft schlägt mir entgegen.

»Schon wieder, Anna?«, fragt Jonathan ernst. Ich höre ihn nur dumpf, in meinen Ohren pfeift es. »Ich verstehe nicht … ich meine, merkst du nicht, was dieser Job mit dir macht?« Er klingt vorwurfsvoll.

Doch klar merke ich, was der Job mit mir macht, will ich rufen, aber ich kann nicht. *Wenn du nur wüsstest,* flüstere ich in meinem Inneren. Inzwischen pocht es in meinem Schädel, als würde er von innen mit einem Vorschlaghammer bearbeitet werden.

»Es … es geht gleich wieder«, schniefe ich, nehme die Knie hoch und stütze meinen Kopf darauf.

»Anna, so kann es doch nicht weitergehen«, erklingt es erneut von links, dann höre ich, wie sich die Fahrertür öffnet. Kurz darauf zieht Jonathan die Autotür auf meiner Seite weiter auf und greift nach meiner Hand. »Anna, wirklich, es kann so nicht weitergehen«, wiederholt er und streicht mir meine vom Weinen feuchten Haarsträhnen aus dem Gesicht. »Schau mich bitte an.«

Ich bebe immer noch, aber ich zwinge mich dazu, aufzusehen. Jonathan sieht mich angespannt an, eine steile Falte bildet sich zwischen seinen Augenbrauen. Ich wende mein Gesicht ab.

»Es ist einfach die Trauer«, schluchze ich. »Ich muss das noch verarbeiten. Mit … mit Sina.« *Sina, Simone, macht das einen Unterschied?,* schallt Andersens Stimme durch meinen Kopf.

Jonathan zieht mich in seine Arme. »Anna. Es ist sechs Jahre her«, murmelt er in mein Haar.

»Ja, aber … sie ist … sie war meine Schwester.«

»Ja. Aber es ist sechs Jahre her. Sechs Jahre!« Jonathan macht sich wieder von mir frei und hält mich ein wenig von sich weg. »Du solltest das … nichts für ungut, aber … meinst du nicht, du solltest das langsam verarbeitet haben?« Seine Stirn legt sich in Falten, während sich in mir etwas verschließt.

»Das entscheide immer noch ich, wann ich das verarbeitet habe«, antworte ich schroffer, als ich eigentlich will.

Jonathan betrachtet mich schweigend, dann kramt er in seiner Manteltasche und reicht mir ein Taschentuch. »Schon, ja. Aber du warst schon weiter. In der Verarbeitung. Oder nicht? Das alles kommt doch erst wieder hoch, seitdem du deinen Gefängnisjob angenommen hast.«

Richtig. Ich starre auf meine Hände, die bleich und weiß aussehen. Kraftlos hebe ich die Schultern. Ich weiß nicht mehr, was ich sagen soll. Wir haben dieses Gespräch schon so oft geführt.

»Wieso ist das so, Anna? Wieso reißt dich der Job so in deine Trauer zurück?« Ich schließe die Augen. »Jetzt mal im Ernst – was ist es? Ist es der Austausch mit den Knastis? Sind es die Gespräche? Was genau belastet dich derart?«

Ich würde es dir so gern sagen. Während meine Gedanken hin und her jagen, bringe ich kein Wort über die Lippen. Ich spüre Jonathans Blick auf mir, obwohl ich nicht aufschaue.

»Also gut. Scheinbar kannst du jetzt nicht mal mehr antworten. Ich bin mit meinem Latein am Ende.« Ich höre einen frustrierten Seufzer, dann richtet sich Jonathan auf und geht um das Auto herum zurück zur Fahrertür.

Es tut mir leid, flüstere ich ihm zu, stumm und lautlos. Kraftlos ziehe ich die Tür auf meiner Seite zu und lasse mein Gesicht gegen die kalte Fensterscheibe sinken.

Kurz darauf startet mein Freund den Motor und rollt zurück auf die Fahrbahn. Die restliche Fahrt über schweigen wir beide.

LEON

Sina zieht ihr Handy aus der hinteren Tasche ihrer Shorts und runzelt die Stirn.

»Ist irgendetwas?«, fragt Leon und beobachtet die hübsche junge Frau, die trotz der Septemberhitze in letzter Zeit blass und kränklich aussieht. Während ihres Schaufensterbummels ist sie auffällig schweigsam gewesen und hat sich immer wieder umgesehen.

Eine blecherne Durchsage ertönt. Leon berührt Sina an der Schulter und deutet auf die einfahrende Stadtbahn. Sie sind über die Schildergasse und die Hohe Straße zum Kölner Hauptbahnhof gelaufen. Einen Kaffee trinken oder ein Eis essen hat Sina diesmal nicht gewollt. Genauso wenig, wie von Leon mit dem Auto nach Hause gefahren zu werden. Sie hat auf die schlechte Parkplatzsituation in der Kölner Innenstadt verwiesen und darauf, dass sie ihr Monatsticket für den ÖPNV mal nutzen wolle. Das ist so ziemlich der einzige Moment am heutigen Nachmittag gewesen, in dem die junge Frau wenigstens kurz mal gelächelt hat.

Die Bahn kommt zum Stehen, Menschen drängen hinaus, mindestens genauso viele wieder hinein. Sina und Leon steigen ein, einen Sitzplatz bekommen sie nicht mehr. Leon folgt Sina zur gegenüberliegenden Seite der Stadtbahn, wo sie sich gegen die gelben Haltestangen sinken lässt und abermals auf ihr Handy starrt.

»Sina? Was ist los?«, unternimmt Leon einen neuen Versuch, zu ihr durchzudringen.

»Ich glaube, ich brauche ein neues Handy«, murmelt sie kopfschüttelnd.

»Wieso das?«

»Mein Handy zieht den Akku neuerdings immer leer. Viel schneller als vorher. Siehst du?« Sie hält ihm ihr Smartphone entgegen, dessen Display schwarz ist.

»Ich dachte, das Handy ist neu.«

»Ja. Das ist das Komische daran. Ich muss wohl mal zum Handyshop. Ist vermutlich defekt.« Ihre Stimme klingt weinerlich.

»Das wäre schon merkwürdig. Hast du vielleicht irgendwelche Apps installiert, die den Akku stark beanspruchen?«

Sina schüttelt den Kopf. »Nein, nur die üblichen. Die ich immer schon habe.«

»Darf ich mal sehen?«, fragt Leon und streckt die Hand aus.

Sina zuckt mit den Schultern und überreicht ihm ihr Handy. Dann starrt sie durch die Glastür aus der Stadtbahn, die gerade ruckelnd aus dem Tunnel hinaus ins Tageslicht fährt. Leon wirft ihr noch einen Blick zu, bevor er sich dem Handy widmet. Er kann sehen, dass ihre Augen feucht glänzen.

Eine Weile drückt er auf den Seitentasten herum, doch das Handy bleibt aus. »Keine Chance. Ist tatsächlich aus. Am besten checkst du das mal zu Hause. In den Einstellungen in der App-Übersicht, da wird einem angezeigt, wie viel Speicher die verschiedenen Programme benötigen. Vielleicht gibt es auch eine Anzeige für den Akkuverbrauch. Normalerweise dürften die aber den Akku nicht leerziehen. Es sei denn …« Leon verstummt.

Sina nimmt das Handy wieder an sich und schiebt es zurück in die Tasche ihrer Jeansshorts. »Es sei denn, was?«

»Schon gut. War nur so ein Gedanke. In der Versicherung

kriegt man so allerhand mit. Zum Thema Datenschutz und so. Ich hatte da letztens noch eine Schulung, aber das ist zu weit hergeholt.«

Die junge Frau runzelt die Stirn. »Was ist zu weit hergeholt?«

»Na ja«, beginnt Leon zögerlich. »Es kann sein, dass das Handy einfach nur einen defekten Akku hat. Was bei einem neuen Modell eher ungewöhnlich, aber nicht unmöglich wäre. Es gibt aber tatsächlich Apps, die den Akku übermäßig beanspruchen. Oft sind das so Tracking-Apps. Es gibt Menschen, die installieren auf dem Handy ihres Partners so Überwachungskram. Aus Eifersucht oder was weiß ich. Das fliegt oft nur auf, weil das Handy den Akku ungewöhnlich schnell leerzieht. Die Apps selbst sind versteckt.« Leon muss an seinen Motorrad-Unfall denken und an die seltsame Szene an der Tankstelle, von der er Sina nichts erzählt hat. *Es fügt sich ins Bild.*

Eine Weile ist nur das Gemurmel der anderen Fahrgäste und das Surren der Stadtbahn zu hören, die sich über die Gleise von Haltestelle zu Haltestelle schlängelt.

Eine Gruppe Jugendlicher drängt sich an ihnen vorbei, einer von ihnen rempelt Sina an. Die Gruppe lacht.

»Hey, was soll das denn?«, spricht Leon den Halbstarken mit der umgedrehten Cappy auf dem Kopf an und deutet auf Sina. »Kannst du nicht aufpassen?«

»Kann ich, hab ich aber keinen Bock drauf«, feixt der Junge und grinst.

»Lass doch, ist doch egal«, sagt Sina mit roten Wangen und schaut zur anderen Seite aus dem Fenster. Ihr ist die Situation offensichtlich unangenehm, während sich Leons Puls beschleunigt.

»Solltest du aber«, erwidert Leon an den Jungen gewandt und richtet sich vor ihm auf. Sinas Verletzlichkeit versetzt ihm einen Stich ins Herz. Wut steigt in ihm auf.

»Joooo, Digga«, grölen die Jungs. »Lass stecken, komm schon, Johnny«, ruft ein Junge mit blondem Vokuhila und lässt sich in einen Vierer im hinteren Teil des Waggons fallen. ›Johnny‹ starrt Leon noch ein paar Sekunden an, dann bewegt er sich aufreizend langsam zu seinen Kumpels.

Leon überlegt, ob er dem Jungen folgen soll, um ihm zu bedeuten, dass man ein Mädchen wie Sina mit Respekt zu behandeln hat, doch dann fällt sein Blick auf ebendieses Mädchen, das nun ernst und traurig den Kopf gesenkt hält.

»Solche Idioten. Du wirkst heute so niedergeschlagen. Ist doch irgendwas mit Samu?« Er hatte die Frage schon ein paar Stunden vorher gestellt, jedoch nur eine ausweichende Antwort bekommen.

»Ne. Ich bin einfach nicht so gut drauf heute. Kopfschmerzen. Ich dachte, die frische Luft hilft etwas, aber irgendwie … ist alles doof momentan. Ich will aber nicht drüber reden.«

Erneut zieht sie ihr Handy aus der Tasche, es sieht wie eine automatische Bewegung aus. Dass es wirklich eine ist, stellt Leon in dem Moment fest, in dem Sina flucht und ihr Handy wieder zurücksteckt.

»Vielleicht prüfst du das wirklich mal mit den Apps«, sagt Leon leise, aber sehr ernst.

»Wer sollte denn so eine App auf meinem Handy installieren?«, fragt sie und fährt sich durch das kupferrote Haar, das sie heute offen trägt.

Ist das nicht offensichtlich?, denkt er, antwortet aber nicht.

ANNA

KAPITEL 22

»Anna? Kann ich dich kurz sprechen?«

Ich drehe mich um und entdecke meinen Kollegen Yves hinter mir, wie er über den Flur der SothA auf mich zukommt. Er geht schnell und sieht besorgt aus.

»Hi, Yves«, begrüße ich ihn irritiert. »Ich habe nachher ein Gespräch mit Andersen, auf das ich mich vorbereiten muss.« Allein der Gedanke daran löst neue Beklemmungen in mir aus.

Die vergangenen Tage habe ich fast ausschließlich damit zugebracht, mir eine Strategie zurechtzulegen, wie ich Andersen mit meinem Verdacht, er könnte Sonny sein, konfrontieren kann. Ohne allzu offensichtlich zu handeln, falls er es doch nicht ist. Ich muss an die Diagnostiktermine denken, die einer von meinen Kollegen mit meinen Häftlingen durchführen wird. Auch sie werden gefragt werden, wie die Sitzungen mit mir laufen. Gleichzeitig frage ich mich in einem fort, was passiert, wenn Andersen tatsächlich Sonny ist. Und feststellt, dass ich ihn enttarnt habe, obwohl er mich davor gewarnt hat.

»Das wird sich erledigt haben«, antwortet Yves mit einem seltsamen Ausdruck in den Augen und nimmt mich am Arm.

Stirnrunzelnd schaue ich auf seine Hand hinunter und dann wieder in sein Gesicht. »Was meinst du?«

»Nicht hier, okay?« Yves blickt sich um. »Komm bitte mit in mein Büro. Oder deins. Deins ist näher.«

Ich verstehe gar nichts mehr und folge meinem offensichtlich aufgeregten Kollegen zu meiner Bürotür, die er mit seinem Schlüssel aufschließt.

Er geht voran, ich folge ihm, dann bedeutet er mir, die Tür zu schließen.

»Anna, ich sag das nur ungern, aber du steckst in Schwierigkeiten.«

Er betätigt den Lichtschalter, so dass ein paar Sekunden lang nur das Klackern und Surren der anspringenden Leuchtstoffröhren zu hören ist. Mein Büro ist trotz der Tageszeit wie immer zu dunkel, um ohne das kaltweiße künstliche Licht auszukommen.

»Was meinst du?«, frage ich und merke, wie mein Mund trocken wird.

Yves holt Luft und weicht meinem Blick aus. Dann schüttelt er den Kopf und vergräbt seine Hände in den Taschen seiner beigefarbigen Chino. »Ich weiß nicht, wie ich das sagen soll, aber … ich sag es einfach. Andersen … Andersen hat sich umgebracht. Erhängt.«

ANNA

KAPITEL 23

Ich blinzle und bin im ersten Moment weder fähig zu reagieren noch fähig zu verarbeiten, was er da gerade gesagt hat. Dann lache ich auf. Kläglich. »Du verarschst mich. Machst du … Du machst Witze, oder?«

Yves hält den Kopf gesenkt. Mein Blick wandert seinen Hals hinunter bis zu der Kante seines Hemdkragens. Diesmal ist es ein olivgrünes Hemd. Über dem sich rote Flecken auf seiner Haut ausbreiten.

»Habe ich jemals Witze gemacht?«, fragt er dann und schaut auf. Ich suche seine dunkelbraunen Augen mit den erstaunlich langen Wimpern nach irgendeinem Anzeichen von Humor ab, doch ich finde nichts. Nur Ernsthaftigkeit. Und Sorge.

Ich lasse mich auf einen der Stühle sinken, die Hilser zu Beginn meiner Tätigkeit als ›Besprechungsecke‹ bezeichnet hat, und atme stoßweise aus. Es kommt mir vor, als wäre das Jahre her. »Er hat … er hat WAS getan?« *Unmöglich*, denke ich. Meine Hände kribbeln.

»Es ist leider wahr, Anna. Sven Andersen hat sich letzte Nacht in seinem Haftraum erhängt. Ich war heute früh da und habe mitbekommen, wie sein Körper abtransportiert wurde. Zur Rechtsmedizin. Hast du denn keinerlei Anzeichen auf Suizidalität bei ihm wahrgenommen? Ich habe gleich in alle Mitschriften reingeschaut, von deinen Einzelsitzungen und der letzten Gruppensitzung, bei der ich ja nicht dabei war.« Yves lässt sich nun auf den zweiten Stuhl sinken, der meinem schräg gegenübersteht, und beugt sich nach vorne.

Ich schüttle stumm den Kopf. *Das ergibt keinen Sinn. Das ergibt einfach keinen Sinn.* Jäh schießt mir die Einzelsitzung mit Andersen durch den Kopf, in der er so verzweifelt gewirkt hat. Und der Beamte vom AVD, der genau das mitbekommen hat. *Aber in der Gruppensitzung hat er unbefangen gewirkt*, lehnt sich eine innere Stimme auf.

»Weißt du, die Sache ist die … die Häufigkeit der Selbstmordversuche bzw. in diesem Fall des vollzogenen Selbstmords unter deinen Häftlingen …« Yves bricht ab und rauft sich die Haare. »Das sieht nicht allzu gut aus. In dieser kurzen Zeit, meine ich. Erst Tsakiris, jetzt Andersen. Das wirft Fragen auf. Das muss Fragen aufwerfen, sonst würde unser System nicht funktionieren. Ich habe gehört, wie Hilser mit Kirchfeld telefoniert hat.«

Ich muss an das Gespräch mit dem Gefängnisdirektor zurückdenken und merke, wie mir der Schweiß ausbricht. Ich kann keinen klaren Gedanken mehr fassen.

Andersen hat nicht suizidal gewirkt. Seinen Gemütszustand habe ich ja sogar direkt abgeklopft, zu Beginn unseres Gespräches. Und dann die Gruppensitzung. Die merkwürdig angriffslustige Stimmung und die doppeldeutigen Aussagen – hat mich das alles so eingenommen, dass ich Anzeichen auf Suizidalität übersehen habe?

»Es gab keine Anzeichen. Ich verstehe das nicht. Er wirkte … er wirkte eher belustigt. Er …« Ich verstumme.

Mein Kollege macht einen betretenen Gesichtsausdruck. »Ich kann mir auch nicht vorstellen, dass du dich derart verschätzen würdest. Mir ist in den vorherigen Gruppensitzungen ebenfalls nichts weiter aufgefallen. Allerdings kann sich Suizidalität relativ kurzfristig entwickeln. Und den besseren Einblick hat man über die Einzelsitzungen. Weil Kirchfeld noch auf einer Tagung in Berlin ist, wird Hilser mit dir sprechen wollen, auch wenn ihm sicher bewusst sein wird, dass dir Andersen noch nicht lange zugeteilt gewesen ist. Am besten schaust du trotzdem noch deine Dokumentationen durch. Damit du sprechfähig bist. Kann auch sein, dass die Kriminalpolizei anrückt. Das weiß ich nicht so genau. Ich selbst war … also ich selbst hatte so einen Fall noch nicht mit meinen Häftlingen.«

Alles an mir fühlt sich taub an.

Dann klopft es an der Tür. »Ja?«, frage ich tonlos.

Die Tür öffnet sich, und Hilser schaut herein. »Hier sind Sie ja, Frau Salomon.« Er stößt die Tür noch ein wenig weiter auf. Sein Blick bleibt an Yves hängen, der sich auf die Knie klopft und aufsteht.

»Also gut, Anna, wir können die Inhalte für die nächste Gruppensitzung ja später weiterbesprechen, ja?«, sagt er etwas zu laut und lächelt Hilser zu. »Ich wollte sowieso gerade gehen.«

Hilser nickt. »Frau Salomon, ich möchte mit Ihnen sprechen. Es geht um einen Ihrer Häftlinge«, beginnt er ohne jede Heiterkeit in der Stimme und schließt die Tür hinter Yves, nachdem dieser den Raum verlassen hat.

ANNA

KAPITEL 24

»Sven Andersen hat sich erhängt.« Hilser sitzt auf dem Stuhl, auf dem zuvor Yves gesessen hat. Seine Augen sind unverwandt auf mein Gesicht gerichtet.

Gerade noch rechtzeitig fällt mir ein, dass ich überrascht wirken muss, um Yves' kollegiale Warnung nicht zu verraten. Ich zwinge meine Gesichtsmuskeln mit aller Macht in einen geschockten Ausdruck, obwohl ich seit Minuten nichts anderes mehr als Lähmung empfinde. »Wie? Was? Was meinen Sie?«, stammle ich. Immerhin klingt meine Stimme so verwirrt, wie ich mich tatsächlich fühle.

Hilser nickt und macht seinerseits einen ernsten Gesichtsausdruck. »Ja. Es tut mir leid, Ihnen das sagen zu müssen, es ist ja nicht der erste Vorfall … dieser Art.«

Ich sinke unter seinem Blick zusammen. »Ich verstehe das nicht«, flüstere ich.

»Tut mir leid.« Hilser beugt sich nach vorne und berührt behutsam meine Hand. »Ich sehe, Sie sind ganz schön geschockt. Haben Sie keine Anzeichen auf Suizidalität wahrgenommen? Sie wissen, ich muss das fragen. Und wir müssen das in Ruhe besprechen, auch mit Herrn Kirchfeld zusammen. Es wird weitere Gespräche geben. Vermutlich auch mit der Kriminalpolizei. Das ist das übliche Prozedere. Aber ich wollte vorher mit Ihnen sprechen … Frau Salomon, ich habe in Ihren Mitschriften keinen Hinweis auf Suizidalität entdeckt. Und frage mich natürlich schon, woher diese Diskrepanz kommt. Zu dem vollzogenen Akt der Selbsttötung. Ich muss mich dafür vor allem erst einmal an Sie wenden, da Sie zuletzt mit Andersen im Einzelsetting in Kontakt standen.«

Ich sehe in Hilsers Gesicht, dass auch ihm die Situation alles andere als leichtfällt.

»Ich habe …« Ich muss mich unterbrechen, um mich zu sammeln. »Ich habe keine Anzeichen auf Suizidalität wahrgenommen.«

»Aber Sie haben das thematisiert? Ihre Notizen lesen sich zumindest so, als hätten Sie seine Stimmung abgefragt.«

»Ja, ich habe das im Blick gehabt. Nach Tsakiris.« Mein Brustkorb zieht sich zusammen. »In der Einzelsitzung. In der Gruppensitzung, die war später, hat er ganz unbefangen gewirkt. Eher etwas provokant. Und gut gelaunt.«

Hilser schweigt eine Weile. »Nun«, setzt er dann wieder an. »Wir haben einen Abschiedsbrief bei Andersen gefunden.«

»Einen Abschiedsbrief?« Nun fängt mein Magen an zu brennen.

»Ja.« Hilser nickt. »An seine Mutter. Er entschuldigt sich dafür, ein so schlechter Sohn gewesen zu sein. Und dass er Sina sehr geliebt habe. Jetzt endlich wieder bei ihr sein wolle. Ich kenne seine Akte. Auch deshalb bin ich hier. Wer ist Sina? Ist Ihnen der Name unter Andersens Opfern schon mal untergekommen?«

Ich habe das Gefühl, jeden Moment in Ohnmacht zu fallen. Ich spüre regelrecht, wie sich Schwärze an meinem Sichtfeld ausdehnt, kalt und schwer und nass, und wummernd näher rückt. »Er … er nennt sein erstes Opfer … Sina. Ein Spitzname. Die Frau hieß eigentlich Simone.« *Es sei denn, Andersen war tatsächlich Sonny. Und meinte mit Sina in Wahrheit wirklich Sina.* In dem Fall hätte er sein Geheimnis um sein viertes Opfer mit ins Grab genommen. *Aber das ergibt eigentlich keinen Sinn. Sonny war inhaftiert, als Sina verschwand.* Ich lasse mich kraftlos gegen die Rückenlehne meines Stuhls sinken.

Der stellvertretende Leiter der sozialtherapeutischen Abteilung nickt langsam. »Okay, das würde Sinn ergeben. Der Vorfall wird trotzdem untersucht werden. Bitte bereiten Sie sich darauf vor, Frau Salomon. Ich weiß noch nicht, ob auch Sie mit der Polizei sprechen müssen oder ob es reicht, wenn wir das übernehmen, das klären wir noch. Es tut mir leid, dass Sie bereits nach so kurzer Zeit mit so einer Situation konfrontiert werden. Ein weiteres Mal. Auch wenn es Tsakiris ja langsam wieder besser zu gehen scheint.«

Ich halte den Kopf gesenkt, denn ich kann meine Mimik nicht mehr kontrollieren.

»Ich muss ein paar weitere Telefonate in der Angelegenheit führen. Soll ich Ihnen einen Kollegen vorbeischicken? Oder möchten Sie nach Hause, wenn wir das Nötigste geklärt haben?«

»Nein, ich … schon gut. Ich möchte einfach einen Augenblick allein sein«, antworte ich leise.

Habe ich Sonny gefunden und … verloren? Und damit jede Chance darauf, zu erfahren, was mit meiner Schwester geschehen ist? Ich denke an den großen kräftigen Häftling zurück, der nun tot ist. *Tot.*

»In Ordnung. Ich schicke gleich aber trotzdem jemanden zu Ihnen. Sie sehen mir gar nicht gut aus.«

Ich stimme zu, weil ich keine Kraft habe, dagegen zu argumentieren, und kauere auch dann noch auf meinem Stuhl, als sich die Tür meines Büros längst wieder geschlossen hat.

12. September 2019

Liebes Tagebuch,

ich weiß nicht mehr, was ich denken oder fühlen soll. Ich möchte die Gedanken, die mich nicht mehr loslassen, nicht einmal aufschreiben, weil sie so ungeheuerlich erscheinen.
Ich liebe Samu.
Aber ich bekomme das mit den Apps nicht aus dem Kopf. Würde er so weit gehen? Würde er wirklich eine Tracking-App auf meinem Handy installieren? Ich kann mir das einfach nicht vorstellen. Ich habe es auf Werkseinstellung zurückgesetzt und alles runtergeschmissen, was installiert war. Irgendetwas muss sich verändert haben, denn mein Akku funktioniert jetzt tatsächlich wieder normal. Aber kann das sein? Vielleicht hatte das Handy einfach nur eine Fehlschaltung. Ich weiß es nicht. Aber ich kann Samu auch schlecht darauf ansprechen und fragen, ob er mein Handy getrackt hat. Er würde ausflippen. Zu Recht wahrscheinlich. Ich bin inzwischen total paranoid.
Seit ein paar Tagen habe ich Magenschmerzen. Teilweise wache ich sogar nachts davon auf und kann dann nicht wieder einschlafen, weil ich ständig Angst habe, dass es wieder an der Tür klingeln könnte. Inzwischen mache ich gar nicht mehr auf, es sei denn, ich erwarte Besuch. Ich werde dieses Gefühl, dass irgendetwas in meiner Wohnung anders ist, wenn ich heimkomme, nicht mehr los. Letztens hat es nach kaltem Zigarettenqualm gerochen, aber so leicht, dass ich nicht sicher war, ob mich mein Geruchssinn trügt. Auch stand mein Schrank vorgestern offen. Genauer gesagt die Schublade mit meiner Unterwäsche. Ich bin aber auch hier nicht sicher, ob ich mir das einbilde. Ich schlafe kaum noch, vielleicht bin ich

einfach auch total übermüdet und kriege nicht mehr mit, was ich tue.

Ich habe schon überlegt, selbst eine Kamera zu installieren. Allerdings bin ich sehr knapp bei Kasse. Das ist auch so ein Thema. So langsam bräuchte ich einen neuen Job oder überhaupt mal einen Plan, wie ich weitermachen will. Stattdessen komme ich morgens nicht aus dem Bett, fühle mich den ganzen Tag kraftlos und ängstlich.
Ich vermisse meine Mama. Ich vermisse Anna. Ich vermisse mein altes Ich. Und schon wieder muss ich weinen. Mein Leben besteht nur noch aus Tränen und Überforderung. Ich weiß nicht mehr, was ich machen soll. Ich weiß nicht mehr, wie ich leben soll. Ich habe wirklich das Gefühl, am Leben zu scheitern. Hat das alles überhaupt noch einen Sinn?

Sonny ist gestern vorbeigekommen. Er wollte mit mir über Samu sprechen. Ich hatte die ganze Zeit Angst, Samu könnte überraschend vor der Tür stehen, so wie letztens, allerdings stand er da genau genommen direkt im Wohnzimmer. Es würde ihm ganz und gar nicht passen, dass sein Kumpel heimlich vorbeikommt. Vor allem, weil Sonny mir ins Gewissen geredet hat. Gesagt hat, dass Samu nicht gut für mich ist. Er sagte, dass er ihn als Freund sehr schätze, als Partner tauge er jedoch nicht. Er wisse, dass Samu handgreiflich werde, er habe das bei Exfreundinnen von ihm mitbekommen. Und in anderen Kontexten, was auch immer er damit meint. Dass ich aufpassen soll. Ich habe abgestritten, dass er mir gegenüber schon einmal handgreiflich geworden ist. Das war einmalig, und Samu hat sich tausendfach entschuldigt. Ich will nicht, dass der Eindruck entsteht, dass er generell zu Gewalt mir gegenüber neigt. Ich setze da schon meine Grenzen, ich habe ihn danach schließ-

lich auch erstmal rausgeschmissen. Außerdem war Samu auch schon so oft für mich da, hat so viele Tränen getrocknet, mich so oft getröstet und beruhigt. Diese weiche Seite von ihm zeigt er anscheinend nur mir, weder Leon noch Sonny scheinen sie zu kennen.

Sonny meinte dann noch, es gebe Männer, die würden meinen Wert erkennen und mich auch so behandeln. Er hat mich wieder »little Butterfly« genannt und mich dabei so komisch angesehen. Wahrscheinlich hat er meine Kette bemerkt, die ich immer trage, der Gedanke kam mir erst in diesem Moment. Ich habe auf jeden Fall das Thema gewechselt. Das wird mir alles zu viel. Ich habe ihm ein paar Fragen gestellt, um von mir wegzulenken. Ich habe ihn zum Beispiel nochmal gefragt, womit er sein Geld verdient. Er hat gesagt, er hat viele verschiedene Jobs, die vor allem darin bestehen, dass er gute Geschäfte abschließe. Dass er klug ist, ist mir von Anfang an aufgefallen. Aber ich glaube gleichzeitig, dass er sich nicht immer an Regeln hält. Irgendwie strahlt er so etwas aus. Sonst würden Samu und er ja auch nicht immer so ein Geheimnis daraus machen, wo sie sich aufhalten. Aber tatsächlich bin ich an einem Punkt, an dem es mich eigentlich auch nicht mehr interessiert. Ich habe keine Energie mehr, mir über so etwas Gedanken zu machen.

Ich möchte doch einfach nur eine normale Zweiundzwanzigjährige mit einem normalen Leben sein. Mit einer Mutter darin, die nicht tot und von Maden zerfressen unter der Erde liegt, und einer Schwester, die mich nicht ignoriert. Mit Freundinnen, die mich durchs Leben begleiten, und einem Freund, der nicht so viele Päckchen zu tragen hat. Eine berufliche Perspektive, die mir Spaß macht, wäre ebenfalls schön.

Wenn ich meine Zeilen so lese, muss ich mir allerdings die Frage stellen, ob wirklich die anderen das Problem sind – oder viel-

mehr ich selbst. Jeder Lebensbereich bröckelt. Irgendwas stimmt doch nicht mit mir. Verdammt nochmal. Was stimmt denn nicht mit mir?

XOXO. Definitiv nicht an mich.

ANNA

KAPITEL 25

Jeder einzelne Schritt zurück in die Mauern dieses Gefängnisses fühlt sich an, als würde ich durch Zement waten, der im Begriff ist, zu Stein zu erstarren.

Ich habe mich Ende letzter Woche, nach einem weiteren Gespräch mit Hilser aufgrund von Andersens Selbstmord, krankgemeldet und das Wochenende allein zu Hause im Bett verbracht. Bislang habe ich Gott sei Dank nicht mit der Polizei sprechen müssen. Und ich war froh gewesen, dass Jonathan unterwegs gewesen war. Vom Suizid meines Bezugshäftlings habe ich ihm nichts erzählt. Ich schotte mich mehr und mehr von ihm ab. Das passiert nicht freiwillig, es schmerzt und bedrückt mich. Aber meine Lügen, mein geheimer Plan, stehen wie Nebel zwischen uns, der immer undurchdringlicher wird. Immer öfter denke ich darüber nach, mich ihm anzuvertrauen, mit allem. Aber das würde den sicheren Tod meines Plans bedeuten. Und das kann ich nicht zulassen. Niemand kämpft für Sina. Niemand kämpft für meine Schwester außer mir.

Ich habe darüber nachgedacht, wie ich nun weitermachen werde. Andersen ist vermutlich Sonny. War. War vermutlich Sonny. Anders kann ich mir die ganzen Parallelen und Anspielungen einfach nicht erklären. Auch wenn ich davon ausgegangen war, dass Sonny aufgrund seiner Inhaftierung nicht der Täter gewesen sein kann, aber wer weiß, wie die zeitlichen Zusammenhänge wirklich waren. Ob Sina in Bezug auf seine Inhaftierung wirklich richtig informiert war. *Das alles erscheint so verwirrend. Wenn er Sonny war und nun tot ist, ist aber auch die Bedrohung tot, oder nicht? Die Bedrohung durch den Hinweisgeber, durch die grellroten Botschaften. Was also mache ich noch in Weyer?* Der Gedanke, zu kündigen und alles hinter mir zu lassen, ist verlockend. Ein großer Teil von mir möchte loslassen, weglaufen und nie wieder zurückdenken. Doch der noch größere Teil in mir hängt noch immer fest. Sucht noch immer nach Antworten.

Also habe ich entschieden, zumindest noch herauszufinden, ob die übrigen Häftlinge des Behandlungsprogramms für Sexualstraftäter, das Yves und ich wöchentlich durchführen, irgendetwas gewusst haben. Die Anspielungen kamen nicht nur von Andersen. Vielleicht kann ich abschließen, wenn mir irgendwer bestätigt, dass Andersen wirklich Sonny gewesen ist. Auf irgendeine Art und Weise. Dann weiß ich nach wie vor nichts über Sinas Verbleib. Aber ich könnte versuchen, damit umzugehen, dass sie tot ist. Weshalb sonst hätte Andersen in seinem Abschiedsbrief schreiben sollen, dass er mit seinem Suizid zu ihr zurückkehren will? Während ich die Tür zum Glaskasten aufschließe, um gleich ein Einzelgespräch mit dem Intensivstraftäter Furkan Selte zu führen, schießen mir Tränen in die Augen. Wie immer, wenn ich an Sina denke und daran, dass sie vermutlich tot ist. Ein Gedanke, eine Möglichkeit, mit der ich seit sechs Jahren nicht zurechtkomme.

»Wieder da, Frau Salomon?«, fragt mich einer der diensthabenden AVD-Beamten, ein junger blonder Mann in den Dreißigern, und lächelt mir zu. Er ist die Sorte Mensch, die immer gut gelaunt wirkt. Offensichtlich kann nicht einmal die beklemmende Atmosphäre eines Gefängnisses mit höchster Sicherheitsstufe etwas daran ändern. Meine Augen wandern zu seinem Namensschild. *Timo Steffens*. Er hat sich mir bestimmt schon einmal vorgestellt, ich erinnere mich allerdings nur vage.

»Ja«, antworte ich und lächle ebenfalls.

»Hatten Sie ein schönes Wochenende?«

Ich weiß nicht, was ich sagen soll. »Den Umständen entsprechend«, antworte ich deshalb nur knapp.

Der Blick des Justizvollzugsbeamten umwölkt sich. »Natürlich. Andersen. Ich wollte nicht unsensibel sein, sorry. Für uns ist so ein Vorfall nicht wirklich etwas Neues, leider.« Er stemmt seine Hände in die Hüften. »Und so lang hatten Sie ihn ja noch nicht in Behandlung, oder? Machen Sie sich nichts draus. Sie wissen hoffentlich, dass Sie nichts dafürkönnen?«

»Danke. Ja. Stimmt wahrscheinlich.«

»Mir war von Anfang an klar, dass Sie keine Schuld trifft. Sie wirken immer so bemüht und ernst. Also ernst bei der Sache. Als würde Ihnen Ihr Job wirklich etwas bedeuten.«

Das tut er. Nur nicht so, wie du denkst. »Danke«, antworte ich erneut. Ich fühle mich unwohl, weil ich mich an den Mann kaum erinnern kann, während er jedoch einen Bezug zu mir zu haben scheint. Dass über den Vorfall und meine Rolle dabei auch im Team gesprochen wird, habe ich mir jedoch bereits gedacht. Ich habe wenig Lust, weiteren Gesprächsstoff für Kaffeepausen zu liefern. »Ich … gehe mal rein.« Ich deute auf die Tür zum Glaskasten, die ich gerade geöffnet habe. »Ich habe jetzt einen Termin.«

Timo Steffens nickt. »Furkan Selte, richtig? Ich hole ihn.«

Bevor ich erwidern kann, dass das nicht nötig ist, hat sich der Beamte vom AVD schon umgedreht und von mir entfernt.

Ich seufze, gehe in den Raum hinein und lege mein Klemmbrett und Seltes Akte auf den Tisch. Die erfahrenen Kollegen holen sich die Akten nur für Schriftstücke wie Stellungnahmen aus der Verwaltung, ich fühle mich sicherer, wenn ich sie auch während der Einheiten griffbereit habe.

Wenig später ertönt ein Klopfen am Türrahmen.

»Hier ist er«, ruft Steffens herein. Der Mann erinnert mich an einen emsigen Golden Retriever. Kurz stelle ich mir vor, wie ich ihm ein Leckerchen hinüberwerfe.

»Danke.«

»Kein Problem.« Steffens salutiert und schließt die Tür hinter dem Häftling.

Ich deute auf den freien Stuhl am gegenüberliegenden Ende des Tisches, als Furkan Selte näher kommt.

»Frau Psychologin«, begrüßt er mich förmlich, auf seinen Lippen hängt ein anzügliches Lächeln. Doch ich fühle mich nach wie vor so von den letzten Ereignissen überrollt, dass das nichts mit mir macht. Es ist mir scheißegal.

»Setzen Sie sich, Herr Selte.«

»Ich habe mich schon gefragt, wann wir unser erstes Einzelgespräch führen werden.« Selte sitzt nun zurückgelehnt auf seinem Stuhl und legt seinen Fuß auf dem Knie des anderen Beines ab. Dann verschränkt er die Arme. Er trägt ein rotes Muskelshirt und eine hellgraue Jogginghose.

»Ihre Akte ist sehr umfangreich. Ich wollte mir erst einen Überblick verschaffen«, erwidere ich sachlich und breite ein paar Papiere vor mir aus. »Sie sind seit Ihrem siebzehnten Lebensjahr immer wieder inhaftiert gewesen, mit nur sehr kurzen Unterbrechungen.«

»Kann ich nicht abstreiten.« Selte klingt munter.

Ich nicke. »Wie geht es Ihnen heute? Sie scheinen gut gelaunt zu sein. Von Andersens Selbstmord haben Sie gehört, nehme ich an?« *Du bist zu offensiv, Anna*, mahnt mich eine Stimme in meinem Inneren. Trotzdem schaue ich ihm konfrontativ in die Augen.

»Ja, habe ich.« Für den Bruchteil einer Sekunde legt sich ein Schatten über das Gesicht des Vierunddreißigjährigen und durchbricht die Maskerade aus Coolness. Lang genug, damit mir die Mikroexpression auffällt.

»Wie geht es Ihnen damit? Sie haben sich, soweit ich weiß, ganz gut mit Herrn Andersen verstanden?«, frage ich und muss kurz darauf die Augen niederschlagen. Ich habe noch immer nicht verinnerlicht, dass Andersen tot ist. Ich fühle mich schuldig, obwohl ich nicht verstehe, an welcher Stelle ich einen Fehler gemacht haben soll.

Eine Weile bleibt es still, dann atmet Selte hörbar aus. »Ach, kommt immer mal wieder vor, sowas.« Er zuckt mit den Schultern, doch seine Stimme ist längst nicht mehr so unbeschwert wie zuvor.

»Haben Sie im Vorfeld irgendetwas mitbekommen? Sie sind hier gut vernetzt, Herr Selte, das ist mir gleich aufgefallen. Sie sind nah an allem dran. Wenn jemand etwas hätte ahnen können, dann Sie.« Es ist als Lob gedacht, um den Häftling aufzuschließen, doch mir fällt auf, dass es auch wie ein Vorwurf klingen könnte. »Im positiven Sinne«, füge ich deshalb hinzu.

Selte betrachtet mich einen Augenblick, bevor er antwortet.

»Das haben Sie richtig festgestellt.« Er beginnt mit dem Knie zu wippen, was mich an Vágó erinnert. Es ist eine der universelleren Körperanzeichen für Unruhe, Nervosität oder Unsicherheit. Ehrlicherweise beobachte ich das aber häufiger bei Männern als bei Frauen. Ein Umstand, dessen Hintergrund ich schon lange einmal recherchieren wollte.

»Ich bin ehrlich mit Ihnen«, sage ich und meine es auch so. »Ich habe das nicht kommen sehen. Es ist deshalb nicht so leicht für mich, das einzusortieren.« Ich unterbreche mich kurz und tue so, als würde ich meine Unterlagen sortieren müssen. »Andersen hat in keiner Weise suizidal auf mich gewirkt.« Erinnerungen an sein Weinen während unseres letzten Einzelgespräches schießen wieder einmal durch meinen Kopf. *Hier in diesem Glaskasten.*

Ich habe diese Szene am Wochenende hin und her gewälzt wie eine Wahnsinnige. Und bin immer wieder zu dem Schluss gekommen, dass er belastet, aber nicht lebensmüde gewirkt hat. Ein Eindruck, der durch die Gruppensitzung bestätigt wurde. Habe ich zumindest gedacht. Kann ich mich so getäuscht haben?

Meine Offenheit scheint eine Auswirkung auf Selte zu haben. Das lässige Grinsen ist genauso verschwunden wie der anzügliche Unterton, als er sich über die Lippen leckt und antwortet: »Jo. Also. Sven hat auch auf mich locker gewirkt. Hätte das nicht gedacht, dass er sowas tut.« Er hebt die Hände. »Aber war seine Entscheidung. Jeder sollte selbst über sein Leben oder seinen Tod richten. Finde ich.« Er versucht, Lockerheit in seine Stimme zu legen, aber seine Augen verraten ihn. Der Suizid seines Mithäftlings hat ihn mehr mitgenommen, als er zeigen möchte.

»Belastet Sie das, Herr Selte?«

»Nein.« Die Antwort kommt zu schnell. Dann grinst er. »Wieso sollte es? Bin ein einsamer Wolf. Das sind wir alle. Hier in diesen Mauern kannste dich auf nichts verlassen. Im Leben auch nicht. Das lernt man schnell.« Er schaut zur Seite.

»Wie haben Sie die Stimmung während der letzten Gruppensitzung wahrgenommen?«

Der junge Mann zieht die Augenbrauen nach oben und fährt sich durch seine krausen Locken. Seine Finger verhaken sich, so dass er seine Hand ein wenig hin und her schütteln muss, um die knotigen Strähnen voneinander zu lösen. Die Finger seiner rechten Hand sind gelb verfärbt, vermutlich vom Nikotin seiner Zigaretten.

»Wir haben Sie bloß verarscht, Frau Psychologin. Kein Grund, sich da reinzusteigern.«

»Verarscht? Inwiefern?«, frage ich, plötzlich alarmiert.

»Und Sie sind ein Psychodoc.« Selte johlt auf. Seine verletzliche Seite, die ich für wenige Minuten erkennen konnte, scheint er nun wieder zu vergraben. »Na kommen Sie schon, das liegt doch auf der Hand. Oder nicht?« Er gähnt. Es wirkt gekünstelt. »Kann ich eigentlich einen Kaffee bekommen? Bei Herrn Schumann ging das immer.«

»Nein. Bei mir nicht«, antworte ich knapp. »Was liegt auf der Hand?« Ich fixiere sein Gesicht mit meinen Augen.

»Das ist wirklich witzig.« Selte kichert. »Sie kommen in einen Knast für die ganz üblen Brüder und rechnen nicht damit, dass wir Sie mit Ihrer Vergangenheit aufziehen? Sina? Klingelt da was?«

»Ich weiß nicht, was Sie meinen.«

»O Mann. Sie müssen echt noch viel lernen, nichts für ungut. Wir haben einen Zeitungsartikel gesehen. Über Ihre Schwester. Die Ähnlichkeit ist ja unverkennbar. Daraufhin hat Andersen recherchiert. Ihre Schwester wurde ermordet. Richtig? Wir wollten Sie nur ein bisschen provozieren. Schauen, wie Sie reagieren. Jetzt gucken Sie doch nicht so. Was glauben Sie, mit wem Sie es hier zu tun haben?« Der Häftling grinst.

Ja, was glaube ich, mit wem ich es hier zu tun habe?, wiederhole ich stumm in meinem Kopf. Meine Ohren rauschen, während sich mir eine Erkenntnis aufdrängt.

»Also haben Sie diese Anspielungen nur gemacht, um mich … um mich aufzuziehen? Sie haben herausgefunden, was mit meiner Schwester passiert ist, und haben das gegen mich verwendet? Andersen auch?«

Selte starrt mich an. »Sind Sie jetzt überrascht, weil wir uns wie Verbrecher verhalten?«

Nein. Weil Andersen dann wohl doch nicht Sonny war, möchte ich erwidern und weiß nicht, was ich in diesem Moment fühlen soll. *Ich stehe wieder am Anfang.* »Kennen Sie Sonny?«, platzt kurz darauf verzweifelt die eine Frage aus mir heraus, die ich seit Wochen unauffällig zu umkreisen versuche, noch bevor ich sie zurückhalten kann.

Es wird still im Glaskasten. Selte zieht die Augenbrauen zusammen. »Was? Wen?«, kommt es schließlich aus seinem Mund. Dann fährt er sich mit der linken Hand über seinen Bart, der nicht mehr als ein Flaum ist.

»Sonny«, wiederhole ich, weil es jetzt sowieso zu spät ist.

»Nein. Ich kenne keinen … Sonny. Was ist los mit Ihnen? Sie sind echt 'ne schräge Braut.« Selte lacht, aber seine Augen bleiben ernst. »Irgendwie hab ich das von Anfang an gemerkt.«

ANNA
KAPITEL 26

Fünfundzwanzig Minuten später sitze ich in meinem Büro und kann mich kaum auf meine Notizen fokussieren. Es ist, als wären meine Gedanken in einer mir unbekannten Sprache verfasst, die ich nicht entziffern kann. Die ganze Zeit atme ich gegen meine Nervosität an.

Irgendwie ist es mir gelungen, die Sitzung mit Selte halbwegs sortiert fortzuführen und nur ein wenig früher als üblich zu beenden, ihn weg von dem Thema zu lenken, das sich nicht offenbaren darf und es doch langsam, aber unweigerlich tut. Meine Fassade bröckelt mit jedem Tag mehr. *Schlimm genug, dass ich ihn offen nach Sonny gefragt habe.* Ich stütze meinen Kopf in die Hände und schließe für ein paar Sekunden die Augen.

Wenn Andersen doch nicht Sonny war und mich tatsächlich einfach nur auf der Grundlage eines Zeitungsartikels aufgezogen hat, wie Selte behauptet, existiert die Bedrohung weiterhin. Genauso wie die Chance, Sonny ausfindig zu machen. Und die Chance, dass Sina vielleicht noch lebt. Ich fühle mich gleichzeitig erleichtert und kraftlos.

Aber es ergibt Sinn. Was Selte sagt, ergibt Sinn. Vermutlich hat Andersen mich tatsächlich nur provozieren wollen. Dass ich das nicht vorher in Betracht gezogen habe. Verdammt nochmal!

Aufgewühlt haue ich auf den Tisch.

Dann schiebe ich ein paar Dokumente beiseite, ziehe einen

darunter vergrabenen Kugelschreiber hervor und starre erneut auf meine Notizen. *Okay, wie kann ich weitermachen?*

Ich beginne damit, alles durchzustreichen, was nicht mehr relevant ist.

~~Antaios Tsakiris: 45 Jahre alt, Ermordung seines Geschäftspartners, vorher völlig unbescholten – eher nicht Sonny,~~ könnte ihn aber aufgrund der Haftdauer kennengelernt haben? → Muss ich noch herausfinden, wenn er sich stabilisiert hat.

~~Miro Wedel: 54 Jahre alt, Vergewaltigung seiner Stieftochter, befand sich bereits vor September 2019 in Haft (nicht in Weyer), zu alt + keine Familie von Sonny bekannt (Stieftochter oder Partnerin) – eher nein.~~

Sven Andersen: 36 Jahre alt, sitzt seit 9 Jahren mit Unterbrechungen ein (Serienmorde und Serienvergewaltigungen); kein Hinweis auf viel Geld oder Drogengeschäfte. Ist groß und stämmig mit schütterem Haar, wirkt eher nicht weltmännisch – trotzdem möglich? Wirkt konzentriert und intelligent, Alter könnte passen?
→ VERSTORBEN.
→ Anspielungen laut Selte nur aufgrund von frei zugänglichen Informationen und um mich zu provozieren.

~~Thomas Rehfeld: 62 Jahre alt, Produktion und Verbreitung von kinderpornografischem Material; wirkt überhaupt nicht so wie von Sina beschrieben + zu alt und vorher in anderer Haftanstalt – weiß vermutlich nichts.~~

~~Furkan Selte: Vergewaltigung und sexuelle Nötigung, 34 Jahre alt, Intensivtäter seit seiner Jugend, saß vorher bereits wegen Raubüberfällen und Körperverletzung ein; wirkt zu impulsiv und~~

~~ungeschliffen für Sinas Beschreibungen von Sonny, aber nicht auszuschließen (?). Weiß eventuell, wer Sonny ist? War 2019 nicht in SothA, aber im Regelvollzug in Weyer.~~
→ Hat glaubhaft irritiert auf meine Konfrontation mit dem Namen »Sonny« reagiert und von Internetrecherchen zu Sinas Tod gesprochen.

Michael Toltenburger, passendes Alter, mehrfache schwere Körperverletzung, Drogenhintergrund? Schumann zugeteilt.
→ Keine Ahnung

~~Joska Vágó, Bandenkrimineller in den Dreißigern, Raub, Drogengeschäfte und Zwangsprostitution, weitreichendes Netzwerk, Yves zugeteilt.~~
→ Wirkte ähnlich zu Sinas Beschreibungen, allerdings völlig andere örtliche Herkunft.

Norbert Wedowil, hochintelligenter Betrüger, Schumann zugeteilt.
→ Keine Ahnung

Tobias Schulz, Ende 20, schwerer Raub und schwere Körperverletzung, attraktiv und hochmanipulativ, Kirchfeld zugeteilt.
→ Keine Ahnung

Ich notiere einen weiteren Satz:

9/35 Häftlingen. Was ist mit den übrigen 26???

Und:

Ich bin wegen Sonny auf die JVA Weyer gekommen. Er soll hier einsitzen. Sonny kam als Täter zeitlich aber nicht in Frage, las sich im Tagebuch auch nicht bedrohlich. Wieso tun es die Botschaften? Steckt ggf. doch Samu hinter Sinas Verschwinden, und Sonny will Samu decken und droht mir deshalb? Passt das aber zu seinen Hilfsangeboten Sina gegenüber???? Er zeigte sich doch eher beschützend?? Oder sollen mich die Botschaften vielleicht gar nicht direkt bedrohen, sondern vor einer Gefahr warnen? Vielleicht vor Samu?

Was, wenn mich der Hinweisgeber eigentlich schützen will? Ich runzle die Stirn und klopfe mit meinem Stift auf das Papier.

Die Botschaften:

1) Anna, ich beobachte dich. Lass die Vergangenheit ruhen. Betrachte das als eindrückliche Warnung.

2) Du scheinst meine Warnung nicht ernst genommen zu haben.
Steig aus, bevor es zu spät ist. Kein Wort zu irgendwem.
Oder soll es dir wie deiner Schwester ergehen?

»Anna?«

Ich zucke zusammen und schaue zur Tür, in der Yves steht. Ich habe nicht gehört, wie er sie geöffnet hat. Schnell verberge ich meine Notizen mit meinen Unterarmen, während mein Kollege einen weiteren Schritt in mein Büro hineinmacht und langsam die Tür hinter sich schließt. Ein sanftes Klicken ertönt. Ich muss irrsinnigerweise an seine Kofferraumklappe denken.

»Ich habe Selte mit anderen Häftlingen sprechen hören. Du hättest … komische Fragen gestellt? Irgendwie gestresst gewirkt? Ist alles okay?«, platzt er ohne Umschweife heraus und betrachtet mich besorgt.

Scheiße. Ich schiebe meine Notizen nun möglichst beiläufig unter einen Papierstapel und lehne mich zurück. »Ja, ich …«, beginne ich und muss mich räuspern, weil meine Stimme kratzig klingt. »Es ist alles okay.«

»Du wirkst nicht so. Ich will mich dir nicht aufdrängen, aber es ist schon irgendwie offensichtlich, dass es dir gerade nicht gut geht, Anna.« Er lässt sich auf einen der Stühle neben der Tür sinken. »Es ist selbst Selte aufgefallen. Du kannst mit mir sprechen. Bevor es irgendjemand anderes tut. Hilser zum Beispiel. Ist es wegen Andersen?«

»Schon, ja«, antworte ich.

»Du kannst Supervision in Anspruch nehmen. Du kannst auch mit mir darüber reden. Das weißt du hoffentlich.« Mein sonst so sachorientierter Kollege klingt verständnisvoll und sanft. »Ich habe aber auch das Gefühl, es steckt noch etwas anderes dahinter«, setzt er stockend fort. »Hat Selte irgendetwas Falsches gesagt? Oder einer der anderen Häftlinge? Ich habe das ein oder andere Gespräch mitbekommen. Auch nach der Gruppensitzung. Was ist los, Anna?«

Ich starre auf meinen Schoß hinunter, in dem meine ineinander verschlungenen Hände liegen. Sie sehen verkrampft aus. Sichtbar. Auch für Yves. Langsam löse ich meine Finger voneinander.

Ich muss ihm einen Brocken hinwerfen, damit er von mir ablässt. Und davon, sich weitere Gedanken um mich zu machen. Ich hole Luft. »Sie haben mich aufgezogen. Die … die Insassen. In der letzten Gruppensitzung. Du weißt ja, wie sie sind. Aber damit kann ich umgehen. Auch wenn es erstmal unangenehm war.«

»Das tut mir leid. Du meinst in der Sitzung, in der ich nicht dabei war? Ich dachte eigentlich sowieso, Volker hätte dir Bescheid gegeben, dass wir sie ausfallen lassen.«

»Ja. Volker hat mir Bescheid gegeben. Wir hatten aber schon gestartet. Ich war ja davon ausgegangen, dass du bald eintriffst.

Sie haben mich einfach etwas provoziert. Das ist alles. Du hattest mir ja gleich zu Anfang gesagt, ich soll das an mir abprallen lassen.« Ich schaue auf, versuche mich an einem Schmunzeln und hebe die Schultern. »Ist mir nicht so gut gelungen, das muss ich zugeben.«

Yves nickt verständnisvoll. »Das kenne ich. Das kann schwierig sein. Aber …« Mein Kollege legt seine Stirn in Falten. »Du hast auf mich ehrlich gesagt nicht wie jemand gewirkt, der auf so etwas belastet reagieren würde. Eher im Gegenteil, du warst doch immer so resolut. Auch, als es mir an den Kragen ging.« Er hebt einen Mundwinkel, betrachtet mich aber weiterhin konzentriert. »Anna, ich … ich weiß Bescheid.«

»W… worüber?«

»Über deine Schwester. Wir alle wissen es. Die Häftlinge haben Andeutungen gemacht. Im Team hat es sich auch herumgesprochen. Wieso hast du nichts gesagt?«

Es wird still in meiner kleinen Kammer. »Was hätte ich denn sagen sollen? Es ist lange her«, erwidere ich schließlich und höre selbst, wie dünn meine Stimme klingt. »Wieso ist das überhaupt von Relevanz? Muss ich mich rechtfertigen?«

Yves starrt mich an. Dann hebt er seine Hände. »Das musst du natürlich nicht. Tut mir leid, ich wollte dir nicht zu nahe treten.« Er macht einen betroffenen Gesichtsausdruck. »Ich verstehe nur nicht, wieso du ein Geheimnis daraus machst. Das muss dich doch beschäftigen. Und belasten. Ich meine …« Er leckt sich über die Lippen. »Ich habe selbst keine so einfache Vergangenheit.« Diesmal ist er es, dessen Stimme schwer wird. Kurz darauf senkt er seinen Blick auf seine Hände. »Selbst das holt mich manchmal ein. Je nachdem, was die Insassen so berichten. Aber eine ermordete Schwester? Und dann bist du hier?« Er schaut wieder auf. Ein seltsamer Ausdruck liegt in seinem Gesicht, den ich nicht deuten kann.

»Ich habe mir das gut überlegt. Und Kirchfeld ist ja auch informiert.« Ich verschweige, dass nicht ich diejenige war, die sich dem Anstaltsleiter anvertraut hat. »Ich … ich kann damit umgehen. Ich weiß deine Sorge zu schätzen, aber es ist alles in Ordnung.«

»Bist du dir da sicher?«

Nein, möchte ich antworten, *und jetzt lass mich endlich in Ruhe*. Ich schlucke krampfhaft. Dann nicke ich. »Ja. Ich gebe zu, ich habe nicht damit gerechnet, dass diese … dass meine Vergangenheit direkt gegen mich verwendet wird. Von den Häftlingen.« Ich sehe, wie Yves seine Augenbrauen hebt. »Ja, das war naiv. Das ist mir jetzt auch bewusst. Es ist einige Jahre her. Es war selbst für mich nicht mehr so präsent. Vielleicht habe ich auch deshalb gedacht, dass ich nicht damit konfrontiert werden würde.«

»Du hast das komplett verarbeitet? So etwas?«

»Ja.« Ich wende mein Gesicht ab. »Es ist sechs Jahre her.«

»Nichts für ungut, Anna, aber ich frage mich, ob das stimmt, was du da sagst. Oder ob – und entschuldige, dass ich das jetzt so offen anspreche, was wir irgendwo alle denken – oder ob der Tod deiner Schwester dich in deiner Jobauswahl doch mehr beeinflusst hat, als du vorgibst?«

»Was meinst du?«, frage ich, obwohl ich das ganz genau weiß. Ich beiße meine Zähne aufeinander.

Yves hebt die Schultern. »Es wirkt nicht so, als hättest du das Thema losgelassen.« Er hält inne und mustert mich. »Ich will dich gar nicht in die Ecke drängen«, ergänzt er, denn offensichtlich fällt ihm mein angespannter Gesichtsausdruck auf. »Ich hoffe, das kommt nicht so rüber. Ich meine das freundschaftlich.«

Ich komme nicht dazu, etwas zu erwidern, denn Yves steht im selben Moment auf, kommt auf mich zu und bleibt vor mir stehen. Einen fast unauffälligen Hauch zu nah, ein kleines bisschen dichter, als üblich wäre.

Ich gebe vor, mich mit meinem Stuhl in seine Richtung drehen zu wollen, und schiebe mich in diesem Zuge ein paar unauffällige Zentimeter nach hinten.

Mein Kollege geht in die Hocke, so dass er etwa mit mir auf Augenhöhe ist. Eine merkwürdige Geste. Meine Finger fangen an zu kribbeln.

»Anna, ich – ich mag dich. Ich weiß dich und deine Arbeit hier zu schätzen. Ich glaube, wir sind auf einer Wellenlänge. Falls du doch auf irgendeine Weise deiner Vergangenheit hinterherjagst«, braune Augen richten sich auf meine, »möchte ich dir als Freund einfach raten, das zu lassen. Falls du doch nicht ganz losgelassen hast, meine ich. Das ist hier nicht der richtige Ort für dich. Glaub mir. Ich kenne das selbst.« Ein Schatten legt sich über sein Gesicht. »Es gibt so viele andere Berufe und Möglichkeiten, vor allem für jemanden mit deinen Qualifikationen. Es muss kein Hochsicherheitsgefängnis mit Mördern sein, wo doch deine eigene Schwester«, seine Stimme wird noch sanfter, »ausgeblutet wurde.«

Mein Herz fängt heftig an zu klopfen. *Ausgeblutet? Das ist eine sehr direkte und brutale Beschreibung.* Ich schiebe mich auf meinem Stuhl noch etwas mehr zurück, bis die Rollen gegen die Wand hinter mir stoßen. Ein komisches Gefühl mischt sich in meine Nervosität. Ein Gefühl von … *Bedrohung?*

Ein paar Sekunden taxieren wir uns nur, dann gebe ich mir einen Ruck und stehe auf. Bewusst mache ich einen kleinen Schritt auf Yves zu, in den Raum zwischen uns hinein. Ich muss aus der Ecke herauskommen, in die er mich gedrängt hat, im tatsächlichen wie im übertragenen Sinn.

Erstaunlicherweise reagiert er sofort, richtet sich auf und macht seinerseits einen Schritt zurück. Ich spüre Erleichterung und frage mich im selben Moment, wieso eigentlich. *Es ist nur Yves.*

»Das weiß ich zu schätzen, Yves. Deine Sorgen, meine ich«, sage ich langsam und bemühe mich darum, versöhnlich zu sprechen. »Ich habe mir aber schon genug eigene Gedanken um meine Situation gemacht. Es geht mir gut. Ich meine ... Ja, diese Anspielungen der Insassen haben mich erstmal kalt erwischt. Auch dass das Team offenbar Bescheid weiß und über diesen wunden Punkt meiner Vergangenheit redet, ist nicht so leicht zu verdauen.«

Yves öffnet den Mund, doch ich hebe eine Hand, um weiterzusprechen, und richte mich bewusst noch etwas mehr auf. Mein Kollege macht noch einen weiteren Schritt nach hinten, in den Abstand hinein, der angemessen ist.

»Ich bin euch nicht böse, versteh mich nicht falsch. Und danke, dass du dich meiner annimmst und deine Sorge äußerst. Aber ich komme zurecht. Es ist vielleicht auch gut so, dass das Ganze mal angesprochen wurde. So kann ich dazu Stellung nehmen, dir mitgeben, dass ich das alles bereits selbst reflektiert habe und dass ich diesen Job aus fachlichem Interesse wirklich gern mache.« Ich hole Luft und merke, dass ich an Sicherheit zurückgewinne. »Außerdem ist das mit Kirchfeld besprochen. Ich möchte der Gesellschaft etwas zurückgeben, im Namen meiner Schwester. Ich habe das im Griff, okay? Und jetzt möchte ich dich bitten ... Ich möchte dich bitten, das Thema ruhen zu lassen. Das ist meine Privatsphäre.« Ich verstumme und versuche, meine Mimik weiterhin kontrolliert zu halten, obwohl ich merke, wie mein Kinn wieder zittert.

»Tut mir leid, Anna. Entschuldige, falls ich dir zu nahe getreten bin.« Eine leichte Röte überzieht seine Wangen. »Du bist natürlich klug genug, um deine eigenen Entscheidungen zu treffen, da habe ich keine Zweifel. Aber trotzdem ist es beruhigend zu hören, dass du hier keine geheimen Pläne oder so verfolgst.« Er lässt seine Worte wie einen Witz klingen. Ich bin nicht sicher, ob es einer ist.

»Nein. Tue ich nicht«, erwidere ich knapp.

»Okay.« Er lächelt und wischt sich theatralisch mit der Hand über die Stirn, als wäre er erleichtert. Dann wendet er sich zur Tür. »Dann … Ich habe noch Termine. Wir sehen uns, okay?« Mit einem Mal wirkt er sehr unsicher.

Ich nicke. »Ja. Bis später.«

Seine Augen verweilen noch kurz auf mir, dann geht mein Arbeitskollege zur Tür.

Als sich diese hinter ihm schließt, weiß ich nicht, ob ich hysterisch lachen oder weinen soll. Für einen kurzen Moment habe ich mich bei dem wahnwitzigen Gedanken ertappt, Yves könnte mehr wissen, als er vorgibt. Ich schüttle den Kopf und reibe mir über das Gesicht.

Aufgewühlt gehe ich zurück zu meinem Schreibtischstuhl, ziehe ihn wieder in seine ursprüngliche Position und lasse mich darauf sinken. Ein Bild schießt in meine Gedanken. Ein Bild davon, wie Yves die Tür zu meinem Büro aufschließt, vor ein paar Tagen, um mit mir zu sprechen.

Das ergibt keinen Sinn, wispert eine Stimme in meinem Inneren. Ich ziehe meine Notizen unter dem Papierstapel hervor und starre die Namen an, die ich darauf notiert habe. Ausschließlich Häftlinge. *Wie sollte es auch anders sein? Ich bin wegen Sonny hier. Sonny wurde inhaftiert. Ich suche einen Häftling.*

ANNA

KAPITEL 27

Ich nehme meine Tasche aus meinem Spind und frage mich, wie mein Feierabend diesmal verlaufen wird. Ich muss an meinen Zusammenbruch vor Jonathan denken und seine Distanz seitdem. Und daran, dass mir alles durch die Finger gleitet. Die Spirale dreht sich abwärts, genau wie meine Kraft.

Ich gehe über den Parkplatz, bis ich mein Auto erreicht habe. Müde und überspannt krame ich in meiner Handtasche und suche nach meinem Autoschlüssel. Ich bekomme ihn zu fassen, mit ihm allerdings auch etwas, das sich wie Papier anfühlt. Noch bevor ich bewusst darüber nachdenken kann, dass sich in meiner kleinen Handtasche kein größeres Papier befunden hat, als ich sie in den Spind geschlossen habe, hat mein Körper reagiert und wird von einer heftigen Gänsehaut überzogen.

28. September 2019

Ich stehe völlig neben mir. Ich bin eben aufgewacht und habe ein Kugelschreiberherz auf meinem Unterarm gefunden. Irgendjemand hat mir ein verdammtes Herz auf die Haut gemalt, während ich geschlafen habe. Heute Nacht. Ich bin total in Panik. Vielleicht muss ich doch zur Polizei. Allerdings, und das ist noch viel, viel schlimmer, sieht das Herz genauso aus wie die Herzen, die mir Samu auf kleine Zettel gemalt hat, die an meinem Kühlschrank hängen. Ich kann das nicht glauben, dass Samu so etwas machen würde. Aber es sieht wirklich genauso aus. Und er ist ja nun mal der Einzige, der einen Schlüssel zu meiner Wohnung hat. Das geistert mir schon die ganze Zeit durch den Kopf. Wenn ich jetzt also zur Polizei gehe, und er war es, dann würde ich ihn anschwärzen. Das will ich nicht. Ich bin völlig verzweifelt. Aber der Gedanke, dass nachts jemand an mein Bett kommt und mir etwas auf den Arm schreibt, der ängstigt mich zu Tode. Hilfe.
Kann mir irgendjemand helfen? Ich weiß nicht, was ich machen soll.

ANNA

KAPITEL 28

Grellrot.

Anna, Anna, Anna.
Du gibst nicht auf, entgegen meinen Warnungen.
Du hast also erkannt, dass ich nicht Andersen bin. Schade. Ich
dachte, ich könnte dich auf diese
Weise ablenken und ruhigstellen. Also gut. Dann
lass uns nun richtig spielen, wenn du so unbedingt willst. Dafür
brauchen wir dann aber ein paar Spielregeln: Keine Polizei. Und
niemand darf etwas mitbekommen – das ist in unser beider In-
teresse, nicht wahr?
Wenn es dir tatsächlich gelingt, mich zu entlarven, verrate ich dir,
was mit Sina geschehen ist.
Und ob sie noch lebt.
Hältst du dich nicht an die Regeln – nun, dann bleibt Sinas
Schicksal für immer ungeklärt. Und
womöglich auch die Gelegenheit, sie und dich zu retten.
Ja, du liest richtig. Auch für mich muss ein
Preis dabei sein. ☺
Einen kleinen Anreiz, das Spiel ernst zu nehmen, findest du in
der kleinen Seitentasche. Die
mit dem Reißverschluss.
Auf los geht's los.
LOS!

Ich starre auf den Zettel. Fühle nichts mehr. Kann auch keinen klaren Gedanken mehr fassen, außer dem, dass mich der Hinweisgeber ganz offensichtlich nicht vielleicht einfach warnen und damit schützen wollte, wie ich kurz zuvor noch überlegt habe. In meinem Kopf überschlägt sich alles.

Wie fremdgesteuert greife ich erneut in meine Handtasche. Taste nach der Seitentasche. Meine Bewegungen sind fahrig, ich brauche einen Moment, bis ich den Zipper des Reißverschlusses zu fassen bekomme. Mit bebenden Fingern fühle ich in den entstandenen Spalt hinein, wühle zwischen Tampons, meinem Lippenstift und ein paar Münzen. Dann halten meine Finger inne.

Im nächsten Moment stoße ich die Tasche von mir und mache mehrere Schritte zurück, bis ich das Gleichgewicht verliere und nach hinten stürze. Mein Herz trommelt in meinem Brustkorb, schlägt hart gegen meine Rippen, während ich auf dem nasskalten Asphalt sitze, nach Luft schnappe und auf meine Tasche starre, die ein paar Meter von mir entfernt auf dem Boden liegt. Ihr Inhalt ergießt sich über den Asphalt, harmlos und unscheinbar beleuchtet durch das blasse orangefarbene Licht der Parkplatzlaternen.

Keuchend reiße ich meinen Schal herunter, betaste die Kette, die nach wie vor um meinen Hals liegt, und schluchze panisch.

Dann kämpfe ich mich hoch, laufe zu meiner Tasche, hebe sie hoch, greife hinein und ziehe das heraus, was meine Finger gefühlt haben, was mein Verstand aber nicht begreifen will.

Mit jagendem Puls starre ich auf die feine Goldkette in meiner Hand.

Meine Finger fühlen sich vollkommen taub an, wie eingefroren, während ich den zarten Schmetterlingsanhänger berühre, der das perfekte und einzigartige Gegenstück zu dem an meiner Kette darstellt.

Wimmernd hebe ich die Kette, die nur Sinas sein kann, ein wenig höher. Als ich die rostroten Blutflecken darauf erkenne, öffnet sich mein Mund zu einem lautlosen Schrei.

LEON

Ein steter Tränenstrom läuft über Sinas Wangen. Leon schnürt es den Hals zu. Er starrt auf die verschmierten Kugelschreiberspuren auf ihrem Unterarm.

»Tut mir leid, Sina, aber ich muss dir zustimmen.« Er hält einen der kleinen Zettel in der Hand, die bei Sina am Kühlschrank hängen, und hält ihn neben ihren Arm. »Die Herzen sind identisch. Dieser Kringel an der Spitze, das … Ich glaube nicht, dass das ein Zufall ist.«

»Aber wie kann das sein? Ich kann das nicht glauben, wieso sollte er so etwas tun?«, weint sie erstickt. Sie sieht völlig fertig aus.

Mach die Augen auf. Mach doch endlich die Augen auf, mit wem du da zusammen bist, schießt es Leon durch den Kopf, aber er schweigt. Dass eine Argumentation von außen nichts bringt, hat er schon bei seiner Mutter feststellen müssen.

»Hat Vater … dir weh getan?«, flüstert Leon und tritt vorsichtig an seine Mutter heran, die mit leerem Blick und rotgeränderten Augen auf der Couch sitzt und eine der großen Flaschen in der Hand hält, die Vater nicht sehen darf, inzwischen aber gesehen hat.

Es ist mitten in der Nacht, Vater ist noch am Vorabend zu einer Geschäftsreise aufgebrochen. Seine Eltern haben sich nach der Situation mit dem kleinen Feldhasen, den Leon nicht mehr finden konnte, lautstark gestritten. Er hat in seinem Zimmer auf sei-

nem Bett gekauert und sich die Ohren zugehalten, das Krachen von was auch immer und das Brüllen seines Vaters und das Schreien seiner Mutter waren jedoch so laut, dass Leon beinahe gehofft hat, es würde die Nachbarn erreichen. Er hatte schreckliche Angst. Doch ihr Haus steht so weit von umliegenden Häusern entfernt, dass er genau weiß, dass kein Nachbar je vorbeikommen wird. Es ist noch nie ein Nachbar vorbeigekommen. Sie alle haben Respekt vor seinem Vater. Und keiner bekommt mit, was in dem hübschen großen Haus, das sie bewohnen, passiert. Keiner bekommt mit, dass mit Leon etwas nicht stimmt. Dass er seine Eltern immer wieder enttäuscht.

»Geh einfach ins Bett, Leon«, wispert seine Mutter, ohne aufzusehen. »Geh ins Bett.« Leon kann hören, dass sie schon einiges von dem Zeug aus der großen Flasche getrunken haben muss, denn ihre Zunge scheint schwer, und ihre Sprache ist verwaschen. Er kann sie kaum verstehen.

Leon bleibt vor ihr stehen, unsicher, was er tun soll. Dunkle Flecken zieren ihre Arme, ihr Gesicht sieht merkwürdig geschwollen aus. Er kann sehen, dass sie versucht hat, die Flecken darauf abzudecken. Es ist ihr nicht gut gelungen.

»Hat Vater dir schlimm weh getan?«, flüstert der Junge und hat das Gefühl, keine Luft mehr zu bekommen. Denn er weiß, es ist seine Schuld.

»Geh. Ins. Bett!«, zischt seine Mama und schaut auf. Ihre Augen sind irgendwie gebrochen, wenn Augen überhaupt brechen können, das weiß Leon nicht. Er weiß nur, dass ihn plötzlich sehr große und sehr schwere Anker an den Schultern zu Boden ziehen.

»Mama, es tut mir leid«, platzt es aus ihm heraus. Kläglich. Er schluchzt auf und geht mit erhobenen Armen auf seine Mutter zu. Gegen sein Weinen kann er nichts mehr tun. Auch das tut ihm leid. Alles tut ihm leid. »Mama, es tut mir leid«, dringt es erneut aus seinem Kindermund.

Doch noch bevor seine Hände ihren Oberkörper berühren können, um sie zu umarmen, springt seine Mutter auf, schwankt, hält sich gerade noch so an der hohen Rückenlehne des Sofas fest und schreit los: »Du sollst ins Bett gehen, habe ich dir gesagt! Verschwinde ins Bett! Ich will dich nicht sehen! Ich will euch alle nicht mehr sehen! Du bist schuld! GEH! Lass mich einfach allein und VERSCHWINDE! DU SCHANDE VON EINEM KIND!«

Spucke fliegt aus ihrem Mund, der gefletschte Zähne entblößt.

Weil Leon nicht reagiert, nicht mehr reagieren kann, mit hilflos ausgestreckten Armen wie eingefroren vor ihr steht, kommt sie mit mehreren schnellen Schritten auf ihn zu und schubst ihn heftig nach hinten.

»Mama, ich …«, flüstert der Achtjährige und versucht sich irgendwie abzufangen, aber vergebens. Er kracht mit dem Rücken gegen die Schrankwand. Rappelt sich auf, während ihm Tränen die Wangen hinunterlaufen. »Mama, es tut mir leid, es tut mir doch leid, ich wollte das nicht«, schluchzt er verzweifelt, hilflos, während die Piraten ihn ins Meer ziehen, in kaltes, schwarzes, tiefes Wasser, in dem er keine Luft bekommt.

»VERSCHWINDE, DU ABSCHAUM, VERSCHWINDE EINFACH!«, brüllt seine Mutter. Auch ihr laufen nun Tränen über die Wangen. »Ich will dieses Leben nicht mehr, ich will das alles nicht mehr, aber ich komme da nicht raus! Ich komme nicht weg, ich kann nicht gehen, und daran bist DU schuld! Ich bin gefangen! DEINETWEGEN!« Ihre Stimme überschlägt sich. Mit einer fahrigen Bewegung greift sie nach der schweren Glasflasche.

Leons Augen weiten sich, als sie ihren Arm hebt und einen kraftlosen Bogen in die Luft malt, um sie zu werfen. Die Flasche knallt nur wenige Zentimeter vor ihr auf den Couchtisch und poltert zu Boden, ohne zu zerbrechen.

Seine Mutter steht schwankend davor, ein Ausdruck des Schocks in ihren Augen, ein Ausdruck des Schrecks in Leons Augen, sein ganzer Körper ist ein einziger Schreck.

»O Gott. Bitte geh«, heult seine Mutter und sackt zurück auf die Couch, wo sie ihr Gesicht in ihren Händen vergräbt. »Geh. Leon, geh. HAU ENDLICH AB!«

Und Leon tut, was sie sagt. Seine Schluchzer kommen so schnell und so kräftig, dass er kaum Luft bekommt, dass seine Brust von den ruckartigen Bewegungen schmerzt, dass alles in ihm brennt wie Feuer.

Die Piraten haben ihn angezündet. Das kalte Meer war ihm lieber.

»Weinst du etwa?«, fragt Sina entsetzt.

»Was? Ich … Nein.« Hastig wischt sich Leon über die Augen und versucht, die Bilder aus seiner Vergangenheit abzuschütteln, die ihn wieder einmal eingeholt haben. »Nein, alles gut. Mir muss was ins Auge geflogen sein.« Er lächelt, während er einen tiefen Atemzug nimmt. »Tut mir leid, wo waren wir stehen geblieben?« *Dabei, dass du noch immer nicht erkennst, mit wem du da zusammen bist*, denkt er und spürt eine allumfassende Schwere in sich, als hätten die Piraten ihm erneut Steine an den Körper gebunden.

Sina richtet ihren Blick wieder auf ihre Hände. »Ich weiß nicht, was ich tun soll«, flüstert sie. *Dich trennen*, denkt Leon verzweifelt. »Ich meine, zur Polizei kann ich damit nicht gehen. Ich möchte ihm nichts Schlechtes. Vielleicht sollte es eine liebevolle Geste sein. Ich meine … er hat mir keine tote Katze vor die Haustür gelegt oder so.« Sina lacht ein trauriges Lachen. »Er hat mir ein Herz auf den Arm gemalt. Das ist ja schon was anderes.«

Leon kann nicht glauben, was er da hört. »Sina, das ist trotzdem total übergriffig.«

»Ja, klar, das ist es«, antwortet sie, dann verstummt sie und kaut auf ihrer Lippe. »Ich werde mit ihm reden müssen. Ich … ich werde ihn darauf ansprechen und ihm sagen, dass mir so etwas zu weit geht. Und ihn nach meinem Handy fragen. Und dem Klingeln.«

»Und der wiederholt offenen Haustür.«

Sina wirft ihm einen Blick zu. Sie sieht furchtbar abgekämpft aus. »Ja, das wohl auch.«

»Ich weiß nicht, wie er reagiert, Sina. Ehrlich gesagt. Bist du dir sicher, dass es eine gute Idee ist, ihn zu konfrontieren? Du weißt, ich halte mich da normalerweise zurück, aber er wird es wohl kaum zugeben, oder?«

»Kann sein, dass er es abstreitet. Ich werde das alles auch nicht als Vorwurf formulieren. Ich will das einfach nur verstehen, und das sage ich ihm auch. Wenn er sich unsicher an meiner Seite fühlt, ich meine, da kann er doch mit mir drüber reden. Darüber können wir sprechen.«

»Sina, hörst du dich reden?«, entfährt es Leon, bevor er sich bremsen kann. Blaue traurige Augen richten sich auf seine. »Jetzt mal im Ernst, der Typ stalkt dich! Und du hast schon jetzt Verständnis?« Leon rauft sich die Haare und schüttelt den Kopf. »Wieso … wieso hast du immer Verständnis für ihn? Schau dir doch mal an, wie es dir geht! Was das«, er deutet auf ihren Unterarm, an dem das Herz prangt, an der Stelle, an der zuvor die blauen Flecken ihre Haut verfärbt haben, »mit dir macht!«

Er kann den verletzten Ausdruck in ihren Augen sehen, bevor sie ihr Gesicht abwendet. Und sich vor ihm zu verschließen beginnt. Erneut.

»Ich kenne Samu. Du kennst ihn nicht. Ich … Ja, mag sein, dass ich viel Liebe zu geben habe. Zu viel. Aber … Ich kenne ihn eben. Er hat gute Absichten. Er ist ein guter Mensch. Er weiß sich nur manchmal nicht anders zu helfen.«

Ungehalten springt Leon auf. »Das ist Schwachsinn, Sina,

und das weißt du auch! Wieso gibst du ihm eine auf die andere Chance? Wieso denn?«

»Weil ich nun mal ihn will! Und niemanden sonst! Ich will ihn! Ich liebe ihn, und ich sehe ihn, und ich kenne ihn!« Jetzt weint Sina. »Und ich werde ihn nicht vorverurteilen, bevor ich nicht wenigstens mit ihm gesprochen habe!«

Leon starrt sie an, weiß nicht mehr, was er sagen soll. »Okay, schön. Dann rede mit ihm. Wieder einmal. Aber ruf mich danach nicht mehr an, um dich zu trösten«, stößt er zornig aus, greift nach seinem Schlüssel und verlässt ihre Wohnung.

29. September 2019

Mein letzter Eintrag?

Liebes Tagebuch,
ich kann nicht mehr. Alles ist schwarz. Wieso funktioniert das Leben für alle anderen, nur nicht für mich? Wieso ist es so schwer, so unerträglich? Wieso fühlt es sich jeden verdammten Tag wie eine Last an, die ich nicht tragen kann? Es ist einfach zu viel, und während ich das schreibe, brennt mein Herz. Ich kann kaum noch atmen. Ich kann auch nicht mehr aufhören zu weinen. Ich habe das Gefühl, dieses Loch ist dunkler und tiefer als alle anderen zuvor. Und ich weiß nicht, ob ich die Kraft habe, noch einmal herauszuklettern. Wieder einmal. Wofür? Damit ich kurz darauf wieder hinuntergestoßen werde? Mich selbst hineinstürze? Vielleicht gibt es einfach Menschen, die nicht für das Leben gemacht sind. Vielleicht bin ich für den Tod gedacht.
So wie meine Mutter. Ich vermisse sie so sehr. Ich war nicht da, als sie starb. Auch nicht, als sie krank war und mich gebraucht hätte. Ich war überfordert, wollte es nicht wahrhaben. Und habe damit ihre letzten Monate auf dieser Erde verpasst. Das werde ich mir niemals verzeihen. Ich werde Mamas Gesicht nie wieder sehen, nie wieder von ihr umarmt werden, nie wieder ihr Lachen hören, das immer so laut und so echt war. Sie wird mich auch nie wieder trösten oder meine Lebensweise in Frage stellen. Sie war mein Kompass, und ich habe ihr das nie gesagt. Jetzt ist es zu spät. Ich werde sie niemals wiedersehen. Mit einem Fingerschnippen ist alles vorbei, was so selbstverständlich für mich war wie die Luft zum Atmen. Ich habe so viele Fehler gemacht.

Mit Samu ist auch wieder Funkstille. Diesmal fühlt es sich an, als könnte auch das für immer sein, so wütend war er über meine Worte und Verdächtigungen, hat alles abgestritten. Dann hat er mir unterstellt, etwas mit seinem Kumpel Sonny angefangen zu haben. Und dass mir recht geschähe, dass der jetzt in Weier (?) im Knast sitzt. Ich verstehe gar nichts mehr. Es soll wohl ein Gefängnis »der ganz üblen Sorte« sein. Wo nur die Härtesten der Harten hinkommen. Auch wenn ich schon geahnt habe, dass Sonny Dreck am Stecken hat, hätte ich mit so etwas im Leben nicht gerechnet.
Ich wollte aber doch sowieso immer nur Samu. Ich liebe ihn mit allem, was ich habe. Ich verstehe einfach nicht, wieso wir das nicht hinkriegen. Leon sagt, es ist eine toxische Beziehung. Er sagt, ich bin emotional abhängig. Er wirkte traurig, als wir gestern gesprochen haben und ich mich wieder einmal bei ihm ausgeheult habe. Dann ist er gegangen. Er hat gesagt, er kann nicht weiter dabei zusehen, wie ich mich unter Wert verkaufe und mir selbst Leid zufüge. Er hat recht damit gehabt, dass Samu nicht gut auf meine Konfrontation reagieren würde. Aber er hat nicht recht damit, dass Samu nicht der richtige Mann für mich ist. Wahre Liebe kriegt alles hin, heißt es doch immer. Samu und ich sind füreinander bestimmt, das habe ich immer gefühlt, egal, wie schwierig es war. Auch jetzt fühle ich das noch und habe wahnsinnige Angst, ihn endgültig vertrieben zu haben.

Am schlimmsten von allem ist jedoch, dass Anna mir geantwortet hat. Sie hat geschrieben, dass sie keinen Kontakt möchte. Dass ich ihr nicht mehr schreiben soll. Dass sie ihre E-Mail-Adresse wechseln wird. Sie kann mir nicht verzeihen. Sie kann mir nicht verzeihen, dass ich Mama im Stich gelassen habe, dass ich mich nicht von ihr verabschiedet habe, dass ich nicht

für Mama und sie da gewesen bin. Dass mir meine Reisen und meine »toxischen Männergeschichten« wichtiger gewesen sind als meine Familie. Sie hat geschrieben, dass Mama so oft nach mir gefragt hat – vergebens. Dass das nicht wiedergutzumachen ist, dass Mamas Wunsch, auch mich nochmal vor ihrem Tod zu sehen, ihre beiden »unzertrennlichen Schmetterlinge« bei sich zu haben, für immer unerfüllt bleiben wird. Das zu lesen, hat mir das Herz gebrochen. Wortwörtlich gebrochen. Es schmerzt, als hätte ich tausend Scherben in der Brust. Anna hat recht. Sie hat einfach recht, und ich hasse mich so sehr dafür, dass ich bei der Vorstellung daran, wie weh ich Mama getan haben muss, einfach nicht mehr weiterleben möchte.
Auch Anna habe ich unendlich verletzt, es muss so schlimm für sie gewesen sein, das alles allein mit Mama durchzustehen. Ich würde jetzt gerne schreiben, dass ich ja keine Ahnung hatte. Aber das stimmt nur teilweise. Ich hatte vor allem deshalb keine Ahnung von dem Ausmaß der Tragödie, weil ich jeglichen Kontakt vermieden habe. Weil ich keine Ahnung haben WOLLTE. *Weil ich feige war. Ich wollte dem Unheil aus dem Weg gehen, dabei habe ich es mit meiner Feigheit verhundertfacht. Nicht nur Anna verzeiht mir das nicht, ich kann mir das selbst nicht verzeihen.*
Ich habe dieses Leben einfach nicht verdient.

Samu ist weg. Leon ist weg. Meine Schwester ist weg. Und meine Mutter auch. Wahrscheinlich alle für immer.
Ich mache alles falsch. Egal, wie ich mich entscheide, egal, was ich mache, immer ist irgendwo ein Fehler dabei. Ich bin ein Fehler. Ich verstehe das Leben nicht mehr, bin unfähig, es zu leben. Und es hat eine Schwärze erreicht, die alles Licht erstickt.

Jemand sperrt gerade die Haustür auf. Ist das …

ANNA

KAPITEL 29

Yves wirft mir immer wieder unsichere Blicke zu. Ich versuche wirklich, zu funktionieren, irgendwie normal zu wirken, aber es gelingt mir nur sehr schwer.

Wir sitzen im Glaskasten. Mein Kollege hat entschieden, die heutige Gruppensitzung mit Wedel, Selte und Rehfeld dazu zu nutzen, das Thema Suizid und Depression aufzugreifen, um die Insassen in Bezug auf Vorzeichen zu sensibilisieren, für sich selbst und andere.

Ich versuche, mich einzubringen, doch alles, was ich sage, klingt hölzern und unbeteiligt. Seitdem ich die Kette meiner Schwester in meiner Tasche gefunden habe, fühle ich mich von der Welt abgeschottet, als würde eine Panzerglasscheibe zwischen mir und dem, was um mich herum passiert, aufragen. Ich scheine einfach nicht mehr in der Lage zu sein, etwas zu empfinden, als wäre mein emotionales System völlig überfordert.

Immer wieder muss ich darüber nachdenken, wie es einem Häftling gelingen könnte, die Botschaften nicht nur in meinem Büro zu platzieren, sondern ebenfalls in meiner Tasche. Der Tasche, die in einem Spind hinter dem Bereich der Schleuse und der Einlasskontrollen eingeschlossen war.

»Also«, führt Yves weiter aus. Ich versuche, mich auf das zu konzentrieren, was er sagt. »Wir haben besprochen, dass Symptome wie Traurigkeit, Hoffnungslosigkeit, Schlafprobleme oder auch sozialer Rückzug darauf hinweisen können, dass es jemandem nicht gut geht. Und dass Risikofaktoren wie Isolation, Traumata, Schuldgefühle oder fehlende Perspektiven diesen Zustand verstärken können.«

Ich zwinge mich, in die Runde zu blicken und mich auf diese Weise irgendwie im Hier und Jetzt zu verankern. Rehfeld bearbeitet wie so oft seine Fingernägel, so dass nicht ersichtlich ist, ob ihn das Thema emotional berührt oder ihm vollkommen egal ist. Wedel verhält sich ebenfalls schweigsam, was in seinem Fall ungewöhnlich ist. Ich glaube, er hat in den vergangenen vierzig Minuten noch nicht einmal etwas gesagt. Meine Augen wandern weiter zu Furkan Selte, der sich mit den Ellenbogen auf seinen Knien abstützt, die unablässig wippen, und auf den Boden starrt.

»Wir haben über das Erkennen eigener negativer Gefühle und Gedankenmuster gesprochen, über Bewältigungsstrategien und über Hilfsangebote, die hier vor Ort und auch außerhalb der JVA bestehen«, fasst mein Kollege weiter zusammen. »Auch darüber, wie Sie sich gegenseitig unterstützen können.«

Während Yves weiterspricht, schiebt sich Sinas letzter lebensmüder und verzweifelter Tagebucheintrag in meine Gedanken und gleich darauf das Bild ihrer blutbefleckten Kette. Ich versuche, mich weiter auf Yves' Worte zu fokussieren, aber es ist, als würde mich eine dunkle kalte Wolke lähmen und in sich gefangen nehmen.

»Anna?«

Ich schaue auf. Yves schaut mich an, genauso wie Wedel und Selte.

»Hm?« Ich setze mich aufrechter hin.

Die Augen meines Kollegen verengen sich. Ich hebe die Augenbrauen, als würde ich völlig unbescholten darauf warten, dass er weiterspricht.

Yves räuspert sich und blickt in die Runde, bevor er wieder

mich ansieht. »Wir waren bei der Frage stehen geblieben, was einem auch in schwierigen Zeiten Hoffnung geben kann.«

Ich nicke und warte, bis mir auffällt, dass Yves scheinbar auf einen Wortbeitrag von mir wartet. »Ja, das … das ist natürlich sehr individuell.« Ich stocke und lasse meinen Satz in der Luft hängen, weil ich nicht weiß, was bereits zu dem Thema gesagt wurde.

»Ja. Genau«, antwortet Yves zögerlich. Eine kleine, feine Falte hat sich zwischen seinen Brauen gebildet. »Den Häftlingen fällt es schwer, hier Ansätze zu finden. Daher die Frage an dich, welche Impulse oder Strategien du siehst. Wie man am besten durch schwierige Zeiten kommt.«

Ich nicke erneut und zwinge mich, nachzudenken. »Die Frage ist tatsächlich schwierig, selbst für uns als Fachpersonal, eben weil es kein Geheimrezept gibt«, beginne ich langsam und versuche, den Gedanken an meine Schwester Sina und ihre Hoffnungslosigkeit in den vermutlich letzten Monaten ihres Lebens endgültig zur Seite zu drängen. ›*… verrate ich dir, was mit Sina geschehen ist. Und ob sie noch lebt*‹, schießt mir jäh ein Teil der letzten Botschaft durch den Kopf. Ich schließe die Augen, dann öffne ich sie wieder. »Also – Hoffnung, in schwierigen Zeiten …« Ich versuche mich auf das zu konzentrieren, was die Psychologin Anna Salomon gelernt hat. Auf meine bisherige Berufserfahrung. Die Erinnerung an ein Gespräch mit einer Kollegin in der forensischen Psychiatrie vor ein paar Jahren flackert in meinen Gedanken auf. Sie verflüchtigt sich wieder, aber ich greife erneut danach. Sie hatte von einer Übung erzählt, die ich selbst einmal ausprobiert habe. Ich runzle die Stirn. Es war darum gegangen, sich selbst einen Brief zu schreiben. Zwar war es damals um einen anderen Kontext gegangen, aber vielleicht ließe sich das übertragen.

Yves will schon etwas sagen, doch ich spreche nun weiter.

»Vielleicht können wir uns der Frage auf andere Weise annähern. Es gibt eine Übung, die hilfreich sein könnte. Und zwar geht es darum, sich selbst einen Brief zu schreiben.«

Wedel kichert leise und schüttelt den Kopf. »O Mann, ernsthaft? Einen Brief an sich selbst schreiben? Das ist wieder so ein Psychokram …« Er schaut bestätigungsheischend zu Selte, der jedoch nicht auf ihn reagiert.

»Was für einen Brief?«, fragt er stattdessen und schaut zu mir.

»Einen Brief an Sie selbst, in dem Sie aufschreiben, wie es Ihnen geht und was Ihnen Hoffnung und Stärke gibt. In Ihrem Leben oder Umfeld. Vielleicht auch in der Vergangenheit. Manchmal hilft es mehr, sich diese Dinge schriftlich vor Augen zu führen, als nur zu versuchen, daran zu denken.«

»Das ist eine gute Idee«, steigt Yves ein.

»Aber wenn ich die Frage hier nicht beantworten kann, wieso sollte ich das in einem Brief können?«, fragt Selte und versucht dabei, lässig zu klingen.

»Es ist ein Zwiegespräch«, erwidert mein Kollege. »Und es findet in einem geschützten Rahmen statt. Niemand muss diesen Brief lesen, wenn Sie das nicht möchten. Manchmal schafft das den nötigen Raum, um Zugang zu sich selbst zu finden.«

»Und wie soll das konkret aussehen? Lieber Miro, wie geht es dir heute?« Wedel gackert.

Ich muss an Sinas Grußformel ›*Liebes Tagebuch*‹ denken. Und an das ›*XOXO*‹ am Ende von jedem ihrer Einträge, das sie mal sich selbst und mal anderen gewidmet hat. *Blutflecken.* Ich versuche, tiefer Luft zu holen. *Bleib im Geschehen. Konzentriere dich.*

»Genau«, antworte ich und höre selbst, wie taub ich klinge. »So können Sie zum Beispiel starten. Sprechen Sie sich selbst direkt an, und seien Sie vollkommen ehrlich zu sich selbst. Das zumindest ist die Idee des Ganzen. Schreiben Sie sich selbst, als wären Sie Ihr eigener bester Freund. Ratgeber. Vater. Oder … Bruder.« Ich verstumme, weil meine Stimme zittert.

»Also gut, ich würde sagen, das ist ein guter Abschluss der heutigen Sitzung«, sagt Yves, wirft mir einen schnellen Blick zu und steht auf. »Heute gibt es also Hausaufgaben. Schreiben Sie Ihren Brief bitte bis zur nächsten Sitzung, und bringen Sie ihn mit. Es wird wie gesagt niemand gezwungen, ihn vorzulesen, aber ich möchte sehen, dass Sie sich ernsthaft an dieser Übung versucht haben. Und vielleicht finden wir ja einen Freiwilligen, der uns ein wenig teilhaben lassen will.«

»Sicher nicht«, höre ich Rehfeld murmeln, als er an mir vorbei zur Tür des Glaskastens geht.

Er will gerade nach der Klinke greifen, als diese bereits von außen heruntergedrückt wird. Die Tür öffnet sich, und einer der Justizvollzugsbeamten schaut herein.

»Hoppla, bitte«, sagt er zu Rehfeld und geht einen Schritt zur Seite, damit dieser den Raum verlassen kann. Dann schaut er sich suchend um.

»Ah, Frau Salomon? Herr Kirchfeld möchte Sie sprechen. Sind Sie hier fertig?«

Mein Herzschlag beschleunigt sich. »Ja, wir sind gerade fertig geworden. Jetzt gleich?«

»Ja, das wäre gut. Es scheint dringend zu sein«, erwidert der Beamte vom AVD.

ANNA

KAPITEL 30

Als ich eintrete, sitzt der Anstaltsleiter nicht wie üblich hinter seinem wuchtigen Schreibtisch, vertieft in irgendwelche wichtigen Schreiben. Er steht mitten im Raum, mit den Händen in den Hosentaschen, und unterhält sich mit seiner Sekretärin. Er wirkt, als wäre er auf dem Sprung. Oder als hätte er auf mich gewartet. Ihre Gesichter sind ernst.

»Frau Salomon, gut, dass Sie so schnell kommen konnten.« Er deutet zur Tür. »Könnten Sie …«, sagt er zu seiner Sekretärin.

»Ja, natürlich«, antwortet sie und geht hinaus. Im Vorbeigehen trifft mich eine Parfümwolke, die nach Flieder und Stachelbeeren riecht. Sie wirft mir noch einen merkwürdigen Blick zu, bevor sie die Tür hinter sich schließt.

Mir wird kalt. Ich schaue wieder zu Kirchfeld.

»Setzen Sie sich bitte«, fordert er mich auf und zeigt auf einen der Stühle, die vor seinem Schreibtisch stehen.

Ich nicke und gehe darauf zu, aber meine Beine fühlen sich an, als würden sie jeden Moment nachgeben. Wird er mich jetzt rauswerfen? Mir die Schuld an Andersens Tod geben? Mir womöglich sogar mitteilen, dass Anzeige gegen mich erstattet wurde? Ich weiß, dass Sven Andersens Mutter wegen des Selbstmords ihres Sohnes auf die Barrikaden gegangen ist. Dass es Krisengespräche mit ihr gegeben hat, um zu verhindern, dass sie gegen die JVA vorgeht.

Bislang wurde all das mit der Begründung, ich sei noch in

der Erprobungsphase und habe noch nicht viel Austausch mit den Häftlingen gehabt, weitestgehend von mir ferngehalten. *Das hat sich jetzt wohl geändert*, denke ich und lasse mich auf den Stuhl sinken. *Was klar war*. Ich versuche mich innerlich zu wappnen.

Irritiert registriere ich, dass Kirchfeld nicht um seinen Tisch herumgeht, sondern sich den Stuhl neben mir heranzieht.

»Frau Salomon … ich wollte Sie eigentlich sprechen, um den Suizid von Sven Andersen aufzuarbeiten«, beginnt er ruhig, als er sich niedergelassen hat. »Das muss allerdings warten.«

Ich starre ihn an. Gunther Kirchfelds Miene ist regungslos. Tickticktick. Das Uhrwerk der kleinen Tischuhr auf seinem polierten rotbraunen Vollholz-Schreibtisch mischt sich in das Rauschen in meinen Ohren. Ich öffne meinen Mund, um nachzufragen, was er damit meint, doch der Anstaltsleiter spricht schon weiter.

»Es geht um Ihren Lebensgefährten. Jonathan Beyer, richtig?«

»Um … um Jonathan?«

»Wir haben einen Anruf erhalten. Jonathan Beyer ist doch Ihr Partner?«

Ich nicke langsam.

»Es tut mir leid, Ihnen sagen zu müssen, dass er ins Krankenhaus eingeliefert wurde, Frau Salomon.«

Ins Krankenhaus?, hallt es in meinem Kopf nach.

Kirchfeld betrachtet mich mit einem Ausdruck von Sorge in seinem Gesicht. »Ich wollte es Ihnen gleich sagen. Der Anruf hat mich eben erreicht. Natürlich werden Sie hinfahren wollen. Das ist kein Problem.«

Das Gespräch ergibt keinen Sinn. *Es sollte doch um Andersen gehen.* »Wieso …«, beginne ich und muss mich räuspern. »Wieso ist er im Krankenhaus?« Meine Augen heften sich an die des Gefängnisdirektors. Ich sehe den Schatten, der sich darüberlegt. Was er jetzt sagen wird, wird mir offenbar nicht gefallen. Ich grabe meine Fingernägel in meine Handflächen.

»Er hat eine Stichverletzung. Er wurde angegriffen. Von einem Unbekannten, wie es aussieht. Weitere Details hat man uns nicht mitgeteilt. Tut mir leid, Frau Salomon. Ich denke, es wäre das Beste, wenn Sie für heute hier Schluss machen und hinfahren. Machen Sie sich keine Gedanken wegen Ihrer Arbeit hier, die wartet auf Sie, bis Sie wiederkommen. Nehmen Sie sich Zeit, diese Angelegenheit zu klären.«

Diese Angelegenheit zu klären? Stichverletzung? Ich kneife die Augen zusammen. *Was?* Nur das Trommeln meines Herzens zeigt mir, dass mein Körper verstanden hat, was mein Kopf nicht wahrhaben will. *Mein Freund … angegriffen? Jonathan? Das … das ergibt keinen Sinn.*

»Stichverletzung … mit … mit einem Messer?« Meine Hand hebt sich zu meinem Mund, wie automatisch. Ich habe das Gefühl, dass ich mit mir selbst nichts mehr zu tun habe. Neben mir stehe. Losgelöst von dieser bizarren Situation. »Das ist bestimmt ein Missverständnis. Eine Verwechslung«, ergänze ich und lächle.

»Das glaube ich leider nicht. Es handelt sich wohl eindeutig um Ihren Freund.« Eine schwere warme Hand legt sich auf meine. Ich betrachte die dunklen Haare auf dem breiten Handrücken.

»Wieso sollte er angegriffen werden?« Dann drängt sich ein weiterer Gedanke in mein Bewusstsein. »Geht es ihm gut?« Ich starre Kirchfeld an. »O Gott, geht es ihm gut?« Ich springe auf. Nun ist es nicht die Übelkeit, sondern mein Herzschlag, der mir mit einem Mal den Hals hinaufsteigt.

Kirchfeld erhebt sich ebenfalls und hebt die Hände. »Ja, entschuldigen Sie, das hätte ich gleich dazusagen sollen. Es besteht keine Lebensgefahr. Es ist allerdings eine üble Verletzung im Bauchbereich. Sie operieren ihn in diesem Augenblick. Aber es geht ihm wohl gut. Den Umständen entsprechend.«

Mir wird abwechselnd heiß und kalt. Dann beginnt die Ernsthaftigkeit der Situation laut und heftig auf mich einzuprasseln, als hätte man die Panzerglasscheibe mit einem Mal gesprengt, die mich bisher umgeben und irgendwie auch geschützt hat. »Ich muss ins Krankenhaus!«, entfährt es mir, und ich bin schon auf dem Weg zur Tür, als der Gefängnisdirektor mir noch hinterherruft: »Ja natürlich. Er ist in der Kölner Uniklinik. Halten Sie mich auf dem Laufenden!«

ANNA

KAPITEL 31

Endlich. Ich springe auf, als sich die Tür zum Krankenzimmer öffnet und Jonathan von zwei Pflegern hereingeschoben wird. Er liegt in einem Krankenhausbett mit silbernem Gestänge und hält die Augen geschlossen. In den weißen Laken mit den blauen Linien darauf sieht er furchtbar blass aus. Eine junge Krankenschwester kommt mit einem Infusionsständer hinterher.

Einer der Pfleger geht zum Fenster und zieht die Vorhänge zu. Draußen dämmert es bereits. Der Kölner Klinikkomplex befindet sich in einem dicht bebauten Gebiet, so dass man vom gegenüberliegenden Gebäude direkt in die Krankenzimmer hineinsehen könnte, insbesondere wenn die Fenster in der Dunkelheit hell erleuchtet sind.

Ich wende mich meinem Freund zu und trete an sein Bett.

»Ist er … ist er schon wach?«, frage ich die junge Krankenschwester, die ein paar Kabel richtet, und greife nach Jonathans Hand.

»Ja, er bekommt allerdings starke Schmerzmittel. Solche Bauchoperationen tun ja doch etwas weh.« Sie lächelt mich an, es soll wohl aufmunternd sein.

»Es geht ihm aber gut? Es ist alles gut gelaufen?« Ich spüre einen sanften Gegendruck in meiner Handfläche.

»Es geht mir gut, Schatz«, flüstert Jonathan krächzend und öffnet die Augen.

Tränen schießen mir in die Augen. Ich beuge mich hinunter,

um ihm einen Kuss auf die Stirn zu geben. Es ist schlimm, meinen Freund und meinen Fels in der Brandung so schwach zu sehen. So verwundet. Ich wische mir unauffällig über die Lider, als ich mich wieder aufrichte.

»Ja, es ist alles gut gegangen«, bestätigt auch die Krankenschwester. »Der Stich war nicht so tief und hat keine Organe verletzt.«

»Weiß man schon, wie das passiert ist?«

Die Krankenschwester weicht meinem Blick aus und richtet Jonathans Bettlaken. »Soweit ich weiß, nicht. Das wird aber die Polizei besser beantworten können.«

»Es ist alles gut, Schatz«, kommt es erneut von Jonathan. »Bitte mach dir keine Sorgen.« Er lächelt mich müde an. Selbst in dieser Situation spielt er den Tapferen.

»Gar nichts ist gut. Ich meine … Man hat auf dich eingestochen!«

Die Krankenschwester betrachtet mich besorgt, dann kommt sie um Jonathans Bett herum und zieht mir einen Stuhl heran. Mit einem sanften Druck auf meine Schulter bedeutet sie mir, mich zu setzen. »Kann ich Ihnen etwas zu trinken bringen? Sie haben ganz schön lange gewartet.«

Stumm schüttle ich den Kopf.

»Doch, bitte bringen Sie ihr ein Glas Wasser«, sagt Jonathan und versucht sich aufzusetzen. Mit schmerzverzerrtem Gesicht sinkt er zurück in sein Kissen.

»Warten Sie, ich helfe Ihnen«, sagt die junge Frau und greift nach einer weißen Fernbedienung, die am Kopfteil seines Bettes befestigt ist. Sie bedient ein paar Knöpfe, so dass die Rückenlehne des Bettes nach oben fährt. »So, das dürfte reichen.« Sie hebt die Decke.

Ich erhasche einen Blick auf Jonathans Oberkörper, als sie den Krankenhauskittel beiseitenimmt. Er ist in einen dicken weißen Verband gewickelt, unter dem eine Drainage, ein dünner Schlauch für Wundsekret und Blut, hervorkommt.

»Es sollte nicht zu viel Bewegung auf die Wunde kommen. Sie müssen bitte aufpassen, Herr Beyer.«

»Klar«, murmelt mein Freund und lächelt mir müde zu.

Ein bisschen Wärme dringt in die Eiseskälte, die mich gefangen hält. Ich lächle zurück, mit zitterndem Mund.

Als die Krankenschwester, Annette heißt sie, wie ich ihrem Namensschild entnehmen kann, den Raum verlässt, um mir ein Glas Wasser zu holen, frage ich Jonathan, was genau passiert ist.

»So genau kann ich dir das auch nicht sagen. Und der Polizei auch nicht«, antwortet er und schließt die Augen. »Ich war bei der Bank. Geld einzahlen. Als ich rausgekommen bin, habe ich einen Schlag auf den Kopf bekommen. Ich weiß nicht mal, von wem. Ich kann mich nur an dunkle Schemen erinnern. Ich glaube, es waren mehrere. Als ich aufgewacht bin, lag ich auf der Straße und habe am Bauch geblutet. Der Notarzt war schon da und ein Haufen Passanten. Es gibt wohl aber … keine Zeugen.« Jonathan muss husten. »Autsch«, flucht er und greift in Richtung Bauch.

»Mein armer Schatz«, flüstere ich, löse mich aus der Regungslosigkeit, die mich während seiner Erzählung überfallen hat, und berühre ihn am Gesicht. »Soll ich Bescheid sagen gehen, dass du mehr Schmerzmittel brauchst?«

»Nein, schon gut«, stößt er zwischen zusammengebissenen Zähnen hervor. »Könntest du nur … die Rückenlehne wieder etwas tiefer stellen? Bitte? Ich glaube, das ist doch nicht so gut.«

»Klar.« Ich greife nach der Fernbedienung. »So besser?«

Mein Freund nickt mit geschlossenen Augen. Ich überlege, ob es egoistisch von mir ist, ihn ausgerechnet jetzt, wo er Ruhe bräuchte, mit weiteren Fragen zu löchern. Hilflos sitze ich neben seinem Bett und weiß nicht, was ich tun oder sagen soll.

»Sie haben meine Geldbörse geklaut«, setzt Jonathan schließlich leise fort. Ich beuge mich zu ihm runter, um ihn besser zu verstehen. »Die Polizei geht deshalb von einem Raubüberfall aus. Ich kam ja auch direkt aus der Bank. Pech für die … Diebe«, er holt Luft, »dass ich kein Bargeld abgeholt habe.« Dann grinst er mit geschlossenen Augen. »Karma, Bitch.«

Ich muss mitgrinsen. »Stimmt. Immerhin etwas. Aber …« Mein Hals schnürt sich zu. »Es ist trotzdem schlimm. Ich meine … das hätte böse ausgehen können.«

»Ist es aber nicht.« Jonathan öffnet ein Auge. »Immerhin habe ich jetzt ein paar freie Tage, ohne mir deshalb Urlaub nehmen zu müssen.«

Ich schüttle den Kopf und lache auf. »Du bist unverbesserlich, also ehrlich.« Ich fühle eine verzweifelte Liebe in mir aufsteigen.

»So.« Die Krankenschwester tritt durch die Tür und reicht mir ein Glas. »Ihr Freund braucht nun etwas Ruhe. Ich hätte Ihnen erlaubt, länger zu bleiben, aber die Kollegin sieht das anders, fürchte ich.« Sie deutet vage in Richtung Krankenhausflur und lächelt entschuldigend.

»Okay«, antworte ich, obwohl es sich gar nicht so anfühlt. Der Gedanke an eine leere, kalte Wohnung ohne Jonathan erschlägt mich augenblicklich. »Dann mache ich mich mal auf den Weg.«

»Mach dir keinen Kopf, Anna. Alles wird gut. Ja?« Jonathan lächelt mir zu. »Ich werde jetzt mal eine Runde schlafen, und wenn du magst, kannst du mich ja morgen wieder besuchen kommen. Obwohl, du musst ja arbeiten.«

»Nicht unbedingt«, erwidere ich und denke an das Gespräch mit Kirchfeld zurück. »Ich … ich schaue mal, wie ich es mache. Wann sind denn die Besuchszeiten?«, frage ich die Krankenschwester.

»Im Prinzip ganztägig, allerdings würde ich Ihnen aufgrund der Visiten und Untersuchungstermine einen Besuch am Nachmittag oder frühen Abend empfehlen. Bis einundzwanzig Uhr etwa.«

Ich nicke. »Okay. Dann melde ich mich bei dir«, sage ich nun wieder zu Jonathan, küsse ihn noch einmal und greife zum Abschied erneut nach seiner Hand. Ich will sie am liebsten nie wieder loslassen. »Schlaf gut, und ruh dich gut aus. Ich liebe dich.«

»Ich liebe dich auch.«

Dass der Tag noch viel schlimmer werden kann, stelle ich eine Stunde später fest, als ich im Flur unserer Altbauwohnung stehe und auf das Display meines Handys starre, das mir eine SMS von unbekanntem Absender anzeigt.

LEON

»Du kannst sie nicht retten«, sagt er zum wiederholten Male zu sich selbst, während er versucht, sich auf den Verkehr zu konzentrieren. »Es ist ihre Sache. Sie trifft ihre eigenen Entscheidungen.« Tränen drängen in seine Augen.

Er weiß nicht, wann er das letzte Mal tatsächlich so richtig frei geweint hat. Zornig ballt er seine rechte Hand zur Faust und wischt damit über seine Lider. Er wird jetzt nicht wieder damit anfangen.

Erinnerungen flackern auf.

Er sitzt in seinem Kinderzimmer. Alles in ihm brennt wie Feuer. Sein Rücken tut ihm weh, die Schrankwand, gegen die er gefallen ist, hat sich schmerzhaft hineingebohrt. Doch das ist der kleinste Schmerz angesichts der Flammen in Leons Brust, die ihn verzehren, mit jeder Sekunde ein bisschen mehr.

Er wollte dem Babyhasen helfen. Auch wenn es zu spät war. Er wollte auch seiner Mutter helfen. Auch das ist ihm nicht gelungen. Vielleicht, weil er selbst schuld ist. Schuld daran, dass es ihr so schlecht geht. Dass Vater sie gestraft hat. Er weiß doch auch nicht, was mit ihm nicht stimmt.

»Sie will mich nicht mehr«, flüstert der Junge und schluchzt. Seine Stimme ist schon ganz heiser, und seine Brustmuskeln schmerzen, weil ihn das Weinen von innen zerreißt. »Es tut mir so leid, Mama. Es tut mir wirklich so leid.«

Er bekommt kaum Luft, so viel Qualm und Feuer ist in ihm und um ihn herum. Die Anker halten ihn auf dem Teppichboden seines Zimmers, der mit Straßen und Autos bedruckt ist, obwohl ihn die Piraten diesmal nicht im Meer versenkt haben. Diesmal haben sie ihn festgebunden, inmitten des Feuers, damit er nicht fliehen kann.

»Mama, es tut mir so leid«, japst er und greift sich an die Brust, als die Schluchzer ihn abermals durchschütteln.

Er hat es in ihren Augen gesehen. Ihre Wut und ihre Enttäuschung und ihren Ekel. Er kann es verstehen.

»Ich weiß doch auch nicht, was mit mir nicht stimmt.«

Sein Kopf fühlt sich unendlich heiß an.

»Ich … ich hab dich so lieb, Mama. Ich hab dich doch einfach so lieb«, wimmert der Junge und vergräbt sein Gesicht im Fell seines Teddybären.

»Ich liebe dich, Sina«, flüstert Leon gequält und betätigt den Blinker. »Aber ich weiß nicht, was ich tun soll.« Er schüttelt den Kopf und wischt sich erneut über seine Augen, denn die Tränen darin nehmen ihm die Sicht auf die Straße. »Ich weiß einfach nicht, was ich tun soll.«

Er will sie nicht verlieren. Es ist das erste Mal in seinem Leben, dass er sich zugehörig fühlt. Gesehen wird. Wieder einen Sinn darin sieht, die Nähe eines anderen Menschen zu suchen. Sina befreit ihn aus seiner Lethargie. Aus seiner Leere. Aus der Trostlosigkeit seines Lebens. Sina bedeutet ihm alles. Er fühlt mit jeder Pore seines Körpers, dass das stimmt.

Wieso siehst du das denn nicht? Verdammt, wieso siehst du das nicht? Samu wird dich zugrunde richten. Ohnmacht überrollt ihn. Er hatte damals keine Lösung. Wieso sollte er heute eine haben?

Die restliche Heimfahrt über weint Leon stumm. Als er zu

Hause ankommt, hat er keine Tränen mehr. Er hat das Gefühl, niemals wieder welche produzieren zu können. So wie damals, auf dem Teppichboden seines Kinderzimmers, als ihn die Piraten in Brand gesetzt haben.

ANNA

KAPITEL 32

»Wir fangen an«, sagt Kirchfeld, und das Gemurmel verebbt sofort. Wie immer, wenn der Anstaltsleiter zugegen ist.

Ich versuche, mich auf die Konferenz zu konzentrieren, an der das Gesamtteam der SothA teilnimmt. Hilser hat noch am Vorabend eine Rundmail geschickt, dass wir unsere Fallbesprechung heute mit der ausstehenden Belegungskonferenz kombinieren und deshalb die Anwesenheit aller erwünscht ist. Es wird um den Behandlungsstatus aller Häftlinge der SothA gehen und darum, ob es Kapazitäten für Neuaufnahmen gibt oder die Behandlungsangebote neu zusammengesetzt werden müssen. Es ist eine Chance, weitere Informationen über Häftlinge zu erhalten, die nicht meine Bezugshäftlinge sind. Aber nicht nur das hat mich bewogen, mich heute nicht krankzumelden, obwohl ich mich am liebsten zu Hause vergraben hätte, obwohl ich kurzzeitig gedacht habe, gar nicht mehr in der Lage zu sein, die Wohnung zu verlassen.

Auch die SMS war es, die mich gestern spätabends erreicht hat, die mir unmissverständlich klargemacht hat, dass ein Ausstieg keine Option mehr ist. Es bleibt keine Zeit mehr für einen Moment der Schwäche. Falls es je eine Zeit dafür gegeben hat, seit ich die JVA Weyer zum ersten Mal betreten habe.

Du siehst nun, wozu ich imstande bin und wie weit mein Einfluss reicht. Trotz höchster Sicherheitsstufe. Fang an zu spielen, Anna. Finde mich und damit vielleicht auch Sina, bevor ich die Geduld verliere. Beim nächsten Mal könnte der Stich tödlich sein.

Die SMS hat Angst in mir ausgelöst. Und Schuldgefühle. Denn mir ist endgültig klar geworden, was ich zuvor schon befürchtet habe: Jonathan ist nur deshalb verletzt worden, weil ich einen geheimen Plan verfolge. Er liegt nur deshalb in diesem Augenblick wehrlos mit einer Stichverletzung im Krankenhaus. Erneut schnürt sich meine Kehle zu.

Mir ist die Anwesenheit der Kollegen der sozialtherapeutischen Abteilung, die allesamt um mich herumsitzen, nur allzu bewusst. Genauso wie die Tatsache, dass sie über mich und meine Vergangenheit sprechen. Ich kriege ihre Blicke genauso mit wie ihr Getuschel. Vielleicht hat sich auch das mit Jonathan herumgesprochen, wer weiß. Obwohl die Welt innerhalb der Mauern abgeschottet und isoliert ist, gehen Informationen hier herum wie ein Lauffeuer. Vielleicht auch gerade deshalb. Ich ordne die Papiere vor mir auf dem großen Konferenztisch neu an, um meinen zitternden Händen etwas zu tun zu geben. Dann wandert meine Hand zu meinem Hals, an dem nun zwei Ketten hängen.

Als forensische Psychologin bin ich nicht so dumm, zu glauben, dass mir der Hinweisgeber tatsächlich eine realistische Chance gibt, Sina lebend zu finden. Ich halte die Wahrscheinlichkeit sogar eher für gering. Psychologisch betrachtet. Aber sie ist alles, was ich habe. Und an Hoffnung hat es sich schon immer besser festhalten lassen als an Resignation. Obwohl ich rational weiß oder zumindest davon ausgehen muss, einem perfiden Spiel zum Opfer zu fallen, dessen Spielleiter es offensichtlich nicht um mein Wohlbefinden geht, kann ich nichts gegen das trügerische Gefühl von Hoffnung tun, das mich dazu bringt, es mitzuspielen.

Auch die Wut ist es, die mich mitspielen lässt, nicht nur die Hilflosigkeit und Angst. Wut auf den Hinweisgeber, Wut auf sein Vorgehen. Zwar nimmt sie in meinem ganzen Gefühlschaos nur den Bruchteil einer Facette ein, kämpft gegen das lähmende Gefühl von Ohnmacht, doch sie glimmt in mir, vor allem seit mir bewusst geworden ist, dass der Hinweisgeber meinem Freund, einem Unschuldigen, Schaden zugefügt hat. Und ich kann nicht mehr sagen, was diese Wut mit mir machen wird, wenn ich ihn ausfindig gemacht habe. *Aber ich werde alles dafür tun, du Drecksschwein. Du willst ein Spiel spielen? Bitte. Ich bin dabei.*

Fieberhaft denke ich nach. *Die Botschaften lesen sich nun ganz eindeutig wie die eines Täters. Aber wenn ich es hier mit dem Täter zu tun habe, habe ich es dann mit Sonny zu tun, der als Täter ausgeschlossen wurde, aber die Person ist, die ich in Weyer gesucht habe?*, stelle ich mir erneut eine Frage, die ich mir schon hundertmal zuvor gestellt habe. Ich drehe mich im Kreis, von Anfang an. Sonny war zum Zeitpunkt von Sinas letztem Eintrag und zum Zeitpunkt ihres Verschwindens inhaftiert. Wenn Sinas Angaben stimmen, dann kann er nicht der Täter sein, scheint ihn aber zu decken oder etwas zu wissen. Vielleicht hat Samu die Kontrolle verloren. Und Sonny hat sich am Ende doch für die Freundschaft und gegen das Mädchen entschieden. Schützt seinen Freund. Das würde allerdings nur zum ersten Teil der Botschaften passen, die noch darauf abzielten, mich von meiner Suche abzubringen. Wieso sollte er jetzt ein derartiges Spiel mit mir spielen und mich regelrecht dazu auffordern, ihn zu finden? Welchen Sinn ergibt das? Und mir im Falle seiner Enttarnung eine Belohnung in Aussicht stellen, die ich nicht ausschlagen kann, selbst wenn ich wollte? Wenn es nur die geringste Möglichkeit gibt, etwas über Sinas Schicksal herauszufinden, sie womöglich sogar noch lebend anzutreffen, wie aussichtslos das auch erscheinen mag, kann ich sie nicht ungenutzt lassen. Es geht nicht. Obwohl mir dieses Spiel, dessen Regeln ich nicht durchschaue, abgrundtiefe Angst einjagt. Weil der Hinweisgeber auch mein eigenes Leben zum Preis gemacht hat.

»Alles okay? Du wirkst abwesend«, murmelt Yves rechts neben mir.

»Ja«, antworte ich leise. »Alles okay.«

Yves nickt, aber er sieht skeptisch aus. Ich versuche, mich auf die blonde Kollegin zu konzentrieren, die auf der anderen Seite des Konferenztisches sitzt und gerade über einen Vorfall berichtet, in dem zwei Insassen versucht haben, aus Kartoffeln Alkohol herzustellen.

»Gerdes und Mauermann nutzen die Freiheiten, die sie hier haben, nur aus«, schließt sie und wirkt dabei aufgebracht. »Es ist ein ewiger Kampf mit den beiden. Es gibt so viele im Vollzug, die alles für einen Platz hier bei uns in der SothA tun würden. Ich finde, wir müssen strenger sein, was das Befolgen der Regeln angeht.« Die übrigen Kollegen vom AVD pflichten ihr kopfnickend bei.

»Was sagen Sie dazu, Herr Schumann? Sie behandeln die beiden«, spricht Kirchfeld den Psychologen an, der den Ausführungen der Justizvollzugsbeamtin konzentriert zugehört hat. Ihre Aufregung scheint wie üblich an ihm abzuprallen. Ich überlege, ob ich den Mann jemals anders als absolut gefasst erlebt habe. Ich glaube nicht.

Schumann nimmt sich Zeit zum Antworten. »Nun ja«, beginnt er. Er spricht langsam und abwägend. »Insbesondere mit Gerdes habe ich in den letzten Sitzungen durchaus relevante Themen besprechen können. Ich sehe hier einen Fortschritt. Mauermann zeigt sich eher verweigernd, da pflichte ich der Kollegin bei. Ich habe den Eindruck, dass er schlechten Einfluss auf Gerdes nimmt.«

Ich höre nicht mehr, was Kirchfeld erwidert, weil meine Gedanken erneut zu den Worten in der SMS wandern: ›... *wie weit mein Einfluss reicht. Trotz höchster Sicherheitsstufe.*‹ Wer von den Insassen hat einen derartigen Einfluss, dass er Zettel in meiner Tasche unterbringen kann? Außerdem kommt es zwar immer wieder mal vor, dass bei der Durchsuchung der Hafträume Mobiltelefone gefunden werden, der Hinweisgeber muss aber zusätzlich an meine Nummer gelangt sein, um mir eine SMS zu schreiben. Ganz zu schweigen davon, dass er meinen Freund ausfindig gemacht hat, um ihm auf offener Straße eine als Raubüberfall getarnte Verletzung zufügen zu lassen. Vielleicht mithilfe von Samu? Meine Arme überziehen sich mit Gänsehaut.

»Frau Salomon?«

Yves stößt mich parallel unter dem Tisch an. Erschrocken schaue ich auf. Und bemerke die Blicke aller Anwesenden auf mir.

»J...ja?«

Schumann mustert mich. »Sie haben dem Diagnostiktermin von Vágó beigewohnt. Was sagen Sie dazu?«

»Es geht um seine Therapiemotivation«, zischt mir Yves von der Seite zu.

»Zu ... seiner Therapiemotivation?«, frage ich und tue so, als wäre diese Rückfrage nur die Einleitung zu meinen Abwägungen, die nun folgen werden. Auch Kirchfeld beobachtet mich. Er sitzt zurückgelehnt auf seinem Stuhl und hat die Arme vor sich auf seinem ausladenden Bauch verschränkt. Ich weiche seinem Blick aus. »Ich glaube schon, dass er unsere Maßnahmen ernst nimmt und ... und die Regeln befolgt«, beginne ich stockend und in Erinnerung an das, was die Kollegen vom AVD berichtet haben. Den einzigen Wortwechsel, den ich wenigstens bruchstückhaft mitbekommen habe. *Du musst dich mehr auf die Konferenz konzentrieren*, ermahne ich mich selbst. *Immerhin könntest du etwas erfahren, das dich weiterbringt, sonst hättest du es gleich lassen können.* Ich rücke auf meinem Stuhl herum. »Andererseits hatte ich zugegebenermaßen nicht den Eindruck, dass Herr Vágó tatsächlich intrinsisch motiviert ist«, fahre ich in Erinnerung an das Gespräch mit dem Häftling fort, dem ich beigewohnt habe. »Er nimmt die Maßnahmen in Kauf. Und er ist klug genug, so denke ich, zu erkennen, welchen Vorteil sein Aufenthalt in der SothA bringt. Abzuwägen, wo er sich besser angepasst verhält. Ob er tatsächlich Reue zeigt oder ehrlich daran interessiert ist, an sich selbst zu arbeiten, kann ich nicht beurteilen.« Ich werfe meinem älteren Kollegen einen Blick zu, der bestätigend nickt. »Ich kenne den Häftling ja nur aus dieser einen Begegnung.«

»Ich teile Ihre Einschätzung, Frau Salomon«, antwortet Schumann und wendet sich nun wieder Kirchfeld zu. »Er zeigt sich unauffällig, macht keine Probleme. Aber ich denke, wir müssen nochmal ran, was seine Motivation betrifft. Sollte sich dort keine Besserung zeigen, kann er seine Zeit auch im normalen Vollzug absitzen.« Seine letzten Worte richtet er an Yves. Erst in diesem Moment fällt mir wieder ein, dass Yves Vágós Behandler ist, während Schumann nur für den diagnostischen Part zuständig ist. Ich schiebe meinen Stuhl etwas nach hinten, weil ich Yves die Sicht auf Schumann und Kirchfeld genommen habe.

»Er zeigt sich reserviert, den Eindruck kann ich teilen. Ich habe auch nie etwas anderes behauptet«, setzt Yves nun an, der heute ein hellgraues Flanellhemd trägt, dessen oberster Knopf ausnahmsweise einmal geöffnet ist. Er klingt verteidigend. »Es kommt darauf an, wie wir Motivation definieren. Herr Vágó gehört immerhin zweifelsfrei zu den Häftlingen, die jeden Termin wahrnehmen und aktiv mitarbeiten.«

Kirchfeld neigt den Kopf. »Die Frage ist aber doch, Herr Vandenfeld, ob uns das reicht. Sie behandeln Herrn Vágó jetzt wie lange?«

Yves schaut auf die Tischplatte vor sich. Inzwischen kenne ich ihn gut genug, um zu wissen, dass es nur eine Frage der Zeit ist, bis sich rote Flecken über seinem Hemdkragen ausbreiten werden.

»Ich weiß, worauf Sie hinausmöchten«, erwidert er dann, ohne die Frage direkt zu beantworten. »Ich kann nur sagen, dass ich sehr wohl den Eindruck habe, mit ihm Fortschritte zu machen. Ich würde eher bei Selte oder Wedel ansetzen, wenn es darum geht, Platz für Häftlinge auf der Warteliste zu schaffen.« Er verschränkt die Arme.

»Selte scheint mir … aktuell recht belastet zu sein«, werfe ich nach kurzem Zögern ein. Erneut richten sich nun alle Augen auf mich; auf die sechsundzwanzigjährige Psychologin, die zwei Selbstmordversuche unter ihren wenigen Bezugshäftlingen zu verzeichnen hat. »Der Selbstmord von Andersen ist schlimm. Auch für die übrigen Häftlinge. Das sollten wir nicht außer Acht lassen. Herr Selte wirkt dadurch belastet. Er sollte definitiv in der SothA bleiben. Damit wir einen Blick auf ihn haben. Ich hatte außerdem erst eine Einzelsitzung mit ihm. Da ist noch viel Luft nach oben.«

»Ob das so gut ist«, raunt irgendwer am rechten hinteren Ende des Tisches, ein Schnauben ist zu hören. Ein paar Beamte vom AVD, die hinter dem Tisch an der Wand stehen, versuchen ihr Schmunzeln zu verstecken.

»Der Argumentation kann ich folgen. Und gut, dass Sie auf Selte und seine mögliche Vulnerabilität hinweisen, Frau Salomon«, sagt Kirchfeld, wirft den tuschelnden Kollegen einen ernsten Blick zu und richtet sein Wort dann an Hilser. »Lassen Sie uns die Liste mal weiter durchgehen.«

Hilser nickt und blättert in seinem Ordner eine Seite weiter. Er hat darin eine Übersicht aller Häftlinge und ihrer Haft- und Behandlungsstadien und macht sich während der Konferenz Notizen. »Wie steht es um Herrn Toltenburger und Herrn Wedowil, Herr Schumann?«, murmelt er konzentriert und fährt mit dem Finger über die Zeilen in seiner Tabelle.

Ich werde hellhörig. Über diese beiden Häftlinge habe ich noch nicht viel herausgefunden.

»Toltenburger ist wegen Körperverletzung und Wedowil wegen Betrug im großen Stil verurteilt, oder?«, wispere ich Yves zu, der nickt.

»Herr Toltenburger macht sich gut«, startet Schumann und klappt eine der Akten auf, die vor ihm auf dem Tisch liegen. »Wir verzeichnen gute Fortschritte. Ich wäre bei ihm tatsächlich an dem Punkt, über Vollzugslockerungen nachzudenken. Sein Vater liegt außerdem im Sterben, vielleicht haben wir eine Möglichkeit, ihm einen Besuch zu genehmigen.«

Kirchfeld legt die Stirn in Falten und nickt nachdenklich, während er seine Fingerspitzen gegeneinandertrommelt.

Ich räuspere mich. Ich muss einen Vorstoß wagen. »Wie weit … wohin müsste er dafür? Um seinen Vater zu besuchen?«

»Er kommt aus Norddeutschland«, antwortet Schumann und dreht sich zu mir.

»Ah, okay«, erwidere ich und tue so, als wäre ich rein fachlich interessiert. »Hat es bei ihm einen ähnlichen Hintergrund wie bei Vágó, dass er absichtlich in einer JVA außerhalb seines Bezugskreises untergebracht ist?«

»Nein. Er wurde verlegt, weil er sich in der Bremer JVA, in der er vorher war, eskalativ gezeigt hat. Man wollte ihn aus dem Umfeld dort herausnehmen, es hatten sich ungünstige Gruppierungen unter den Häftlingen gebildet.«

»Eskalatives Verhalten ist aber doch eigentlich keine gute

Voraussetzung für die Aufnahme in eine sozialtherapeutische Abteilung.«

»Er ist schon einige Jahre bei uns«, ergänzt nun Kirchfeld und betrachtet mich konzentriert. Irgendetwas scheint ihm durch den Kopf zu gehen, doch seine Miene bleibt undurchdringlich. »In denen er sich gut verhalten hat. Deshalb die Aufnahme in die SothA. Herr Toltenburger ist reaktiv und impulsiv. Und auf sich bezogen. Da ging es um eine Unterbrechung der Gewaltdynamik, mit Erfolg, möchte ich meinen. Das ist nicht mit Vágó zu vergleichen. Ihn hat man aufgrund seines flächendeckenden kriminellen Netzwerks aus seiner direkten Wirkungsregion genommen.« Kirchfeld richtet seinen Blick auf Yves. »Aber das sollte uns nicht in Sicherheit wiegen, wo wir gerade dabei sind. Das möchte ich nochmal betonen. Vágó ist garantiert deutschlandweit vernetzt. Wir senken nur das Risiko. Ich bin sicher, dass er auch hier Kontakte und Bezüge hat, gegebenenfalls innerhalb wie außerhalb unserer Anstalt, auch ins Kölner Umland hinein. Auch wenn er sich unauffällig zeigt. Daher ist Schumanns Punkt, seine Therapiemotivation zu hinterfragen, auf jeden Fall legitim. In der SothA hat gerade so jemand wie Vágó andere Möglichkeiten, weil es nicht so streng zugeht wie in den anderen Abteilungen. Das muss regelmäßig überprüft werden.«

Meine Gedanken rasen. *Kontakte innerhalb und außerhalb unserer Anstalt? Auch im Kölner Umland?*

»Aber zurück zu Toltenburger. Ich glaub, da können wir einen Haken machen. Über den Besuch beim Vater denken wir noch einmal gesondert nach. Was ist mit Wedowil?« Kirchfeld lehnt sich zurück, während sich Schumann nun eine andere Akte heranzieht und aufklappt.

»Er ist in der Grundveranlagung manipulativ, keine Frage. Aber er zeigt sich ebenfalls aufrichtig behandlungsmotiviert.«

»Kann ich bestätigen«, wirft Yves ein. »Ich habe die Verlaufsdiagnostik vorgenommen.«

Während Kirchfeld den Eindruck der AVD-Beamten abfragt, bleiben meine Gedanken weiterhin an Vágó hängen. *Ich suche einen Häftling, der einen weitreichenden Einfluss hat*, hämmert es in meinem Kopf. *Womöglich spielt es gar keine so große Rolle, wie ich dachte, dass Vágó nicht von hier kommt?*

In den folgenden zwanzig Minuten, in denen es um weitere Häftlinge geht, höre ich nur noch mit halbem Ohr zu. Erst als sich Yves neben mir bewegt, sich räuspert und seinen Satz »Ich hätte da noch ein Thema, das ich gern anbringen würde« mit offensichtlicher Nervosität in der Stimme beginnt, holt mich das aus meinen Grübeleien.

»Herr Kirchfeld bat mich darum, es als ›lesson learned‹ ins Gesamtteam zu bringen.« Sein Gesicht wird rot. Ich ziehe die Brauen zusammen und frage mich, was nun kommen wird.

»Lesson learned für das Gesamtteam, Herr Vandenfeld. Das möchte ich ausdrücklich wiederholen. Es geht um eine grundsätzliche Sensibilisierung und nicht darum, dass Sie etwas falsch gemacht hätten«, wirft Kirchfeld mit dunkler Stimme ein.

Yves nickt und beißt sich auf die Lippe. »Ja. Trotzdem sind wir als Bezugsbehandler ja am nächsten dran. So gesehen. Und müssen sowas am ehesten im Fokus haben. Gefahrenpotenziale. Egal, ob selbst- oder fremdgefährdend.« Er wirft mir einen schnellen Blick zu. »Aber ja. Es ist, denke ich, wichtig, dass wir alle sensibilisiert sind.« Yves macht eine bedeutungsschwere Pause. »Man hat bei Meierbach Gift gefunden. Wir wissen nicht, was er damit vorhatte, vermutlich aber nichts Gutes.«

»Was für ein Gift?«, fragt die blonde Kollegin mit großen Augen, die sich eben über die Häftlinge ausgelassen hat, die aus Kartoffeln Wodka brauen wollten. »Das ist ja ein Ding.«

Yves hebt die Schultern. »Ich kenne mich da nicht genau aus.

Es ist jetzt auf jeden Fall konfisziert, in dem Raum, in dem wir auch die Waffen und weitere gefährliche Gegenstände aufbewahren, die die Gefangenen üblicherweise basteln. Eine Probe des Giftes ist auf dem Weg in ein Labor. Was wir aber bereits wissen, ist, dass es ein weitestgehend geruch- und wohl auch geschmackloses Pulver ist, das Meierbach ohne Probleme in Getränke hätte mischen können, und dass es nach ersten Einschätzungen auf irgendeine Weise zum Tode führt.«

Ich sehe in den Gesichtern der Kolleginnen und Kollegen der SothA, dass sie die gleiche Beklemmung empfinden wie ich. Es ist mucksmäuschenstill im Besprechungsraum der sozialtherapeutischen Abteilung der Justizvollzugsanstalt Weyer.

Kirchfeld räuspert sich. »Aufgefallen ist es, weil wir Haftraumdurchsuchungen außer der Reihe durchgeführt haben. Es ist Herrn Vandenfelds Aufgabe, das mit Herrn Meierbach aufzuarbeiten. Auch dann, wenn er in den Regelvollzug zurückverlegt wird. Sowas darf einfach nicht passieren. Sie müssen nah an ihren Häftlingen dranbleiben. Es kann nicht sein, dass so viel unter dem Radar passiert wie in letzter Zeit.« Der massige Mann schiebt seinen Stuhl nach hinten, steht auf und stützt sich mit den Händen auf der Tischplatte ab. Es wirkt bedrohlich. Ich lehne mich zurück und richte meine Augen auf meine Hände. »Und damit meine ich das Gesamtpersonal. Zum einen natürlich unser psychologisches Team, aber genauso Sie vom allgemeinen Vollzugsdienst und alle, die täglich mit den Häftlingen zu tun haben. Gerade hier in der SothA, wo wir den Insassen bewusst mehr Freiheiten zukommen lassen, müssen wir dicht dranbleiben. Wir hatten einen Suizidversuch, einen vollzogenen Suizid und einen Giftfund innerhalb weniger Wochen. Das geht so nicht. Aus diesem Grund haben Herr Hilser und ich entschieden, Behandlerwechsel vorzunehmen. In Fällen, in denen Behandler länger mit Insassen zusammenarbeiten, ohne dass sich nennenswerte Fortschritte ergeben. Das soll für niemanden von Ihnen eine Maßregelung oder Bestrafung darstellen. Aber wir müssen unsere Behandlungen immer wieder optimieren, und oft ist ein neuer und unverstellter Blick auf die Häftlinge und Geschehnisse die wirkungsvollste Maßnahme. Deshalb haben wir in den letzten Tagen alle Akten und Dokumentationen überprüft. Da ist noch Luft nach oben. Wir brauchen eine Qualitätsschulung – die ist in Planung –, vermehrt Supervision – ebenfalls in Planung –, aber vor allem brauchen wir einen unvoreingenommenen Blick. Herr Hilser«, schließt Kirchfeld und deutet unwirsch auf einen Stapel Blätter, der die ganze Zeit über unberührt vor dem hageren Juristen gelegen hat.

»Wir haben hier eine neue Zusammenstellung an Häftlingen für jeden Behandler. Teilweise bleibt es bei den Ihnen zugewiesenen Häftlingen, stellenweise rotieren wir.« Er leckt sich den Finger und blättert die Papiere auseinander. Dann beginnt er damit, diese auszuteilen. Die Kollegen links von mir reichen mir meinen Bogen durch.

Sofort scanne ich die Auflistung. Selte. Zu meinem Erstaunen auch noch Tsakiris, hier hätte ich am ehesten damit gerechnet, dass er mir entzogen wird. Aber man will mir wohl die Gelegenheit geben, den Vorfall gemeinsam mit ihm auszubügeln. Ein Häftling namens Müller, den ich nur aus Befundbesprechungen kenne. Und Vágó. Ein Stoß Adrenalin durchfährt mich.

»Nur vier Namen. Du hast es gut mit deinem Welpenschutz«, murmelt Yves, der auf seine Liste mit zehn Häftlingen hinunterschaut.

Ich bin nicht sicher, ob es tatsächlich Welpenschutz ist oder ob sie mir nicht mehr zutrauen, doch diesen Gedanken behalte ich für mich.

»Also gut. Das war es erstmal für heute. Wir sind noch nicht ganz durch, daher besprechen wir uns morgen weiter, ich habe einen dringenden Termin mit der Polizei.«

Kirchfeld wirft mir einen Blick zu und sieht dann auf seine Armbanduhr hinunter, die ihm in das massige Fleisch seines Unterarms schneidet. Ohne ein weiteres Wort in Richtung Team nickt er seiner Sekretärin zu, die ebenfalls aufsteht, und verlässt den Besprechungsraum.

»Anna, warte kurz«, ruft Yves mir hinterher. Gedankenversunken drehe ich mich zu ihm um, ich habe die Tür zu meinem Büro fast erreicht.

»Es ist fast Zeit für Mittag, sollen wir zusammen etwas essen gehen?«, fragt er, als er zu mir aufschließt.

Ich zögere, denn eigentlich möchte ich lieber allein sein und darüber nachdenken, wie ich in Bezug auf Vágó weitermachen kann. Seit der Information, er könnte hier in der Gegend Kontakte haben und dürfe in der Hinsicht nicht unterschätzt werden, hat sich ein mulmiges Gefühl in mir breitgemacht. Ich wische meine feuchten Hände an meiner Hose ab und versuche mich wieder auf meinen Kollegen zu konzentrieren.

»Danke für das Angebot, aber eigentlich ist mir nicht so danach. Ich habe keinen großen Hunger. Und ich habe nachher ein Gespräch mit Tsakiris, auf das ich mich noch vorbereiten möchte.«

Ein Schatten legt sich über Yves' Augen. »Wie schade. Ich dachte nur … Du warst gestern so schnell raus aus der Gruppensitzung. Und ich wollte fragen, ob alles okay ist. Möchtest du mit mir darüber sprechen?«

Nein, denke ich. *Aber wer weiß, wofür ich seine offensichtlichen Freundschaftsangebote noch brauchen kann.* Ich bin unschlüssig, was ich erwidern soll.

Yves scheint mir das anzusehen. »Ich möchte mich nicht aufdrängen, Anna. Das sagte ich ja schon. Aber Mann, bei dir passiert eine ganze Menge.« Er schüttelt den Kopf. »Ich habe das von deinem Freund mitbekommen. Das ist furchtbar.« Traurig blickt er mich an. »Ich hätte gar nicht damit gerechnet, dass du heute zur Arbeit kommst.«

Auch das hat sich also herumgesprochen. Ich beiße mir auf die Innenseiten meiner Wange. Dann öffne ich den Mund. »Ich habe tatsächlich überlegt, mir freizunehmen. Aber die Struktur und Ablenkung hilft. Und es ist in letzter Zeit nicht so glatt gelaufen, auch deshalb wollte ich die Konferenz heute nicht verpassen, immerhin ist sie sehr wichtig.«

»Das stimmt allerdings. Wie geht es deinem Freund denn? Stimmt es, dass man mit einem Messer auf ihn eingestochen hat?«

»Ja.« Ich wende meinen Blick ab, weil sich mir erneut bei dem Gedanken daran, wie knapp der Übergriff auf Jonathan an einer ernsthaften Bedrohung seines Lebens vorbeigegangen ist, der Hals zuschnürt.

»O Mann, unfassbar, Anna, ehrlich. Was du alles durchmachen musst. Die Tat an deiner Schwester, der Übergriff auf Jonathan …« Yves schüttelt den Kopf.

»Ja. Aber ich möchte nicht darüber reden. Ich bin hier, um mich abzulenken, in Ordnung?«, stoße ich aus und drehe mich in Richtung meiner Bürotür, die ich nun mit wenigen Schritten erreiche.

»Aber falls du drüber reden willst – über Sina oder über Jonathan … Ich bin da, okay?«, ruft Yves mir hinterher. »Du musst das alles nicht mit dir selbst ausmachen!«

Es ist seltsam, den Namen meiner Schwester und meines Freundes überhaupt aus deinem Mund zu hören, denke ich, nicke aber, als wäre ich dankbar für sein Angebot, das sich für mich deutlich übergriffig anfühlt, und schließe mit bebenden Händen meine Tür auf.

ANNA

KAPITEL 33

»Wie geht es Ihnen?«, frage ich den kleinen gedrungenen Griechen, der mir zwei Stunden später in meiner Besprechungsecke gegenübersitzt.

Wir führen unser Einzelgespräch nicht mehr im ›Bunker‹, aber auch nicht im Glaskasten. Ich möchte ihm und mir einen geschützteren Rahmen bieten, zumal er der einzige Häftling ist, mit dem ich mir ein Einzelgespräch in meiner kleinen Bürokammer vorstellen kann.

Tsakiris reibt sich über sein Kinn, was aufgrund der dunklen Bartstoppeln ein kratzendes Geräusch ergibt. In meinem Büro riecht es bereits nach kürzester Zeit nach seinem Deo.

»Es geht mir etwas besser«, antwortet er schließlich. Verstohlen schaut er sich in meinem Büro um. »Nett haben Sie es hier.«

Beinahe möchte ich lachen. *Nett und gefährlich.* »Danke. Ich dachte, dass ein kleiner Umgebungswechsel unseren Gesprächen guttun würde«, erwidere ich. »Haben Sie nochmal lebensmüde Gedanken gehabt?«, frage ich dann. Ich rede mir ein, dass ich meine Frage so direkt formuliere, weil ich kein Risiko mehr eingehen will. In Wahrheit aber habe ich kaum noch die mentale Kapazität, abgewogen zu kommunizieren.

Während Tsakiris überlegt, notiere ich meine Frage in dem Verlaufsbogen zu unseren Behandlungseinheiten, der in meinem Klemmbrett auf meinem Schoß haftet. Mein Stift schwebt über dem Papier, bereit, auch Tsakiris' Antwort auf die Frage

Wort für Wort zu notieren. Ich muss mich besser absichern. Ich weiß es nicht mit Sicherheit, aber ich gehe davon aus, dass Herr Kirchfeld heute erneut wegen des Suizids von Sven Andersen mit der Polizei spricht. *Keine Polizei*, schießt mir ein Teil der letzten Botschaft durch den Kopf. Nervosität strömt durch meine Adern.

»Nein.« Tsakiris schüttelt den Kopf und setzt sich anders hin. »Ich … Nein, habe ich nicht mehr.«

»Was glauben Sie, hat Ihnen geholfen? Oder was hilft Ihnen, sich zu stabilisieren?«

»Die Gespräche mit meiner Frau.« Plötzlich wird Tsakiris' Stimme schwer. »Ich möchte Ihnen dafür danken. Dass Sie mir mehr Angehörigengespräche genehmigt haben. Das hilft.« Seine Tonlage schießt am Satzende in die Höhe. Dann verbirgt der Häftling sein Gesicht in den Händen. Ich sehe nur an der Bewegung seines Oberkörpers, dass er zu weinen beginnt.

»Das ist doch schön, Herr Tsakiris. Dass Ihnen die Gespräche mit Ihrer Frau helfen«, sage ich behutsam und meine es auch so.

Tsakiris nickt, ohne aufzusehen. »Ja, es gibt mir Kraft. Ich will ja gar nicht sterben«, flüstert er leise. Dann wischt er sich über seine Wangen und richtet sich auf, jedoch ohne mich anzusehen. »Ich will mein Leben zurück. Ich will meine Strafe absitzen, die eine gerechte Strafe ist. Ich empfinde tiefe Reue. Und dann will ich meiner Frau und meinen Kindern endlich wieder der Familienvater sein, den sie verdient haben. Verstehen Sie?« Nun schaut er mich doch an, mit Kummer im Gesicht.

»Das verstehe ich.« Einen Moment bleibt es still in meinem Büro. »Ich finde gut und gesund, dass Sie Ihre Zukunftsaussichten wieder in den Blick nehmen. Ihre Haft wird irgendwann zu Ende sein. Und dann können Sie Ihre Ziele umsetzen, die Sie sich jetzt und hier und heute vornehmen. Es wäre doch schade, das alles aufzugeben. Wer nicht kämpft, hat schon verloren. Ich weiß, der Satz klingt abgedroschen, aber er ist wirklich wahr.« Ich muss an Sina denken. Und an Jonathan. Und Vágó. Nun bin ich diejenige, die ihren Blick abwendet.

In den folgenden zwanzig Minuten konzentriere ich mich zunächst darauf, mit Tsakiris Ressourcen und Bewältigungsstrategien durchzugehen, die ihn stärken können. Ich tue das aufgrund meines schlechten Gewissens, weil ich weiß, dass ich ihm zu Beginn unseres Kontaktes keine gute Behandlerin gewesen bin. Trotzdem habe ich mir für das heutige Gespräch auch vorgenommen, endgültig herauszufinden, ob er Sonny gekannt hat. Ich habe absolut keine Zeit mehr zu verlieren, das hat mir der Hinweisgeber unmissverständlich klargemacht.

»Wir haben viel über Ressourcen gesprochen«, beginne ich deshalb nun und visiere eine Überleitung an, die ich mir seit Minuten zurechtgelegt habe. »Ressourcen können auch andere Häftlinge sein. Gerade hier in diesem Umfeld ist es wichtig, sich genau anzuschauen, mit wem man in einen engeren Kontakt tritt. Trotzdem können Gespräche mit Mitinsassen hilfreich und wohltuend sein. Die Kollegen und ich beobachten aber, dass Sie nicht viel interagieren und eher allein bleiben. War das … war das schon immer so? Hier in der SothA und auch im Regelvollzug? Oder gab es auch mal engere Kontakte, die Sie als hilfreich empfunden haben?«

Tsakiris schweigt zunächst. Ich sehe an seinem Gesicht, dass er nachdenkt. Dann schüttelt er den Kopf. »Tatsächlich nein. Ich habe nie einen engeren Kontakt geknüpft.«

»Hm«, murmle ich und klopfe mit dem Stift auf mein Klemmbrett. »Nie? Und würden Sie sagen, Sie kriegen deshalb auch wenig von den anderen mit? Oder kriegen Sie gerade deshalb viel mit, weil Sie ein unbeteiligter stiller Beobachter sind?« Ich beiße mir auf die Unterlippe. Meine Frage klingt merkwürdig, aber das fällt mir erst auf, nachdem ich sie ausgesprochen habe.

Tsakiris scheint sich glücklicherweise nicht daran zu stören, er ist wie immer mit sich selbst und seiner Traurigkeit beschäftigt. Er fährt sich mit seiner linken Hand über seine Glatze. »Ehrlich gesagt, Frau Salomon, interessieren mich die anderen nicht. Ich konzentriere mich auf mich. Das bin ich meiner Frau und den Kindern schuldig.« Er zieht die Mundwinkel nach unten. »Ich glaube, das hat vielleicht auch etwas damit zu tun, dass ich mich nicht so damit … Wie sagt man? Identifiziere? Ein Häftling zu sein.«

Ich nicke abwartend, während ich im Geiste zu dem Schluss komme, dass Tsakiris mir vermutlich tatsächlich nichts über Sonny erzählen kann. Es stimmt, was er sagt. Man sieht ihn nie in Interaktion mit den anderen Häftlingen. Und er wirkt immer in sich gekehrt. Ohne große Anteilnahme an dem, was um ihn herum passiert.

»Ich habe vielleicht auch etwas Angst vor den anderen. Das ist kein guter Umgang. Ich will gar nicht hier sein. Schlimm genug, dass ich hier hingehöre.«

Weil Tsakiris wieder zu weinen beginnt, konzentriere ich mich den Rest der Sitzung darauf, das Thema mit ihm zu reflektieren und ihn zu stabilisieren. Und stelle fest, dass ich das erste Mal froh über die kurze Phase der Ablenkung bin, die mir meine Aufgabe als Anstaltspsychologin bietet.

ANNA

KAPITEL 34

Am Nachmittag gebe ich den Justizvollzugsbeamten Bescheid, dass sie Tsakiris die nächsten Tage besonders im Blick behalten sollen. Er scheint sich von seinen Suizidgedanken distanziert zu haben, trotzdem möchte ich angesichts seiner Belastung auf Nummer sicher gehen. Als ich deshalb gerade auf dem Flur stehe und mit Steffens, dem Golden Retriever der Beamten, spreche, kommt Hilser auf mich zu.

»Frau Salomon, auf ein Wort«, sagt er und deutet auf den Glaskasten, der gerade nicht belegt ist. Irritiert verabschiede ich mich von Steffens und folge ihm.

»Ich will Sie gar nicht lange aufhalten«, beginnt er, kaum dass wir den Raum betreten haben. »Sie hatten heute ein psychologisches Gespräch mit Herrn Tsakiris, richtig?«

Ich nicke, beklommen, weil ich nicht weiß, worauf er hinauswill.

»Es steht wieder eine Verlaufsdiagnostik an.«

Ich ziehe die Brauen zusammen. »Aber nicht nach dem regulären Turnus, oder?«

»Nein. Wir haben aufgrund der Vorkommnisse entschieden, einen Termin einzuschieben. Wir bleiben jetzt etwas engmaschiger am Ball.« Seine Augen suchen meine. Ich versuche, unbefangen auszusehen, und nicke erneut.

»Das halte ich für eine gute Idee«, antworte ich locker und versuche meine Irritation zu verstecken. »Ich habe gerade auch dem AVD Bescheid gegeben, dass sie ihn besonders im Blick behalten sollen.«

»Wieso das?«

»Er zeigt sich nicht suizidal, aber nach wie vor emotional belastet. Ich will kein Risiko eingehen.«

Hilser nickt. »Gut, dass Sie darauf aufmerksam machen. Dann passt das ja auch mit dem Diagnostiktermin. Herr Kirchfeld wird ihn übermorgen durchführen. Damit Sie im Bilde sind.«

»Herr Kirchfeld?«, frage ich und kann die Überraschung in meiner Stimme nicht verbergen. Normalerweise führt der Gefängnisdirektor keine Routinegespräche mit den Insassen durch. Ein Zeichen mehr dafür, dass sie mich unter besondere Beobachtung genommen haben.

»Ja.«

»Hat das einen besonderen Grund?«

»Nein«, antwortet Hilser eine Millisekunde zu spät. »Wir stellen nur unsere Prozesse um, Sie waren ja in der Konferenz dabei.«

»Natürlich. Verstehe.«

»Wie geht es Ihnen, Frau Salomon? Herr Kirchfeld sagte mir, dass Ihr Partner ein Vorkommnis hatte?«

Ich stocke. Mein sachlicher Vorgesetzter ist der Letzte, mit dem ich darüber reden möchte. »Ja, ein Raubüberfall, so wie es aussieht«, antworte ich zögernd. »Aber er ist auf dem Weg der Besserung.«

»Sie hätten sich auch freinehmen können, wir haben Verständnis dafür, dass Familie vorgeht.«

Jonathan ist tatsächlich Familie für mich, denke ich und versuche das Bild des Verbandes um seine Körpermitte zu verdrängen. »Das weiß ich sehr zu schätzen. Aber es hilft mir, mich abzulenken. Jonathan ist noch im Krankenhaus und in guten Händen. Es ist in letzter Zeit etwas unruhig für mich gelaufen, hier in der SothA«, gebe ich zu. Ein Ausdruck von Mitgefühl legt sich auf das Gesicht meines Vorgesetzten, den ich so noch nicht an ihm gesehen habe. »Mir ist selbst bewusst, dass ich damit nicht gerade einen guten Einstand bewiesen habe«, setze ich fort. »Ich möchte auch deshalb nicht ausfallen. Die Konferenz war wichtig, ich bin noch in der Einarbeitung, und ich möchte … ich möchte meinen Job gut machen.«

»Das glaube ich, Frau Salomon. Sie wirkten von Anfang an motiviert auf mich. Sie kriegen das schon hin.« Mit diesen Worten hebt Hilser seine Hand, lässt sie für eine Sekunde in der Luft verharren und klopft mir schließlich unbeholfen, aber väterlich auf den Oberarm.

»Danke«, presse ich hervor und belasse es dabei, weil ich meiner eigenen Stimme nicht mehr traue.

»Wir setzen auch bald die Supervision an. Die Supervisorin war erkrankt, aber wir haben für Ersatz gesorgt.«

Ich versuche, mein Gesicht dankbar aussehen zu lassen, auch wenn sich mir bei dem Gedanken an eine weitere Person, die ein Auge auf mich wirft, der Magen umdreht. »Klasse«, sage ich. »Das wird sicher hilfreich sein.«

»Bestimmt. Wissen Sie, ich hatte zu Beginn meiner Zeit hier auch einen Häftling, der sich umgebracht hat. Das nimmt einen immer mit. Sie sind noch jung, Frau Salomon. Sie haben Talent, lassen Sie sich nicht entmutigen. Herr Kirchfeld und auch ich waren von Anfang an sehr überzeugt von Ihnen. Ich hoffe, Sie lassen sich nicht unterkriegen.«

Diesmal ist mein Lächeln wirklich dankbar. Auch wenn ich ganz andere Probleme habe als die, die Herr Hilser beschreibt, weiß ich doch zu schätzen, dass er sich aufrichtig um mein Wohlergehen sorgt. Ich habe noch nie zuvor so warmherzige Worte aus seinem Mund gehört. Die Tränen in meinen Augen kann ich deshalb nur noch schwer zurückdrängen.

»Also gut. Sie haben zu tun, ich habe zu tun. Halten Sie die Ohren steif, in Ordnung?«, sagt mein Vorgesetzter, dem das offensichtlich aufgefallen ist, schnell.

»Ja. Werde ich. Danke«, erwidere ich. *Wenn ich nicht bald selbst ausgeblutet werde.*

ANNA

KAPITEL 35

Am Abend schließe ich die äußere Haustür auf, trete in den Hausflur und gehe die Stufen hinauf bis in den dritten Stock, in dem sich unsere Wohnung befindet. Währenddessen wechseln meine Gedanken zwischen Jonathan, dem ich eben nach der Arbeit noch frische Klamotten und Rätselzeitschriften in die Uniklinik gebracht habe, unserer leeren und kalten Wohnung und der Einsamkeit, die mich darin erwartet, und Vágó, den ich inzwischen doch wieder für Sonny und den Hinweisgeber halte, hin und her. Ab und zu mischt sich auch ein Gedanke an die Polizei in meine Überlegungen und ob es nicht doch klüger wäre, sie einzuschalten. Doch dann erinnere ich mich an die Botschaften und an Sina und an die Brutalität und Effizienz des Hinweisgebers. Und damit wieder an meinen Freund, der erschöpft und verletzt in einem Krankenhausbett liegt.

Als ich vor unserer doppeltürigen Altbauhaustür ankomme und das unscheinbare braune Päckchen auf der Fußmatte vorfinde, kann ich mehrere Sekunden lang nicht reagieren. Meine Augen wandern über das Packpapier. Kein Absenderetikett, nur zwei Worte: ›*Für Anna*‹. Ich stehe vor der Fußmatte und starre es an. Mein Puls beschleunigt sich nur langsam, als wäre selbst mein Alarmsystem derart ausgebrannt, dass es kaum noch zu einer Reaktion fähig ist.

Mit steifem Körper bücke ich mich, hebe das Päckchen auf, das sich so leicht anfühlt, als wäre es nur mit Luft gefüllt, öffne unsere Haustür und gehe hinein. Ich lege es auf der Flurkommode ab, ziehe mich aus, betätige alle Lichtschalter der Wohnung, so dass jeder Raum hell erleuchtet ist, und gehe irrationalerweise zunächst in die Küche, um den Kühlschrank zu inspizieren. Als könnte ich die Existenz des Päckchens, das im Flur liegt, ignorieren. Einfach verdrängen. Auslöschen. Ich merke jedoch, wie sich die Frequenz meiner Atmung nun doch meinem klopfenden Puls anschließt. Ich drücke die Kühlschranktür wieder zu.

Vielleicht gönne ich mir doch erstmal eine heiße Dusche oder sogar ein Bad. Auf dem Weg ins Badezimmer komme ich erneut an dem kleinen braunen Päckchen vorbei. Ich werfe einen Blick darauf, wende das Gesicht jedoch gleich wieder ab. *Bitte nicht. Bitte nicht noch eine Botschaft.*

Während ich vermutlich viel zu heißes Wasser in die Badewanne einlaufen lasse, es dampft schon gewaltig, mische ich gleich zwei pulverartige Badezusätze in den einlaufenden Strahl, so dass sich augenblicklich ekelerregend duftende Schaumberge bilden. Gleichzeitig versuche ich mir einzureden, dass das Päckchen sicherlich einen ganz harmlosen Inhalt hat. *Ohne Absender. Und ohne Adresse. Ohne offiziellen Postversand.* Ich balle meine Hände zu Fäusten, öffne sie wieder und schließe sie erneut.

»Fuck«, entweicht es mir. Ich stelle das Wasser ab und gehe zurück in den Flur.

Dass meine Hände beben, als ich nach dem kleinen Paket greife, sehe ich nur, aber fühle es nicht. Ich drehe es zwischen den Händen, finde aber tatsächlich keine weitere Beschriftung als die mit meinem Namen. Es ist etwa so groß wie zwei Handflächen nebeneinander und unordentlich, mit viel zu viel Tesafilm, verpackt, wie mir jetzt auffällt.

»Scheiß drauf!«, fluche ich laut und verzweifelt und beginne damit, das Papier herunterzureißen. Kurz darauf halte ich eine schmale dunkelgraue Pappschachtel in der Hand. Mit angehaltenem Atem öffne ich sie.

Ein USB-Stick zwischen jeder Menge Verpackungsmaterial.

Ich nehme die Pappschachtel auseinander, doch der USB-Stick, der dunkelblau und unbeschriftet ist, ist das Einzige, das sich darin befindet.

Mechanisch gehe ich ins Wohnzimmer und suche meinen Laptop, nur um festzustellen, dass dieser gar keinen USB-Eingang hat. Tonlos lache ich auf. Es klingt verzerrt. *Soll es jetzt daran scheitern, dass ich das scheiß Teil nicht abspielen kann? Oder das, was sich darauf befindet?* Ich drehe mich suchend um die eigene Achse. *Das wäre mal ein Plottwist, du Dreckskerl.* Tränen steigen mir in die Augen.

Dann bleibt mein Blick an unserem Fernseher hängen. Ich gehe hin, fahre mit der freien Hand über die Seitenränder und betrachte die Rückseite. Mit Erfolg, ich finde einen USB-Eingang.

Also dann, denke ich mit trommelndem Herzschlag, schalte den Fernseher an, stecke den Stick hinein und greife nach der Fernbedienung, mit der ich den passenden Medieneingang auswähle.

Dann lasse ich mich auf die Couch sinken, stelle fest, dass sich auf dem Stick ein Video mit 3:03 Minuten Länge befindet, und spiele es ab, ohne eine weitere Sekunde zu zögern.

Zunächst bleibt der Bildschirm schwarz. Stirnrunzelnd stelle ich die Lautstärke höher.

Dann geht alles in Flammen auf.

Der Raum um mich herum, meine Ohren, mein Kopf, mein Herz, mein ganzer Körper, mein ganzes Sein, einfach alles füllt sich mit den verzweifelten Schreien meiner Schwester.

In der letzten Minute des ansonsten schwarzen Videos, das

nur eine Tonspur enthält, erscheint weiße Schrift auf schwarzem Hintergrund.

> Anna, du hast noch eine Woche Zeit, mir auf die Spur zu kommen. Andernfalls sind die Schreie das Letzte, was du jemals von Sina hören wirst. Dann heißt es Bye Bye Butterfly. Und der Schmetterling fliegt davon, für immer leicht und frei.

ANNA

KAPITEL 36

Hass.

Hass durchtränkt den Schock, die Lähmung, die Angst, das Trauma, ja selbst jeden Gedanken an meine Schwester. Hass.

»ICH FINDE DICH, DU ARSCHLOCH!«, brülle ich und springe auf, während alles um mich herum grellrot pulsiert.

Heftig keuchend laufe ich durch das Wohnzimmer und in den Flur, heftig keuchend bleibe ich stehen. Meine Augen jagen hin und her, suchen Schuhe und Jacke. Ich will raus, raus auf die Straße, rein ins Auto, rein in die scheiß JVA und den Mann ausfindig machen, der das, was ich in dem Video gehört habe, meiner Schwester angetan hat. Der sie so sehr zum Schreien gebracht hat, dass es keine Worte braucht, um die Todesangst zum Ausdruck zu bringen, die sie empfunden haben muss.

Während ich bereits dabei bin, meine Schuhe zuzubinden, tränenblind und stoßweise nach Luft schnappend, sickert zäh und klebrig in mein Bewusstsein, dass meine Handlung gerade gar keinen Sinn ergibt. *Du kannst nicht einfach ins Gefängnis fahren, vorbei an den Beamten, und dir den vermeintlichen Hinweisgeber vorknöpfen*, ruft eine aufgeregte Stimme in meinem Inneren, während ich aufstehe und mit fliegenden Händen nach meiner Jacke greife, sie geradezu vom Garderobenhaken herunterreiße. Während ich daran scheitere, den Reißverschluss zu schließen, rast mein Herz immer schneller. Kurz darauf sinke ich mit einem zugebundenen Schuh, einem offenen Schuh und der noch immer offenen Jacke hilflos auf den Flurboden.

»Du DRECKSKERL«, schluchze ich und fange an, den Holzboden mit meinen Fäusten zu bearbeiten. »Du verdammter Dreckskerl!«

Ich wiederhole den Satz, minutenlang, bis meine Stimme versagt, bis ich nur noch Tränen habe, um zum Ausdruck zu bringen, wie ich mich gerade fühle, und irgendwann, viele weitere Minuten später, nicht einmal mehr das. Bis meine Arme erlahmen und ich mich mit heftig pochenden Händen zusammenkauere.

Bye Bye Butterfly, schießt mir durch den Kopf. *Butterfly.* Irgendetwas in meinem Inneren will sich zu Wort melden. Ich denke an die Schmetterlingsflügel an unseren Ketten an meinem Hals. Dann an Sinas Tagebucheinträge. Ein schaler Geschmack legt sich auf meine Zunge.

Little Butterfly.

Sonnys Kosename für meine Schwester.

ANNA

KAPITEL 37

Am nächsten Morgen bin ich das erste Mal so früh in der JVA, dass ich die Kollegen der Frühschicht antreffe, die mich entsprechend irritiert beäugen. Vielleicht, weil sie mich sonst nie um diese Zeit sehen oder aber weil ich aussehe wie eine lebende Tote.

Außer Sekundenschlaf habe ich in der letzten Nacht kein Auge zugemacht. Schlaf ist nicht mehr wichtig. Gar nichts ist mehr wichtig, außer dieses verdammte Spiel zu beenden und meine Schwester zu finden, tot oder lebendig. Auch mehrere Stunden später schieben sich ihre Schreie in mein Bewusstsein, ebenso oft dränge ich sie zur Seite, weil ich sonst nicht einmal mehr dazu fähig wäre, einigermaßen gleichmäßig zu atmen.

Ich klemme mir Vágós Akten unter den Arm, die ich mir eben kurzentschlossen aus der Verwaltung geholt habe, jetzt, wo ich seine Bezugsbehandlerin bin, und schließe meine Bürotür auf.

Kurz darauf schlage ich die erste der Akten auf und vertiefe mich in Gutachten, Stellungnahmen, Urteilen und Diagnostikberichten. Es sind umfassende Berichte und Dokumentationen, und ich lese jedes einzelne Wort darin.

Joska Vágó wurde in den Niederlanden geboren. Über seine Kindheit und Jugend ist wenig bekannt, das erste Mal aktenkundig wurde er mit dreizehn Jahren wegen Drogenbesitzes.

Es folgten einige Jahre, in denen er unter dem Radar geflogen ist, bis er in den Zwanzigern ein weiteres Mal behördlich aufgegriffen wurde. Es ging um Drogenschmuggel an den Landesgrenzen zu Deutschland und Belgien, seine Beteiligung konnte jedoch nicht zweifelsfrei nachgewiesen werden. Umfänglich verurteilt wurde er erst 2019. Bandenkriminalität, schwerer Raub und Zwangsprostitution werden ihm vorgeworfen. Es gibt umfassende Berichte, die Beweislage ist undurchsichtig.

Das ganze verworrene Netz an Intrigen und kriminellen Handlungen zu entwirren, hat den Staatsanwalt viele Jahre harte Arbeit gekostet. Und ist ihm nicht an jeder Stelle gelungen. Festgesetzt und verurteilt haben sie Vágó, doch ich kann den Dokumentationen entnehmen, dass nicht alle Verdächtigungen gegen ihn erhärtet werden konnten.

Meine Augen bleiben an dem Datum hängen, das die Aufnahme in die JVA Weyer markiert: 23.09.2019.

Ich reibe mir über das Gesicht. *Wie kann das sein?* Sinas letzter Tagebucheintrag stammt vom 29.09.2019. Das letzte Mal, dass sie von einer Begegnung mit Sonny schrieb, die am Vortag stattgefunden haben soll, war am 12.09.2019, das Treffen also am 11.09.2019. Da müsste er doch bei einer Aufnahme in Weyer am 23.09. bereits in Untersuchungshaft oder zumindest in Polizeigewahrsam gewesen sein.

Ich blättere ein paar Seiten zurück. Festnahmezeitpunkt 13.09.2019. Ich hebe die Brauen. Dann war er zum Zeitpunkt des Treffens am 11.09.2019 also tatsächlich noch auf freiem Fuß. Dass nur zehn Tage zwischen Festnahme und Aufnahme in Weyer vergangen sind, spricht für die Schwere des organisierten Verbrechens und einen Fall von hoher Priorität.

Das erklärt aber noch nicht, wie er am 29.09.2019 in Sinas Verschwinden verwickelt gewesen sein kann, wenn er zu dem Zeitpunkt tatsächlich bereits in einem Gefängnis mit höchster

Sicherheitsstufe saß. Ich bleibe immer wieder an dem gleichen Punkt hängen.

Weil mir schwindelig wird, atme ich ein paarmal durch die Nase ein und durch den Mund wieder aus. Weil das nicht ausreichend hilft und mir innerhalb von Sekunden kalter Schweiß auf der Stirn steht, lehne ich mich in meinem Bürostuhl zurück und hänge meine Beine so hoch wie möglich über die Armstütze, um meinen Kreislauf zu stabilisieren.

Wieso hat die Polizei keine Verbindung zu Joska Vágó hergestellt, wenn die Daten grundsätzlich so gut zu Sinas Angaben passen? Ich richte mich auf, sehe auf die Akte hinunter und versuche mich an das zu erinnern, was mir die Kriminalbeamten der Sonderkommission dazu gesagt haben. *Man hat Befragungen in Weyer und anderen Anstalten durchgeführt, aber sie konnten die Person namens Sonny, die Sina erwähnt, aufgrund der unzureichenden Datenlage nicht zweifelsfrei zuordnen.*

So in etwa war der Wortlaut. Und sie hielten ihn ohnehin nicht für den Täter. Ich runzle die Stirn, nehme meine Beine von der Armlehne, rolle wieder an den Schreibtisch heran und vertiefe mich erneut in den Dokumenten, die in den Akten abgeheftet sind.

Auch weitere zehn Minuten später habe ich keinen direkten Hinweis darauf gefunden, dass sich Vágó tatsächlich im Kölner Umland aufgehalten hat, entgegen Kirchfelds Aussagen zu seinem möglichen Netzwerk hier vor Ort. Wenn er Sonny wäre, hätte das aber so gewesen sein müssen. Andererseits wäre er vermutlich nicht so dumm, sich das nachweisen zu lassen, überlege ich. Ich betrachte den Ergebnisbericht des Wechsler-Intelligenztests, der standardmäßig zur Diagnostik eingesetzt wird.

»Gesamt-IQ von 137«, murmle ich beeindruckt. Werte ab 130 erreichen nur 2 % der Bevölkerung. Auch im Working Memory Index, einem Untertest für das Arbeitsgedächtnis, erzielt

Vágó einen überdurchschnittlichen Wert von 124. Er ist also nicht nur stark darin, komplexe Informationen zu verarbeiten, sondern ebenfalls überdurchschnittlich gut in Logik und Arithmetik.

Meine Augen wandern die Zeilen entlang und bleiben am Perceptual Reasoning Index hängen. Problemlösungsfähigkeit, Mustererkennung und visuelle Analyse, Sprachverständnis – Vágó erzielt überall weit überdurchschnittliche Werte.

Ich blättere weiter und bleibe bei einer Aktennotiz zu einem Bewegungsprofil hängen, das die Polizei in den Wochen vor Vágós Festnahme angelegt hat. Nur Orte in Osteuropa und an der Grenze zwischen Deutschland und den Niederlanden. Wenn er der Polizei gegenüber also abgestritten hat, Sonny zu sein, und sich nicht nachweisbar in der passenden Region aufgehalten hat, konnte keine eindeutige Zuordnung stattfinden.

»Fuck, ich verstehe das alles nicht«, presse ich hervor und stoße die Akte frustriert von mir.

Mein Blick bleibt an einem schmalen Streifen eines gelben Stück Papiers hängen, das auf der Rückseite eines der Verlaufsprotokolle klebt, die Yves zu den Gesprächen mit Vágó erstellt hat. Durch meinen Stoß haben sich die Blätter ein wenig verschoben, so dass es jetzt herausragt. Ich greife nach dem Blatt und wende es.

Ein gelbes Post-it mit einer Notiz von Yves.

Stimmt Inhaftierungszeitpunkt? Doku vs.
mündliche Angaben von Vágó widersprüchlich,
Verwaltungsfehler?
+ »Bye bye Butterfly«. Abschiedsgruß im
Erstgespräch mit JV. Bedeutung???

ANNA

KAPITEL 38

Also doch.

Vágó.

Ich habe dich.

Ich habe dich, du Arschloch.

Sonny sagt ›Little Butterfly‹. Vágó sagt ›Bye Bye Butterfly‹. Und der Inhaftierungszeitpunkt stimmt vermutlich doch nicht.

In mir bricht ein Inferno aus. Eines von solcher Hitze, dass die Flammen blau glühen und sich sengend kalt anfühlen.

Damit wären die Ungereimtheiten beseitigt, an denen ich die ganze Zeit hängen geblieben bin.

Augenblicklich kann ich nur noch daran denken, das Dreckschwein aufzusuchen und zu konfrontieren. Trotz der blauen Flammen in meiner Brust, trotz des alles einnehmenden Zorns, der jeden rationalen Gedanken beiseitedrängen will, ist mir klar, dass ich das nicht auf dem Flur vor den Augen aller machen kann. Weil ich nicht weiß, was passieren wird, wenn ich ihm gegenüberstehe. Und genauso wenig, was er tun wird, wenn er erkennt, dass ich das Spiel gewonnen habe.

Ich habe es gewonnen.

Meine Hände sind so feucht, dass ich sie an meiner Hose abwischen muss, doch viel schlimmer ist das hasserfüllte Zittern, das meinen ganzen Körper erfasst.

Ich habe das Rätsel gelöst.

Eine Meldung, die den Eingang einer E-Mail anzeigt, erscheint am oberen Rand meines Computerbildschirms. Noch bevor mein Verstand erfassen kann, was er da gerade gesehen hat, verschwindet das Pop-up wieder. *Das kann nicht sein.* Ich öffne mein E-Mail-Programm.

Der Absender ›byebyebutterfly‹ steht ganz oben in der Liste meiner ungeöffneten Mails.

»Was?«, flüstere ich. »Mit den besten Grüßen von J. V.«, lese ich, was in der Betreffzeile steht. Und öffne die Mail.

Ein Video.

Wie konnte er mir das schicken?, frage ich mich, doch ich lasse mir selbst keine Zeit, darüber nachzudenken, denn meine Hand bewegt den Mauszeiger bereits wie von selbst auf das kleine unscheinbare Dreieck, das das Play-Symbol darstellt.

Ein leichter Druck mit dem Finger.

Dann ein harmloses Klick-Geräusch.

ANNA

KAPITEL 39

Dreimal spiele ich das Video ab.

Diesmal ein Video mit Bild, aber ohne Ton. Ein Video, in dem meine Schwester Sina zu sehen ist.

Laut Zeitstempel am 29.09.2019.

In Nahaufnahme.

Ich sehe, wie sie auf dem Rücken liegt, auf dem cremefarbigen Teppich ihres Schlafzimmerbodens. Ihr Oberkörper ist seltsam angehoben, ihre Arme scheinen verdreht hinter ihrem Rücken gefesselt zu sein. Ich sehe ihr Schreien, das ich gestern nur gehört habe. Ihr Mund ist weit aufgerissen. Sie windet sich hin und her, doch sie kann sich offensichtlich nicht wirklich bewegen. Der Angreifer scheint auf ihr zu sitzen, zwischendurch sehe ich seine Knie in schwarzer Jeans am unteren Bildrand.

Ich sehe die Panik in Sinas Augen. Den Schock. Den Schmerz.

Und ich sehe die Klinge.

Eine Klinge, die beinahe langsam, beinahe zärtlich, in ihre Brust eindringt.

Der Angreifer setzt das Messer an, wieder und wieder, streicht zuerst leicht über den Stoff ihres Nachthemds, so dass er sich ein bisschen rafft, bevor er zusticht. Mit Kraft. Sieben Mal.

Ich sehe, wie meine Schwester gurgelt. Wie das erste Blut aus ihren Mundwinkeln läuft. Sehe ihr Nachthemd, wie es sich rund um die Messerstiche blutrot verfärbt. Ich sehe jeden Milliliter der zwei Liter Blut, die aus ihrem Körper fließen. In die Teppichfasern hineinsickern.

Ich sehe, wie Sina blasser wird. Kraftloser. Ich sehe, wie ihr Schreien nachlässt. Wie ihre verzweifelten und zuvor hektischen Bewegungen langsamer werden.

Irgendwann bewegen sich nur noch ihre Pupillen.

Schließlich streicht der Angreifer mit der Klinge über Sinas Hals, hinterlässt blutrote Schlieren auf ihrer weißen Haut. Setzt an. Und schneidet.

Ich starre auf den Schnitt und sehe, wie er aufklafft. Sehe das Blut. So viel weiteres Blut. Inzwischen tränkt es auch ihre Haare. Färbt die Kupfersträhnen noch ein wenig dunkler.

Dann zoomt die Kamera an ihr Gesicht heran.

Ich sehe ihre Augen. Und das Flackern darin, das das Entsetzen zum Verblassen bringt.

Ich sehe ihre schönen blauen Augen. Und wie der Glanz in ihnen erlischt.

Ich sehe die Dunkelheit, die sie davonträgt.

Ich sehe, wie meine geliebte Schwester stirbt.

ANNA

KAPITEL 40

Ich trete aus meinem Büro, nehme kaum wahr, wie meine Kollegen eintreffen, registriere nur am Rande, dass inzwischen normaler Dienstbeginn sein muss. Ich ignoriere jeden Gruß, jeden Blick und jeden AVD-Beamten.

Ich werde ihn töten.

Das ist das Einzige, was jetzt noch von Relevanz ist, das Einzige, für das ich überhaupt noch atme.

Das Video hat den letzten Funken Hoffnung in mir vernichtet, Sina noch lebend vorzufinden. Und mich damit unwiderruflich in ein schwarzes Nichts hineingestoßen.

Ich sehe meine sommersprossige Schwester vor mir, mit Grübchen in den Wangen, mit fröhlichen blau funkelnden Augen. Ihre Zeilen. Ihre Sehnsucht nach Liebe und Zugehörigkeit. Ihren Herzschmerz und Kummer. Ihre Sorgen in den letzten Monaten ihres Lebens.

Und ich sehe die blutverschmierte Version ihres Gesichtes vor mir, mit schreienden Augen, und mit Panik, die ihr zusammen mit ihrem Blut aus jeder Pore strömt. Mit taubstummen matten Augen, aus denen jedes Funkeln verschwindet. Zweiundzwanzig Jahre, ausgelöscht.

Ich töte dich, denke ich auch in dem Moment, als ich Joska Vágó, dem Mörder meiner Schwester, auf dem Flur begegne.

»Ich möchte gleich mit Ihnen sprechen, passt es Ihnen in fünfzehn Minuten in meinem Büro?«, frage ich ihn und bemerke, wie betäubt meine Stimme klingt, während Schwärze und bitterkalter Hass jeden Zentimeter meines Seins ausfüllen.

Vágó nickt, seinen Gesichtsausdruck kann ich nicht deuten. Er ist mir auch egal. »In Ordnung.«

Ich nicke ebenfalls und wende mich ab, ohne ein weiteres Wort, während mir mein Mageninhalt in die Kehle steigt. Ich schlucke ihn hinunter.

Vor dem Raum mit den konfiszierten Gegenständen angekommen, stelle ich fest, dass niemand außer mir zugegen ist. Da ich als Psychologin keinen Zugang zu dem Raum habe, sondern nur Justizvollzugsbeamte mit besonderer Berechtigung und Personal mit spezieller Sicherheitsfreigabe, ist das schlecht. Ich hatte gehofft, den entsprechenden Beamten, meist Steffens, überzeugen zu können, mich zu angeblichen Lernzwecken hineinzulassen. Ich befinde mich in einem rauschartigen Zustand, der mich einfach handeln und kaum noch vorausdenken lässt.

In dem Moment, in dem für mich klar geworden ist, dass ich Vágó töten werde, töten muss, habe ich sofort darüber nachgedacht, wie mir das gelingen könnte – in einem Hochsicherheitsgefängnis voller AVD-Beamter, das ich nur betreten kann, nachdem ich eine mehrfach gesicherte Schleuse durchschritten habe. Das sind Sicherheitsvorkehrungen, die es mir nicht ermöglichen, Gegenstände hineinzuschmuggeln. Das Gift jedoch, von dem Yves in der Konferenz gesprochen hat, muss ich nicht hineinschmuggeln. Es befindet sich bereits innerhalb der Mauern. Und ist zu einer Art blindem Ziel geworden.

Was jetzt? Es ist keiner da. Kurz überlege ich, Steffens zu suchen. Probeweise drücke ich die Klinke hinunter, es ist ein Akt der Verzweiflung. Zu meiner Überraschung öffnet sich die Tür, die eigentlich verschlossen sein sollte. Mit hämmerndem Herzen stehe ich davor und starre den schmalen Spalt an, der sich vor mir aufgetan hat. Dann trete ich zögernd über die Schwelle.

Der Raum ist videoüberwacht, schießt mir gleich als Nächstes durch den Kopf, doch auch dieser Gedanke wird von der wabernden Finsternis in mir verschluckt. Es ist egal. Es ist einfach egal. Es spielt keine Rolle mehr. Ich muss mich nur so unauffällig verhalten, dass ich genug Zeit habe, das Gift, von dem Yves in der Konferenz gesprochen hat, zu entwenden, in ein Getränk zu mischen und Vágó zu verabreichen – auch wenn ich keine Ahnung habe, welche konkrete Wirkung es haben wird, außer der, dass es höchstwahrscheinlich zum Tod führt.

Nun werfe ich doch einen Blick auf die kleine Videokamera in der rechten oberen Ecke des Raumes, nachdem ich die Tür wieder hinter mir verschlossen habe.

»Ich schaue mir die Gegenstände zu Lernzwecken an«, spreche ich laut in die Stille hinein, vorsichtshalber, obwohl ich keine Ahnung habe, ob das Bild in Echtzeit übertragen wird. Ich bin schweißüberströmt, so sehr, dass mir Schweißperlen den Rücken hinunterlaufen.

Dann wandern meine Augen über die Metallregale, die an drei von vier Wänden aufgestellt sind. Je nach Kategorie werden die Gegenstände vernichtet und nur zeitweise aufbewahrt, wenn sie nach Haftraumdurchsuchungen oder Leibesvisitationen konfisziert werden. Ich sehe Zahnbürsten, deren Griffe angespitzt sind, Gabeln, deren Zinken alle, bis auf eine, herabgebogen sind, selbstgebastelte Schlagringe und Socken mit Batterien darin als Schlagwaffe. Auch Handys und selbstgebaute Funkgeräte lagern in den Regalen. Suchend gehe ich an all den kleinen und größeren Gegenständen vorbei. Ich drehe mich zum rechten Regal, das noch zur Hälfte leer ist. Hektisch wandern meine Augen über die dort abgelegten Drogen und

Suchtmittel. Manche der Substanzen sind noch in Miniballons versteckt, die sich Besucher oder Häftlinge in ihren Körper geschoben haben, um sie hineinzuschmuggeln.

Weiteres Adrenalin jagt durch meine Adern, als ich ein durchsichtiges Tütchen mit einer gräulich-weißen Substanz darin entdecke, das unscheinbar auf Brusthöhe vor mir liegt. Ein Zettel ist danebengeklebt. »Gift-Fund Häftling Meierbach, unbekannte Substanz, 2025«, flüstere ich. »Teil davon zur Auswertung an Labor geschickt.«

Ich positioniere mich so, dass die Kamera nicht erfassen kann, was ich zu tun gedenke, dann schwebt meine Hand für einen kurzen Augenblick über dem Tütchen, bevor ich danach greife und es mit möglichst wenigen Bewegungen in meinem Hosenbund unter meinem Pulli verschwinden lasse.

Ich zwinge mich dazu, eine weitere Runde an den Regalen vorbeizudrehen und Gegenstände zu betrachten, um weniger auffällig zu sein, bis ich den Raum verlasse, auch wenn meine Anwesenheit in diesem Sicherheitsbereich per se schon auffällig ist.

Mein Herz klopft stark. Ich will den Mund öffnen und nach Luft schnappen, doch ich halte mich von dieser auffälligen Körperregung ab, obwohl ich plötzlich von nackter Angst überflutet werde.

Nicht, weil ich vorhabe, einen Menschen zu töten. Sondern weil ich vorher noch davon abgehalten werden könnte.

Aus diesem Grund fällt es mir auch schwer, nicht loszurennen, kaum dass ich den Raum mit den konfiszierten Gegenständen verlassen habe. Es kostet mich sämtliche Selbstbeherrschung, langsam zu gehen. Einen Fuß vor den anderen zu setzen.

Mein Gesicht ist eingefroren. Meine Augen starr geradeaus gerichtet. Wie ein Roboter bewege ich mich über Flure und durch Türen.

Auch wenn ich kaum länger als wenige Minuten gebraucht haben kann, habe ich das Gefühl, es seien quälend lange Stunden vergangen, als ich endlich die Glastüren zur SothA und anschließend die Tür zu meinem Büro erreiche.

ANNA

KAPITEL 41

Ich sitze auf dem hinteren Stuhl in der Besprechungsecke, mit dem Blick zur Tür.

Die beiden Gläser stehen auf dem kleinen Beistelltisch dazwischen; eines davon mit dem tatsächlich farblosen und hoffentlich auch weitestgehend geschmacklosen Gift, das laut Kirchfelds Aussage in der Konferenz zu einem Tod innerhalb weniger Minuten führen soll. Kurz habe ich überlegt, das Päckchen auf beide Gläser aufzuteilen. Dann habe ich mich für die sicherere Variante entschieden und den gesamten Beutelinhalt in das Glas gekippt, das Vágó trinken wird. Hoffentlich. Was anschließend mit mir geschieht, ist belanglos und zählt nicht mehr.

Das Pulver ist erschreckend harmlos zu Boden gesunken, bis ich einen Kugelschreiber zur Hand genommen und es in der Apfelschorle, die ich in der Kommode unter meinem Schreibtisch aufbewahre, verrührt habe. Ich hätte auch Cola gehabt, allerdings weiß ich nicht, was Vágó normalerweise trinkt, so dass mir die Apfelschorle unverfänglicher erschien.

Ich starre Vágós Glas an und das trügerisch warme Gelb-Orange darin, das Kindheitserinnerungen weckt, und warte, während meine Gedanken wirre Kreise drehen.

Offenbar hat sich mein Verstand nur scharf gestellt, um mein Vorhaben des Mordes in die Tat umsetzen zu können. Ein Hyperfokus, der noch anhält, der jedes Mal wieder neu befeuert wird, wenn Sequenzen des Videos, in dem meine Schwester stirbt, vor meinem inneren Auge erscheinen. Blut. Entsetzen. Schreie. Und wieder Blut.

Ein Hyperfokus, der nun jedoch, während ich regungslos auf das Glas mit dem Gift starre und darauf warte, dass der Mörder meiner Schwester auftaucht, immer wieder durch schwach flackernde Gedanken unterbrochen wird. Kurze Gedankenfetzen nur, wirre innere Stimmen, die ich kaum zu greifen kriege, die ich genau genommen gar nicht greifen will.

Sina. Ich spüre, wie der Kummer um meine Schwester und das Trauma, das das Video in mir ausgelöst hat, immer wieder an mich herankriecht, etwas anderes als Taubheit, Schock und Mordlust in mir wecken will. Doch es ist, als hätte ich irgendeine Schwelle in meinem Inneren überschritten, die keine anderweitigen Gefühlsregungen mehr zulässt.

Ich stehe in meinem eigenen Abgrund, ganz tief unten. Ein Abgrund, der dunkler und tiefer ist, als ich es je für möglich gehalten hätte.

Es klopft an der Tür.

»Herein«, sage ich und richte mich auf.

LEON

Es ist spät in der Nacht. Leon hat gar nicht erst versucht zu schlafen, denn er weiß, es ist unmöglich. So wie damals im Kinderzimmer, als die Piraten ihn erst ertränkt und dann verbrannt haben. Er hat einfach gebrannt, die ganze Nacht lang, zusammengekauert auf seinem Teppich, dessen Motive eine heile Kindheit versprachen.

Diesmal kauert er nicht, diesmal wandert er hin und her, von einem Ende seines Appartements zum anderen, doch kauern oder nicht, es fühlt sich auch diesmal wie qualvolles Sterben an.

»Ich kann sie nicht retten«, sagt er ein ums andere Mal, mal wütend, mal flehentlich, mal flüsternd.

Seine Hände sind zu Fäusten geballt, zwischendurch vergraben sie sich in seinem dichten Haar, greifen hinein, ziehen daran, fallen wieder hinab, ohne dass er es recht kontrollieren könnte.

»Ich kann sie nicht retten«, zischt er zwischen fest zusammengebissenen Zähnen, so stark, dass Spucke fliegt, und bleibt schließlich vor seiner Haustür stehen.

Seine Brust hebt und senkt sich stark. Schnell schaut er an sich herunter, bemerkt, dass es von außen sichtbar ist, und versucht sofort, tiefer und ruhiger zu atmen, seinen Brustkorb still zu halten, still und unauffällig. *Ich weiß doch auch nicht, was mit mir nicht stimmt*. Bis ihm einfällt, dass Vater nicht da ist. *Vater ist nicht da*. Es ist niemand da, vor dem er das verstecken müsste.

Es ist still in seiner Wohnung. Das dumpfe Wummern seines Herzschlags und die leisen Keuchgeräusche seiner Atmung sind die einzigen Unterbrechungen einer Stille, die ihm auf die Ohren drückt.

Früher bedeutete Stille Sicherheit. Jetzt drückt sie ihm die Trommelfelle ein und blutet ihm die Ohren aus.

Er ist allein mit seinen Gefühlen und allein mit seinen Erinnerungen, die wie heiße Funken durch seine Gedanken jagen und ihm glühende Stiche versetzen, immer und immer wieder.

»Ich kann sie nicht retten«, wimmert er ein weiteres Mal. *So wie ich Mutter nicht retten konnte.*

Dann legt sich seine Hand auf die Türklinke.

Du kannst sie nicht retten, wenn sie sich selbst nicht retten will!

Aber vielleicht …

Du. Kannst. Sie. Nicht. Retten!

Aber …

Sina ist für sich selbst verantwortlich, du hast es doch versucht, verdammt nochmal!

Jaulend greift er sich in die Haare, senkt schnaubend seinen Kopf, wendet sich ab, geht ein paar Schritte ins Wohnzimmer zurück.

Dann dreht er sich wieder in die andere Richtung, durchschreitet den Weg zur Haustür mit schnellen Schritten und öffnet sie.

Aber vielleicht nicht genug. Vielleicht hat du es nicht genug versucht.

Der Gedanke hallt wie ein Echo durch seinen Kopf, während er die Stufen zur Außentür hinunterläuft, hinunterrennt, auf dem Weg zu seinem Auto.

ANNA

KAPITEL 42

Joska Vágó sitzt mir gegenüber. *Sonny*, korrigiere ich mich, während mir Schauer über den ganzen Körper jagen.

»Wieso?«, möchte ich brüllen. »Wieso Sina?«, doch ich kann nicht. Zerrissen zwischen kalt glühendem Hass, all den quälenden Fragen der letzten sechs Jahre, und einem diffusen Gefühl von Angst, das in mein Bewusstsein zu dringen beginnt, jetzt, da ich dem Mörder meiner Schwester gegenübersitze.

Das Spiel ist aus, dafür hat Sonny gesorgt.

Und ich werde so tun, als wüsste ich das nicht.

Ich werde so tun, als hätte ich die E-Mail noch nicht gesehen.

Als hätte ich nicht gesehen, wie Sina stirbt.

Als hätte ich nicht gesehen, wie er sie umbringt.

Ich werde ihn weder konfrontieren noch Fragen stellen.

Ich brauche einen Vorsprung.

Ich werde mir nichts anmerken lassen.

Ich lasse mir nichts anmerken.

Denn sonst wird er mir niemals genug vertrauen, um nach dem Glas zu greifen.

Niemals das Gift darin trinken.

Und nicht sterben.

Das Spiel endet so verwirrend, wie es angefangen hat, ein doppeltes Versteckspiel. Aber diesmal zu meinen Gunsten.

Mein Blick fliegt zu dem Glas. Die mit dem Gift präparierte

Apfelschorle steht zwischen uns auf dem Tisch, so unschuldig, so tödlich.

Sonny beobachtet mich. Seine blauen Augen ruhen auf mir, und ich frage mich, was er in meinem Gesicht erkennt. Er sitzt zurückgelehnt, die Hände locker im Schoß verschränkt, seine Beine etwa einen halben Meter auseinandergestellt.

Augenblicklich möchte ich nach vorne schießen und ihm das Gesicht zerkratzen. Die Haut in Fetzen von seinen Wangen reißen und ihm jeden einzelnen Zahn ausschlagen, einen nach dem anderen.

Stattdessen beiße ich meine Zähne aufeinander. Fest genug, um Schmerz zu spüren, regungslos genug, um nicht aufzufallen.

Sonny öffnet den Mund. »Wieso wollten Sie mich sprechen?«

Tausend mögliche Antworten gehen mir durch den Kopf. »Ich bin nun Ihre Bezugsbehandlerin«, ist diejenige, für die ich mich entscheide. Meine Lippen fühlen sich taub an, während ich spreche, als hätte ein Zahnarzt zu viel Betäubungsmittel in mein Zahnfleisch gespritzt.

Sonny taxiert mich. Betrachtet jeden meiner Gesichtszüge. Dann nickt er. »Das freut mich«, antwortet er. »Und was ist der Grund?«

Ich ziehe meine Schultern nach oben und lasse sie wieder sinken. »Anordnung der Abteilungsleitung.« Meine Stimme klingt hölzern.

»Okay. Ich habe schon gedacht, Herr Vandenfeld hätte das initiiert. Weil er keine Lust mehr auf mich hat.« Sonny grinst.

Es ist, als würden wir uns umkreisen, mit erhobenen Händen, bereit, den ersten Schlag zu machen, aber nicht bereit, die Deckung aufzugeben.

Meine Augen wandern zu seinem Glas. *Er muss es trinken. Ich muss ihn irgendwie dazu bringen, es zu trinken.*

Seine Augen wandern zu meinem Schreibtisch, auf dem seine Akten liegen.

»Herr Vandenfeld hat sich während unserer Gespräche immer Notizen gemacht«, stellt Sonny fest und kneift die Augen zusammen, eine kleine Spur nur. »Sie machen sich keine?«

»Doch. Natürlich. Ich wollte aber erst einmal in das Gespräch reinfinden.« Die letzten Worte verlassen krächzend meinen Mund, weshalb ich mich kurz unterbrechen muss. »Sie sollen sich schließlich wohlfühlen«, ergänze ich und ziehe meine Mundmuskulatur so in Position, dass es wie ein hoffentlich freundliches Lächeln aussieht. »Ich hoffe, Sie mögen Apfelschorle?«

Sonny betrachtet das Glas vor sich auf dem Tisch. »Ist nicht mein Lieblingsgetränk, aber nett von Ihnen.«

Ich nicke. Und warte.

Sonny wartet ebenfalls. Seine Hände verharren weiterhin in seinem Schoß, greifen nicht nach dem Getränk. Dann verschränken sich seine Arme.

Sein Knie fängt in dem Moment an zu wippen, in dem er zu sprechen beginnt. Leise diesmal. Und sanft. »Sie haben genau den gleichen Blick wie Ihre Schwester.«

Mein Herz stolpert, dann fängt es an zu brennen.

»Keine Reaktion?«, fragt er, scheinbar schüchtern lächelnd, die Augenbrauen leicht erhoben.

Keine Reaktion. Ich kann nicht. Weil der Schwerstkriminelle, der mir gegenübersitzt und meine Schwester auf dem Gewissen hat, gerade im Begriff ist, uns beide zu enttarnen.

Das darf nicht passieren. Ich muss ihm zuvorkommen.

»Ich weiß nicht, wovon Sie sprechen«, erwidere ich so arglos ich kann, ziehe in einem Ausdruck von Irritation und Unwissenheit meine Augenbrauen zusammen, greife nach meinem Glas und hebe es an die Lippen. Zitternd, so dass die Flüssigkeit darin leicht hin und her schwappt.

Es ist ein irrsinniger Gedanke, eine irrsinnige Hoffnung, Sonny könnte meine Bewegung spiegeln, so wie Menschen häufig unbewusst die Körperhaltung ihres Gegenübers spiegeln. *Mirroring*, flüstert die Psychologin in mir.

Ich ziehe Apfelschorle in meine Luftröhre, als genau das geschieht. Huste, während Sonny nach dem Glas greift, nach dem Glas mit dem Gift, es anhebt. Und innehält.

»Alles gut?«, fragt er besorgt.

Tränen treten mir in die Augen, während ich huste. »Alles gut«, quetsche ich hervor, als befänden wir uns nicht gerade in der surrealsten Situation, die man sich nur vorstellen kann.

Mein Husten beruhigt sich.

Sonny hält noch immer inne. Mustert nun wieder die orangefarbene unscheinbare Flüssigkeit. Schwenkt sie hin und her, als hätte er einen guten Whisky vor sich.

»Sie wissen also nicht, wovon ich spreche«, beginnt er erneut und wirft mir einen nachdenklichen Blick zu. »Woher sollten Sie auch, nicht wahr?« Er lächelt, traurig. *Traurig?* »Wissen Sie … so oft habe ich überlegt, mich zu erkennen zu geben. Habe mich gefragt, wieso ausgerechnet Sie mir vor die Nase gesetzt werden. Die Ähnlichkeit ist verblüffend. Ich wusste gleich, das kann kein Zufall sein.«

In meinen Ohren rauscht es, beinahe rechne ich damit, das Glas in meiner Hand zu zerbrechen, so sehr stehe ich unter Spannung, während der Häftling vor mir zur Seite blickt, verschämt lächelt, sich über die Lippen leckt und weiterspricht. »Ich habe mich gefragt, ob Sie zu irgendeinem Zeitpunkt unsere Gemeinsamkeit … erahnt haben? Ob Ihre Schwester … ob Sina je von mir erzählt hat? Vermutlich nicht, denn Sie hatten ja keinen Kontakt mehr zueinander, richtig?« Ich starre ihn nur an, den Mann vor mir, den Mann mit der schwarzen Jeans, der auf meiner Schwester hockte und sie erstach. »Sie sehen so schockiert aus, Frau Salomon, dass ich mal annehme, dass Sie keine Ahnung hatten.« Sonny schüttelt den Kopf und lacht leise. »Ich habe mich eben gefragt – deshalb ist es irgendwie auch ein Wink des Schicksals, dass Sie mich ausgerechnet heute um ein Einzelgespräch gebeten haben –, ich habe mich gefragt, wieso ich dieses Versteckspiel eigentlich noch spiele. Sicher, so viele Jahre wollte ich nicht auffallen. Sechs Jahre, um genau zu sein. Nicht ins Visier der Bullen geraten, ich habe schließlich schon genug Ärger mit der Justiz, offensichtlich.« Sonny öffnet die Arme und deutet durch den Raum.

Ausgerechnet heute?, hallen seine Worte in meinem Kopf nach. *Du weißt doch ganz genau, wieso heute. Die E-Mail.* Ein Gedanke drängt sich mir auf, langsam, neblig. Doch er ist so flüchtig, dass ich ihn nicht greifen kann, dass ihn das überlaute Trommeln meines Herzens übertönt, wegstößt.

»Aber andererseits haben wir beide eine Gemeinsamkeit, eine Verbindung.« Seine Augen glänzen. »Ich denke so oft an sie zurück«, setzt Sonny fort. Seine Augen wandern über mein Gesicht, hinab zu meinem Hals. »Mir ist aufgefallen, dass Sie dieselbe Kette tragen. Wie Sina sie immer getragen hat.« Er runzelt die Stirn. »Jetzt sehe ich dort zwei Ketten.« Seine Mundwinkel ziehen sich nach unten. *Ein Ausdruck von Kummer?* »Ich bin Sonny, Anna. Ein guter Freund Ihrer Schwester. Zumindest war ich das. Damals. Ich habe mich der Polizei gegenüber nicht zu erkennen gegeben, weil ich nicht wollte, dass mir zusätzlich zu allem anderen auch noch ein Mord angehängt wird. Auch wenn ich eigentlich das beste Alibi besitze, das man nur haben kann, denn ich saß ja im Knast, als das passiert ist.« Vágó hebt die Hände, während mir Yves' Notiz durch den Kopf jagt, die genau das in Zweifel gezogen hat. Noch bevor ich weiter über diese Unstimmigkeit nachdenken kann, spricht Sonny weiter. »Aber ich traue der Polizei nicht. Daher bin ich auf Nummer sicher gegangen, habe mich verdeckt gehalten. Aber …« Seine Stimme wird weicher. »Seitdem ich Sie hier gesehen habe, seitdem Sie hier aufgetaucht sind … ist mir das irgendwie immer mehr egal geworden. Ich habe sie … Ich glaube, ich habe Sina wirklich geliebt. Ihre Schwester. Ich will mich nicht mehr verstecken. Das wird ihr irgendwie nicht gerecht. Also offenbare ich mich jetzt. Und damit«, mit Tränen in den Augen hebt er das Glas an und prostet mir zu, »liegen die Karten nun wohl auf dem Tisch.«

Wie in Zeitlupe beobachte ich, wie Sonny sein Glas in Richtung Mund hebt. Es ist seltsam, denn während sich alles um mich herum hundertfach verlangsamt abspielt, rasen meine Gedanken, fügt mein Gehirn in Millisekundenschnelle zusammen, was es trotzdem nicht begreifen kann. Es sind drei Gedanken, die sich aus dem verwirrenden Strudel herauskristallisieren. *Er ist Sonny*, lautet der eine. *Er hat Sina geliebt*, der nächste. *Und er hat sich dir erst gerade jetzt offenbart*, der letzte.

Der Häftling vor mir drückt den Glasrand an seine Lippen. Ich kann sehen, wie er sie öffnet.

Ich gebe meinem Körper keinen bewussten Befehl, mein Gehirn hängt fest, versucht die ganze Situation noch zu verarbeiten, und doch kann ich mich selbst dabei beobachten, wie ich aus dem Stuhl aufspringe und mich nach vorne bewege, die Arme hilflos ausgestreckt. Quälend langsam, wie in einem dieser Albträume, in denen man fliehen möchte und doch nicht von der Stelle kommt.

Ehe ich überhaupt selbst verstanden habe, was gerade passiert, erwischt meine Hand das Glas mit dem Gift und schlägt es dem Häftling aus der Hand, mein Körper taumelt an ihm vorbei, ich mache einen Ausfallschritt, um mich zu fangen.

Heftig keuchend starre ich ihn an. Ein Ausdruck von Entsetzen liegt in seinen Augen. Sein Blick fliegt zu dem am Boden liegenden Glas, dann wieder zu mir. Ich kann sehen, dass er begreift, zumindest teilweise, und er kann sehen, dass ich das sehen kann. Er öffnet seinen Mund, formt irgendeinen Laut, sagt irgendetwas, doch ich höre es nicht.

Ich stolpere an seinem Stuhl vorbei in Richtung Tür, nach wie vor seltsam losgelöst von dem, was geschieht, als wäre ich Zuschauerin eines stummgestellten Kinofilms. Als wäre ich nicht ich, als würde ich mich selbst dabei beobachten, wie meine Hand an der Klinke meiner Bürotür abrutscht, zweimal, als würde ich einer anderen Frau dabei zusehen, wie sie die Tür schließlich doch aufreißt und förmlich auf den Flur hinausfällt, voller Entsetzen darüber, was sie beinahe getan hätte. Was ich beinahe getan habe. Voller Entsetzen über die neblige Erkenntnis, die langsam zu mir durchdringt: *Er hat die Botschaften nicht geschrieben. Er hat Sina geliebt. Er ist nicht der Hinweisgeber?*

»Frau Salomon?« Eine dunkle Stimme hallt über den Flur.

Ich höre sie nur dumpf, nur nebenbei.

Du hättest ihn beinahe getötet.

Ich gehe über den Gang, an Kirchfeld und Yves vorbei, die mir entgegenkommen, erhasche einen flüchtigen Blick auf das Gesicht des Anstaltsleiters, das sehr ernst und sehr besorgt aussieht, und anschließend auf Yves' Gesicht, in dem ein seltsamer Ausdruck liegt.

»Anna?«, fragt er, doch ich halte nicht an.

Erinnerungen daran, wie Yves die Tür zu meinem Büro aufschließt, drängen in meine Gedanken.

ANNA

KAPITEL 43

Niemand hält mich auf, als ich das Gefängnis verlasse. Ich schaffe es gerade so, meine Schritte immer dann zu verlangsamen, wenn ich an Justizvollzugsbeamten oder Kollegen vorbeilaufe, und auch in der Schleuse am Eingang gelingt es mir irgendwie, mit aller übrig gebliebenen Selbstbeherrschung, mich zu kontrollieren. Auf dem Parkplatz angekommen, renne ich jedoch los, direkt auf mein Auto zu, reiße die Tür auf und lasse mich hineinfallen.

Mit zitternden Händen drehe ich den Zündschlüssel und heule vor Erleichterung auf, als mein Motor startet. Fast tränenblind steuere ich den Wagen vom Parkplatz der JVA Weyer auf die Schnellstraße in Richtung Köln.

Ich hätte beinahe einen Menschen getötet, jagt mir immer wieder durch den Kopf. *Ich wäre beinahe zur Mörderin geworden.*

»Das ergibt doch keinen Sinn«, heule ich und drücke auf das Gaspedal, weil mir zu spät auffällt, dass ich mich auf einer Kreuzung befinde, obwohl die Ampel rot gewesen ist. »Scheiße«, fluche ich, als ich einem von rechts kommenden Lastwagen gerade noch so ausweichen kann. »Scheiße!« Ich schlage auf das Lenkrad.

Vágó ist Sonny. Aber Sonny scheint nicht der Mörder zu sein. Vágó scheint weder meine Schwester getötet noch die Botschaften verfasst zu haben. Er hat sich mir gerade erst zu erkennen gegeben. Zögerlich. Meine heutige Bitte um ein kurzfristiges

Gespräch als Zufall betrachtet. Und als Gelegenheit, sich zu offenbaren. Nicht als Folge der E-Mail. Der E-Mail, die mit seinem Kürzel versehen war.

Tränen laufen mir über die Wangen, aus Verwirrtheit, Verzweiflung und Angst.

Ein weiterer Gedanke schießt mir durch den Kopf. Sie werden Vágó fragen, was passiert ist, angesichts meiner überstürzten Flucht. Angesichts dessen, dass ich einen Häftling in meinem Büro zurückgelassen habe, dem ich kurz zuvor ein Glas aus der Hand geschlagen habe.

Mein Hals zieht sich zu, keuchend fasse ich mir an die Kehle.

Beruhige dich, Anna, sage ich mir selbst, *beruhige dich. Denk nach.*

Bye Bye Butterfly.

Eine Grußformel, die Vágó – Sonny – nutzt. Die in dem Text in dem Video auf dem USB-Stick stand. Das Video mit den Schreien meiner Schwester. Die in der E-Mail-Adresse stand, die das Video mit dem Tod meiner Schwester enthielt. Und auf dem Notizzettel in der Akte des Häftlings Joska Vágó. Der zwar Sonny ist, jedoch anscheinend keine Ahnung von dem Spiel hat, das mit mir gespielt wird.

Ein Notizzettel, den Yves geschrieben hat.

Yves.

Der mit seiner Notiz ebenfalls die letzte tatsächliche Ungereimtheit für mich ausgeräumt hat, indem er Sonnys Inhaftierungszeitpunkt in Frage gestellt hat. Ein Zufall?

Mir wird immer kälter.

Yves, der einen Schlüssel zu meiner Bürotür hat.

Yves, der Zugang zu den Mitarbeiterspinden hat.

Yves, der ganz generell Zugang zur Außenwelt hat.

Zur Hauspost. Zum E-Mail-Server.

Yves, der nicht immer Sozialarbeiter gewesen ist.

Und nicht immer in Weyer gearbeitet hat.

Der mir in meinem Büro so seltsam nahegekommen ist. So merkwürdig viel über Sina und schließlich Jonathan gesprochen hat.

Yves, der das Gift entdeckt und darüber gesprochen hat.

»Yves?«, flüstere ich und kralle mich am Lenkrad meines Autos fest. »Ich verstehe das nicht.«

LEON

Er steht vor ihrer Haustür, es ist finster um ihn herum, die Lampe an der Hauswand scheint defekt zu sein.

Er weiß nicht, wie lange er hier schon steht, in absoluter Dunkelheit, und regungslos auf das Holz ihrer Tür starrt, gefangen in seinen Gedanken und Gefühlen und Erinnerungen. Er weiß nur, dass er sich nicht rühren kann, dass sich sein ganzer Körper anfühlt wie ein Stein, der im Feuer liegt. Fest, erstarrt und glühend.

Mit zitternder Hand greift er an seinen Hals und öffnet den obersten Knopf seines Hemdes.

Er schaut auf den kleinen Feldhasen hinunter, den er auf der Wiese gefunden hat. Seine linke Hand streicht über das weiche Nackenfell. Es ist falbfarben, aber heller am Bauch. Das Tierchen zappelt, hat die Augen weit aufgerissen, atmet hektisch und pumpend.

Ich weiß, wie sich das anfühlt, denkt der Achtjährige und betastet den Rücken und die Flanke des Babyhasen mit seiner rechten Hand. Streicht ein weiteres Mal über das weiche Fell und die zarten Knochen darunter.

»Ich weiß genau, wie sich das anfühlt«, murmelt er gedankenverloren, ehe sich die Finger seiner rechten Hand um das kleine Bein des Wildtieres legen. Die Sehnen befühlen.

Der Hase schlägt wild mit dem Bein aus, so dass Leon erneut zu-

greifen muss und das Tier mit der linken Hand noch etwas fester auf den alten Kinderholztisch hinunterdrückt.

Der Feldhase ist ihm hilflos ausgeliefert, ein Gefühl, das Leon kennt.

Erneut beginnt er damit, das wild zuckende Beinchen zu befühlen. Diesmal kann der Hase es ihm jedoch nicht mehr entwinden. Probeweise drückt er zu, mal hier, mal dort, und beobachtet die Veränderungen im Gesicht des Wildtieres.

Er weiß, wie das ist, Angst zu haben.

Erst zaghaft, dann fester, bohrt er den Nagel seines Daumens in die weiche Haut des Babyhasen. Bohrt weiter, kratzt ein wenig hin und her, bis das kleine Tier ein lautes Fiepen von sich gibt. Leon hält inne.

Er weiß, wie das ist, Schmerz zu empfinden und nichts dagegen tun zu können.

»Ich weiß, wie das ist, kleiner Hase«, wispert er traurig.

Seine Hand wandert zu der hellbraunen Pfote. Zieht daran. Auch jetzt zunächst vorsichtig, dann immer stärker, die Augen unverwandt auf das Gesicht des Tieres gerichtet.

Dann fängt Leon an, das Bein des Hasen, der auf der Seite liegt und nicht entkommen kann, nach oben zu heben und zu überstrecken. Die dünne Haut zwischen Bauchdecke und Oberschenkel spannt sich.

Der Hase reißt sein Mäulchen auf, fängt an zu schreien. Leon hat noch nie zuvor einen Hasen schreien hören. Er wusste gar nicht, dass Hasen das können.

Mit einer ruckartigen Bewegung knickt er den unteren Teil des Beines nach oben ab. Er muss nochmal nachsetzen, seinen Griff korrigieren, es ist schwerer, als er gedacht hätte, der Hase wehrt sich und quietscht ohrenbetäubend, doch mit etwas mehr Kraft gelingt es ihm schließlich im zweiten Versuch. Ein zartes splitterndes Geräusch erklingt, wie wenn man auf Eierschalen am Boden tritt.

Dann packt Leon den Hasen am Oberschenkel, oberhalb des Bruches, den er dem heftig zappelnden Wildtier soeben zugefügt hat, und drückt das Bein abermals nach oben. Er kann sehen, wie sich die zarte Haut zwischen Bein und Bauch dehnt, immer stärker, bis sie reißt. Ein schwaches helles Rot sickert aus der Haut und mischt sich in das braun-graue Fell.

Der Junge hält inne, seine Atmung geht hektisch. »Ich weiß, wie das ist«, flüstert er.

Was er nicht wusste, war, wie das ist, sein Vater zu sein.

Mit bebenden Händen greift er in seine rechte Hosentasche und zieht sein Taschenmesser heraus.

Er zögert nur einen kurzen Augenblick, bevor er es aufklappt und die stumpfe Klinge in die weiche Flanke des Tieres drückt. So lange, bis die Haut aufplatzt. Und Blut herausläuft.

Der Hase hört abrupt auf zu kreischen, mit verdrehten Augen kauert er auf den Holzbrettern des verwitterten Kindergartentisches, der einmal rot lackiert gewesen war.

Leon hebt sein Messer. Und blinzelt. Er hört einen Vogel rufen. Von irgendwoher dröhnt das Geräusch eines Rasenmähers, ganz leise nur.

Blut.

Er kann nicht begreifen, wie das gekommen ist. Kann das rauschartige Gefühl nicht einordnen, das ihn überfallen hat. Er weiß nur, dass es sich so viel besser angefühlt hat als alles, was er je zuvor empfunden hat. Und dass es nun schlagartig verschwunden ist.

»Ich weiß doch, wie das ist!«, ruft er, und Tränen steigen ihm in die Augen.

Er kann seinen Blick kaum von der klaffenden Wunde an der Flanke des hellbraunen Tieres lösen. Blut sickert heraus, immer weiter. Es mischt sich zwischen die letzten Fetzen abgeblätterten Lackes, die noch auf dem Holz haften. Das Bein des Hasen steht in einem seltsamen Winkel ab.

»Es geht dir bald wieder besser«, presst der Junge hervor, obwohl Vater das normalerweise nie zu ihm sagt, und streicht dem kleinen Hasen über seine langen Ohren.

Sie sind ganz dünn. So dünn, dass ein feines Netz aus Adern durch die fleischfarbene Haut hindurchschimmert.

»Ich helfe dir. Hab keine Angst«, schluchzt der Achtjährige, obwohl Vater auch das niemals sagen würde, und umrundet den Holztisch auf der Suche nach irgendetwas, womit er die Wunde des Tieres verbinden kann.

ANNA

KAPITEL 44

Ich stolpere die Stufen zu unserer Wohnungstür hoch. Ich habe keine Ahnung, was hier vor sich geht und was ich jetzt tun soll. Ich bücke mich nach meinem Haustürschlüssel, der mir bei dem Versuch, die Tür aufzuschließen, aus der Hand gefallen ist, und habe das Gefühl, noch hier auf der Fußmatte zusammenzubrechen, weil mir immer wieder schwarz vor Augen wird.

»Anna?«, ertönt es über mir.

Schluchzend richte ich mich auf. Jonathan, der heute Morgen aus dem Krankenhaus entlassen worden ist, steht in der offenen Tür, die Hand noch auf der Klinke. Er muss mich gehört haben, seine Augen wandern über mein Gesicht.

»Anna, was ist los?«, fragt er erschrocken, doch ich kann nicht antworten, spüre, wie meine Dämme brechen, und schüttle wild den Kopf.

Jonathan zieht mich in den Flur und in seine Arme, schließt die Haustür hinter mir und hält mich dann ein wenig von sich weg. »Schatz, Anna, was ist passiert? Sprich mit mir!«, wiederholt er eindringlich und befühlt meine Wangen und Haare. »Was ist passiert?«

»Ich … ich«, beginne ich, doch ich zittere inzwischen so sehr, dass ich kein Wort über meine Lippen bringe. Als wäre all meine Selbstkontrolle mit dem Übertritt in unsere Wohnung in sich zusammengefallen.

»Mein Schatz, du bist ja völlig aufgelöst«, flüstert mein

Freund, hilft mir aus der Jacke und führt mich ins Wohnzimmer, wo er mich auf die Couch drückt.

Dort kniet er vor mir nieder, die warmen Hände auf meinen Oberschenkeln, während ich heftig schluchzend vor ihm sitze und nicht weiß, wie ich ihm die ganze Situation auch nur ansatzweise erklären soll.

»Bitte Anna, sag mir, was los ist!«

»Ich weiß nicht, wo ich anfangen soll«, bricht es verzweifelt aus mir heraus. »O Gott, ich weiß nicht, wo ich anfangen soll.« Ich schließe die Augen, weil mir kotzübel wird.

»Ich hole dir erst einmal ein Glas Wasser«, sagt Jonathan angespannt, springt auf und verschwindet in der Küche.

Ich kann hören, wie er ein Glas aus dem Schrank nimmt und den Wasserhahn an- und ausstellt, obwohl mein Puls in meinen Ohren hämmert wie ein Presslufthammer.

Atme, zwinge ich mich. *Atme, Anna!* Ich versuche, kontrolliert ein- und auszuatmen, doch es gelingt mir nicht.

Jonathan drückt mir ein kaltes Glas in die Hand und schließt meine Finger darum, damit ich zugreife und es festhalte. Dann führt er es mit mir gemeinsam zu meinem Mund.

Ein Glas mit Apfelschorle. Gift.

Ruckartig ziehe ich Luft in meine Lungen, Luft und etwas von dem Wasser, das gegen meine Lippen schwappt, und verschlucke mich heftig. Wie in meinem Büro im Gefängnis. Hustend versuche ich, die Flüssigkeit in meiner Luftröhre wieder loszuwerden.

»O Mann, Anna, beruhige dich bitte mal«, stottert Jonathan und klopft mir auf den Rücken. »Bitte, atme durch.«

Ich nicke und atme, huste noch ein paarmal, und nicke und atme wieder. Es ist, als würde mich das Verschlucken aus der emotionalen Überflutung herausholen, wenigstens ein winziges bisschen, so dass ich ein wenig ruhiger werde. So wie man psychiatrischen Patienten Ampullen mit stechendem Ammoniak-Riechsalz unter die Nase hält, um sie aus dissoziativen Zuständen oder Flashbacks herauszuholen und ihre Aufmerksamkeit ins Hier und Jetzt zu lenken.

Ich wische mir über die Wangen, dann nehme ich das Wasserglas, das Jonathan in der Zwischenzeit gehalten hat, wieder an mich, halte es mir an die Schläfen und schließlich an meinen zitternden Mund. Ich trinke es in einem Zug leer, mit geschlossenen Augen.

Kälte hilft. Körperliche Vorgänge wie trinken, essen oder Schmerz helfen. Berührung hilft, doziert die Psychologin in mir.

Ich reiche Jonathan das Glas und lasse mich in die weichen Polster sinken, wo ich mich mehrere Sekunden darauf konzentriere, einfach nur zu atmen.

»Anna … was ist los?«, fragt Jonathan leise.

»Jemand spielt ein Spiel mit mir«, platzt es aus mir heraus, und zuerst stockend, dann immer schneller erzähle ich auch all das andere, was ich so lange vor der ganzen Welt geheim gehalten habe.

Ich erzähle Jonathan alles. Von meinem Plan, von Sinas Tagebucheinträgen, von Sonny, Leon und Samu, von der JVA Weyer und meiner Hoffnung, Sonny dort zu finden, davon, dass ich ihn gefunden habe, von den Botschaften, die immer bedrohlicher wurden, die aber nicht von Sonny stammen können, obwohl ich immer davon ausgegangen bin, und schließlich von Yves, der irgendwie ins Bild passt, obwohl ich keine Ahnung habe, wie. All das sprudelt aus mir heraus, in einem keuchenden, schnellen, verzweifelten Fluss an Worten und Sätzen, die sich endlos aneinanderreihen.

In Jonathans Gesicht rührt sich kein Muskel. Er setzt sich neben mich und greift nach meiner Hand, während er mit großen Augen zuhört und mich kein einziges Mal unterbricht.

Schließlich erzähle ich ihm von dem Gift, von dem Raum mit den konfiszierten Gegenständen, in den ich auffällig problemlos hineingekommen bin, was mir erst so richtig beim Sprechen auffällt, von den Gläsern mit der Apfelschorle und Vágó alias Sonny, den ich damit töten wollte.

Jonathans Augen weiten sich noch ein Stück mehr, es ist die erste Regung seit langem, doch er hört mir zu, hört sich weiter all den Horror an, in dem ich mich befinde, in den ich mich hineingeritten habe.

Als ich kurz darauf verstumme, schwer atmend, und nicht mehr weiterreden kann, als alles gesagt ist und doch irgendwie nicht genug, setzt eine merkwürdige Stille ein, die uns umhüllt.

Als Jonathan schließlich seinen Mund öffnet, um etwas zu erwidern, hämmert mein Herz so hart gegen meine Rippen, dass ich Angst habe, es könnte meinen Brustkorb zersprengen.

»Bitte, ich«, setze ich an. »Ich weiß, wie irre das alles klingt und wie schlimm das ist, dass ich diesen Mann töten wollte, aber das Video, das … das Video, das …« Meine Worte rollen übereinander, vermischen sich miteinander, verzweifelt schlage ich meine Hand vor den Mund.

Jonathans Augen ruhen auf meinen, ich kann sehen, wie er nachdenkt, versucht, all diese Informationen zusammenzubauen, zu einem halbwegs sinnvollen Bild zusammenzufügen, das nicht alles zerstört, was er je über seine Freundin gedacht und gewusst hat.

»Anna, ich«, beginnt er. »Ich … ich weiß nicht, was ich sagen soll.« Er wischt sich mit der Hand über sein blasses Gesicht. »Das ist … das ist … Alter«, entfährt es ihm. Dann steht er auf, geht ein paar Schritte von mir weg, schüttelt den Kopf und starrt ins Leere.

»Jonathan, bitte«, ich fange an zu weinen, »das klingt alles schlimm, ich weiß … ich weiß ja auch nicht, wie ich das erklären soll.« Mein Freund schweigt, weitere Panik lodert in mir auf. »Bitte verlass mich nicht«, flehe ich und höre selbst, wie kläglich meine Stimme klingt.

Jonathan dreht sich zu mir um. »Dich verlassen?«, fragt er. »Wieso sollte ich dich verlassen?« Mit einem irritierten Ausdruck im Gesicht kommt er wieder zu mir und greift erneut nach meiner Hand. »Nein, ich … ich überlege nur, wie wir damit umgehen. Mit dieser Situation.«

Wir? »Du hilfst mir?«

Ein seltsamer Ausdruck liegt in den Augen meines Freundes. »Ja, natürlich, was hast du denn gedacht?«

»Ich dachte, du verlässt mich vielleicht. Ich habe dir so lange etwas vorgemacht, so einen wahnsinnigen Plan verfolgt, beinahe einen Mann … einen Mann getötet … du … auch du wurdest verletzt, angegriffen, meinetwegen. Ich dachte, du verrätst mich vielleicht an die Polizei«, weine ich nun hemmungslos.

»Die Polizei?«, wiederholt Jonathan und zieht die Brauen zusammen.

»Ja. Weil ich Vágó doch fast getötet hätte.« Ich schließe meine Lippen, lasse diesen simplen und gleichzeitig unglaublichen Satz so stehen.

»Hat dich jemand gesehen? Vom Sicherheitspersonal?«

Ich muss an meine überstürzte Flucht denken. Und an die Gesichtsausdrücke von Gunther Kirchfeld und Yves auf dem Flur. »Der Anstaltsleiter. Und Yves. Sie kamen mir auf dem Flur entgegen. Jetzt, wo ich darüber nachdenke, hat es gewirkt, als hätten sie zu mir gewollt.« Ich verstumme, denn meine Gedanken werden so laut, dass ich nicht weitersprechen kann.

»Herr Kirchfeld? Und dein Kollege, von dem du glaubst, dass er dir diese Botschaften geschrieben hat?«

»Ich weiß es nicht.«

Jonathan starrt an mir vorbei ins Leere, die Augen zusammengekniffen.

»Hat dich der Direktor gesehen?«

»Ja, mit Yves zusammen. Das sagte ich doch schon.« Ich fühle mich verwirrt und weiß nicht, worauf Jonathan hinauswill.

»Hast du mal darüber nachgedacht, dass es kein Zufall ist, dass er just in diesem Augenblick mit eurem Direktor dort aufgetaucht ist?«, fragt er und blickt mich wieder an, mit seinen schönen grünen, aber sehr ernsten Augen.

Ich schlucke schwer, weiß nach wie vor nicht, was ich sagen soll.

Dann verändert sich etwas in Jonathans Gesicht. »Anna, wir müssen los«, sagt mein Freund plötzlich, Bewegung kommt in seinen Körper.

»Wie … was?«, frage ich, während er nach meinem Arm greift und mich nach oben zieht.

»Wir müssen weg von hier. Oder willst du darauf warten, dass sie herkommen, um dich zu verhaften?«

Ich starre ihn an. »Aber … aber … aber sie müssten die Apfelschorle erst untersuchen lassen«, erwidere ich lahm.

»Anna, hast du es noch immer nicht kapiert?« Jonathans Stimme wird lauter, eindringlicher. »Dieser Yves spielt ein Spiel mit dir! Ein Spiel, das dich in eine Situation getrieben hat, in der du fast einen Insassen getötet hättest! Du hast seinen Plan durchkreuzt, in letzter Sekunde, aber was glaubst du, was er jetzt machen wird?«

»Ich … ich weiß nicht«, stottere ich.

Jonathan schüttelt den Kopf und zieht mich zur Tür. »Wir werden hier auf gar keinen Fall sitzen und warten, bis dieser Irre hier auftaucht.«

Er lässt mich im Flur unserer Wohnung stehen, verschwindet im Schlafzimmer und kommt wenige Minuten später mit einer Reisetasche wieder heraus.

»Aber, Jonathan, warte doch mal«, rufe ich. »Was ist denn der Plan, ich meine, was …«

»Der Plan ist«, unterbricht mich mein Freund, während er hastig in seine Schuhe schlüpft und anschließend nach seinem Mantel greift, »dass wir vorerst von hier verschwinden. Und in Ruhe weiterüberlegen, was wir machen. Aber erst einmal musst du weg von hier.«

Er bückt sich nach meinen Schuhen. Plötzlich greift er sich ächzend an seinen Bauch.

»Deine Verletzung! Geht es?«

»Alles gut«, presst Jonathan hervor und richtet sich wieder auf, mit zusammengebissenen Zähnen. »Aber könntest du … könntest du nun bitte mitmachen? Dich anziehen und mitkommen. Wir können das alles noch in Ruhe durchdenken, Anna. Aber für den Moment …« Stöhnend greift er sich erneut an seinen Bauch. »Für den Moment müssen wir hier weg.«

Ich nicke, obwohl mir die ganze Situation wie ein absolut surrealer Film vorkommt, vor dessen Realität ich mich verweigere, schlüpfe in meine Schuhe und Jacke und folge Jonathan durch das Treppenhaus hinunter zu seinem Wagen.

Das ergibt doch alles keinen Sinn, denke ich, während Jonathan den Motor aufheulen lässt, kaum dass ich neben ihm eingestiegen bin. Er lenkt sein Auto auf die Straße, hinein in den dichten Kölner Verkehr, während ich noch dabei bin, die Autotür zuzuziehen.

Zwei Minuten später beginne ich zu begreifen, dass Jonathan die Ernsthaftigkeit der Situation und die Bedrohung, die von Yves ausgeht, genau richtig erfasst hat.

Ich starre meinem Arbeitskollegen ins Gesicht, während wir auf einer Kreuzung an seinem Auto vorbeifahren. Seine Augen weiten sich, als er mich erkennt. Und noch ein Stück mehr, als er registriert, dass ich nicht mehr dort sein werde, wohin er vermutlich gerade unterwegs war: zu unserer Wohnung.

»Fahr schneller«, rufe ich und deute auf Yves' Wagen.

Entsetzen steht Jonathan ins Gesicht geschrieben. »Scheiße!«, flucht er, überholt das vor ihm fahrende Auto und drückt aufs Gaspedal.

LEON

»Deine Mutter ist der totale Zombie!«, sagt der Junge und blickt Leon herausfordernd in die Augen.

Die übrigen Jungen, die auf dem Schulhof um sie herumstehen, johlen. Leon steigt Hitze in den Kopf, das seltsame Klingeln in seinen Ohren wird lauter.

»Das stimmt nicht«, antwortet er schwach und ballt die Fäuste.

Allerdings nicht aus Wut, sondern weil er merkt, dass er gleich weinen muss. Das spürt er schon die ganze Zeit, während er zwischen Philipp und seiner Clique steht, die heute ihn ausgesucht haben und nicht Carl, den sie normalerweise ärgern.

Er ist selbst schuld, er hat sich der Gruppe Jungs genähert, sie beobachtet, wie so oft in letzter Zeit, und sich gefragt, wie es wohl wäre dazuzugehören. Hat in der großen Pause auf der Schulmauer gesessen, sein Mathematikbuch in den Händen, denn er liebt Mathematik, und sich in seinen Träumereien verloren, seinen Blick zu spät abgewendet. Mit dem Ergebnis, dass zwei der Jungs zu ihm herübergeschlendert sind und ihn gefragt haben, wieso er sie so anstarre. Abrupt aus seiner Traumwelt herausgerissen, hat Leon seinen Mund nur geöffnet und geschlossen wie ein Fisch und nicht gewusst, was er auf die Schnelle sagen soll. Oder wie ein Zombie, wie Philipp wenige Sekunden später festgestellt hat. So wie seine Mutter.

Leon blinzelt hektisch gegen die Feuchtigkeit in seinen Augen an. Schwäche mag Vater gar nicht.

»Heulst du etwa?« Philipp kommt noch einen Schritt näher, zu

nah, Leon kann die Pickel auf der Stirn des flachsblonden Jungen sehen. Dann zeigt Philipp auf Leons Gesicht und dreht sich zu seinen Freunden um. »Ey, der heult! Der heult wirklich!«

Das Gelächter der Jungen schwillt an, verbindet sich zu einem dumpfen Rauschen.

»Ich … ich heule nicht«, erwidert Leon mit heller Stimme.

»Doch, und wie du das tust, aber bei einer Zombiemutter würde ich wohl auch heulen.«

»Uuuuh«, kichert Martin, ein dicklicher dunkelhaariger Junge, der rechts von Philipp steht, und streckt die Arme nach vorne, um einen Zombie zu imitieren.

»Meine Mutter ist kein Zombie!«, ruft Leon, nun lauter, während seine Wangen noch heißer werden.

Dann spürt er ein kleines Glimmen. Ein Glimmen, das er nicht so oft spürt. Ein Glimmen, das sich gut anfühlt, wenn es größer wird. Nicht hilflos. Sondern mächtig. Ein Glimmen, das ihn jedoch, wenn es zu stark wird, wenn es sich zu einem Glühen und anschließend zu einem Feuer entfacht, komische Dinge tun lässt. Dinge, die ihm Angst machen, sobald das Feuer erloschen ist.

Er weiß auch nicht, was mit ihm nicht stimmt. Und ob er sich freut, das Glimmen zu spüren, oder ob es ihm Angst macht.

»Doch klar ist sie das.« Martin baut sich neben Philipp auf. »Selbst meine Eltern sagen das. Sie haben sie letztens beim Einkaufen gesehen. Deine Alte ist ständig besoffen. Die antwortet nicht mal richtig, wenn man sie anspricht.«

Leons Atmung geht schneller, seine Tränen beginnen ihm die Sicht zu nehmen. Das Glimmen wird zu einem Glühen.

»Nein, ist sie nicht!«, zischt er und geht einen Schritt auf die Jungen zu. Vater hat seine Mutter in letzter Zeit in Ruhe gelassen. Er darf nicht wissen, dass sie wieder aus den großen Flaschen trinkt, die nicht mehr im Küchenschrank stehen, sondern inzwischen hinter den Büchern im Wohnzimmer.

»Mein Vater sagt auch, dass sie sich ihr Leben schönsäuft. Dass Menschen das nur tun, wenn sie ihr Leben hassen.« Philipp starrt ihm in die Augen. Dann wandert sein Blick zu Leons Mathematikbuch und über sein Karohemd wieder hoch in sein Gesicht. »Und wenn ich dich so angucke …« Er verzieht seinen Mund zu einem bösartigen Grinsen.

Weiter kommt der Junge nicht. Das Glühen in Leon lodert auf, brennend, heiß und allumfassend. Er stürzt sich auf ihn, mit all seiner Kraft, und reißt Philipp zu Boden.

Nur am Rande nimmt er wahr, wie die Jungen aufschreien, wie Martin mehrere Schritte rückwärtsgeht und wie Philipp unter ihm erst grinst und dann nicht mehr.

Ein ums andere Mal lässt Leon seine Faust in sein pickeliges Gesicht krachen, so heftig, dass es schmerzt, doch das ist ihm egal. Auch Philipps halbherzige Gegenwehr ist ihm egal, er spürt kaum, wie der Junge an ihm reißt und zerrt, um seine Schläge abzuwehren. Es ist ihm alles egal. Er hört nicht auf, auch nicht, als Philipp Blut aus der Nase läuft, auch nicht, als er die Stimme seiner Lehrerin vernimmt.

»HEY! Was tut ihr da? Aufhören! Sofort AUFHÖREN!« Alles in ihm brennt lichterloh, die Piraten haben ihn in Brand gesteckt, und er will nie wieder damit aufhören, Philipps Gesicht zu Brei zu schlagen, es fühlt sich gut an, so gut.

Tränen laufen über Leons Wangen, weil er nun dasselbe Glimmen spürt, das Glühen, das ihm guttut und das er trotzdem nicht spüren will, nicht jetzt und nicht hier. Seine Hand ruht auf der Türklinke von Sinas Haustür.

Dann greift er in seine Hosentasche, holt den Schlüssel hervor, den er vor Wochen hat nachmachen lassen, und sperrt die alte wuchtige Tür auf.

»Wieso hast du nicht erkannt, wie schlecht Samu für dich

ist? Ich habe doch wirklich alles dafür getan, dass du das erkennst. Ich habe alles dafür getan, dass es dir nicht wie Mutter ergeht.«

Leon würgt den Schluchzer, der sich plötzlich aus seinem Mund drängt, halb hinunter, tritt über die Schwelle und geht langsam auf die Tür von Sinas Schlafzimmer zu, die ein wenig offen steht und einen schmalen orangefarbenen Lichtschimmer in den Flur fallen lässt.

Er hört eine zornige Männerstimme. Samu.

Leon erstarrt.

ANNA

KAPITEL 45

Mein Herz trommelt. Während Jonathan das Auto fluchend durch den dichten Verkehr lenkt, drehe ich mich immer wieder um und suche die Straße hinter uns ab, lasse meine Augen von Wagen zu Wagen springen, werfe Blicke in die Seitenspiegel und zur Beifahrertür hinaus.

»Siehst du ihn irgendwo?«, wispert mein Freund, als würde uns zu lautes Sprechen verraten, der Schweiß steht ihm auf der Stirn.

»Nein, bisher nicht«, antworte ich und halte mich an dem Griff über der Beifahrertür fest, als Jonathan erneut zu einem waghalsigen Überholmanöver ansetzt.

»Ich verstehe das immer noch nicht.« Ich klinge schwach und zittrig. »Wieso Yves? Wer ist er? Wie steckt er da drin?«

Jonathan macht einen Schulterblick und zieht sein Auto zurück auf die rechte Fahrspur. »Das ist doch offensichtlich, Anna.«

»Aber wieso, er ist ja nicht Sonny, das ist Vágó.«

»Sonny war deinen Erzählungen nach aber nicht der Einzige, der damals in Kontakt zu Sina stand.«

»Es gibt noch Samu und Leon.«

Jonathan nickt und hält seinen Blick angespannt auf die Straße gerichtet.

»Aber das ergibt für mich keinen Sinn.« Ich werde ungeduldig.

»Wirklich nicht?«, Jonathan runzelt die Stirn, als wäre ich zu dumm, um zu begreifen.

Vermutlich *bin* ich zu dumm, um zu begreifen. »Jonathan, bitte, wenn das für dich alles so logisch ist, dann sag mir doch, was du denkst!« Plötzlich lodert Wut in mir auf. »Ich versuche seit Monaten, genau genommen seit Jahren, herauszufinden, was mit Sina geschehen ist! Und du sitzt so selbstherrlich neben mir, als wäre ich zu blöd!« Tränen schießen mir in die Augen.

»Das sage ich doch gar nicht! Aber wieso bleibst du gedanklich die ganze Zeit an Sonny hängen? Denk doch mal weiter!«

»Ja. Samu. Und Leon. Willst du mir jetzt sagen, einer der beiden ist Yves? Ich habe schon darüber nachgedacht, es ergibt keinen Sinn!« Wir haben eine Schnellstraße erreicht. Jonathan hält das Lenkrad mit weißen Handknöcheln umklammert, während ich versuche zu verstehen, wie alles zusammenhängen könnte. »Leon war zu lieb. Wieso hätte er Sina etwas antun sollen? Sie hat ihm vertraut. Er wollte ihr helfen. Und Samu hatte doch selbst Dreck am Stecken. Wenn Yves Samu wäre, wären seine Vorstrafen gecheckt worden, vor seiner Einstellung als Sozialarbeiter im Gefängnis. Das wäre aufgeflogen. Und vor allem«, mir kommt ein neuer Gedanke, »wäre das auch Vágó aufgefallen. Dass sein Kumpel Samu nun in der JVA arbeitet, in der er einsitzt. Und Sonny hat Sina geliebt. Auf seine Weise. Das ergäbe gar keinen Sinn. Er würde sich rächen wollen. Oder? An Samu?« Ich verstumme und schaue aus dem Fenster, wir fahren schnell, sehr schnell. Ein paar Minuten später setzt Jonathan den Blinker und biegt schwungvoll auf eine mehrspurige Straße ab.

»Wenn Yves jedoch Leon wäre, dann …« Ich reibe mir über die Schläfen. »Es würde bedeuten, dass Sonny Leon damals nie begegnet wäre. Deshalb ist ihm nie aufgefallen, dass Yves nicht der ist, der er vorgibt zu sein. Aber das kann nicht sein. Sie müssen sich mal begegnet sein.« Ich hebe meine Hände, eine verzweifelte Geste. »Wie ich schon sagte, ich kriege keinen klaren Zusammenhang in die Sache.« Ich schaue zu Jonathan hinüber, dessen Gesicht wie erstarrt wirkt.

»Und du hast diesen Vágó, du hast Sonny fast getötet?« Er dreht den Kopf zu mir und sucht meinen Blick. Ich kann in seinen katzenartigen Augen nicht erkennen, was ihm durch den Kopf geht.

Ich brauche ein paar Sekunden, um zu antworten. »Ja. Ich wünschte, ich könnte eine andere Antwort geben, aber … ja.«

»Ich hätte nicht gedacht, dass du zu so etwas in der Lage bist.« Nun fixiert Jonathan wieder die Fahrbahn vor sich, nur seine hervortretende Kiefermuskulatur lässt erkennen, dass ihn das Thema nicht kaltlässt.

Ich schlucke, weil ich nicht weiß, was ich darauf antworten soll. Ich hätte das auch nicht von mir gedacht. »Da waren die Tonaufnahmen. Damit fing es irgendwie an, dass ich … dass ich die Kontrolle verloren habe«, unternehme ich einen hilflosen Versuch, zu rechtfertigen, dass ich fast zur Mörderin geworden wäre. Ich blinzle, weil ich das Gefühl habe, wieder weinen zu müssen, obwohl sich meine Augen eigentlich nur trocken und brennend anfühlen.

»Die Tonaufnahmen von Sinas Schreien?«

»Ja. Dann das Video. Beides mit eindeutigen Hinweisen zu Vágó. Ich habe all die Jahre über die Hoffnung nie aufgegeben, meine Schwester irgendwann vielleicht doch wieder in die Arme schließen zu können.« Meine Stimme versagt, deshalb muss ich kurz innehalten, Sternchen tanzen vor meinen Augen. »Dieses Spiel hat etwas mit mir gemacht, auf einer ganz tiefen Ebene. Ich habe Sina zuerst beim Sterben zugehört, dann zugesehen. Und plötzlich war es … war es, als …« Ich kann meinen Satz erneut nicht fortführen, weil mein Kinn zu sehr zittert. Ich atme geräuschvoll ein, dann unternehme ich einen neuen Versuch. »Das alles hat mit meiner …«

»Hoffnung gespielt?«, beendet Jonathan meinen Satz.

»Ja. Und sie zertrümmert.« Ich öffne das Seitenfenster. Die kalte Winterluft lässt die Temperatur im Auto schlagartig abkühlen. *Sina ist tot.*

»Aber warst du deshalb wirklich dazu bereit, einen Menschen zu töten?«

Ich schließe das Fenster wieder und ebenso meine Augen. »Es war wie ein Automatismus«, antworte ich kraftlos.

Eine Weile schweigen wir beide, Jonathan stellt keine weiteren Fragen. Eine merkwürdige Müdigkeit überfällt mich, eine Art Dämmerzustand, eine tiefgehende Erschöpfung, wie ich sie noch nie empfunden habe.

Deshalb brauche ich auch einen Moment, bis ich registriere, wo wir langfahren. Fast zu langsam drehe ich den Kopf nach hinten und betrachte das Rheinenergiestadion, das wir gerade passiert haben.

»Wir sind in … Wir sind im Kölner Westen«, stelle ich schwach fest. »Wohin fährst du?«, frage ich, obwohl es mich eigentlich gar nicht interessiert. *Sina ist tot.*

Da Jonathan nicht antwortet, schaue ich zu ihm hinüber, aber er konzentriert sich weiterhin auf die Fahrbahn, wirkt gedankenverloren. »Jonathan, hallo?«, frage ich etwas lauter, weil er mich zuvor nicht gehört zu haben scheint.

Doch er antwortet weiterhin nicht. Ein seltsames Gefühl macht sich in mir breit. Ein komisches Flirren in der Brust.

Dann erscheinen beängstigende Szenen vor meinem inneren Auge.

Szenen von Polizeigebäuden und Polizeibeamten und wie Jonathan zu erklären versucht, was seine Freundin getan hat.

Nervosität jagt durch meine Adern, in jede Zelle meines

Körpers, und verdrängt die Taubheit, die mich zuvor eingehüllt hat. Wie paralysiert starre ich auf meine Oberschenkel hinunter, die zu zittern beginnen, und dann zum Autofenster hinaus. *Steht die große Kölner Polizeidirektion in Kalk oder im Kölner Westen?*, jagt mir plötzlich durch den Kopf. Ich schlucke krampfhaft. *Das würde er nicht tun. Oder?* Ich möchte zu ihm hinübersehen, doch ich traue mich nicht mehr, als wäre mein Körper in eine Art Starre verfallen. Ich öffne meine Lippen und schließe sie wieder. Ich habe zu große Angst vor seiner Antwort und vor dem, was ich in seinem Gesicht sehen könnte.

Schließlich biegt Jonathan rechts von der Aachener Straße in ein Wohngebiet ab und wenige Sekunden später in eine Sackgasse. Wir rollen an brachliegenden Wiesen vorbei, bis wir ihr Ende erreichen.

Ich starre auf die asphaltierte Fläche vor uns, der wir uns langsam nähern und auf der mehrere schmutzig weiße Garagen stehen, die sich die Anwohner der Siedlung mieten können. Dann kommt Jonathans Wagen zum Stehen.

Meine Augen bleiben an einem schmalen Fußweg in der linken hinteren Ecke des Platzes hängen, der zwischen zwei der Garagen entlangführt. Die Garagen werfen ihre Schatten hinein, dennoch erkenne ich Teile einer mannshohen tannengrünen Hecke am Ende des Pfades.

»Wieso sind wir hier?«, flüstere ich und starre auf das Grün, das zu dem Garten des Grundstücks gehört, auf dem das Haus steht, in dem Sina gewohnt hat.

Und gestorben ist.

ANNA

KAPITEL 46

Das Erste, was ich wahrnehme, ist das Hämmern hinter meinen Augäpfeln. Es ist so stark, dass Schmerz und Übelkeit wild über mich herfallen.

Ich stöhne und ziehe Luft durch die Nase, versuche, meine Augen zu öffnen, doch vergebens. Der Befehl meines Gehirns versickert irgendwo zwischen Lähmung und Magensäure, die mir schwallartig die Kehle hinaufsteigt. Ich schlucke krampfhaft, einmal, zweimal, dann begreife ich, dass nicht mein Kopf am stärksten schmerzt, sondern mein Kiefer. Es fühlt sich an, als würde mir mein Mund nach oben und unten auseinandergerissen werden.

Ich keuche und höre einen quietschenden Laut, der vermutlich von mir selbst kommt, aber seltsam fremd klingt.

Was ist das? Mein ganzer Mund ist ausgefüllt, eine Art Stoff zwängt meine Zähne auseinander und verdreht meine Zunge, die rechts gegen meine unteren Backenzähne gequetscht wird. Es fühlt sich an, als hätte man Beton in meinen Rachen gegossen.

Ich versuche einzuatmen, hektisch, was ein Fehler ist, denn augenblicklich muss ich husten. Verzweifelt blähe ich die Nasenflügel, drehe meinen Kopf, ich scheine auf der Seite zu liegen, zwänge meine Lider auf, blinzle in graue Schlieren hinein, hinter meiner Stirn explodiert ein neuer Schmerz.

O Gott, denke ich, als mein Mageninhalt erneut meinen

Hals hinaufbrandet. Diesmal kann ich nichts dagegen tun, ich würge, während der Stoff in meinen Rachen hineindrängt und einen Kampf gegen das Erbrochene beginnt.

Ich werde ersticken.

Ein Teil meines Mageninhaltes fließt zurück durch meine Speiseröhre, der andere Teil sucht sich einen Weg durch meine Nase. Ich schnaufe, hektisch, aber meine Nase ist dicht. Dicht von meinem Erbrochenen. Ich reiße die Augen auf, in denen nun Tränen stehen, röchle dumpf und starre in die Schatten, während ich stumm nach Hilfe brülle.

Jeder von uns wird sterben.

Die Frage, wann, wo und wie wir sterben, ist die vermutlich wichtigste Frage unseres Lebens, und doch stellen wir sie uns nicht. Zumindest nicht, wenn wir nicht müssen, denn obwohl wir als Menschen um die Unausweichlichkeit unseres Endes wissen, verdrängen die meisten von uns die sicherste Tatsache unseres Lebens, solange wir können.

Bis zu dem Moment, in dem der Tod Teil unseres Lebens wird.

Bis zu dem Moment, in dem wir nicht mehr verdrängen können.

Doch wie viele Menschen sterben durch einen Menschen, dem sie vertrauten?

Wie viele Menschen werden mit einem Verrat konfrontiert, der so unbarmherzig ist, dass sie ihn nicht einmal in dem Moment begreifen, in dem er sie tötet?

Wie viele Menschen wird es geben, deren ganze Welt mit allem, was sie geglaubt und gefühlt haben, in Schutt und Asche gelegt wird, bevor sie in Schwärze untergeht?

Ich bin einer dieser Menschen, die nicht nur eine Antwort auf die Frage ihres Todes gefunden haben, sondern auch eine

Antwort auf eine Frage, die sie nie gestellt haben, die sie nie stellen konnten.

Ich bin einer dieser Menschen, die doppelt sterben.

Denn der Tod frisst nicht nur meine Zukunft, sondern auch meine Vergangenheit. Er frisst mein Leben rückwirkend, denn darin war nichts so, wie es schien.

Der Mann, der vor mir kniet, dessen so vertrautes Gesicht sich langsam aus den Schatten herausschält, dessen Schemen grausam bunt nach vorne treten, wird keine Hilfe sein.

Nicht mehr.

ANNA

KAPITEL 47

Mein ganzer Brustkorb brennt wie Feuer, als ich Luft in meine Lungen sauge, kaum dass Jonathan das Tuch aus meinem Mund gezogen hat.

Tränen laufen mir die Wangen hinunter, ich würge und huste, überall ist Erbrochenes, in mir drin und um mich herum. Ich liege mit einer Wange darin, weil ich mich nicht auf den Rücken drehen kann. Irgendwann in meinem Todeskampf habe ich begriffen, dass ich gefesselt bin, an Händen und Füßen.

»Aber, aber, mein Schatz«, sagt Jonathan, und neues Erbrochenes drängt sich meinen Hals hinauf. Ich übergebe mich erneut und so lange, bis nur noch Galle kommt.

»Was passiert hier?«, stöhne ich ein paar Sekunden später, während sich meine Brust pumpend hebt und senkt, obwohl das nicht dazu führt, dass ich mehr Luft bekomme.

Ich bin nicht tot, denke ich fassungslos.

Ich versuche erneut, meinen Kopf zu heben, doch ich kann ihn nicht halten. Mein Gesicht sinkt zurück in die säuerlich riechende Masse meines eigenen Erbrochenen.

»Das ist eklig«, stellt Jonathan, mein Freund, mein Geliebter, fest, hebt mein Gesicht an und wischt mit einer sauberen Ecke des Tuches, mit dem er mir zuvor den Hals verbarrikadiert hat, über meine rechte Gesichtshälfte. »Ich helfe dir«, fügt er dann hinzu und zieht mich ächzend über den Boden zu einer Wand, an der er mich so aufrichtet, dass ich mich seitlich dagegenlehnen kann.

Danach reibt er sich über die Stelle an seinem Bauch, an der der Messerstich war.

Mein Körper sackt kraftlos in sich zusammen.

»Jonathan, was … was hat das zu bedeuten?«, krächze ich. Ich ahne ganz dumpf, ganz düster, dass die Antwort auf meine Frage ein Vernichtungspotenzial in sich trägt, dem ich nicht gewachsen bin, und doch kann ich nicht anders, als sie zu stellen.

Jonathan hockt sich vor mich und betrachtet mich. Seine vollen Lippen verziehen sich zu einem vertrauten Lächeln, ich ertrinke darin und auch im Grün seiner Augen, die ich so sehr liebe.

»Ich verstehe das nicht«, wimmere ich, und ein Teil von mir beginnt zu glauben, dass ich diese ganze Situation auf eine wirklich furchtbare Art und Weise missverstanden haben muss.

Das hier kann einfach nicht die Realität sein. Vielleicht bin ich durchgedreht. Oder vielleicht träume ich, und weder das Seil um meine Hände und Füße ist echt noch die Tatsache, dass Jonathan ein Messer in seinen Händen hält, das er auf- und zuklappt, immer wieder.

Klick. Klick. Klick.

Jede mögliche Erklärung, selbst wenn sie bedeutet, dass ich völlig verrückt geworden bin, wäre mir lieber als die, die sich direkt und unbarmherzig vor mir offenbart.

Während ich auf Jonathans Antwort warte und meinen rasenden Puls sogar in meiner wunden Kehle klopfen spüre, nehme ich langsam den Raum um mich herum wahr.

Ich bin in Sinas Wohnung.

Im Schlafzimmer meiner Schwester.

Es ist leergeräumt, wirkt kahl und kühl.

Keine Spuren von dem Leben, das meine Schwester hier geführt hat.

Meine Augen wandern über den Boden.

Und bleiben hängen.

Keine Spuren von ihrem Leben, aber Spuren von ihrem Tod. Ich keuche.

Die Tatortreinigung hat den cremefarbigen Teppich scheinbar nicht ganz sauber bekommen. Er ist noch immer leicht verfärbt, und selbst aus der Ferne kann ich erkennen, wie steif die Fasern sind.

Auch sechs Jahre später sind die Spuren ihres Blutes noch zu sehen. Der zwei Liter Blut, die aus dem Körper meiner Schwester geflossen sind. Ich habe gehört, dass die Wohnung seitdem nicht mehr vermietet wurde, dass das Haus lediglich halbwegs in Schuss gehalten wurde, bis ein neuer Käufer gefunden wird. Was offensichtlich bisher nicht passiert ist. Vielleicht hätte man den Teppich entfernen sollen, denke ich und werde von neuen Wellen der Übelkeit überrollt.

»Ach, Anna. Du bist schon etwas schwer von Begriff«, meldet sich Jonathan zu Wort. Ich löse meinen Blick von dem Ort, an dem meine Schwester gestorben ist, und schaue zu dem Mann, der mein Freund ist.

Ein Schatten legt sich über sein Gesicht. Ein Schatten, der ihn fremd erscheinen lässt. Fremd – und gefährlich. Ich kriege Gänsehaut, jedes einzelne Härchen an meinen Unterarmen richtet sich auf.

»Gut, es war natürlich der Plan, dass du nicht erkennst, wer ich wirklich bin. Deshalb kann ich dir das kaum vorwerfen«, ergänzt Jonathan und lächelt dabei ein klein wenig.

Ein ganz kleines bisschen nur. Ich sehe die Lachfalten um seine Augenwinkel, in die ich mich so sehr verliebt habe. Die mir auch nach mehreren Jahren noch so oft Schmetterlinge im

Bauch bereitet haben. Selbst jetzt, für eine Millisekunde, spüre ich das vertraute leise Flattern im Bauch. Es ist allerdings nervöser, schneller.

»Das hat wirklich gut funktioniert. Erstaunlich gut. So gut, dass es mich oft verwundert hat, ehrlich gesagt. Manchmal habe ich selbst ganz vergessen, dass wir kein normales Pärchen mit einer normalen Liebesgeschichte und einem normalen gemeinsamen Alltag sind.« Ein seltsamer Ausdruck erscheint in seinen Augen. Dann beugt er sich nach vorne und drückt mir einen Kuss auf die Haare. »Irgendwie schon schade drum.«

Ich rieche sein Parfüm und spüre, wie mein Herz bricht.

»Wer bist du?«, flüstere ich.

»Leon«, antwortet mein Freund. »Mein Name ist Leon. Freut mich, dich kennenzulernen, Anna.«

ANNA

KAPITEL 48

»Leon?«, wiederhole ich atemlos, obwohl ich ganz genau verstanden habe, was er gesagt hat. Zumindest akustisch.

Der Mann, den ich für die Liebe meines Lebens gehalten habe, nickt.

»Aber ich verstehe das nicht.« Ich fange an zu weinen. »Das Spiel, die … die Botschaften … Yves und Vágó und … du bist doch mein Freund!«

»Schon richtig, mein Schatz.« Jonathan, der eigentlich Leon heißt, nickt noch einmal, ganz langsam und ruhig. »Das war ich. Bin ich. Zumindest hat sich bisher keiner von uns getrennt, oder?« Er lächelt und streicht mir eine Haarsträhne hinter die Ohren. »Es ist schade. Unsere Beziehung hat mir Spaß gemacht. Auf so viele Weisen.«

Mir wird schwindelig. Wenn ich könnte, würde ich meinem geschundenen Herzen jetzt den Befehl geben, stehen zu bleiben.

»Ich habe mich immer nach Verbindung gesehnt.« Leon wendet den Blick ab. »Mit Sina … Mit deiner Schwester ist ein Mensch in mein Leben getreten, der mir etwas gegeben hat. Zum ersten Mal seit langem. Vielleicht auch zum ersten Mal überhaupt. Ich habe eine Zeit lang geglaubt …« Leon fährt sich über sein Gesicht. »Eine Weile habe ich geglaubt, dass wir füreinander bestimmt sind. Sina und ich. Dass auch ich endlich einmal ein wenig von dem abbekomme, was sich Leben nennt.« Mein Freund, der Mörder meiner Schwester, lacht auf, diesmal klingt es sarkastisch. »Aber deine Schwester war dumm. Hat einfach nicht kapiert, was dieser Samu ihr antut. Und bei Gott, ich habe wirklich lange versucht, ihr das begreiflich zu machen.«

»Ich verstehe das nicht«, weine ich entgeistert. »Bitte, Schatz, was … was erzählst du denn da?« *Das kann nicht sein. Das ist nicht möglich.* »Jonathan, bitte … bitte sag mir, was hier los ist.« Ich starre ihn an, tränenblind. *Er wird mir das erklären. Es wird alles wieder gut. Irgendetwas stimmt hier nicht. Es wird sich gleich aufklären. Dann hilft er mir.*

»Nicht Jonathan. Leon!«, sagt der Mann, der jetzt tatsächlich irgendwie fremd aussieht, und schnalzt gereizt mit der Zunge.

Ich schüttle meinen Kopf. »Nein. Du … du bist mein Freund. Du bist Jonathan. Ich flehe dich an«, stammle ich. Denn das, was er sagt, er, Jonathan, der die Liebe meines Lebens ist, mein Fels in der Brandung, ist nicht möglich. *Es ist nicht möglich.*

Er schaut mir tief in die Augen, unsere Blicke verhaken sich ineinander, verzweifelt suche ich nach einer anderen Antwort in seinen schönen grünen Augen, doch ich finde sie nicht. Und auch nicht den Ausdruck, den ich normalerweise in ihnen sehe.

»Leon?«, weine ich, ungläubig, und er nickt. »Aber das ergibt keinen Sinn. Du … Leon … Leon hat Sina helfen wollen. Leon war für sie da. So hat sie immer von ihm geschrieben. In ihrem Tagebuch. Sie hat ihm vertraut.« Neue Tränen steigen in meine Augen, als ich an Sinas Einträge denke und daran, wie sie verraten worden ist. Auf die schlimmste aller Arten.

»Ich war mehr für sie da, als sie jemals geahnt hat.« Jonathan schüttelt den Kopf, seine Miene versteinert sich schlagartig. »Aber sie hat's ja nicht kapiert!«, brüllt er dann. Unwillkürlich schiebe ich mich gegen die Wand, weg von Leon. *Nicht mehr Jonathan*, ächzt mein gequälter Verstand. »Sie hat einfach nicht kapiert, dass dieser Wichser Gift für sie ist! So wie mein Vater Gift für meine Mutter war! Anstatt dass meine Mutter das irgendwann einmal gerafft hätte, hat sie mir die Schuld an allem gegeben! So lange …« Leon presst seine nächsten Worte zwischen seinen Zähnen hervor. »So lange habe ich geglaubt, ich bin der Fehler. Dass mit mir etwas nicht stimmt.« Er schüttelt den Kopf. »Teilweise denke ich das heute noch, zermartere mir den Kopf, was ich falsch mache, schon mein Leben lang! Doch die Wahrheit sieht anders aus.« Seine Augen fangen an zu glitzern, während sich jede Faser meiner Muskeln anspannt. »In Wahrheit ist sie das Problem gewesen. Meine Hurenmutter. Genau wie Sina. Ich habe mir so sehr gewünscht, sie wäre anders.« Dann sackt Leon in sich zusammen und beginnt zu weinen. Ich starre ihn an, weiß nicht, was ich sagen oder tun soll. Vor mir hockt ein Mensch, den ich nicht kenne.

»Aber sie war nicht anders«, setzt er schließlich fort, brüchig. »Sie war genau wie sie. Sie hat meine Hinweise nicht verstanden. Ich habe wirklich alles getan. Bitte glaube mir das.« Leon schaut mich nun direkt an, flehentlich. Mein Herz zieht sich sofort zusammen, ich kann die Situation einfach nicht mehr begreifen, nicht verarbeiten, aussichtslos. »Ich habe die Herzen auf ihren Arm gemalt. Genau so, wie Samu sie gezeichnet hat«, flüstert er. »Ich habe mir einen Schlüssel anfertigen lassen. Die Haustür offen stehen lassen. Spyware auf ihrem Handy installiert. IMMER WIEDER Hinweise gestreut, die auf Samu hätten deuten müssen. Die Sina hätten zu verstehen geben müssen, dass von ihm Gefahr ausgeht. Aber sie hat immer noch weitere Ausreden gefunden für dieses Arschloch. Dabei war ich doch da. Liebevoll. Gut. Unterstützend. Ich war doch da! WIESO SIEHT MAN MICH NICHT?« Adern treten an Leons Stirn hervor, dann schluchzt er erneut auf. »Irgendwann hat sie mir unmissverständlich zu verstehen gegeben, dass sie sich nicht von Samu abwenden wird. Das hat Konsequenzen nach sich gezogen. Sie war selbst schuld.« Diesmal sind es nicht meine Augen, sondern Leons, die zu der Stelle auf dem Fußboden wandern, an der sich verfärbte Teppichfasern befinden. Mein Körper kribbelt.

»Du hast sie also getötet?«, frage ich. So simpel, so grausam.

Leon wirft mir einen Blick zu.

»Ja«, antwortet er dann, ebenfalls simpel, ebenfalls grausam. »Vorher Samu, diesen Wichser. Er war schon da. In Sinas Wohnung. Hat sich vor mir aufgebaut wie ein Vollidiot. Es war so eine Genugtuung, ihn zu erledigen, das glaubst du gar nicht. Aber Sina zu töten … das war … Es war etwas ganz anderes.«

Mein Körper wird kalt.

Dann kommt die Leere. Eine bittersüße, eiskalte, taube und alles einnehmende Leere. Nichts dringt mehr zu mir durch, kein Gedanke, kein Gefühl.

»Ihr Tod hat uns verbunden. Auf eine Weise, die ich nie zuvor erlebt habe.« Gedankenverloren schaut Leon neben mich auf die Wand, als würde sich dort ein Film abspielen. »Alles hat sich richtig angefühlt. Auf einmal. Ihr Todeskampf, unsere Verbindung dabei, die Intensität der Situation und dann diese Stille … diese Stille, als sie gegangen war. Es war … friedlich.« Auch Leon verstummt nun.

Es wird ganz ruhig um uns herum. Ich höre die Stille nach Sinas Tod auch jetzt und hier, doch ich fühle gar nichts, kann mich nicht bewegen. *Dissoziativer Stupor*, flüstert irgendwo in mir die Psychologin. *Eine Schutzreaktion deines Gehirns.*

»Endlich waren wir in Verbindung gekommen. Ich habe einen Moment mit ihr geteilt, den niemand zuvor mit ihr geteilt hat und den nie wieder jemand mit ihr teilen wird. Sie hat mir ihren Tod geschenkt.« Ich bemerke Leons verklärten Gesichtsausdruck, höre seine irren Worte, doch auch diese erreichen mich nicht. Ich betrachte den Mann, der so sehr aussieht wie mein Freund, und kann einfach nicht verstehen. »Weißt du, ich habe vorher schon Dinge getan, die größer waren als alles, was ich je zuvor getan habe. Zuerst ist da immer dieses Glühen. Und dann werde ich mächtig. Als würde sich eine Pforte in eine andere Welt öffnen. All diese Schwäche, der Druck, der Kampf, das alles tritt in so einem Moment in den Hintergrund.« Nun schaut mein Freund auf und betrachtet mich forschend. »Hast du das auch gespürt, meine liebe Anna? Als du Sonny töten wolltest? Diesen Moment des Friedens und der Richtigkeit. Diesen Moment der ultimativen Kontrolle. In dem alles am rechten Platz ist, in dem du jemand bist.«

Es kostet Kraft, meine Lippen zu öffnen und einen so einfachen wie alles sagenden Laut zu formulieren. »Nein«, antworte ich. Nichts weiter. Nur »nein«. Als hätte mir die Liebe meines Lebens nicht in diesem Moment davon erzählt, wie besonders die Tötung meiner Schwester für ihn gewesen ist.

»Wie komme ich ins Spiel?«, frage ich und höre selbst, wie mechanisch ich klinge. *Trauma*, referiert die Psychologin in mir weiter. Sie klingt gruselig nüchtern. *Depersonalisation. Ich fühle mich von mir selbst entfremdet. Derealisation. Die Umgebung erscheint unwirklich.*

»Du?« Leon schaut mich an, doch sein Gesichtsausdruck wirkt nun erneut geistesabwesend. Dann schüttelt er den Kopf. »Du bist in der Versicherung aufgetaucht.« Er verzieht seine Lippen, die ich so oft und so gerne geküsst habe, und kichert leise. »Genauso wie deine Schwester damals. Das war wirklich ein witziger Schachzug des Universums. Es war wie ein Déjà-vu. Als hätte das Schicksal einen Sprung zurück gemacht und mir eine zweite Chance offenbart.« Seine Augen suchen meine. »Ihr seht euch so ähnlich«, fügt er zärtlich hinzu.

Es ist ein grausames Spiel zwischen Realität und Täuschung. Mein Herz reagiert auf den Mann, dem ich mein Leben anvertraut hätte, als wäre er nach wie vor mein Freund, mein Jonathan, mein Fels in der Brandung. Ein Teil von mir will sich in seine Arme schmeißen, weinen, ihn um Schutz bitten, sich ausliefern, um von ihm gerettet zu werden.

Die Realität jedoch schlägt mir ins Gesicht, brüllt mich an, damit ich endlich verstehe – verstehe, dass dieser Mann namens Leon ein Mörder ist, der Mörder meiner Schwester, Samus Mörder und wahrscheinlich auch meiner. Diese Tatsache ist so unfassbar, dass nicht nur mein Herz blind bleibt, sondern auch mein Verstand, der einfach nicht begreifen kann, nicht begreifen will.

Leon fährt fort. »Dich zu beobachten, als du nach Deutschland zurückgekehrt bist. Deine Verzweiflung zu verfolgen. Ich habe mich mächtig gefühlt. So mächtig. Und da war diese Verbindung …« Sein Adamsapfel wandert seinen Hals hinab und hinauf, als er schluckt. »Irgendwann habe ich es nicht mehr ausgehalten und mich dir angenähert. Ich habe das vor Vater geheim gehalten, natürlich habe ich das. Mit Mutters Tod ist ihm ja klar geworden, dass mit seinem Sohn nicht nur ein bisschen was nicht stimmt, sondern sehr viel. Er hat mich nie gefragt, höchstwahrscheinlich, weil er die Antwort nicht hören wollte. Weil er sich nicht derart mit der Realität konfrontieren wollte, weil er ohne die finale Bestätigung wenigstens noch ein bisschen so tun konnte, als wäre seine Welt in Ordnung – als wäre sein Sohn irgendwie doch in Ordnung. Aber ich weiß, dass er im tiefsten Inneren ahnt, dass Mutter nicht von allein gestürzt ist. Und sich ihr Genick demnach nicht durch einen »Unfall« gebrochen hat. Der Apfel fällt schließlich nicht weit vom Stamm. Hätte sich mein Vater mit der Wahrheit über mich konfrontiert, hätte er sich auch mit der Wahrheit über sich selbst konfrontieren müssen – als Vater eines Mörders.« Leons Augen glänzen, er starrt auf seine Hände hinunter, ganz in seine eigenen Worte versunken. »Ich habe Mutter geliebt – so wie ich Sina geliebt habe –, aber ich habe sie auch gehasst. Für ihre Schwäche. Weil sie sich nicht befreit hat. Weil sie mir nicht geholfen hat. Weil sie kein besseres Leben gewählt hat. Obwohl ich alles dafür getan habe, sie darin zu unterstützen. Obwohl ich DA war! Liebe und Hass – zwei Seiten einer einzigen Medaille, findest du nicht auch?«

»Dein Vater lebt noch?«, frage ich nach ein paar Sekunden der bedeutungsschweren Stille und versuche, wenigstens diese Information in einen sinnvollen Zusammenhang zu bringen – und unbeachtet zu lassen, dass mein Freund mir gerade den Mord an seiner eigenen Mutter gestanden hat. Es ist zu viel. All das ist zu viel. »Ich dachte, deine Eltern sind tot!«, ergänze ich dann und höre den Vorwurf in meiner Stimme, als wäre diese Lüge die schlimmste Täuschung, der ich erlegen bin. Ein erstes Anzeichen von Wut in meinem Inneren, ein schwaches Flackern.

»Ja. Mein Vater. Du hast ihn kennengelernt.«

Der Fremde vor mir taxiert mich, er scheint sich an meiner Verwirrtheit und Ohnmacht zu laben, jede Sekunde auszukosten, in der ich der ganzen Situation und all den Informationen, die er mir auftischt, ausgeliefert bin. Informationen, die alles in Frage stellen, was ich je zu wissen geglaubt habe.

»Ich kenne deinen Vater?«

»Na ja, wir sind ja noch nicht bei dem Teil der Story angekommen, in dem ich dir erkläre, wie es mir möglich war, dieses faszinierende Spiel mit dir zu spielen.«

Die Botschaften.

»Wer ist dein Vater?«, flüstere ich.

ANNA

KAPITEL 49

»Sagt dir der Name Gunther Kirchfeld etwas?«

»Gunther Kirchfeld?«, wiederhole ich, doch dieser Name will einfach keinen Sinn ergeben. Fast möchte ich lachen, sehr laut, sehr schrill und sehr hysterisch. »Gunther Kirchfeld, der … okay, jetzt wird es unglaubwürdig. Wirklich.« Nun steigt mir tatsächlich ein Kichern die Kehle hinauf. Es ist das verzweifeltste Kichern, das ich je in meinem Leben gehört habe.

»Ja. Gunther Kirchfeld, der Gefängnisdirektor. Ein mächtiger Mann. Ein Narzisst, wie er im Buche steht. Ein Mann, der seinen Sohn verprügelt hat, unzählige Male, und seine Frau noch viel öfter. Ein Mann, der Straftäter behandelt und selbst damit zurechtkommen muss, einen Psychopathen großgezogen zu haben.« Leon verbeugt sich, der Ekel steht ihm ins Gesicht geschrieben. »Mich.«

Ich kann ihm nicht folgen. Jonathan. Leon. Seine Identität wabert hin und her, mal sehe ich meinen Freund vor mir und mal Leon, den geisteskranken Psychopathen.

Das also wird mein Tod sein, fegt ein Gedanke über all die anderen taumelnden Gedanken in meinem Kopf hinweg. *Umgebracht von meinem Freund, dem Mörder meiner Schwester. Dem Sohn des Gefängnisdirektors. Dem Sohn von Gunther Kirchfeld?*

»Das war schon wirklich verrückt, als du dich ausgerechnet in Weyer beworben hast. Ich habe natürlich mitbekommen, dass du nie aufgegeben hast, das Verschwinden deiner Schwester aufzuklären. Ich habe mir schon gedacht, dass deine Bewerbung dort kein Zufall sein kann. Genau genommen sind diese ganzen Zusammenhänge ja auch kein Zufall. Auch wenn du dich mir nicht anvertraut hast, war die ganze Situation unfassbar berauschend, wo doch alle Antworten, nach denen du so verzweifelt gesucht hast, in deiner direkten Nähe waren. In deinem Zuhause. Dafür hättest du nicht ins Gefängnis fahren müssen.« Er grinst erneut, während ich mir so fest auf die Zunge beiße, dass ich Blut schmecke.

»Du bist also der Sohn von Herrn Kirchfeld?« Ich stelle die Frage so tonlos, als würde ich wissen wollen, was wir heute Abend essen.

»So wahr ich hier vor dir sitze.«

»Aber du heißt nicht Kirchfeld«, erwidere ich fast trotzig, als würde ausgerechnet das Jonathans wirre Erzählungen als Lügenkonstrukt entlarven.

Leon schnaubt. »Korrekt. Ich heiße Beyer. Es ist der Mädchenname meiner Mutter. Leon Jonathan Beyer. Ich hielt es für klug, nach dem Mord auf meinen Zweitnamen umzusteigen.«

»Wusste er … Weiß dein Vater, dass du … dass du Sina getötet hast? Dass du … Dass mein Freund eigentlich Leon heißt?« *Was für eine dumme Frage*, schießt mir durch den Kopf, und ich schluchze auf. Die Panzerfassade, die mein Gehirn hochgezogen hat, um mich zu schützen, fängt an zu bröckeln. Natürlich kennt Gunther Kirchfeld den ersten Namen seines Sohnes.

Ich muss an meine bisherigen Begegnungen mit dem Direktor denken. Er hat sich immer höflich verhalten. Höflich und … prüfend. Eindringlich. Wachsam.

»Natürlich kennt er meinen Namen«, Leon kichert. »Aber um auf die Frage, die eigentlich relevant ist, einzugehen: Ja, mein Vater weiß von dem Mord. Er hatte schon immer ein …

Wie soll ich das sagen? Gespür für mich. Ob er wollte oder nicht.« Dann verdunkeln sich seine Augen. »Er hat früh erkannt, dass mit mir etwas nicht stimmt. Wobei das genau genommen eine philosophische Frage ist: Was war zuerst da? Die Henne oder das Ei? Meine Andersartigkeit«, er spuckt das Wort aus, »oder die tyrannische Gewalttätigkeit meines Vaters?«

»Er wusste, dass du Sina ermordet hast?«

»Ich habe es ihm zuerst nicht gesagt. Habe es natürlich nicht auf den Präsentierteller gelegt und allen verkündet.« Leon schnaubt. »Aber er hat von dem Verschwinden deiner Schwester gehört. Veränderungen an mir wahrgenommen. Die Zeit danach war wie ein Rausch für mich. Hat alles verändert. Als hätte ich eine sehr wichtige Schwelle übertreten. Er hat eins und eins zusammengezählt. Ist ja ein cleveres Kerlchen, als forensischer Psychiater. Und meine bisherige Biografie liest sich wie die klassische Entwicklung eines Mörders. Er hat so etwas wohl kommen sehen. Auch wegen der Umstände von Mutters Tod. Von daher eigentlich keine Glanzleistung.« Leon zuckt gelangweilt mit den Schultern.

»Was ist mit ihr geschehen?«, flüstere ich. »Wo ist sie? Wo ist Sina?« Plötzlich sickert Hass durch meine Adern, lässt meine Panzerfassade mit einem Schlag zusammenbrechen. »Wo ist meine SCHWESTER?« Ich werde lauter. »Wo IST SIE, du widerliches ARSCHLOCH?«, schreie ich, doch meine Stimme ist so heiser, dass sie in einem verzweifelten Krächzen verendet. »Sag mir, wo sie ist, sag mir endlich, wo sie ist!«, heule ich wild.

»Ach, Anna, ist DAS jetzt wirklich die wichtigste Frage?«, ruft Leon in mein Schluchzen hinein und zieht die Augenbrauen nach oben. Für einen ganz kurzen Augenblick sehe ich Jonathan in ihm aufflackern. »Ich habe sie und Samu auf einer Baustelle verschwinden lassen. Erdbauarbeiten. Tiefe Gräben, die wieder zugeschüttet werden, du weißt schon. Darüber haben sie inzwischen ein Parkhaus errichtet.« Erneut dieses Grinsen mit den schönen weißen Zähnen.

»Wieso hat man keine Spuren von Samu gefunden?«, wimmere ich.

»Hab ihn auf Sinas Bett ermordet. Die Bettwäsche mitgenommen. Ist doch völlig egal. Lass uns zur eigentlichen Geschichte zurückkehren, okay?« Leon klingt genervt. »Gönn mir doch bitte diesen Moment, Schatz, ja? Immerhin ist das das erste Mal, dass ich sie jemandem erzählen kann.« Als mir Leon über die Stirn streicht, schließe ich schwer atmend meine Augen.

Wenig später höre ich Geräusche und öffne sie wieder. Mein Freund hat sich zurückgesetzt und lehnt nun vor mir an der Wand. Er betrachtet mich liebevoll. Ich muss unwillkürlich an eines unserer ersten Dates denken, wie wir im Wohnzimmer meiner neuen Wohnung zwischen meinen Umzugskartons gesessen haben. Die Pizzakartons auf den Kisten, eine Kerze zwischen uns auf dem Boden. Wir haben die ganze Nacht geredet, über das Universum, den Sinn des Lebens und unsere Vergangenheit. Eine neue Welle der Panik ergreift mich.

»Mein Vater hat anhand deines Nachnamens natürlich sofort gecheckt, wer du bist. Er hat recherchiert. Wir hatten zu dem Zeitpunkt kaum Kontakt, daher hatte er zuvor nichts von meiner Beziehung zu dir mitbekommen. Darauf war ich auch nicht erpicht, er hätte sonst sofort gewusst, dass ich mit dem Feuer spiele. Mit meinem ganz persönlichen.« Er hebt einen Mundwinkel, dann tritt ein trauriger Ausdruck in seine Augen. »Das mit dir war anders als mit deiner Schwester. Aber nicht weniger faszinierend, keine Sorge. Mir war natürlich von Anfang an klar, dass ich irgendwann derjenige sein werde, der auch dein Leben beendet. Aber bis dahin wollte ich es noch ein wenig mit dir verbringen, meine Schöne.«

Ich schließe wieder meine Augen, als könnte ich der Realität und ihren grausamen Wahrheiten auf diese Weise entkommen.

»Ich musste also dafür sorgen, dass Vater nichts mitbekommt. Es waren ein paar Jahre seit dem Doppelmord vergangen, er hat sich wohl in Sicherheit gewähnt. Was sein eigenes Ansehen und seinen eigenen Ruf betrifft. Macht sich nicht so gut als Gefängnisdirektor, einen psychopathischen Mörder zum Sohn zu haben. Oder wie siehst du das?« Ich hebe meine Lider. Leon schaut mich an, als stünden wir auf einer Seite, dann starrt er nachdenklich in die Luft. »Als du dich in Weyer beworben hast, hat er also recherchiert. Und ist dabei auf mich gestoßen. Du kannst dir vielleicht vorstellen, was da los war. Zwischenzeitlich habe ich erwartet, er wird sich an mir so vergehen, wie er sich in meiner Kindheit an mir vergangen hat, aber das hat er sich immerhin nicht mehr getraut. Trotzdem, er war fuchsteufelswild. Hinzu kam, dass er wusste, wer Joska Vágó wirklich ist. Die Verbindungen zwischen dir und Vágó alias Sonny und damit zu mir waren ihm zu heikel. Uns war nie ganz klar gewesen, ob Sonny mich zur damaligen Zeit bewusst wahrgenommen hat. Ob er mich heutzutage wiedererkennen würde. Weil sein Freund Samu mit Sina zusammen verschwand, hat er sich vermutlich zusammenreimen können, dass die letzte der drei Personen, mit denen Sina zuletzt Kontakt hatte, dahinterstecken musste. Mein Vater hat dafür gesorgt, dass er zu ihm in die JVA verlegt wird, um ihn im Blick zu behalten. Erstaunlicherweise hat Sonny seinen Verdacht nie geäußert, sich nie als Sonny zu erkennen gegeben. Das war natürlich unser Glück. Oder eher das von Vater, mich haben diese ganzen ›Was-wäre-wenn‹-Fragen ehrlicherweise nie besonders interessiert. Fassen wir zusammen: Wir wähnten uns in Sicherheit. Bis du in Weyer aufgetaucht bist.«

ANNA

KAPITEL 50

Es wird düster in Sinas Schlafzimmer. Die Wintersonne ist zwar noch nicht untergegangen, verschwindet aber hinter den Nachbarhäusern. Während Leon aufsteht, die Rollläden herunterlässt und die von der Decke baumelnde Glühbirne anknipst, die nur ein schwaches dämmriges Licht abgibt, muss ich an meine Schwester denken und wie oft sie das Licht- und Schattenspiel in ihrem Schlafzimmer wohl beobachtet hat.

Sina, wenn du irgendwo da oben bist, bitte hilf mir, flehe ich stumm. Tränen rollen über meine Wangen, doch ich gebe kein Geräusch von mir.

»Wir mussten einen Weg finden, dass du dich selbst entlarvst, das war zumindest der Plan meines Vaters«, fährt Leon fort und setzt sich im Schneidersitz etwa einen Meter von mir entfernt auf den Boden, außer Reichweite meines inzwischen angetrockneten Erbrochenen. Das Klappmesser legt er neben sich. »Ich habe darüber nachgedacht, deinen Tod vorzuziehen, aber das kam für ihn nicht in Frage.«

»Die Botschaften?«, flüstere ich teilnahmslos, als ich an die grellroten Zettel denke, und löse meinen Blick von dem Messer.

»Die Botschaften.« Leon nickt. »Ein interessantes Spiel, zugegeben. Erst wollte dich Vater dazu bringen, von deinen Nachforschungen abzulassen, indem er dir Angst macht. Aber ich kannte dich ja schon eine Weile und habe geahnt, dass du dich nicht abschrecken lassen würdest. Meine Anna. So tapfer und schlau.«

Mein Magen rebelliert, und ich muss mich mehrere Sekunden darauf konzentrieren, mich nicht wieder zu übergeben.

»Du hast nicht abgelassen. Dann hat mein Vater den Knastis kleine Häppchen hingeworfen. Infohäppchen, wer ihre neue attraktive Bezugsbehandlerin in Wahrheit ist. Welches Päckchen sie mit sich herumträgt. Hat eine Zeitung mit einem Artikel über euch liegen lassen. Sowas.«

Ich muss an die Gruppensitzung denken und an Andersen. »Sie haben mich damit aufgezogen«, sage ich und stelle fest, dass sich Stück für Stück, in mühsamer Kleinstarbeit, ein Puzzleteil an das nächste fügen lässt.

»Korrekt. Das sollte dich destabilisieren. Dann hast du dich auf Andersen konzentriert. Ihn in den Fokus genommen. Mein Vater hat seine Augen und Ohren überall in diesem Gefängnis, jeder deiner Schritte stand unter seiner Beobachtung. Dein Verdacht hat uns in die Karten gespielt.« Mein Magen zieht sich erneut krampfartig zusammen. Ich möchte mich zusammenkrümmen, doch ich kann mich nach wie vor kaum bewegen. »Und damit sich Andersen nicht selbst entlarvt, hat Vater ihn getötet.«

Ich starre Leon an. »Er … Herr Kirchfeld hat Andersen getötet?«

»Ja, genial, oder? Er hat es wie einen Selbstmord aussehen lassen.« Leon grinst. Dann zieht er die Brauen nach oben, als er feststellt, dass ich ihm nicht folgen kann. »Anna, nachdenken!« Doch ich kann nicht. Ich verstehe nicht. »Du bist davon ausgegangen oder hast zumindest mit dem Gedanken gespielt, Sonny oder vielleicht sogar Sinas Mörder gefunden zu haben. Damit das auch so bleibt, hat mein Vater dafür gesorgt, dass er für immer schweigt. Ganz nebenbei hat das auch deine Kompetenzen als Psychologin in Frage gestellt. Aber so trickreich Vaters Idee auch war, und immerhin habe ich in dem Moment erkannt, dass ich meinen Hang zur finalen Gewalt auch in dieser

Weise von ihm geerbt haben muss, so nutzlos war sie. Denn erneut hast du ihn eines Besseren belehrt.«

»Selte hat mich drauf gebracht«, wispere ich.

»Wer?« Nun sieht Leon überrascht aus.

»Furkan Selte«, wiederhole ich. Und erinnere mich an die Einzelsitzung mit ihm, in der mir klar geworden war, dass Andersen nicht Sonny gewesen sein konnte.

»Interessant. Siehst du, so erfahren wir heute beide noch etwas Neues.« Leon streckt die Füße aus und setzt sich zurecht. Ich kann sehen, wie wohl er sich in dieser Situation fühlt. Dann fährt er sich entspannt durch seine Haare. »Auf jeden Fall stand eine Planänderung an, dir ist ja klar geworden, dass Andersen nicht Sonny war. Also sind wir all-in gegangen. Volles Risiko. Der Vorschlag kam von mir, Vater stimmte ihm nach längerer Diskussion zu, auch wenn es ein Wagnis war. Anstatt dich auf eine falsche Fährte zu locken, hat mein Vater nun alles so orchestriert, dass du geradewegs auf den wahren Sonny, auf Vágó, zusteuerst. Wir haben deine Hoffnung angefacht und auf den richtigen Zeitpunkt gewartet, sie auf ihrem höchsten Punkt so plötzlich, brutal und erbarmungslos zu zerstören, wie es nur irgendwie geht, damit du Rache nimmst. Rache an dem wahren Sonny, den du ja dann zunehmend für den Täter gehalten hast, auch auf Basis unserer Botschaften, nicht wahr?« Mir dreht sich der Kopf. »Selbst der Hinweis auf das Gift hat sein Ziel gefunden. Und auch Yves' vermeintliche Notiz in der Akte. Win-win, meine Schöne, Win-win. Oder auch Bye Bye Butterfly. So lautete zumindest der neue Plan.«

»Indem ich Sonny töte, werde ich selbst zur Mörderin und ein möglicher letzter Mitwisser eliminiert.« Langsam dämmert mir, welch perfider Plan die ganze Zeit hinter allem gesteckt hat. »Aber wieso … wieso hat dein Vater Sonny nicht einfach getötet? Irgendwann zuvor? So wie Andersen.«

Leon nickt anerkennend. »Ich sehe, nun denkst du mit. Gute Frage. Ach mein Schatz, wir waren so ein gutes Team.« Ein liebevoller und irgendwie auch trauriger Ausdruck tritt in seine Augen, dann kommt er zu mir und drückt mir einen Kuss auf die Stirn. Die Vertrautheit dieser Geste lässt mir schwarz vor Augen werden. Zitternd hole ich Luft.

Leon setzt sich wieder zurück. »Eigentlich kennst du die Antwort schon. Sonny ist Bandenkrimineller, hat seine Leute überall. Das Risiko war zu hoch. Und so absurd das jetzt klingen mag, mein Vater war nie besonders risikofreudig.«

»Und wieso ist er dann das Risiko eingegangen, dass ich bei meiner Verhaftung möglicherweise von den Botschaften erzähle? Die Polizei vielleicht hellhörig wird? Sich absichern will? Nachforschungen anstellt?«

Leon hebt einen Zeigefinger an seine Schläfe. »Psychologie, Anna. Psychologie.« Er lächelt mir zu. Für eine erschreckend lange Sekunde wird mir warm ums Herz, dann folgt erneut die Übelkeit. »Zum einen bestand die Chance, dass du dir nach deiner Tat selbst das Leben nimmst.« Ich muss an die Apfelschorle denken und daran, dass ich tatsächlich darüber nachgedacht habe, sie auf zwei Gläser aufzuteilen. Kälte kriecht mir über den Rücken. »Zum anderen wärst du ja weiterhin in dem Glauben gewesen, tatsächlich den Hinweisgeber UND den Mörder deiner Schwester umgebracht zu haben. Davon abgesehen ist eine Anstaltspsychologin, die zur Mörderin wird, vielleicht nicht die beste und zurechnungsfähigste Beraterin für die Polizei. Es hätte psychiatrische Gutachten gegeben, großes Bedauern und traurige Äußerungen seitens deiner Kollegen, dass du immer so normal gewirkt hast, sie sich aber gleich gedacht haben, dass mit dir was nicht stimmt. Schließlich hast du dich ja doch immer auffälliger verhalten. Trauriges Schicksal, nicht wahr? Deine wachsende Anspannung hat man dir sehr angemerkt, tut mir leid, dir das sagen zu müssen. Die arme Anna Salomon. Hat angesichts des Todes ihrer Schwester völlig den Verstand verloren – ist selbst zur Mörderin geworden. Auch Straftäter haben Schutz verdient. Und so weiter und so weiter.« Leon verzieht das Gesicht, als wäre er voll von Mitleid und Kummer. Dann erhellt es sich wieder, schlagartig. »So wäre es weitergegangen, verstehst du? Vater hat natürlich zusätzlich dafür gesorgt, dass auf den Botschaften keine Spuren von ihm zu finden sind, dass alles auf Vágó zurückzuführen ist, eh klar.«

»Und niemand wäre je darauf gekommen, dass mein eigener Freund und der Gefängnisdirektor höchstpersönlich dahinterstecken«, schließe ich an. Ich fühle mich kraftlos. Schrecklich kraftlos. Ein Gedanke schießt mir durch den Kopf. Schnell, kaum greifbar. Ich kneife die Augen zusammen. Dann wandern sie von Leons Gesicht über seinen Hals und seinen Brustkorb hinab. Sie heften sich an die Stelle seines Pullovers, unter der sich der Verband befindet.

Ich muss gar nicht fragen, denn Leon ist meinem Blick gefolgt. Eine Hand legt sich über die Messerstichwunde. »Ach, das hier?« Er hebt die Schultern. »So war es noch glaubwürdiger. Ich hielt es zwar für wirklich unwahrscheinlich, dass irgendjemand auch nur ansatzweise eine Verbindung zu mir herstellen könnte, aber sei es drum. Mein Vater wollte auf Nummer sicher gehen. Er hat mir nie so recht geglaubt, dass ich mich dir gegenüber wirklich komplett unauffällig verhalten könnte. Und der Angriff auf mich hat auch dein Bedrohungsempfinden maximiert, dich zusätzlich belastet und geschwächt. Immerhin war ich immer dein ›Fels in der Brandung‹, mein Schatz.« Das Wimmern dringt so plötzlich meine Kehle hinauf, dass ich es nicht zurückhalten kann. »Was man nicht alles für das große Ganze tut, nicht wahr?« Dann stützt sich Leon ungelenk auf einer Hand ab und steht auf. Seine Knie knacken. »Findest du es nicht auch etwas unbequem?« Er geht ein paar Schritte im Raum umher und streckt sich.

»Sonny ist euch zuvorgekommen. Euer Plan ist nicht aufgegangen. Wieder einmal«, zische ich und spüre gleichzeitig, wie mir sengend heiß wird. »Er hat sich offenbart, du Bastard! Ich habe erkannt, dass etwas nicht stimmt! Nichts habt ihr ZU ENDE GEDACHT! Weil MENSCHEN EBEN KEINE SCHACHFIGUREN SIND!«, brülle ich, und diesmal hat meine Stimme Kraft.

Leon stolpert auf mich zu und presst mir seine Hand fest und schmerzhaft auf den Mund.

»Sei still!«, knurrt er, doch ich reiße meine Lippen auseinander und beiße ihn so fest ich kann.

Ich kriege nur ein bisschen Haut seiner Handfläche zwischen die Zähne, doch das scheint zu reichen, denn Leon heult auf.

Kurz darauf kracht seine Faust auf mein Jochbein, das splitternd bricht. »Du HURE!«, brüllt er, während mein eigener Schrei in meiner Kehle steckenbleibt.

ANNA

KAPITEL 51

»Also gut, du kennst nun die Geschichte, auch wenn du sie offensichtlich nicht so sehr schätzt wie ich«, knurrt Leon und reibt sich über die Stelle an seiner Hand, in die ich hineingebissen habe.

Ich gebe bis auf ein leises Wimmern keinen Laut mehr von mir. Meine Arme sind schmerzhaft verdreht, ich bin halb an der Wand heruntergerutscht, und jedes Pochen in meinem Gesicht jagt eine neue Schmerzwelle durch meinen Kopf.

Bitte hilf mir, Sina, bete ich stumm weinend, obwohl ich mich frage, welche Art Hilfe ich mir wünsche – gerettet zu werden oder einfach zu sterben. *Ich kann nicht mehr. Ich kann einfach nicht mehr.*

Eine Weile bleibt es still, Leon greift sich das Klappmesser und lässt es langsam auf- und zuschnappen.

»Wieso beendest du es nicht einfach?«, flüstere ich und muss blinzeln, um trotz meiner Tränen etwas zu erkennen. »Wenn das doch sowieso der Plan war.«

Leons Augen suchen meine. Dann öffnet er seinen Mund. »Stimmt. Das war der Plan. Ist der Plan.« Er schaut auf das Messer hinunter und streicht mit dem Daumen über die Klinge. »Und ich habe mir das sehr, sehr oft ausgemalt. Es gab Tage, da konnte ich es kaum erwarten. Oder auch Nächte. Meistens, wenn wir miteinander geschlafen haben. Ich habe dich gevögelt und mir währenddessen vorgestellt, wie ich dich umbringe. Das

Wissen, dass ich der Mörder deiner Schwester bin, dass ich auch dein Mörder sein werde, hat mich unfassbar erregt.« Ich sehe den Ausdruck in seinen Augen und erkenne die aufkeimende Lust darin. Leon grinst und beißt sich auf die Unterlippe.

Etwas in mir beginnt sich aufzubäumen. *Das darf auf keinen Fall passieren*, schießt mir durch den Kopf und gleich darauf eine gewaltige Welle von Ekel und Angst. *Bitte nicht.* Ich schubse die Psychologin in mir nach vorne. *Denk nach*, schreie ich sie an, verzweifelt. *Analysiere die Situation, Anna. Du kennst ihn, auch wenn er dich brutal getäuscht hat. Trotzdem hast du so viele Informationen über ihn gesammelt. Du bist forensische Psychologin. DENK NACH!*

Ich habe Schwierigkeiten, die Gedanken, die panisch durch meinen Verstand rasen, zu sortieren. *Was hat ihn erregt? Was ist der Reiz?* Ich werfe Leon einen schnellen verzweifelten Blick zu, wie er mir gegenübersitzt und mich amüsiert beobachtet. *Macht und Kontrolle*, schießt mir durch den Kopf. *Das ist offensichtlich.*

Ich öffne meinen Mund in dem Moment, in dem Leon etwas sagen will. »So ist es doch zu einfach, oder nicht?«, frage ich ihn einem spontanen Impuls folgend.

Seine Augen verengen sich. »Was meinst du, meine Schöne?«

»Ich weiß nun Bescheid. Aber ich habe keine Angst«, unternehme ich einen verzweifelten Versuch, Kontrolle über die Situation zu erlangen, auch wenn meine Stimme bebt. »Ich will einfach nur noch, dass es endet. Ich würde mich freuen, wenn du es enden lässt.« Neue Tränen steigen mir in die Augen, denn es stimmt. *Es ist die Wahrheit.* »Mir ist alles egal. Ich habe keine Kraft mehr für dieses Leben.« Ich hole Luft. Dann spreche ich weiter und verleihe meiner Stimme einen giftigen Ausdruck. »Ich bin dir außerdem hilflos ausgeliefert. Das ist weder eine echte Kontrolle noch eine echte Täuschung. Wie ich schon sagte – es ist zu einfach für dich.«

Leon schweigt, ich kann ihm ansehen, dass er nachdenkt. »Schatz. Wir wissen beide, dass du gerade versuchst, mich zu manipulieren.« Seine Augen glitzern belustigt. »Du bist forensische Psychologin. Straftäter-Therapeutin. Deine Worte sind deine stärkste Waffe, das wissen wir beide.« Ich versuche, ruhig und gleichmäßig zu atmen, obwohl sich mein Puls beschleunigt. »Du bist gefesselt und unter meiner Kontrolle, ja. Aber hilflos ausgeliefert bist du nicht. Nicht unbedingt.« Schon wieder entblößt er seine Zähne, ich kann mich nicht erinnern, ihn je so viel lächeln gesehen zu haben.

Er kriecht an mich heran, kommt immer näher, bis seine Wange an meiner liegt und ich seine Atemzüge direkt an meinem Ohr hören kann. Ich schließe die Augen. Sein Geruch ist so vertraut, mein Herz will einfach nicht verstehen, dass dieser Mann kein sicherer Hafen mehr ist.

Dann spüre ich das kalte Metall der Klinge seines Klappmessers an meinem Hals. Zärtlich streicht er damit über meine Haut. Ich muss an das Video von Sinas Tod denken, wie die Klinge den Stoff ihres Nachthemds erst gerafft und dann blutrot durchtränkt hat, und halte sofort die Luft an.

»Meine Anna«, säuselt Leon in mein Ohr und beißt mir zärtlich in mein Ohrläppchen. Eine ekelerregende Gänsehaut überzieht meine Arme.

»Das ist keine echte Herausforderung, Jonathan«, wiederhole ich vehement und nutze bewusst den Vornamen, der unsere Beziehung ausgemacht hat.

Leon setzt sich ein wenig zurück. »Braucht es die denn?«

»Ja. Für dich schon. Wie du sagtest – ich bin forensische Psychologin. Und weiß nun, wen ich vor mir habe. Nicht Jonathan, sondern Leon. Du hast mir in der letzten Stunde so viel über dich offenbart. Über dich als Täter. Ich setze ein neues Bild über dich zusammen. Dein Täterprofil. Dein Tatmotiv. Wie du funktionierst.« Ich merke, wie mir das Reden hilft und dass es fachlich stimmt, was ich sage. Ich merke, wie die Psychologin in mir das Ruder übernimmt. Die Psychologin, deren Rolle ich wie eine Rüstung getragen habe. Die ich so lange trainiert habe, dass sie inzwischen ein Teil von mir ist. Sie ist schon lange keine Verkleidung mehr. Ich bin sie. Sie ist ich. Ich hebe mein Kinn und bemühe mich um eine festere Stimme. »Es wird dich nicht befriedigen, mich nun einfach so auf diese Weise zu töten. Das wird dir nicht den Kick verschaffen, den du die ganze Zeit ersehnt hast. Überleg doch mal – so viele Jahre der Vorbereitung auf diese Situation. Das könnte ein absolutes Gefühlsfeuerwerk für dich werden. Der ultimative Rausch. Die ultimative Macht. Noch viel mehr als bei Sina. Wir haben zusammengelebt. Ich habe dir vertraut.« Meine Stimme wird schlagartig schwer, deshalb muss ich mich kurz unterbrechen. *Fokussier dich, Anna.* Ich atme tief ein und wieder aus, dann spreche ich weiter, auch wenn meine Stimme zittert. »Mich zu ermorden hat eine viel höhere Bedeutung, ist ein viel stärkerer Kontrast zu dem, was vorher war.« Ich erkenne an Leons Gesicht, dass er mir interessiert zuhört, Faszination flackert durch seine Augen. Ich versuche, mich ein wenig aufrechter hinzusetzen. »Verstehst du? Würdest du das jetzt einfach so durchziehen, würdest du dir selbst diese jahrelange Vorbereitung auf etwas wirklich Großes kaputt machen. Ich bin Expertin für Straftäter, Leon. Und ich kann dir sagen, so funktionierst du nicht. Du brauchst eine Steigerung. Sonst ist es nicht die Art Kontrolle und Macht, die du benötigst.«

Ich verstumme. Meine Augen wandern zu dem Messer in der Hand meines einstigen Freundes, Partners, Geliebten, der ebenfalls schweigt und über meine Worte nachzudenken scheint.

»Mhm«, murmelt er schließlich. Dann überbrückt er die räumliche Distanz zwischen uns innerhalb des Bruchteils einer

Sekunde erneut und presst mir schwer atmend das Messer gegen die Kehle. »Ich finde schon, dass ich Kontrolle habe«, zischt er. Ein brennender Stich, ein wenig Feuchtigkeit und der Bleigeruch von Blut. Ich denke wieder an den Traum. An den See aus Blut, durch den ich knöcheltief wate. Adrenalin jagt durch meine Adern.

»Bullshit«, stoße ich aus, keuchend, aber angriffslustig, obwohl ich von Todesangst ausgefüllt bin. »Bullshit, Jo-na-than.«

Leon starrt mir in die Augen, während er mich gegen die Wand drückt. Dann hält er die mit leichten hellroten Blutschlieren versehene Klinge vor meine Augen.

»Bullshit also?«, fragt er und durchforstet mein Gesicht.

Ich weiß, was er will. Doch er wird sie nicht zu sehen bekommen. Meine Angst. Und wenn es das Letzte ist, was ich tue. Für Sina. Und für mich.

»Ja. Bullshit«, zische ich, und neuer Hass flammt in mir auf. »Töte mich ruhig. Aber du wirst es ewig bereuen. Diese Situation hier«, ich mache eine kreisende Bewegung mit meinem Kopf, um in den Raum zu deuten, weil der Rest meines Körpers schmerzhaft bewegungsunfähig ist, »ist eine einmalige Chance, deren Potenzial du niemals wieder kriegen wirst. Oder haben Sina und ich noch weitere Schwestern, du verdammtes Arschloch?«

»Ich werde dich töten.«

»Ja.« Ich wende meinen Blick nicht ab, starre ihm tief in die Augen. *Aber Genugtuung wirst du dabei nicht empfinden.* »Wieso befreist du mich nicht? Und bewältigst die Situation wie ein *echter* Mann«, knurre ich verächtlich.

»Dich befreien? Glaubst du, ich bin so doof?« Er lacht auf.

»Du kannst auch den feigen Weg wählen. Ich habe dir nichts entgegenzusetzen. Das ist erbärmlich.« Ich weiß, dass ich einen wichtigen Marker gesetzt habe, in dem Moment, in dem ich die Situation in ihrer Herausforderung abgewertet habe. Meine Worte wird er nicht mehr vergessen können. Ich habe der Situation den Glanz genommen, nach dem er so sehr giert.

»Ich soll dich also losmachen?«, fragt er nach wie vor belustigt, aber ich höre das Zögern.

»Ja.«

»Wieso sollte ich das tun?«

»Musst du nicht. Ist mir scheißegal. Aber wenn es dir um den Kick geht, den du beschrieben hast – würde ich dir den Rat geben, es zu tun.«

»Das würde doch in erster Linie dir in die Karten spielen, Anna.«

»Falsch, Leon. Uns beiden. Mir, weil du mir eine Chance geben würdest und ich damit das Gefühl bekäme, doch noch etwas Hoffnung für mein Leben zu haben – ein Gefühl, das du mir wieder nehmen kannst, genauso wie in eurem bizarren Spiel in Weyer. Und dir, weil du dich nicht um den Kick bringst, auf den du so lange hingearbeitet hast. Es ist eine Situation, in der wir theoretisch beide gewinnen können. Ist das nicht die Definition eines echten Spiels?«

Leon neigt seinen Kopf, ein kleines bisschen nur. Ein marginales, aber unmissverständliches Zeichen dafür, dass ich ihn erreicht habe.

»Du bist gut, Anna. Wirklich gut. Das muss ich zugeben. Du hast recht. Das macht dich so gut.« Er schüttelt den Kopf und lacht. »Also gut, wieso auch nicht. Ich werde dich losmachen. Vorher aber …« Mit diesen Worten steht er auf und geht zur Tür des Schlafzimmers, die er mit einem sanften Klicken schließt. Unwillkürlich muss ich wieder an Yves und seinen Kofferraum denken. »Vorher aber bringe ich eine Spielregel ein. Der Raum wird nicht verlassen.« Ich höre, wie sich der Schlüssel in der Tür dreht, dann steckt Leon diesen in seine hintere Gesäßtasche. Mein Herz rast. »Flucht ist kein mögliches Ausgangsszenario, meine Liebe. Wir spielen hier um Leben oder Tod. Du warst schon einmal bereit zu töten – bist im letzten Moment davon abgekommen –, ich frage mich«, Leon kehrt zu mir zurück und mustert mich, »ob ich dich noch dazu bringen kann. Wenn dir keine andere Wahl bleibt.« Er streicht mir über mein Haar. »Wenn die einzige Chance, dein Leben zu retten, also darin besteht, mich zu töten – wirst du dann auch zur Mörderin, meine liebe Anna? Steckt das in jedem von uns oder ist einfach nur mit mir etwas verkehrt?«, sinniert mein Freund, dann streicht er mir federleicht unter meinem Kinn entlang.

Ich habe keine Ahnung, was ich machen soll, flüstert eine verzweifelte Stimme in meinem Kopf. *Ihn töten*, antwortet ein anderer Teil von mir. *Kann ich das denn?*, fragt die verzweifelte Stimme zurück. Die Wahrheit ist, ich weiß es nicht.

»Die gepflegte analytische Psychologin. Wir hatten dich einmal fast so weit.« Leon kichert. »Das Spiel gefällt mir. Danke, dass du es vorgeschlagen hast.«

Ich spüre einen Ruck an meinen Handgelenken, dann sind sie frei. Meine Arme fallen nach vorne, was einen jähen Schmerz auslöst. Meine Muskeln fühlen sich völlig taub an, meine Arme sind eingeschlafen. *Meine Beine auch*, denke ich kurz darauf, als Leon mir die Seile um meine Fußknöchel durchgeschnitten hat.

Er tritt einen Schritt zurück, während ich meine Gliedmaßen hin und her bewege und versuche, mich aufzusetzen, doch vergeblich. Blut fließt kribbelnd durch meine Beine und Arme. Hektisch reibe ich mir über die Stellen, an denen die Stricke waren. *Ich weiß nicht, wie viel Zeit er mir lässt.* Mein Blick sucht den seinen.

»So«, sagt er und klopft mit seinem Messer gegen seine Handfläche. »Ich werde also versuchen, dich zu töten, während du nur entkommen kannst, wenn du mich tötest. Maximaler Spieleinsatz.«

Und wenn ich jetzt einfach nicht mitspiele? Langsam stehe ich auf, während meine Gedanken mal hierhin, mal dorthin flattern. *Das wird ihn wütend machen, auf kurz oder lang. Das provoziert ihn. Wäre das gut? Nein. Das artet am Ende nur in einen brutalen Overkill aus. Du musst erstmal mitmachen. Und währenddessen einen Weg finden, zur Tür zu gelangen.* Meine Augen wandern über seine Hand und das Klappmesser. *Oder an das Messer.* Ich schlucke schwer.

Leon kommt auf mich zu, höchst konzentriert. Mein Herz klopft mir hart gegen die Rippen. *Das ist ein seltsames Spiel. Was mache ich jetzt?*

Er bleibt dicht neben mir stehen. Mein ganzer Körper erstarrt. Mein Freund hebt eine Hand. Und legt sie auf meine Wange. Dann schaut er mir tief in die Augen. Sein Gesicht nähert sich meinem, seine Lippen legen sich auf meine, weich und sanft. Ich spüre seinen Atem, rieche seine Haut und fange an zu zittern.

Messer oder Schlüssel?, jagt mir durch den Kopf, während ich die Nähe des Mannes, der maximale Gefahr bedeutet, aber einst mein sicherer Hafen gewesen ist, aushalte, zulasse, ertrage. Ich halte die Luft an, dann lehne ich mich ihm entgegen. Hinein in den Kuss, hinein in seine Nähe, die einst solche Vertrautheit bedeutet hat und mich jetzt nur noch anwidert.

Ich spüre, wie er erstarrt, zurückweicht. Mich anstarrt, mit einem irritierten Ausdruck in den schönen Augen. Dann schießt er mir entgegen, presst mich gegen die Wand und öffnet meine Lippen mit seinen. Ich spüre seine Zähne, seine Zunge und seinen leidenschaftlichen Kuss. »Oh, Anna«, knurrt er rau. »Das wird mir fehlen, da bin ich ehrlich.«

Ich schluchze auf. Dann geht alles ganz schnell. Ich umfasse den Mann, der Leon heißt und nie Jonathan war, mit meinen Armen und greife in seine hintere Hosentasche. Ich bekomme den Schlüssel zu greifen, will ihn hinausziehen, doch in diesem Augenblick versteht der Mörder, was ich vorhabe, und presst mich noch fester gegen die Wand.

»Na, na, meine Schöne«, zischt er, packt meine Arme, drückt sie links und rechts neben meinen Körper. Ich höre ein dumpfes Poltern auf dem Boden. *Das Messer.*

Schwer atmend drückt er seinen Körper an meinen. So fest, dass ich seine Erektion spüren kann.

»Du hattest recht, so gefällt mir das Ganze schon viel besser«, flüstert er atemlos, während mir Übelkeit die Kehle hinaufsteigt.

Blinde Panik flutet jede meiner Zellen. Ich schlage um mich, versuche, mich zu befreien, mich aus seinem Griff zu winden, doch vergeblich. An die Handgriffe, die ich im Rahmen eines Trainings zur Selbsthilfe bei körperlichen Übergriffen gelernt habe, erinnere ich mich nicht mehr – bin nicht mehr in der Lage, sie auszuführen. Das hier ist zu persönlich, zu weit weg von den Standardsituationen im Vollzug.

»Du musst mich nicht töten«, keuche ich und hasse mich im selben Moment dafür, dass ich so schwach und flehentlich klinge. »Wäre es nicht viel berauschender, mich am Leben zu lassen? In deinem Leben? Mich in eine Situation des ultimativen Ausgeliefertseins zu bringen?«

Ein dunkles Lachen erklingt. »Du bringst mich echt auf Ideen, Anna.« Leon tritt einen Schritt zurück. »Wir zwei wären schon irgendwie ein unschlagbares Team. Die forensische Psychologin und der Mörder. Herrlich!« Er kichert in sich hinein. Dann verdunkeln sich seine Augen. »Aber nein, das ist keine Option.«

Ein Krachen ertönt. Es kommt aus dem Flur.

ANNA

KAPITEL 52

»Leon?« Eine dunkle Stimme fegt durch die Wohnung. Sie ist so laut, drohend und eindrücklich, dass ich sie selbst durch die geschlossene Tür zuordnen kann.

Auch Leon erstarrt. »Vater?«, wispert er und reißt die Augen auf.

»Leon!« Kirchfeld ruft erneut. Ich werfe Leon einen Blick zu, sein Gesicht ist völlig regungslos, seine Arme hängen leblos an seinen Seiten herab.

Er hat Angst, stellt die Psychologin in mir fest.

Verdammt nochmal, deine Chance, ANNA!, brüllt sie gleich darauf. Ich mache einen Satz nach vorne und tue das, was ich schon eben hätte tun sollen – mit voller Kraft schlage ich Leon genau auf die Stelle, an der ich die Stichwunde vermute.

Er keucht auf, laut, und krümmt sich zusammen. Ich setze nach, bearbeite seinen Bauch mit meinen Fäusten und stoße ihn nach hinten, doch er ist zu schwer, sein Widerstand zu groß. Während er mich zu greifen versucht, ändere ich meine Strategie und mache einen großen Satz zur Seite, genau dorthin, wo das Messer am Boden liegt.

Ächzend wirft Leon sich auf mich, während es an der Tür kracht.

»LEON!«, ruft Gunther Kirchfeld. Die Tür kracht erneut, federt in der Laibung. Ich vermute, dass sich der Gefängnisdirektor mit seinem ganzen Gewicht dagegenschmeißt.

Ich kratze und beiße, denn mir ist klar, dass ich nur diesen einen Überraschungsmoment habe, bevor sich die Gefahr verdoppelt.

Leon liegt halb auf mir, während ich kämpfe wie ein Tier und mich zentimeterweise in Richtung Messer bewege. Ich höre ein lautes Krachen, das Splittern von Holz und als Nächstes, wie die Tür berstend nachgibt.

»Leon, was tust du da?«, poltert Gunther Kirchfeld, nachdem sein massiger Körper in den Raum hineingestolpert ist.

Leon erstarrt erneut, ganz das geschändete, traumatisierte Kind, das er nie losgeworden ist.

Ich mache eine weitere Bewegung nach vorne, mit letzter Kraft, greife nach dem Messer, das ich am Griff zu packen bekomme, drehe mich halb um und jage es in seine Seite, so fest ich kann. Leon schreit, während ich noch einmal und noch einmal zusteche.

»Ich töte dich«, schreie ich und merke, wie Hass und Überlebenskampf über mich hinwegrollen, unbändig und alles einnehmend. Leon keucht, seine Bewegungen werden müder, doch ich kann nicht aufhören. Ich versuche, meinen Arm anders zu positionieren, mich unter ihm hervorzuarbeiten, dabei fällt mein Blick auf blank polierte dunkelbraune Lederschuhe.

Kirchfeld.

Der im Raum steht und dabei zusieht, wie ich auf seinen Sohn einsteche.

Ein schneller Gedanke windet sich durch meine Mordlust. *Wieso greift er nicht ein?*

Leon rührt sich inzwischen kaum noch, wimmernd hält er sich die Seite, an der sich der Stoff seines Pullovers rot verfärbt.

»Vater, bitte hilf mir«, ächzt er, als ich mich endgültig unter ihm befreit habe.

Schwer atmend bewege ich mich nach hinten, weg von Leon,

weg von Kirchfeld, das Messer noch in der Hand, und rappele mich auf.

»Vater«, heult der Mann, der nun wie ein Kind klingt und verletzt auf dem Boden liegt.

Doch Gunther Kirchfeld steht nur da, groß, mächtig, dunkel, unberührt. Berechnend.

Mit einem Mal wird mir eiskalt, viel kälter als jemals zuvor. *Er will mich die Drecksarbeit machen lassen.* Mein Kopf arbeitet auf Hochtouren. *Und dann wird er mich entweder verhaften lassen – oder ebenfalls umbringen.* Ich mustere den Mann in all seiner perfiden Bösartigkeit und weiß, dass ich recht habe. Auch Leon weiß es, denn er starrt seinen Vater ebenfalls an, fassungslos.

»Vater, das … das kannst du doch nicht ernst meinen«, flüstert er, und beinahe empfinde ich Mitleid.

Kirchfelds Augen richten sich auf meine. »Frau Salomon, wieso haben Sie aufgehört? Dieser Mann hier hat Ihre Schwester getötet«, sagt er erschreckend ruhig. »Denken Sie an ihre Schreie und das Video. Ihre Schwester ist mausetot, Frau Salomon, und wird nie wieder zurückkehren. Und während sie irgendwo unter kalter Erde verfault, haben Sie mit ihrem Mörder geschlafen. Ich hoffe, Sie hatten Spaß dabei. Dann hätte das wenigstens irgendetwas Gutes gehabt.«

Meine Haut beginnt zu brennen. Ich umschließe den Griff des Messers fester. Leon ist böse. Aber Kirchfeld ebenfalls, auf eine ganz düstere, verborgene Weise.

»Sie wollen wirklich, dass ich Ihren Sohn töte?«, stelle ich die Frage laut, die sich Leon in diesem Moment ebenfalls stellt, da bin ich mir sicher.

Ächzend rappelt sich Leon auf, taumelt ein wenig, den Arm um die Körpermitte gelegt, die Augen gebrochen.

»Ich denke, SIE wollen meinen Sohn töten, Frau Salomon. Zumindest waren Sie gerade dabei, nicht wahr?«, erwidert Kirchfeld gelassen und deutet auf das Blut an Leons Körper. »Dass entsprechendes Gewaltpotenzial in Ihnen steckt, hat sich heute ja schon gezeigt. Ich denke, ich weiß, was bei der Untersuchung der Apfelschorle herauskommen wird. Der Ausgang dieser Situation ist also ohnehin klar. Die Polizei wird in Kürze eintreffen, Sie werden verhaftet werden.«

»Ich werde alles erklären«, antworte ich lahm, doch ich weiß im selben Moment, dass der Gefängnisdirektor das schon einkalkuliert haben wird. Mein Blick fällt auf das Messer in meiner Hand. Meine Brust zieht sich zusammen. *Vielleicht führt alles dorthin zurück. Zu diesem Szenario.*

»Sicher. Aber ich habe vorgebaut«, antwortet Kirchfeld wie erwartet in aller Seelenruhe, während ich gegen meine Panik ankämpfe. »Das können Sie sich ja denken. Niemand wird Ihnen glauben, Ihr Wort steht gegen meines.«

Wir taxieren uns. Dann kristallisiert sich aus dem wilden Strudel meiner Gedanken ein einziger heraus. Mein Atem geht flach, während ich meinen Einfall durchdenke, in rasender Geschwindigkeit prüfe.

»Das glaube ich nicht«, stoße ich schließlich atemlos aus.

Kirchfeld verengt seine Augen um Nuancen. »Aber sicher, ich bin Gefängnisdirektor. Und Sie sind schon im Gefängnis aufgefallen. Sie sind schwer traumatisiert. Ich habe Sie falsch eingeschätzt, das werde ich einräumen müssen. Aber ansonsten haben Sie …«

»Sie missverstehen mich«, unterbreche ich den Direktor, nehme einen tiefen Atemzug und richte mich auf. »Es gibt noch jemanden in diesem Raum, der sein Wort geben kann.«

Kirchfeld prustet los. »Sie meinen Leon?«

Leons Blick wandert zwischen seinem Vater und mir hin und her.

»Ja. Ich meine Leon. Ich werde ihn nicht töten. Ich habe ihn nicht getötet.«

»Der Junge wird nicht gegen mich aussagen.« Kirchfeld lacht polternd. »Wir können den Spieß auch umdrehen, und ich lasse ihn Sie erledigen. Ganz wie Sie wollen.«

Ich richte meine Augen auf Leon, der einst Jonathan hieß und mir so viel bedeutet hat. »Das wird er nicht tun.«

Seine Augen suchen meine, ich sehe die Unsicherheit darin, die Zerbrochenheit. Ich sehe dem Mörder meiner Schwester in die Augen, der sich jahrelang an meiner Ahnungslosigkeit gelabt hat, doch ich sehe auch das zerbrochene Kind in ihm und das Trauma, das der Vater ausgelöst hat, der ihn von Beginn seines Lebens an tyrannisiert hat. Und ich weiß, dass unter all seinem Böse-Sein, unter all der Psychopathie und der Grausamkeit, ein bitterböser Hass gärt, der nur oberflächlich seiner Mutter oder Sina oder mir gilt. Er gilt seinem Vater. Galt ihm schon immer. Seinem Vater, der ihm übermächtig erscheint. Der alles dominiert. *Und genau das werde ich jetzt aufbrechen.*

»Er ist schuld an allem, Jonathan«, sage ich und verwende noch einmal bewusst den Namen, den er für mich benutzt hat. »Mein Schatz, bitte hör mir zu«, ergänze ich und kann erkennen, wie sich Leons Augen weiten, ein kleines bisschen nur. »Es hat sich herausgestellt, dass ich keinen Grund hatte, dir zu vertrauen, weil du mich auf die schlimmste aller Arten getäuscht und manipuliert hast. Du bist der Mörder meiner Schwester. Aber an mir hat sich nichts verändert. Ich habe kein neues Gesicht offenbart. Ich bin die Anna, mit der du einige Jahre lang dein Leben geteilt hast. Ich bin forensische Psychologin. Und ich sage dir, dass dein Vater nicht so übermächtig ist, wie du glaubst.«

»Hört, hört«, johlt Kirchfeld. »Sie manipuliert dich, Junge. Enttäusch mich nicht. Das lässt du dir doch nicht bieten, oder?«

»Du bist nicht mehr sein ›Junge‹«, zische ich und halte meinen Blick auf Leon gerichtet. »Du bist nicht mehr der Junge, den er unter seiner Gewalt hat, den er schlagen und erniedrigen kann, wann immer er will, ganz egal, ob es dafür einen Grund gibt oder nicht. Du bist erwachsen. Er steht hier und will dich opfern. Du kannst dich befreien. Wie würde es sich wohl anfühlen, *ihn* zu töten? Ihn, der so eine Macht über dich ausgeübt hat?«

Ich sehe in Leons Augen, dass meine Worte Wirkung haben. Ich sehe es auch an seinem Körper, der sich aufrichtet. Minimal nur, aber ich sehe es.

Kirchfeld sieht es auch. »So ein Schwachsinn«, erwidert er schnell. »Junge, denk an unseren Plan. Mach mich stolz. Lass uns den Plan gemeinsam zu Ende führen. Ich habe es dir vielleicht nie gesagt, aber du hast so viel von mir in dir. Wir lassen uns doch jetzt nicht von diesem Weibsbild manipulieren. Wer wären wir denn?« Er lacht auf. »Wir haben die Situation im Griff.«

Leon nickt, ganz langsam nur. Die Härchen an meinen Armen richten sich auf. *Die Prägung ist zu stark. Scheiße, die Prägung ist zu stark.* »Jonathan, denk nach. Er wollte dich eben noch von mir töten lassen!«, rufe ich verzweifelt.

»Nein, das wollte ich nicht«, poltert Kirchfeld, der begriffen hat, dass er sich mit diesem Manöver in Gefahr gebracht hat, und stürzt auf mich zu.

Ich versuche, an ihm vorbeizuspringen, in Richtung der offen stehenden Tür, doch ich habe keine Chance, denn der kräftige Mann hat mich schon erreicht. Ich schreie auf, trete nach ihm, versuche, mich aus seinem Griff zu befreien, das Klappmesser einzusetzen, doch vergebens. Eine allumfassende Resignation begräbt mich unter sich. Kirchfeld hält mich keuchend und schwitzend mit einem Arm an seinen dicken Körper gepresst, während er mit der anderen Hand nach dem Messer in meiner Hand angelt, das ich nicht in der Lage war, gegen ihn einzusetzen.

»Junge, du kannst dir doch denken, was der Plan war«, ächzt er, während er mir meine einzige Hoffnung entwindet. Alles in mir wird taub und schwer. »Ich wollte sie nur so weit bringen, dass sie den Mordversuch unternimmt – um sie rechtzeitig davon abzuhalten und festzusetzen. Wir beide sind ein Team, mein Sohn!«

»Er manipuliert dich«, wimmere ich verzweifelt, aber ich sehe in Leons Augen, dass die scheinbare Wertschätzung seines Vaters wie eine Droge wirkt. Seine Augen bekommen einen merkwürdigen Glanz.

»So wie der Messerstich, mein Junge. Manchmal müssen wir Opfer bringen, für den perfekten Plan.«

Leon macht ein paar wankende Schritte auf uns zu. »Ja. Okay. Aber … Lass es MICH zu Ende bringen, Vater. Das … das habe ich mir verdient.«

Ich schluchze auf.

»Das würde dich erneut zum Mörder machen und mich zum Zeugen. Das ist eigentlich nicht meine bevorzugte Variante.« Kirchfeld klingt angespannt. »Jede weitere Leiche bedeutet ein Risiko. Sie arbeitet für mich. Ihre Flucht haben zu viele Menschen mitbekommen. Ein anderer Ausgang wäre mir lieber.«

»Ich weiß, Vater. Aber du wirst sie jetzt kaum noch dazu bringen, mich töten zu wollen.«

Leon steht inzwischen neben uns und mustert mich, kalt.

Kirchfeld denkt nach. »Verdammt nochmal«, knurrt er dann.

»Vater, vertrau mir einmal. Ich habe bereits zwei Leichen verschwinden lassen. Wir lösen die Situation. Wir finden eine Lösung. Aber sie am Leben zu lassen ist jetzt keine Option mehr.«

»Was schlägst du vor?«

»Gib mir das Messer.«

Kirchfeld zögert.

»Vater, ich bitte dich. Sie weiß zu viel. Das ist eine einfache Kosten-Nutzen-Rechnung. Wir erledigen sie, und dann überlegen wir, was zu tun ist. Ich habe mir das auch anders vorgestellt.« Leon greift nach dem Messer, das sein Vater in der rechten Hand hält, und nimmt es an sich.

So also wird es enden, denke ich matt.

»Also gut«, seufzt der Direktor. »So eine Scheiße, Junge. Das alles muss ein Ende haben.«

»Hat es, Vater. Hat es.«

Dann sticht er zu.

EPILOG

»Es ist schade, dass Sie aufhören«, sagt Sonny und betrachtet mich traurig. »Aber ich verstehe natürlich, dass Sie das müssen. Schön, dass Sie sich noch von mir verabschieden.«

Ich sitze ihm gegenüber, in meiner kleinen Kammer, und nicke nur, weil ich nicht weiß, was ich sagen soll. Es ist mein letzter Tag, und mein Büro ist bereits für den Anstaltspsychologen geräumt, der nach mir meinen Job übernehmen wird. Hilser hat sich darum gekümmert, denn Kirchfeld ist tot, getötet von seinem eigenen Sohn, meinem Freund, dem Mörder meiner Schwester.

Ich bin ihm entkommen, und das kommt mir noch immer wie ein Wunder vor. Zugleich aber auch nicht, denn wenn ich mir die psychologische Dynamik ansehe, ist es eigentlich nur logisch. Die Ermordung seines Vaters kommt einem Tyrannenmord gleich, der Leon völlig eingenommen, nahezu paralysiert hat. Auch sein Vater reagierte lethargisch, ungläubig. Hat nicht damit gerechnet, dass sich sein Sohn tatsächlich und derart final gegen ihn wenden könnte. Leon aber hat genau das getan. Er hat ihm das Messer in den Hals gerammt, nur Millimeter an meinem Ohr vorbei.

Ich werde Leons Gesicht niemals vergessen, als ich zur Tür hinausgerannt bin und mich noch einmal umgedreht habe. Sein Ausdruck war völlig entrückt, als würde er nicht begreifen können, dass er sich von seinem Vater befreit hat. Dass er die Macht hatte, sich gegen ihn aufzulehnen. Er hat in dem Moment nicht realisiert, dass ich geflohen bin. Ich, die Schwester seines ersten Mordopfers, seine ehemalige Freundin und vor allem Zeugin der Ermordung seines Vaters, Gunther Kirchfeld. Inzwischen wird er das realisiert haben. Die Polizei fahndet unter Hochdruck nach ihm, und ich hoffe jeden Tag, er wird gefasst.

Es ist seltsam. Einerseits weine ich mich jeden Abend in den Schlaf, weil ich nicht fassen kann, was alles passiert ist, und weil ich Angst habe, Leon könnte die Sache zu Ende bringen wollen. Andererseits wache ich schweißgebadet auf, und mein erster Griff geht zur leeren Bettseite, hin zu Jonathans Platz, zu meinem Freund, der nicht eigentlich Leon heißt und der Mörder meiner Schwester ist. Obwohl ich vorübergehend bei Yves untergekommen bin, der mir, wie ich inzwischen weiß, an jenem Tag nur aus Sorge gefolgt ist, ist dieser Reflex so stark, dass ich selbst im Gästebett unbewusst nach Jonathan suche, meinem Fels in der Brandung. Vor allem in den Phasen zwischen Schlaf und Wachsein, in denen mein Gehirn nach wie vor nicht begreift, was geschehen ist.

»Ich will nichts aufwühlen«, setzt Sonny erneut an und reißt mich damit aus meinen Gedanken. »Ich will nur, dass Sie wissen, dass ich Kontakte habe.« Seine Augen richten sich auf meine, ernst. »Wir werden ihn finden. Und er wird büßen. Für Samu. Aber vor allem für Sina. Er wird büßen, Anna«, wiederholt Sonny und spricht mich das erste Mal bei meinem Vornamen an.

Erneut nicke ich, Tränen steigen mir in die Augen. Jäh schießen mir Bilder von Sinas gestriger Beerdigung durch den Kopf. Es ist der letzte Dienst gewesen, den ich ihr erweisen konnte, und auch wenn es der traurigste Tag meines Lebens war, bin ich doch froh, dass ich endlich die Gelegenheit dazu bekommen habe, meine Schwester zu Grabe zu tragen.

»Da ist noch etwas«, murmelt Sonny und zieht einen Zettel aus der Tasche seiner Trainingshose. »Den habe ich damals von Ihrer Schwester bekommen. Ich weiß, ich bin nicht stolz drauf«, fügt er hastig hinzu, als mein Herzschlag einen Takt aussetzt. »Ich hatte ihr angeboten, dass ich versuche, Sie ausfindig zu machen. Und Ihnen diesen Brief zuschicke. Sie hatte Sie per E-Mail nicht mehr erreicht. Und ich habe ja Kontakte. Wie gesagt. Es tut mir leid, dass ich erst jetzt damit zu Ihnen komme. Dass ich mehr Angst um meine eigene Haut hatte, als ihr diesen Dienst zu erweisen. Ich hatte irgendwie die ganze Zeit gehofft, sie lebt vielleicht doch noch.« Ich starre auf den Zettel, durch den sich Kugelschreibertinte hindurchdrückt. »Aber na ja – ich … Sie lebt nicht mehr. Und ich glaube, es wäre ihr wichtig gewesen, dass Sie ihn nun endlich bekommen.«

Mit diesen Worten überreicht mir Sonny den Zettel, klopft sich auf die Knie und steht auf.

An der Tür dreht er sich noch einmal um.

»Wir sind nicht alle gleich, Anna.«

Für meine geliebte Schwester

Ich weiß, du willst keinen Kontakt, und das akzeptiere ich – mehr als jeder andere verstehe ich deinen Wunsch. Trotzdem hoffe ich, dass dich diese Zeilen irgendwann, auf welchem Weg auch immer, erreichen.
Es tut mir leid. Es tut mir unendlich leid, was damals geschehen ist. Ich weiß, dass es unverzeihlich war, euch im Stich zu lassen, und dass ich das nie wiedergutmachen kann. Ich möchte nur, dass du weißt, dass ich verstehe, dass du nichts mehr mit mir zu tun haben willst, und dir nicht böse bin, im Gegenteil – ich danke dir. Ich danke dir von Herzen, dass du immer für mich da warst. Dass du meine Schwester bist. Und dass du für Mama da warst, als ich es nicht konnte.
Ich vermisse dich. Mehr, als Worte sagen könnten. Und ich würde alles dafür tun, meine Fehler von damals rückgängig zu machen. Wenn ich könnte, würde ich die Zeit zurückdrehen – dorthin, wo wir noch Schwestern waren, die sich verstanden. Dorthin, wo ich das noch nicht durch mein Verhalten zerstört habe.

Ich werde dich immer in meinem Herzen tragen, egal, wo du gerade bist, egal, wo ich gerade bin. Unsere Verbindung kennt keine Entfernung und keine Zeit, denn sie lebt in mir, tief und unantastbar, und nichts wird das jemals ändern, nicht einmal der Tod.

Ich liebe dich, Anna.
Für immer.

ENDE

Danksagung

Nach *Happy End* habe ich mich mit *Safe Space* in dunklere Gefilde gewagt. Sosehr ich Anna, Sina und Leon liebe, sosehr haben sie mich auch herausgefordert. Umso mehr danke ich meinen großartigen Begleitern auf dieser Reise.

Ein besonderer Dank geht dabei an meine ehemalige **Kommilitonin**, die als Anstaltspsychologin arbeitet und mir geduldig jede meiner vielen Fragen zum Alltag hinter Mauern beantwortet hat – außer natürlich die nach Ausbruchsmöglichkeiten oder Sicherheitslücken ;-). Du hast Anna echtes Leben eingehaucht.

Mein Literaturagent **Markus Michalek** war und ist Sparringspartner, Impulsgeber und Fels in der Brandung. Von Herzen danke für dein Vertrauen in mich und meine Geschichten!

Meine Lektorinnen **Gerke Haffner** und **Christiane Branscheid** haben wie immer mit absolut feinem Gespür das Beste aus allem herausgeholt. Ohne euch wäre *Safe Space* nicht das, was es ist.

Ein herzliches Dankeschön auch an **Mike Altwicker** – für deine Unterstützung und die Bereitschaft, im Namen der Literatur einen blutigen, fiktiven Tod zu sterben ;-).

Mein tiefster Dank gilt meinem eigenen **Safe Space**: meiner Familie und meinen Freunden, die mich bedingungslos tragen, meinem Partner Daniel (#ff – für immer nur mit dir!) und meinen Kindern, die mich täglich daran erinnern, was wirklich zählt.

Und schließlich: Danke euch, liebe **Leserinnen und Leser**. Ohne euch wäre diese Geschichte nur Text – mit euch wird sie lebendig.

Sarah Bestgen im Juni 2025